EXPÉDITION
À L'ÎLE MAURICE

Patrick O'Brian

EXPÉDITION À L'ÎLE MAURICE

Roman

Libre Expression

Libre Expression

Un ouvrage des
Éditions Libre Expression

Données de catalogage avant publication (Canada)
O'Brian, Patrick, 1914-
Expédition à l'île Maurice
Traduction de : The Mauritius command.
ISBN 2-89111-773-5
I. Herbulot, Florence. II. Titre.
PR6029.B55M3814 1998   823'.914   C98-940139-1

Titre original
THE MAURITIUS COMMAND

Traduction
FLORENCE HERBULOT

Maquette de la couverture
FRANCE LAFOND

Éditions Libre Expression
2016, rue Saint-Hubert
Montréal, (Québec) H2L 3Z5

Dépôt légal :
1er trimestre 1998

ISBN 2-89111-773-5

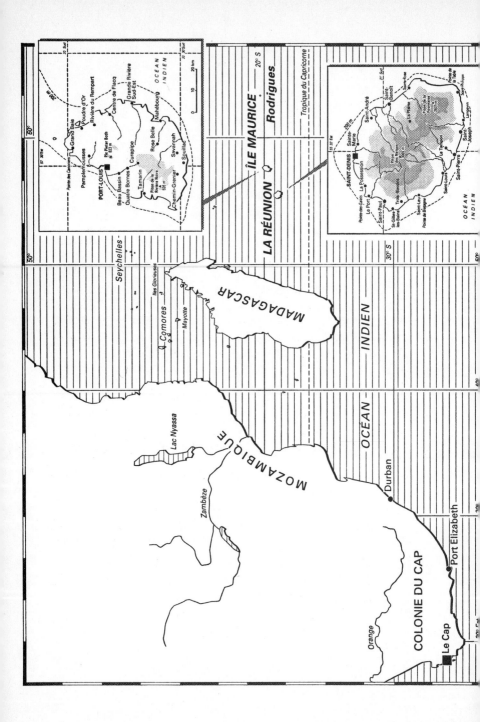

Note de l'auteur

Le lecteur d'un roman, en particulier d'un roman situé à une autre époque, peut aimer savoir si les événements rapportés ont existé ailleurs que dans l'esprit de l'auteur ou s'ils sont tout à fait imaginaires, comme les personnages. La liberté totale dans un contexte de précision historique présente évidemment bien des avantages, mais ici le canevas du récit, une campagne maritime peu connue, dans l'océan Indien, est authentique ; pour tout ce qui concerne la géographie, les manœuvres, les navires pris, brûlés, coulés ou détruits, les batailles, les victoires et les désastres, l'auteur est resté au plus près des récits de l'époque, des livres de bord et des dépêches rédigés par les officiers combattants, et des archives de l'Amirauté britannique. En dehors des éléments romancés du début et de la fin, il n'a en rien cherché à mettre de l'ordre dans l'Histoire, sauf par l'omission de quelques navires sans importance dont la présence fugace n'aurait pu qu'embrouiller le récit ; il n'a pas non plus cherché à renforcer d'une quelconque manière l'ingénieuse pugnacité de la Royal Navy face à l'adversité.

Chapitre 1

Le capitaine Aubrey de la Royal Navy vivait dans une région du Hampshire riche en officiers de marine, dont certains avaient atteint le grade d'officier général du temps de Rodney tandis que d'autres attendaient encore un premier commandement. Les plus fortunés habitaient de grandes et confortables demeures avec vue sur Portsmouth, Spithead, Saint Helens, l'île de Wight et l'incessant défilé des bâtiments de guerre ; le capitaine Aubrey aurait pu être l'un d'eux, car en tant que capitaine de frégate et jeune capitaine de vaisseau, il avait fait tant de si belles prises qu'on l'appelait dans le service Jack Aubrey la Chance. Mais il n'avait plus de navire, et la faillite de son agent, son ignorance des affaires et les procédés indélicats d'un homme de loi l'avaient réduit à une stricte demi-solde ; de fait, son cottage se trouvait sur la pente nord des Downs, non loin de Chilton Admiral, derrière une colline qui le coupait totalement de la mer et en grande partie du soleil.

Ce cottage, certes pittoresque parmi ses frênes, et même romantique, convenant à merveille pour deux personnes dans les premiers temps de son mariage, n'était ni grand ni confortable ; exigu dès l'origine, peu commode avec ses plafonds bas, à présent qu'il abritait aussi deux bébés, une nièce, une belle-mère ruinée, quelques grands meubles venus de Mapes Court, l'ancienne demeure de Mme Williams, et un couple de serviteurs, il évoquait un peu le Black Hole de Calcutta, sauf que cette prison tristement célèbre était une fournaise sèche, sans air, tandis qu'Ashgrove Cottage s'ouvrait de tous côtés aux courants d'air, et que l'humidité montant du sol s'associait aux fuites du toit pour former des mares dans la plupart des pièces. Le capitaine

Aubrey faisait vivre tout son monde avec neuf shillings par jour, payés au semestre et souvent bien après la date tant attendue ; et quoiqu'il fût assisté par un économiste remarquable en la personne de sa belle-mère, l'effort imposé avait imprimé sur un visage que la nature avait voulu riant une expression d'inquiétude permanente. Expression parfois assortie d'un rien de frustration car le capitaine Aubrey, marin né mais aussi marin scientifique, féru d'hydrographie et de navigation, se passionnait pour un projet de calcul de la longitude en mer par l'observation des lunes de Jupiter : s'il polissait lui-même les miroirs et les lentilles de son télescope, il eût grandement aimé pouvoir distraire de temps à autre une ou deux guinées pour acheter quelque ferrure.

Non loin au-dessous d'Ashgrove Cottage, un sentier encaissé se glissait à travers les bois fleurant bon le champignon. Les fortes pluies d'automne avaient transformé en bourbier le sol argileux ; dans ce bourbier, assis de travers sur son cheval, les pieds remontés pour échapper à la boue à tel point qu'il semblait accroupi comme un singe sur le dos de l'animal, passait le docteur Maturin, le meilleur ami du capitaine Aubrey, chirurgien de la plupart des navires qu'il avait commandés : un petit homme d'une étrangeté indéfinissable et même assez laid, avec des yeux pâles et un visage plus pâle encore, couronné de la perruque quelque peu démodée marquant sa qualité de médecin. Il était, pour lui, étonnamment bien vêtu, d'un habit couleur tabac à boutons d'argent et de culottes en daim ; mais l'effet en était gâté par la longue écharpe noire enroulée trois fois autour de sa taille et qui lui donnait une allure exotique dans la campagne anglaise. Au pommeau de sa selle pendait un filet rempli de champignons choisis — bolets de toutes sortes, pieds-bleus, chanterelles, oreilles-de-Judas. Soudain, ayant aperçu une belle touffe de fistulines langue-de-bœuf, il jaillit de son cheval, agrippa un buisson, escalada le talus. A cet instant même, un oiseau noir et blanc d'une taille peu, commune s'éleva d'entre les arbres, ses vastes ailes peinant dans l'air calme. Maturin plongea la main dans les plis de sa ceinture, en tira une petite lorgnette qui fut rivée à son œil bien avant que l'oiseau, à présent poursuivi par un couple de corneilles, n'eût traversé la vallée et disparu derrière la colline séparant Ashgrove Cottage de la mer. Il l'observa un moment avec beaucoup de satisfaction avant d'abaisser sa lorgnette vers le cottage lui-même. Surpris, il constata que le petit observatoire de construction artisanale avait été déplacé fort loin vers la droite, d'un bon furlong, jusqu'à un point où la crête dégringolait d'une cinquantaine de pieds. Là, debout à côté du dôme caractéristique qu'il surplombait comme le capitaine Gulliver eût pu surplomber un temple à Lilliput, se tenait le capitaine Aubrey, une lunette de marine posée sur le dôme, observant obstinément quelque objet lointain. La lumière l'éclairait en plein ; son visage se dessinait clair et distinct dans la lorgnette de Maturin qui vit, avec un choc, non seulement cet air d'inquiétude mais aussi les marques de l'âge et de la tristesse. Stephen Maturin avait si longtemps considéré Aubrey comme la jeunesse même, puissante, énergique, joyeuse, que cette transformation et le mouvement lent, las de la silhouette lointaine qui fermait l'instrument et se dressait, portant la main à une vieille blessure de son dos, lui furent terriblement pénibles. Maturin ferma sa lorgnette, cueillit les champignons puis siffla son cheval, un petit arabe qui vint comme un chien, les yeux affectueusement fixés sur son visage tandis qu'il descendait maladroitement le talus, tenant son chapeau plein de fistulines.

Dix minutes plus tard, il était à la porte de l'observatoire. Le postérieur du capitaine Aubrey en débordait à présent, comblant tout à fait l'ouverture. « Il a dû placer son télescope le plus horizontalement possible, et il est plié en deux, réfléchit le docteur Maturin. Mais il n'y a pas de perte de poids dans ce postérieur : il ferait encore pencher la balance à deux cent dix livres. » Puis, tout haut :

— Holà, Jack !

— Stephen ! s'exclama Jack, jaillissant à reculons avec une agilité étonnante chez un homme aussi grand et saisissant les deux mains de son ami.

Son visage habituellement rose était écarlate de plaisir et une légère rougeur apparut en réponse chez Maturin.

— Je suis profondément heureux de vous voir, mon vieux Stephen ! Comment allez-vous ? Où étiez-vous ? Où étiez-vous, tout ce temps ?

Mais se souvenant que le docteur Maturin, homme de médecine, était aussi agent secret, que ses déplacements étaient nécessairement discrets, que son apparition pouvait bien être liée à la récente déclaration de guerre de l'Espagne à la France, il se hâta d'ajouter :

— A prendre soin de vos affaires, sans aucun doute. Splendide, splendide. Vous allez séjourner chez nous, bien entendu. Avez-vous vu Sophie ?

— Non point. Je me suis arrêté à la porte de la cuisine, j'ai demandé à la jeune femme si le capitaine était à la maison et, entendant des bruits domestiques — le massacre des innocents m'est venu à l'esprit —, j'ai simplement laissé mon offrande et mon cheval et je suis venu. Vous avez déplacé l'observatoire.

— Oui, mais ce ne fut pas un grand travail : toute l'affaire ne pèse pas trois cents livres. Killick et moi avons simplement démonté le dôme — c'est du cuivre du vieux *Diomède* récupéré à l'arsenal — et puis nous avons frappé une paire de palans et roulé le tout jusqu'ici en une matinée.

— Comment va Killick ? demanda Stephen.

Killick était le serviteur de Jack depuis bien des années ; tous trois avaient navigué ensemble sur plusieurs navires et Stephen l'appréciait.

— Très bien, je crois. J'ai eu de ses nouvelles par Collard, de l'*Ajax* ; il a envoyé une canne en vertèbres de requin pour les jumelles. J'ai dû m'en séparer, vous savez.

Stephen hocha la tête.

— Est-ce que l'observatoire n'était pas bien placé près de la maison ?

— Si, très bien, dit Jack avec hésitation, mais je vais vous dire franchement, Stephen : d'ici on peut voir Wight et le Solent, la pointe de Gosport et Spithead. Vite, venez jeter un coup d'œil — il n'aura pas bougé encore.

Stephen baissa le visage jusqu'à l'oculaire, en l'abritant de ses mains ; et là, image inversée sur un fond pâle et lumineux, un trois-ponts nébuleux remplissait presque le disque. En réglant le foyer, il le fit jaillir, clair et net. D'une clarté limpide : sa voilure, des perroquets aux basses voiles, flasque dans le calme plat ; le câble sorti de l'écubier et ses canots portant les toulines pour l'amener à son mouillage. Tout en regardant, il écoutait les explications de Jack : c'était son nouveau miroir de six pouces — trois mois d'adoucissage et de polissage, de finissage avec la plus fine boue de Poméranie, l'aide inestimable de Mlle Herschel (il avait enlevé un brin de trop sur le bord et perdait presque courage quand elle lui avait montré le moyen de tout arranger), une femme admirable.

— Mais ce n'est pas le *Victory* ! s'exclama Stephen comme le navire commençait à bouger, c'est le *Caledonia*. Je vois les armes d'Ecosse. Jack, je vois positivement les armes d'Ecosse ! A cette distance ! Vous êtes le meilleur faiseur de miroirs au monde, je vous le jure.

14

Jack rit de plaisir.

— Eh bien, voyez-vous, le temps est idéal aujourd'hui, dit-il avec modestie. Pas le moindre scintillement, même au bord de l'eau. J'espère que cela tiendra jusqu'à ce soir ! Je vous montrerai une si belle étoile double dans Andromède, avec moins d'une seconde d'arc d'écart. Imaginez cela, Stephen, moins d'une seconde d'arc ! Avec ma lunette de trois pouces, je ne pouvais jamais résoudre au-delà de deux. Ne serez-vous pas heureux de voir une double à moins d'une seconde d'écart ?

— Certainement, ce doit être prodigieux. Mais, pour ma part, j'aime autant regarder les navires. Tant de vie, tant d'activité, et nous, olympiens, au-dessus de tout cela. Ne passez-vous pas des heures ici ?

— C'est vrai, Stephen, c'est vrai, mais je vous supplie de ne pas en parler à la maison. Cela n'ennuie pas Sophie que je regarde les étoiles, même tard — il nous faudra attendre trois heures du matin pour que je puisse vous montrer Jupiter —, mais regarder le Solent n'est pas de l'astronomie. Elle ne dit rien, mais elle est tout attristée de penser que je me languis de la mer.

— Vous languissez-vous beaucoup, Jack ? demanda Stephen.

Mais avant que le capitaine Aubrey pût lui répondre, leur attention fut détournée par des cris venus du cottage, par la voix rauque et martiale de Mme Williams, par la réplique stridente et provocatrice de la servante qu'elle réprimandait. Parfois l'air immobile portait les mots jusqu'en haut de la colline avec une parfaite clarté, et ils entendirent crier plusieurs fois : « Un monsieur inconnu les a déposés dans ma cuisine », mais les voix passionnées qui se couvraient souvent étaient brouillées par l'écho que renvoyaient les bois accrochés sur l'autre flanc de la vallée, par des cris d'enfants, par le claquement répété d'une porte.

Jack haussa les épaules, mais, après un instant, il examina son ami d'un regard bienveillant, attentif.

— Vous ne m'avez pas vraiment dit comment vous allez, Stephen ; comment vous sentez-vous ?

— Etonnamment bien, je vous remercie, Jack. J'ai pris les eaux à Caldas de Bohi il n'y a pas longtemps et j'en ai tiré grand profit.

Jack hocha la tête : il connaissait l'endroit, un village des Pyrénées, pas très loin des pâturages à moutons du docteur Maturin ; car Stephen, bien qu'irlandais, avait des terres

15

dans cette région, qui lui venaient de sa grand-mère catalane.

— Et tout en retrouvant la souplesse d'un faon, poursuivit le docteur Maturin, j'ai pu faire nombre d'observations de valeur sur les crétins de Bohi. Bohi est essentiellement habité par des idiots, mon cher.

— Il n'y a pas que Bohi, loin de là. Prenez l'Amirauté, qu'y voit-on ? Un général comme Premier Lord. Incroyable, non ? Et la première chose que fait cet infernal habit rouge, c'est de supprimer l'un des huitièmes du capitaine — il réduit d'un tiers nos parts de prise, ce qui est folie pure. Et puis, mis à part les idiots de Whitehall, nous en avons au village une demi-douzaine, qui piaulent et jacassent sur la place du marché. Pour parler sérieusement, Stephen, je suis parfois fort inquiet pour les jumelles. Elles ne me semblent pas très vives, et je vous serais infiniment reconnaissant si vous vouliez bien les examiner discrètement. Mais je suis sûr que vous aimeriez voir le jardin d'abord.

— Plus que tout au monde. Et aussi les abeilles.

— Eh bien, quant aux abeilles, elles sont bien discrètes depuis quelques semaines. C'est-à-dire que je ne m'en suis pas beaucoup approché depuis le jour où j'ai essayé de leur prendre le miel, mais je ne les ai pas remarquées non plus. Cela doit faire plus d'un mois que j'ai été piqué. Mais si vous voulez les voir, prenons le sentier d'en haut.

Les ruches étaient impeccablement alignées, sur leurs tabourets peints en blanc, mais d'abeilles, point. Stephen jeta un coup d'œil par les entrées, aperçut les voiles révélateurs, hocha la tête et observa :

— C'est la féroce gallérie.

Il souleva une des boîtes de son tabouret et la retourna, montrant les gâteaux de cire ravagés, envahis par les cocons des infâmes chenilles.

— La gallérie ! s'exclama Jack. Aurais-je dû faire quelque chose ?

— Non, dit Stephen, rien, à ma connaissance.

— Je n'aurais voulu pour rien au monde que cela arrive. Je suis tellement désolé. Sophie et moi étions si attachés à ce présent que vous nous aviez fait.

— N'y pensez plus, dit Stephen, je vous en apporterai d'autres, d'une race plus robuste. Allons voir le jardin, s'il vous plaît.

Quand il était dans l'océan Indien, le capitaine Aubrey rêvait d'un cottage, avec un peu de terre : des rangées de navets, de carottes, d'oignons, de choux et de haricots ; à présent, son rêve était réalisé. Mais il avait compté sans le puceron noir, la larve de taupin, la chrysomèle, la larve de tipule, le puceron vert, la piéride du chou. Les rangées étaient bien là, un demi-acre de rangs tracés au cordeau dans la mince couche de pauvre terre spongieuse et jalonnés de quelques plantes naines.

— Bien sûr, dit Jack, il n'y a rien à voir à cette époque de l'année ; mais j'ai l'intention d'y apporter trois ou quatre chariots de fumier cet hiver, et cela changera tout. J'en ai déjà mis un peu dans mes choux pointus de Brunswick, derrière les roses de Sophie. Par ici. Tandis qu'ils longeaient les maigres plants de pommes de terre, il tendit le doigt par-dessus la haie : « Voici la vache. »

— Je pensais bien que c'était une vache : pour le lait, sans aucun doute ?

— Exactement. D'énormes quantités de lait, de beurre, de crème, de veau : c'est-à-dire que nous espérons tout cela. Pour le moment, elle est sèche.

— Pourtant elle ne semble pas gravide, bien au contraire d'ailleurs : maigre, pharaonique, cadavérique.

— Eh bien, la vérité, Stephen, dit Jack, en fixant la vache, la vérité c'est qu'elle refuse le taureau. Il est toujours partant, ah, grand Dieu oui, mais elle ne veut rien entendre. Alors il se met dans une colère folle, il mugit et laboure le sol ; et nous restons sans lait.

— D'un point de vue philosophique, son comportement est assez logique. Pensez aux grossesses continuelles, lassantes, prix d'un plaisir momentané et, dirais-je, aléatoire. Pensez à l'inconfort physique d'une mamelle pleine, sans parler de la nécessaire parturition, avec les périls qui s'y rattachent. Je laisse de côté le malaise de voir ses descendants transformés en blanquette de veau, qui est propre à la vache. Si j'étais une femelle d'une espèce quelconque, je prierais qu'on me libère de tous ces soucis ; et si j'étais, dans ce cas particulier, une génisse, je choisirais certainement de rester sèche. Mais il faut bien avouer que du point de vue domestique le célibat d'une vache apparaît sous un tout autre angle : ici le bien commun appelle un ventre habité.

— Oui, c'est vrai. A présent, voici le jardin de Sophie. Il sera rempli de roses, dès juin venu. Ne les trouvez-vous pas un peu grêles, Stephen ? Pensez-vous que je devrais les rabattre davantage, cet hiver ?

— Je ne connais strictement rien au jardinage, dit Maturin, rien du tout. Mais peut-être sont-elles légèrement, comment dire... rachitiques ?

— Je ne sais comment cela se fait, mais apparemment je n'ai pas beaucoup de chance avec les plantes d'ornement : ici nous devrions avoir une haie de lavande, vous voyez ? Les plants viennent de Mapes. Quoi qu'il en soit, venez regarder mes choux. J'en suis assez fier.

Ils franchirent un portillon et parvinrent à un petit terrain derrière le cottage : une mer de verdure, avec un tas de fumier noble et fumant en arrière-plan.

— Là, s'écria Jack, en avez-vous jamais vu de semblables ?

— Certes non, dit Stephen.

— Vous les trouverez peut-être un peu serrés, mais voilà ce que j'ai pensé : pour accrocher son hamac, chaque homme dispose de quatorze pouces ; or, un homme mange un chou, et la partie ne peut être plus grande que le tout ; je les ai donc espacés selon cette règle, avec un résultat remarquable. (Il rit de satisfaction). Vous souvenez-vous du vieux Romain qui ne supportait pas qu'on les coupe ?

— Dioclétien, je crois.

— Exact. Comme je le comprends ! Et pourtant, voyez-vous, lorsque je me résous enfin à gâcher une rangée, je ne reçois guère d'encouragements. Toujours cette sotte affaire de chenilles. Grand Dieu ! si elles avaient mangé la dixième partie de ce que nous avons ingurgité comme larves de charançons et asticots dans notre biscuit, mois après mois, en faisant le blocus, elles béniraient le ciel de pouvoir rencontrer une honnête chenille verte.

Ils restèrent un moment à contempler le carré de choux : dans le silence, Stephen entendait les innombrables mâchoires à l'œuvre. Ses yeux errant de la masse verte au tas de fumier, il aperçut au sommet de celui-ci les bolets, chanterelles, pieds-bleus et fistulines qu'il avait ramassés un peu plus tôt. Le fracas d'une porte claquée interrompit leur méditation ; il fut suivi par le son de pas lourds dans la maison et la porte arrière s'ouvrit, encadrant une femme carrée au visage rouge, le sosie de Mme Williams, sauf pour le strabisme de son œil gauche et son aigre voix galloise. Elle portait son coffre sur l'épaule.

— Mais enfin, Bessie, cria Jack, où allez-vous ? Que faites-vous ?

L'émotion étouffait la femme à tel point qu'un moment ses lèvres remuèrent sans qu'il en sortît un son, puis tout à trac les mots surgirent, accompagnés d'un regard si venimeux que Stephen se signa. « Un certificat, un certificat, c'est tout ce que je veux. Pingre sur le sucre, plus encore sur le thé. Je veux mon certificat, c'est tout. » Cela dit, elle disparut au coin du cottage.

Jack la suivit du regard et observa à voix basse :

— C'est la quatrième en un an. C'est la chose la plus incroyable, Stephen : j'ai dirigé un équipage de trois cents hommes et plus, facile comme bonsoir Madame, mais je ne parviens pas à imposer la moindre discipline dans cette troupe-ci. (Il fit une pause, sombre, et ajouta :) Vous savez très bien que je n'ai jamais été partisan du fouet en mer ; mais par le diable, je me dis qu'il serait ici parfois bien utile.

Autre pause, pendant laquelle son visage prit l'air sévère, implacable, de qui donne l'ordre d'infliger douze coups de fouet ; puis cette expression le céda à l'inquiétude et il s'écria :

— Oh, Stephen, quel hôte épouvantable je fais. Vous devez être mort de soif. Venez, venez, nous allons boire un verre de tafia. Par ici : cela ne vous ennuie pas de passer par les cuisines — pas de cérémonie, n'est-ce pas ? Sophie doit être quelque part devant.

Tandis qu'il parlait, une minuscule fenêtre s'ouvrit au-dessus d'eux, laissant paraître la tête de Sophie. Son expression soucieuse fut aussitôt remplacée par une joie sans borne et le plus doux des sourires.

— Oh, Stephen, s'écria-t-elle, comme je suis heureuse de vous voir ! Entrez. Je descends tout de suite.

Stephen tira son chapeau, s'inclina et lui envoya un baiser, qu'il aurait d'ailleurs pu déposer sans peine sur ses doigts de là où il se tenait.

— Entrez, dit Jack, et attention à la poutre.

Il n'y avait dans l'arrière-cuisine, en dehors d'une vaste lessiveuse et de son odeur de vêtements d'enfants en ébullition, qu'une jeune femme sur une chaise, son tablier sur la tête, se balançant en silence. En trois pas ils atteignirent un étroit couloir puis de là le salon, une agréable petite pièce avec un bow-window. Rendue plus spacieuse par nombre d'astuces maritimes telles que des coffres sous les fenêtres et du mobilier de navire, peu encombrant, à ferrures de cuivre, elle était quelque peu gâtée par de grands objets incongrus qui n'avaient pas leur place dans un cottage, tels qu'une banquette en rotin à haut dossier, à cinq ou six places, et une horloge monumentale dont le chapeau n'aurait pas tenu sous le plafond et qui par conséquent trônait tête nue dans un angle, image de désolation. Jack eut à peine le temps de demander au docteur Maturin si le bow-window ne lui rappelait pas les fenêtres de poupe du brick à bord duquel ils avaient pour la première fois navigué ensemble : des pas dans l'escalier, et Sophie entra en courant. Elle embrassa Stephen avec une affection fraternelle et, lui tenant les deux mains, le scruta pour juger de sa santé, de son bonheur et de son bien-être général avec une tendresse qui lui alla droit au cœur, sans interrompre son flot de paroles : Elle était stupéfaite, ravie — Où avait-il été ? — Allait-il vraiment bien ? — Il ne pouvait imaginer comme elle était heureuse — Etait-il là depuis longtemps ? — Pourquoi Jack ne l'avait-il pas appelée ? — Elle avait perdu un quart d'heure de sa présence — Elle était sûre que les jumelles se souviendraient de lui — Elles seraient si excitées — Et la petite Cecilia aussi, bien sûr — Il avait faim, n'est-ce pas ? — Il allait manger un morceau de cake — Comment allait-il, vraiment ?

— Je vais très bien, je vous remercie. Et vous aussi, ma chère, vous êtes rayonnante, rayonnante.

C'était vrai. Elle avait dompté la plupart des mèches de cheveux qu'il avait vu voleter à la fenêtre, mais l'une s'était échappée et ce désordre l'enchantait ; malgré toute sa bienveillance, son œil de médecin ne pouvait ignorer que la tendance à l'embonpoint contre laquelle il l'avait un jour prévenue avait tout à fait disparu, que sans les actuelles roseurs de plaisir son visage eût paru las, voire harassé, et que ses mains autrefois si élégantes étaient à présent rougies et rugueuses.

Mme Williams entra. Stephen se leva, s'inclina, lui demanda des nouvelles de sa santé et de celle de ses autres filles et répondit à ses questions. Il allait se rasseoir après avoir écouté le récit passablement détaillé de son rétablissement providentiel quand elle s'écria :

— Pas sur la banquette, docteur Maturin, s'il vous plaît. C'est mauvais pour le rotin. Vous serez plus à l'aise dans le fauteuil du capitaine Aubrey.

Un bruit sourd et un horrible hurlement à l'étage provoquèrent le départ de Sophie, suivie de Jack. Mme Williams, sentant qu'elle avait été un peu brusque, rapporta à Stephen l'histoire de la banquette depuis sa fabrication du temps de Guillaume III : elle l'avait rapportée avec elle de son cher

Mapes, où il se souvenait sans aucun doute de l'avoir vue dans le salon d'été ; elle aimait que le cottage du capitaine A. ait un peu de dignité, et de toute façon elle ne pouvait supporter de laisser une pièce aussi précieuse, aussi historique à son locataire, excellent homme sans doute, mais un commerçant, et les gens de cette sorte ne se feraient pas scrupule de s'asseoir dessus. L'horloge aussi venait de Mapes, l'horloge la plus précise du comté.

— Une belle horloge, d'ailleurs, dit Stephen, un régulateur, je crois. Ne pourrait-on la mettre en marche ?

— Oh non, non, monsieur, dit Mme Williams avec un regard attendri. Si on la mettait en marche, ses rouages commenceraient aussitôt à s'user.

Puis elle s'étendit sur tous les phénomènes d'usure et le coût exorbitant des réparations, non sans faire allusion aux talents pratiques du capitaine A.

La voix du capitaine Aubrey, parfaitement timbrée pour porter d'un bout à l'autre d'un navire dans un coup de vent, convenait moins au murmure des confidences domestiques ; dans les intervalles du flot de paroles de Mme Williams, on entendait sa basse profonde, peut-être moins joviale qu'autrefois, disserter d'un beau morceau de jambon qui pouvait être dressé, d'une tourte trois-ponts qui pouvait être apprêtée en un rien de temps. Stephen concentra son attention sur Mme Williams et, se protégeant les yeux de la main, l'étudia avec soin. Il jugea que son infortune avait eu remarquablement peu d'effet sur elle : son besoin de dominer, ardent, agressif, semblait même renforcé ; elle paraissait en bonne santé, aussi heureuse que sa nature l'y autorisait. Les fréquentes allusions à sa splendeur passée auraient pu être des références à un mythe auquel elle ne croyait pas elle-même, un rêve fugitif au regard de la réalité présente. Peut-être était-elle née pour ce rôle de gestionnaire inventive, joignant les deux bouts avec deux cents livres par an, de sorte qu'elle accomplissait enfin son véritable destin. Faisait-elle preuve d'un courage remarquable, ou d'une totale insensibilité ? Elle discourait à présent de serviteurs, alignant les lieux communs habituels et rebattus, avec beaucoup de conviction et de volubilité. Parfaits dans sa jeunesse, ils étaient à présent difficiles à trouver, impossibles à garder, paresseux, fourbes, malhonnêtes et souvent même méchants.

— Ce matin encore, ce matin même, dit-elle, j'ai surpris la cuisinière à tripoter un tas de mauvais champignons.

Pouvez-vous imaginer tant de malfaisance, docteur Maturin ? Tripoter des champignons vénéneux et ensuite toucher la nourriture de mes petites-filles avec ses horribles mains ! Voilà ce dont une Galloise est capable !

— Avez-vous prêté attention à ses explications, madame ?

— Bien sûr que non. Mensonges, il n'y a que mensonges, voyez-vous, dans les cuisines. J'ai tout jeté dehors et je lui ai dit ce que je pensais d'elle. Un certificat, en vérité ! Qu'elle n'y compte pas.

Après une courte pause, Stephen dit :

— J'ai vu un balbuzard ce matin, dans le beau petit bois au flanc de la colline.

— Vraiment, monsieur, vraiment ? Eh bien, par exemple ! Dans ce petit bois que l'on voit de la fenêtre ? C'est assez remarquable pour le Hampshire. Mais, quand vous connaîtrez le voisinage aussi bien que je le connais, vous verrez que ce n'est rien en comparaison des bois de Mapes. Ils s'étendaient jusqu'au comté voisin, monsieur, et ils étaient pleins de balbuzards. M. Williams en tirait des quantités. J'ose dire que ce balbuzard que vous avez vu est un égaré de Mapes.

Depuis un moment, Stephen entendait renifler derrière la porte. Elle s'ouvrit et une petite fille avec des cheveux jaunes et un gros rhume en surgit. Elle le regarda d'un air fripon puis enfouit son visage dans le giron de sa grand-mère ; au soulagement de Stephen, Mme Williams eut beau la prier de se redresser, de serrer la main du monsieur et de lui donner un baiser, ce fut en vain et elle resta appuyée là, tandis que sa grand-mère lui caressait gentiment la tête.

Mme Williams n'avait jamais, à la connaissance de Stephen, montré la moindre tendresse envers ses filles ; son visage, sa voix et ses manières ne se prêtaient en rien à l'expression de ce sentiment ; et pourtant la tendresse brillait ici, émanant de toute sa personne courtaude, tandis qu'elle expliquait qu'il s'agissait de la petite Cecilia, l'enfant de sa fille cadette qui suivait le régiment de son mari et ne pouvait par conséquent s'occuper d'elle, pauvre petite.

— Je l'aurais reconnue sans hésiter, dit Stephen. Une belle enfant.

Sophie revint et l'enfant aussitôt se mit à crier : « Ma tante, ma tante, la cuisinière a essayé de m'empoisonner avec des champignons. » Elle répéta plusieurs fois sans rien

22

y changer ce refrain, par-dessus lequel Stephen dit à Sophie :

— Je néglige tous mes devoirs : il faut me pardonner. Je suis venu vous prier de dîner tous avec moi, et je n'ai pas encore présenté mon invitation.

— Vous êtes la bonté même, dit aussitôt Mme Williams, mais je crains que cela ne soit tout à fait impossible, car...

Elle regardait autour d'elle, cherchant quelque raison pour que ce soit tout à fait impossible, mais fut obligée de se contenter de faire taire l'enfant. Stephen poursuivit :

— Je loge à la Couronne, à Petersfield, et j'ai commandé toutes sortes de plats.

Sophie le traita de monstre ; il logerait au cottage, bien entendu, et y dînerait aussi. La porte s'ouvrit à nouveau et les deux femmes se tournèrent vers Jack avec empressement. « Comme elles sont bavardes », pensa Stephen. C'était la première fois qu'il percevait le moindre indice de parenté entre Sophie et son invraisemblable mère.

— Oncle Aubrey ! cria Cecilia, la cuisinière a essayé de m'empoisonner, et les jumelles aussi, avec des champignons.

— Quelle sottise, dit Jack. Stephen, vous dînez et vous dormez ici. La cuisine est en branle-bas aujourd'hui, mais il y aura une fameuse tourte trois-ponts.

— Jack, j'ai commandé le dîner à la Couronne. Ces plats seront sur la table à l'heure dite, et si nous n'y sommes pas, ils seront perdus.

Cette remarque, nota-t-il, fit aux femmes un effet étonnant. Elles continuaient à protester qu'il ne devait pas partir, mais avec moins de conviction et de force. Stephen ne disait rien : tantôt il regardait par la fenêtre, tantôt il observait Sophie et sa mère, et leur ressemblance devenait plus visible. Où se situait-elle ? Certainement pas dans le ton de voix ni en quelque trait ou geste. Il se pouvait qu'elle soit due à une certaine expression, non pas enfantine mais plutôt non adulte, commune à toutes deux. Un de ses collègues français, physionomiste et disciple de Lavater, appelait cela « l'air anglais ». Il l'attribuait à la frigidité bien connue des Anglaises et, par conséquent, à leur ignorance de l'épanouissement que pourraient leur valoir les délices de l'amour physique. « Si Dupuytren a raison, et si c'est vraiment le cas, pensa-t-il, alors Jack avec son tempérament ardent doit être singulièrement déconfit. » Le flot de paroles ne tarissait pas. « Comme il le supporte bien », se dit Stephen, en pensant à l'irritation de Jack lorsqu'on caquetait sur la dunette. « Une patience admirable. » Un compromis se dessinait : les uns iraient, les autres resteraient. Finalement, après une de ces longues discussions familiales aux innombrables circonvolutions, il fut convenu que Jack irait, que Stephen reviendrait le lendemain matin pour le petit déjeuner, et que Mme Williams, pour une raison obscure, se contenterait d'un peu de pain et de fromage.

— Sottises, madame, s'écria Jack, oubliant enfin toute civilité, il y a dans le cellier un superbe morceau de jambon et de quoi faire une énorme, somptueuse et magnifique tourte trois-ponts.

— Mais du moins, Stephen, vous aurez le temps de voir les jumelles avant de partir, dit Sophie très vite. Pour le moment, elles sont tout à fait présentables. Faites-les-lui voir, s'il vous plaît, mon cher. Je vous rejoins dans un instant.

Jack le conduisit à l'étage dans une petite pièce mansardée. Sur le plancher étaient assis deux bébés chauves, vêtus de robes propres. Les petites avaient de pâles visages lunaires, ponctués de nez étonnamment longs et pointus. Elles fixèrent Stephen : trop jeunes encore pour les mondanités, elles le trouvaient visiblement sans intérêt, terne, voire repoussant ; leurs deux regards se détournèrent, le rejetèrent, exactement au même instant. Elles auraient pu être infiniment vieilles, ou appartenir à une autre race.

— Très belles enfants, dit Stephen. Je les aurais reconnues sans hésiter.

— Je suis incapable de les distinguer, dit Jack, vous ne pouvez imaginer le vacarme dont elles sont capables quand tout n'est pas exactement à leur goût. Celle de droite est probablement Charlotte.

Il les fixait ; elles le fixaient, sans ciller.

— Que pensez-vous d'elles, Stephen ? dit-il, se tapotant le front d'un geste éloquent.

Stephen retrouva ses réflexes de médecin. Il avait mis au monde quelques dizaines d'enfants, à la Rotunda, durant ses études, mais depuis lors il pratiquait surtout chez les adultes, en particulier les marins adultes, et peu d'hommes de sa qualité professionnelle eussent été moins qualifiés que lui pour cette tâche ; toutefois, il les prit, ausculta leur cœur et leurs poumons, regarda au fond de leur gorge, ploya leurs membres et agita les doigts devant leurs yeux.

— Quel âge ont-elles ? demanda-t-il.

— Oh, elles doivent déjà être assez vieilles, dit Jack. C'est comme si elles avaient toujours été là. Sophie doit le savoir précisément.

Sophie entra et Stephen vit avec plaisir les deux petites créatures perdre leur aspect de vieillesse éternelle ; elles sourirent, gigotèrent, s'agitèrent convulsivement de joie, comme de véritables larves humaines.

— Il ne faut pas vous inquiéter pour elles, dit Stephen, tandis que Jack et lui s'acheminaient à travers champs vers leur dîner. Tout ira bien ; cela fera même peut-être de petits phénix. Mais je vous supplie de ne pas encourager cette manière irréfléchie qu'ont les gens de les faire sauter au plafond. Cela risque de leur faire du mal, de brouiller leur intellect ; et une petite fille, devenue femme, a plus besoin de son intellect qu'un homme. C'est une erreur funeste de les projeter en l'air.

— Dieu du ciel ! s'exclama Jack, arrêté sur place, que me dites-vous là ? Je croyais qu'elles aimaient être jetées en l'air — elles en rient et gazouillent, elles deviennent presque humaines. Mais je ne le ferai plus jamais, bien qu'elles ne soient que des filles, pauvres petites niguedouilles.

— L'importance que vous attachez à leur sexe est étrange, en vérité. Ce sont vos enfants, que diable, la chair de votre chair ; on dirait pourtant, et non seulement à la manière dont vous les appelez de ce terme désobligeant, que vous êtes déçu, simplement parce que ce sont des filles. C'est certainement un malheur pour *elles* — le juif orthodoxe remercie quotidiennement son créateur de ne pas être né femme, et nous pourrions faire écho à sa gratitude —, mais je ne parviens pas à voir en quoi cela peut vous affecter, *vous*, votre objectif étant, me semble-t-il, la postérité, une immortalité indirecte : et pour cela une fille est sans aucun doute meilleure assurance qu'un garçon.

— C'est peut-être un préjugé stupide, dit Jack, mais à dire vrai, Stephen, j'espérais un garçon. Et avoir non pas une fille mais deux, eh bien, je ne voudrais pour rien au monde que Sophie le sache, mais c'est une déception, et je ne peux me raisonner. J'avais décidé que ce serait un garçon : j'avais tout bien réglé dans ma tête. Je l'aurais emmené en mer à sept ou huit ans, avec un bon maître d'école à bord pour lui donner des bases solides en mathématiques et peut-être même un pasteur pour les à-côtés, latin, morale et ainsi de suite. Il aurait parlé français et espagnol aussi bien que vous, Stephen ; et j'aurais pu lui enseigner bien des choses sur la mer. Même si je ne retrouvais aucun commandement, je saurais exactement auprès de quels amiraux et capitaines le placer ; il n'aurait pas manqué d'amis dans le service ; et à moins qu'il n'ait reçu un coup sur la tête avant ce jour, je l'aurais vu fait capitaine de vaisseau à vingt et un ou vingt-deux ans. Peut-être l'aurais-je même vu hisser enfin sa marque. Je peux aider un garçon, en mer ; et la mer est la seule chose que je connaisse. De quelle utilité puis-je être pour un troupeau de filles ? Je ne suis même pas capable de les doter.

— D'après la loi des grands nombres, le prochain a toutes les chances d'être un garçon, dit Stephen, et vous pourrez mener à bien votre beau projet.

— Il n'y aura pas de prochain. Aucune chance, dit Jack. Vous n'avez jamais été marié, Stephen — mais je ne peux pas vous expliquer, je n'aurais pas dû vous en parler. Voici le passage pour franchir la barrière : d'ici on voit la Couronne.

Ils poursuivirent en silence leur chemin sur la route. Stephen réfléchissait aux couches de Sophie : sans avoir été présent, il savait, par ses collègues, que l'accouchement avait été particulièrement difficile et prolongé — une mauvaise présentation — mais pourtant sans lésion essentielle ; il réfléchissait aussi à la vie de Jack à Ashgrove Cottage.

C'est debout devant le feu de l'auberge de la Couronne, grand et beau relais de poste sur la grand-route de Portsmouth, qu'il poursuivit :

— Les marins, en général, après plusieurs années de leur vie monacale, si peu naturelle, tendent à considérer la terre ferme comme le jardin des délices, un lieu de perpétuelles vacances, et leurs espoirs ne peuvent en aucun cas être satisfaits. Ce que le terrien ordinaire accepte comme le lot commun, la routine quotidienne des maux domestiques, des enfants, des responsabilités, le marin ordinaire est porté à y voir la négation de ses espoirs, une épreuve tout à fait exceptionnelle, et une intrusion dans sa liberté.

— Je vois où vous voulez en venir, mon vieux Stephen, dit Jack avec un sourire, et il y a là beaucoup de vérité. Mais tout marin ordinaire n'a pas Mme Williams chez lui. Je ne me plains pas, remarquez bien. Ce n'est pas du tout une mauvaise femme ; elle fait de son mieux selon ses principes et elle est toute dévouée aux enfants. L'ennui, c'est que je m'étais sans doute fait une fausse idée du mariage. Je pensais y trouver beaucoup plus d'amitié, de confiance et de franchise que ce n'est le cas. Je ne critique nullement Sophie, comprenez-moi bien...

— Certes non.

— Mais dans le cas présent... C'est entièrement ma faute, j'en suis sûr. Lorsqu'on est en position de commandement, on se lasse à tel point de la solitude, de jouer au grand homme et ainsi de suite, que l'on meurt d'envie d'en sortir ; mais dans le cas présent, c'est apparemment impossible.

Il retomba dans le silence. Au bout d'un moment, Stephen dit :

— J'en conclus, mon ami, que si l'on vous ordonnait de reprendre la mer, vous n'exploseriez pas de rage d'être arraché au bonheur domestique — au bonheur, veux-je dire, d'un père guidant les premiers pas de ses filles ?

— J'embrasserais le messager, dit Jack.

— Je m'en doutais depuis un moment, marmonna Stephen.

— Tout d'abord, je toucherais ma pleine solde, poursuivit Jack. Par ailleurs je pourrais escompter quelques parts de prise et j'arriverais peut-être à les doter. (Au mot de parts de prise, le regard brillant de pirate réapparut comme autrefois dans ses yeux bleu vif et il se redressa de toute sa hauteur.) D'ailleurs, j'ai quelque espoir d'obtenir un navire. J'accable l'Amirauté de lettres, bien sûr, et voici quelques jours j'ai écrit à Bromley : l'arsenal est en train d'armer une frégate, la vieille *Diane*, doublée en cuivre et renforcée par des diagonales de Snodgrass. Je harcèle même le vieux Jarvie de temps à autre, quoiqu'il ne m'aime guère. Ah, j'ai bien une demi-douzaine de fers au feu — vous n'avez pas, par hasard, quelque chose en route, Stephen, une autre *Surprise*, avec un ambassadeur à transporter aux Indes orientales ?

— Comment pouvez-vous poser une question aussi naïve, Jack ? Chut : ne restez pas bouche bée mais regardez discrètement vers l'escalier. Il y a là une femme remarquablement belle.

Jack détourna la tête ; il y avait effectivement là une femme remarquablement belle, jeune, alerte et pleine de vie, une dame de qualité, vêtue d'un costume de cheval vert. Consciente d'être ainsi regardée, elle se déplaçait avec encore plus de grâce que la nature ne lui en avait accordé. Il se retourna lourdement vers le feu.

— Je n'ai rien à faire d'une femme, dit-il, belle ou pas.

— Je n'aurais jamais attendu de vous une remarque aussi

faible, dit Stephen. Mettre toutes les femmes dans le même sac, sans discrimination, est aussi peu philosophique que de dire....

— Messieurs, dit l'aubergiste, votre dîner est sur la table, si vous voulez bien prendre place.

Ce fut un bon dîner, mais même la tête de porc marinée ne put rendre au capitaine Aubrey sa philosophie, ni cette expression de bonne humeur que Stephen avait vu résister aux privations, à la défaite, à la prison et même à la perte de son navire.

Après le premier service, entièrement occupé par les souvenirs de commissions anciennes et de vieux compagnons de mer, ils parlèrent des soucis de Mme Williams. La mort lui ayant pris son homme d'affaires, cette dame avait bien mal choisi le suivant, dont le plan d'investissement ne pouvait manquer de rapporter dix-sept et demi pour cent. Le capital avait été englouti, et la propriété avec, quoique pour l'instant elle conservât la maison dont le loyer payait l'intérêt sur l'hypothèque.

— Je ne peux l'en blâmer, dit Jack. J'ose dire que j'en aurais fait autant : même dix pour cent eussent été fort tentants. Mais j'aurais aimé qu'elle ne perde pas aussi la dot de Sophie. Elle ne voulait pas la transférer avant le versement des dividendes de la Saint-Michel, et nous ne pouvions décemment la presser. Mais le tout, étant à son nom, a disparu. Cela m'ennuie pour l'argent, bien entendu, mais cela m'ennuie plus encore parce que Sophie en est malheureuse. Elle a le sentiment d'être un fardeau, ce qui est une absurdité totale. Mais que puis-je dire ? C'est comme si je parlais aux bossoirs de capon.

— Permettez que je vous verse un autre verre de ce porto, dit Stephen. C'est un vin plein d'innocence, ni trafiqué ni trouble, ce qui est rare dans ces régions. Dites-moi, qui est la demoiselle Herschel dont vous m'avez parlé avec tant de chaleur ?

— Ah, voilà tout autre chose. Voilà une femme qui vient confirmer tout ce que vous disiez à propos du même sac, tout à l'heure, s'écria Jack. Voilà une femme à laquelle on peut parler comme à un être rationnel. Demandez-lui la mesure d'un arc dont le cosinus est nul et elle vous répond sur-le-champ pi sur deux : tout est là, dans sa tête. C'est la sœur du grand M. Herschel.

— L'astronome ?

— Exactement. Il m'a fait l'honneur de quelques

remarques fort judicieuses sur la réfraction lorsque je suis intervenu devant la Royal Society ; c'est là que j'ai fait la connaissance de sa sœur. Elle avait déjà lu mon article sur les lunes de Jupiter, elle m'en a parlé de façon fort civile, et m'a suggéré un moyen plus rapide de calculer mes longitudes héliocentriques. Je vais la voir chaque fois qu'elle se rend à l'observatoire de Newman, ce qui est assez fréquent, et nous restons toute la nuit à balayer le ciel à la recherche de comètes, ou à discuter d'instruments. Son frère et elle ont dû en construire quelques centaines dans leur vie. Elle connaît les télescopes de la quille à la pomme du mât, et c'est elle qui m'a montré comment polir un miroir et où me procurer la boue fine de Poméranie. Et ce n'est pas uniquement affaire de théorie : je l'ai vue tourner autour d'un poteau dans la cour de l'écurie de Newman pendant trois heures de rang, pour achever le doucissage d'un miroir de six pouces — on ne peut absolument pas retirer la main une seconde, à ce stade, vous le savez — en prisant une pincée de tabac tous les cent pas. Une femme admirable ; vous l'adoreriez, Stephen. Et elle chante, aussi, elle attaque la note avec une justesse merveilleuse, aussi pure que la Carlotta.

— Si elle est la sœur de M. Herschel, je présume qu'il s'agit d'une dame d'un certain âge ?

— Ah oui, elle doit avoir la soixantaine : elle n'aurait pu acquérir plus vite une telle connaissance des étoiles doubles. Soixante, au moins. Mais cela ne fait rien. Quand je rentre à la maison après une nuit avec Mlle Herschel, j'ai droit à des regards désabusés, à un accueil assez froid.

— Par leurs effets physiques, les chagrins et infortunes du mariage relèvent sans doute de la médecine, dit Stephen. Mais je les connais aussi mal que le jardinage ou l'économie domestique.

Il eut l'occasion de s'y initier le lendemain matin quand il revint au cottage pour le petit déjeuner. Il arrivait beaucoup trop tôt, et sa première vision fut celle des jumelles qui jetaient leur bouillie dans tous les sens à grands cris, tandis que leur grand-mère, protégée par un tablier et une bavette de grosse toile, s'efforçait de les nourrir à la cuiller et que la petite Cecilia patouillait à même le bol. Il recula, tomba dans les bras de la servante chargée d'un panier de linge malodorant, et un sort plus funeste l'aurait sans doute frappé si Sophie, surgissant tout à coup, ne l'avait entraîné dans le jardin.

Après quelques instants de conversation d'où il ressortit que Jack avait apprécié son dîner, était revenu en chantant et s'occupait à moudre le café, elle dit :

— Oh, Stephen, comme je voudrais que vous puissiez l'aider à avoir un navire. Il est si malheureux ici. Il passe des heures sur la colline, à regarder la mer dans son télescope, et cela me brise le cœur. Même rien qu'une petite croisière — l'hiver arrive et l'humidité est si mauvaise pour sa blessure — sur n'importe quel navire, même un transport comme celui que commande ce cher M. Pullings.

— Je voudrais tant pouvoir l'aider, ma chère ; mais qui pourrait écouter la voix d'un simple chirurgien de marine dans les conseils des grands ? dit Stephen, le regard voilé, mais perçant. (Les confidences sur l'oreiller avaient-elles le moins du monde trahi son double rôle ? Il fut aussitôt rassuré par les paroles de Sophie et son air candide :)

— Nous avons vu dans le journal que vous aviez été appelé quand le duc de Clarence était malade, et j'aurais cru que peut-être un mot de vous...

— Ma chère, dit-il, le duc connaît bien Jack, de réputation — nous avons parlé de sa prise du *Cacafuego* —, mais il sait aussi que le pousser pour un commandement serait le plus mauvais service à lui rendre. Son Altesse est fort mal vue de l'Amirauté.

— Mais ils ne peuvent tout de même pas refuser une requête du fils du roi ?

— Ce sont des hommes terribles que ceux de l'Amirauté, ma chère.

Avant qu'elle pût répondre, la cloche de l'église de Chilton Admiral sonna l'heure. Au troisième coup, l'appel de Jack « Le café est prêt », suivi de sa silhouette virile et de quelques remarques sur le vent, qui avait refusé de deux quarts dans la nuit — fortes pluies certaines —, interrompit leur conférence.

Le petit déjeuner était servi dans le salon. Ils y trouvèrent une agréable odeur de café, de toasts et de fumée de bois. Le jambon trônait sur la table, flanqué des radis de Jack, chacun gros comme une assez belle pomme, et d'un œuf solitaire.

— Voilà le grand avantage de vivre à la campagne, dit-il, on y mange des légumes vraiment frais. Et voici notre œuf, Stephen ! Servez-vous. La gelée de pommes sauvages de Sophie est à côté de vous. Le diable soit de cette cheminée ;

elle ne veut pas tirer dès que le vent passe au suroît. Stephen, laissez-moi vous offrir un œuf.

Mme Williams amena Cecilia, si bien amidonnée qu'elle se tenait les bras écartés, comme une poupée mal articulée. Elle vint tout près de la chaise de Stephen et, tandis que les autres discutaient activement de l'absence de nouvelles du presbytère où la naissance d'un enfant était attendue d'heure en heure depuis plusieurs jours, elle lui expliqua à voix haute et claire qu'ils ne buvaient jamais de café sauf aux anniversaires et pour fêter une victoire, et que son oncle Aubrey buvait en général de la petite bière tandis que sa tante et sa grand-maman buvaient du lait ; s'il voulait, elle lui beurrerait son toast. Elle avait aussi beurré une bonne partie de son habit avant que Mme Williams, avec un cri de ravissement, l'écartât en remarquant que jamais une enfant n'avait été aussi précoce ; Cecilia, sa mère, n'aurait jamais aussi bien beurré un toast à cet âge.

L'attention de Jack était ailleurs ; il dressait l'oreille, la tasse immobile dans sa main ; il regarda plusieurs fois sa montre. « La poste ! » s'exclama Mme Williams au double coup violemment frappé sur la porte. Jack fit un effort visible pour rester assis jusqu'à l'apparition de la servante qui dit :

— Une lettre et un livre, monsieur, s'il vous plaît, et un shilling à payer.

Jack fouilla dans sa poche, fronça les sourcils, lança à travers la table :

— Auriez-vous un shilling, Stephen ? Je n'ai pas de monnaie.

Stephen, plongeant à son tour dans sa poche, en tira un sac de pièces variées, anglaises, françaises et espagnoles. « Le monsieur a trois pièces d'or, dit Cecilia, et tout plein d'argent. » Mais Stephen fit le sourd : il tira douze pence et les tendit à Jack en marmonnant : « Je vous en prie, je vous en prie. »

— Si vous voulez bien m'excuser, dit Jack, brisant le cachet. (Mme Williams, assez mal placée, se tordait le cou pour en voir le plus possible ; avant qu'elle pût choisir une meilleure position, sa curiosité fut satisfaite.) Ah, dit-il, rejetant la lettre, ce n'est que ce Bromley. Je l'ai toujours considéré comme un libertin ; à présent je sais qu'il est aussi un moins que rien. Mais enfin voici la *Naval Chronicle*. C'est toujours une lecture intéressante. Ma chère, la tasse de Stephen est vide. (Il passa d'abord en revue les nominations et

31

promotions.) Goate est enfin capitaine de vaisseau ; j'en suis sincèrement heureux. (Considérations sur les mérites et les démérites du capitaine Goate et d'autres connaissances, également promues. Puis, ayant pris le temps de calculer :) Voyez-vous, Stephen, nos pertes de l'année dernière ne sont pas aussi fortes que je le disais hier soir. Ecoutez : *Jupiter*, 50, coulé en baie de Vigo ; *Leda*, 38, coulé devant Milford Haven ; *Crescent*, 36, coulé au large du Jutland ; *Flora*, 32, coulé au large de la Hollande ; *Meleager*, 36, coulé sur Barebush Cay ; *Astraea*, 32, coulé devant Anagado. Cela ne fait que cinq frégates, voyez-vous. Et quant aux navires de sixième rang, il n'y a que *Banterer*, 22, coulé dans le Saint-Laurent ; *Laurel*, 22, pris par la *Canonnière*, 50 — vous vous souvenez de la *Canonnière*, Stephen ? Je vous l'ai montrée un jour, quand nous avons jeté un coup d'œil à Brest. C'est une bonne vieille coque, construite vers 1710, mais un remarquable voilier ; elle pourrait encore battre la plupart de nos frégates lourdes, au plus près du vent, même sans ses perroquets. Stephen, que se passe-t-il ?

Stephen observait à travers la fumée âcre la petite Cecilia qui, ennuyée par la conversation, avait ouvert de ses mains graisseuses la porte de l'horloge pour attraper le pendule, un lourd pot de mercure.

— Oh, mais laissez donc ce pauvre trésor, dit Mme Williams, regardant sa petite-fille avec la plus sincère admiration.

— Madame, dit Stephen, dont le cœur saignait pour le merveilleux mécanisme, elle va se faire mal. Ce mercure est en équilibre délicat ; de plus c'est un poison.

— Cecilia, dit Jack, filez maintenant, allez jouer ailleurs.

Dispute, pleurs, vive réplique de Mme Williams, et Sophie conduisit sa nièce hors de la pièce. Mme Williams n'était pas du tout satisfaite, mais dans le silence on entendit la cloche de l'église sonner le glas ; cela détourna aussitôt son esprit et elle s'exclama :

— Ce doit être pour la pauvre Mme Thwaites. Elle devait accoucher la semaine dernière, et ils ont envoyé chercher l'accoucheur cette nuit. Voilà, capitaine Aubrey.

Ces derniers mots, revendication du sacrifice féminin, furent prononcés avec un mouvement de tête inamical, en représailles, pour ainsi dire, de sa liste de naufrages et de morts viriles. Sophie revint et annonça qu'un cavalier approchait.

— Ce sont des nouvelles de la pauvre Mme Thwaites,

sans aucun doute, dit Mme Williams, regardant à nouveau Jack avec dureté.

Mais elle se trompait. C'était un garçon de la Couronne, avec une lettre pour Jack : il devait attendre la réponse.

— « Lady Clonfert présente ses compliments au capitaine et à Mme Aubrey et serait très reconnaissante de pouvoir embarquer pour Le Cap. Elle promet de se faire toute petite et de ne causer aucune difficulté ; et elle ose espérer que Mme Aubrey, elle-même épouse d'un marin, saura comprendre et appuyer cette demande hâtive et désinvolte. Elle se propose également, si du moins cela convient à Mme Aubrey, d'avoir l'honneur de lui rendre visite dans la matinée », lut tout haut le capitaine Aubrey, avec un très grand étonnement, avant d'ajouter : Sans aucun doute je serai enchanté de l'emmener au Cap, le jour où j'irai là-bas, ah, ah !

— Jack, dit Stephen, un mot, s'il vous plaît.

Ils sortirent dans le jardin, poursuivis par la voix coléreuse de Mme Williams — « Une demande parfaitement inconvenante — pas un mot pour moi — et honteusement mal écrite ; elle ne met qu'un m à promet — je ne supporte pas ces tentatives pour s'immiscer dans une maison étrangère. »

Au bout de la minable rangée de carottes, Stephen dit :

— Je dois vous demander pardon d'avoir éludé votre question hier soir. J'ai effectivement *quelque chose en route*, comme vous le disiez. Mais d'abord, je dois vous parler brièvement de la situation dans l'océan Indien. Voici quelques mois, quatre frégates françaises neuves se sont esquivées des ports de la Manche, ostensiblement pour la Martinique — telle était la rumeur à terre, et la destination inscrite sur les ordres remis à leurs capitaines respectifs : mais sans doute ces capitaines avaient-ils aussi des ordres scellés, à ouvrir quelque part au sud du cap Finisterre. Quoi qu'il en soit, les frégates n'ont jamais atteint les Antilles. Nul n'en a entendu parler jusqu'à leur arrivée à l'île Maurice, qui a totalement bouleversé l'équilibre des forces dans cette région. La nouvelle de leur présence n'est parvenue en Angleterre que tout dernièrement. Elles avaient déjà pris deux vaisseaux de la Compagnie, et menacent évidemment d'en capturer beaucoup d'autres. Le gouvernement est extrêmement soucieux.

— Cela ne m'étonne pas ! s'écria Jack.

Maurice et la Réunion se trouvaient exactement sur l'itinéraire du commerce avec les Indes orientales ; les vaisseaux de la Compagnie, en général assez bien armés, pouvaient se défendre contre les corsaires et pirates infestant ces eaux, mais la Royal Navy, en tirant le meilleur parti de ses ressources, parvenait tout juste à contenir les vaisseaux de la Marine française, et l'arrivée soudaine de quatre frégates ne pouvait qu'être catastrophique ; de plus, les Français disposaient d'excellents ports en eau profonde à Port Louis, Port Sud-Est, autrement dit Grand Port, et Saint-Paul, abrités des fréquents cyclones et regorgeant de fournitures pour la marine, tandis que pour la Royal Navy la base la plus proche, Le Cap, se trouvait plus de deux mille milles au sud.

Stephen resta silencieux quelques instants.

— Connaissez-vous la *Boadicea* ? demanda-t-il tout à coup.

— La *Boadicea*, 38 canons ? Oui, bien sûr. Un bon navire, quoique lent ; il doit partir pour les îles Sous-le-Vent, commandé par Charles Loveless.

— Bon, écoutez-moi : ce navire, cette frégate, va partir pour Le Cap. Et le capitaine Loveless devait, comme vous dites, l'y conduire pour constituer une escadre avec ce que l'amiral pourra lui consentir : une force destinée non seulement à neutraliser les frégates françaises mais à les priver de leurs bases, en bref, s'emparer de la Réunion et de Maurice, y installer un gouverneur, et en faire des colonies de la Couronne, précieuses non seulement par elles-mêmes mais comme escales sur cette route vitale.

— Une idée remarquable, dit Jack. Il m'a toujours paru absurde — contre nature — que des îles puissent ne pas être anglaises.

Il parlait un peu au hasard, ayant remarqué — oh, avec quelle attention aiguisée — que Stephen avait dit « le capitaine Loveless *devait* l'y conduire ». Etait-il possible que cela débouchât sur un commandement temporaire ?

Stephen fronça les sourcils.

— Je devais accompagner cette force, ainsi que le futur gouverneur, poursuivit-il, et j'étais en mesure de donner quelques conseils ; c'est-à-dire que l'on m'a consulté sur un certain nombre de points. Il ne m'a pas semblé que le capitaine Loveless convînt à l'aspect politique de la tâche, ni mentalement ni physiquement, mais il a beaucoup d'appuis à l'Amirauté. Toutefois, sa maladie a pris le dessus, et malgré les efforts de mes collègues et les miens, il est maintenant à terre avec un ténesme obstiné qui l'y maintiendra. J'ai fait en sorte que l'on suggère à Londres combien le capitaine Aubrey conviendrait pour ce commandement vacant... (Jack lui saisit le coude avec une force à couper le souffle, mais il poursuivit :)... qu'il l'accepterait probablement, en dépit de sa situation familiale et du délai extrêmement bref, et que j'irais le voir moi-même sans retard. On proposa d'autres noms ; on souleva quelques objections frivoles, touchant à l'ancienneté et au port de quelque pavillon, quelque marque tapageuse de distinction, car il semblait désirable que la personne ou le navire en question soit ornementé de la sorte... (Au prix d'un effort prodigieux, Jack ravala les mots : « Un guidon, un guidon de commodore, pour l'amour de Dieu ! » et Stephen poursuivit :)... Et fort malheureusement, il fallut consulter plusieurs personnes...

Il se pencha pour cueillir un brin d'herbe et le mettre dans sa bouche ; durant quelques instants il hocha la tête, et l'extrémité du brin d'herbe amplifiait ses mouvements, exprimant la colère, la désapprobation ou une négation ardente. Le cœur de Jack, gonflé par l'allusion au guidon de commodore, le plus beau rêve d'un marin avant le pavillon d'amiral, sombra dans l'obscurité quotidienne de la demi-solde.

— ... Fort malheureusement, dis-je, poursuivit Stephen, car si j'ai réussi à faire prévaloir mon opinion, il est évident qu'au moins l'une des personnes consultées a bavardé. La rumeur s'est déjà répandue en ville. L'apparition de Lady Clonfert en est la preuve manifeste ; son époux, qui commande l'*Otter*, est basé au Cap. Et voilà, c'est toujours la même chose — on babille, on jacasse, comme un troupeau d'oies dans le pré ou une bande de vieilles femmes...

Sa voix montait, stridente, indignée, et Jack se rendit compte qu'il citait des cas d'indiscrétions, d'informations transmises à l'ennemi par des commérages ; mais dans son esprit radieux régnait l'image de la *Boadicea*, avec sa figure de proue souriante déployant sa vaste poitrine sur la belle étrave de la frégate — peut-être un brin lente, et il l'avait vue manquer à virer ; mais un arrimage attentif de sa cale pour l'enfoncer légèrement de l'arrière pourrait faire une énorme différence, et aussi des trélingages croisés ; Charles Loveless ne savait rien des trélingages croisés, et moins encore des haubans Bentinck. Il vit les yeux de Stephen fixés sur lui, pleins de colère, inclina la tête avec une expression d'attention soutenue, et entendit les mots :

— ... Comme si les Français étaient sourds, idiots,

aveugles, incompétents ! Voilà pourquoi je suis obligé, à mon très grand regret, de vous faire ce résumé sommaire. En toute autre circonstance, j'eusse infiniment préféré que la nouvelle vous parvînt par les voies habituelles, sans la moindre explication — vos ordres provisoires sont à cet instant même dans les bureaux de l'amiral commandant le port —, car non seulement cela nous oblige à parler ouvertement de ce qui ne devrait jamais être mentionné, mais j'ai horreur de jouer le rôle de la bonne fée, une bonne fée très fortuite dans ce cas. Cela peut infliger un fardeau apparent, quoique fallacieux, d'obligation, et mettre en péril certaines relations.

— Pas les nôtres, mon frère, dit Jack, pas les nôtres. Et je ne vous remercierai pas puisque vous n'aimez pas cela ; mais grand Dieu, Stephen, je suis un autre homme !

C'était vrai. Plus grand, plus jeune, plus rose, les yeux étincelants de vie, il n'était plus voûté et un vaste sourire d'enfant minait à mesure tous ses efforts de gravité.

— Vous ne direz rien de tout cela à Sophie, ni à quiconque, dit Stephen avec un regard froid et perçant.

— Ne puis-je commencer à m'occuper de mon coffre ?

— Quel enfant vous faites, Jack ! s'exclama Stephen, excédé. Bien sûr que non, il ne faut pas, pas avant l'arrivée du messager de l'amiral. Ne voyez-vous pas la relation évidente de cause à effet ? J'aurais pensé que ce fût évident même à l'esprit le plus borné.

— Un navire ! s'écria Jack, bondissant lourdement.

Il avait les larmes aux yeux, et Stephen vit qu'il allait vouloir lui serrer la main d'un instant à l'autre. Il détestait toutes les effusions, et jugeait quant à lui les Anglais beaucoup trop enclins aux larmes et aux épanchements de l'âme ; pinçant les lèvres d'un air revêche, il mit les mains derrière son dos.

— Evident, même à l'esprit le plus borné : j'apparais, et aussitôt vous avez un navire. Que peut en conclure Sophie ? Que devient ma couverture ?

— Dans combien de temps pensez-vous que le messager de l'amiral sera là, Stephen ? demanda Jack, dont ces paroles sévères n'effaçaient pas le sourire affectueux.

— Espérons qu'il devancera Lady Clonfert d'au moins quelques minutes, ne serait-ce que pour prouver que les ragots ne vont pas toujours plus vite que les ordres officiels. Je ne vois vraiment pas comment nous réussirons jamais à gagner cette guerre. Whitehall sait parfaitement que le succès de la campagne de Maurice est essentiel, et pourtant quelque imbécile a dû jaboter. Je ne saurais dire à quel point cette légèreté m'exaspère. Nous renforçons Le Cap, on le leur dit : ils renforcent instantanément l'Isle de France, c'est-à-dire Maurice. Et ainsi de suite, toujours de la même manière : M. Congreve invente une fusée militaire au potentiel considérable : nous en informons instantanément le monde, comme une poule qui a pondu un œuf, effaçant ainsi tout effet de surprise. L'excellent M. Snodgrass trouve un moyen de rendre les vieux navires utilisables en peu de temps et à peu de frais : sans perdre un instant nous publions sa méthode dans tous les journaux, avec les dessins, de crainte qu'un détail n'échappe à la compréhension de nos ennemis.

Jack se donnait un air aussi solennel que possible, et hochait la tête ; mais très vite il tourna vers Stephen un visage rayonnant :

— Pensez-vous que cela puisse être une de ces plaisanteries sans lendemain ? Ordre d'appareiller dans l'instant, rappel, mise à terre pour un mois, tous les hommes enrôlés ailleurs, et enfin départ pour la Baltique, en tenue d'été ?

— Je ne le crois pas. En dehors de l'importance véritable de l'opération, bon nombre des membres du Conseil et du ministère ont leur fortune en actions de la Compagnie des Indes orientales : ruiner la Compagnie, c'est les ruiner. Non, non : je crois que nous verrons probablement dans ce cas un remarquable effort de célérité.

Jack rit tout haut de plaisir, puis observa qu'il leur fallait regagner la maison — le garçon de la Couronne attendait sa réponse.

— Je vais être obligé d'embarquer cette malheureuse femme, ajouta-t-il. On ne peut refuser l'épouse d'un camarade, la femme d'un officier que l'on connaît ; mais grand Dieu, comme je voudrais pouvoir y échapper. Venez, allons-y.

— Je ne vous le conseille pas, Sophie vous devinerait instantanément. Vous êtes aussi transparent qu'une jeune mariée. Restez ici pendant que je demande à Sophie de bien vouloir faire à Lady Clonfert votre réponse commune. Il ne faut pas qu'on vous voie tant que vous n'aurez pas vos ordres.

— Je vais à l'observatoire, dit Jack.

C'est là que Stephen le retrouva quelques minutes plus tard, son télescope braqué sur la route de Portsmouth.

— Sophie a répondu, dit Stephen, et toutes les femmes

de la maison sont occupées à briquer le salon et changer les rideaux de dentelle ; elles m'ont jeté dehors avec fort peu de cérémonie, je peux vous le dire.

La pluie promise commençait à tomber, tambourinant avec ardeur sur le dôme de cuivre ; dessous, il y avait tout juste assez de place pour deux, et ils s'y blottirent en silence. Sous le courant bouillonnant de sa joie sans mélange, Jack brûlait de demander à Stephen s'il avait eu quelque influence sur le ténesme du capitaine Loveless ; mais bien qu'il connût Stephen intimement depuis bien des années, c'était une question impossible à poser.

Plus calme à présent, il rêvait : l'océan Indien, limpide et bleu, les longues courses sous l'alizé du sud-est ; le pilotage périlleux le long des côtes, parmi les récifs de corail entourant la Réunion et Maurice ; cette décision, bien dans la manière de l'Amirauté, d'envoyer une frégate pour en neutraliser quatre ; le blocus, à peu près impossible à tenir, surtout à la saison des cyclones, sans même parler de débarquer sur ces îles, avec leurs ports si rares (et d'ailleurs fortifiés), leurs vastes récifs, le ressac perpétuel de la houle sur leurs rivages inhospitaliers ; le problème de l'eau douce ; et la nature des forces qu'il risquait d'y rencontrer... enfin, s'il parvenait à rejoindre sa station. Il allongea furtivement le bras pour toucher un morceau de bois.

— Cette escadre hypothétique, Stephen, avez-vous la moindre idée de sa puissance, et de ce qu'elle pourrait avoir à affronter ?

— Je voudrais bien le savoir, mon cher. On a mentionné la *Néréide* et le *Sirius*, c'est certain, ainsi que l'*Otter* et la possibilité d'un autre sloop ; mais tout le reste est nébuleux. Les navires qu'avait l'amiral Bertie au moment de ses dernières dépêches, lesquelles remontent à plus de trois mois, pourraient fort bien se trouver au large de Java d'ici que l'escadre soit formée. Je ne sais rien non plus de ce que Decaen pouvait avoir à Maurice avant de recevoir ses renforts, sauf la *Canonnière* et sans doute la *Sémillante* — leur terrain d'opération est si vaste. Par contre je peux vous donner les noms de leurs nouvelles frégates. Ce sont la *Vénus*, la *Manche*, la *Bellone* et la *Caroline*.

— La *Vénus*, la *Manche*, la *Bellone*, la *Caroline* ? (Jack fronçait les sourcils.) Je n'ai jamais entendu aucun de ces noms.

— Non, comme je vous l'ai dit, elles sont nouvelles, tout à fait nouvelles : elles portent quarante canons chacune. Des pièces de vingt-quatre livres, du moins pour la *Bellone* et la *Manche* — peut-être aussi les autres.

— Ah, vraiment ? dit Jack, l'œil toujours rivé au télescope.

Dans son esprit, la grande lueur rose du bonheur prenait d'étranges reflets rougeoyants. On lui parlait en fait des plus récentes frégates lourdes de la Marine française, objets de convoitise pour les chantiers britanniques. Buonaparte avait à sa disposition toutes les forêts d'Europe, les superbes chênes de Dalmatie, les grands pins du Nord pour les espars, le meilleur chanvre de Riga ; si l'homme lui-même n'était rien qu'un soldat, ses charpentiers de marine produisaient les plus beaux navires et il avait pour les commander quelques officiers fort capables. Quarante pièces chacune. La *Néréide* en portait trente-six, mais de douze livres seulement ; la *Boadicea* et le *Sirius*, avec leurs canons de dix-huit, pourraient être à la hauteur des Français, surtout si les équipages étaient aussi neufs que leurs navires ; mais cela ne faisait jamais que cent dix canons contre cent soixante, sans même parler du poids de métal par volée. Tout dépendrait des canonniers. Les autres forces présentes au Cap entraient à peine en ligne de compte. Le vaisseau amiral, le vieux *Raisonable*, soixante-quatre canons, ne pouvait plus être considéré comme un navire de combat, pas plus que la *Canonnière* des Français ; il n'avait pas en tête pour l'instant les petites unités de cette station, en dehors de l'*Otter*, un joli sloop de dix-huit pièces ; mais dans tous les cas, si l'on en venait au combat général, c'était aux frégates d'essuyer le plus fort. Il avait entendu parler de la *Néréide*, frégate d'élite de l'escadre des Antilles, et elle avait en Corbett un capitaine combattant ; il connaissait Pym de réputation ; mais Clonfert, le capitaine de l'*Otter*, était le seul avec lequel il eût jamais navigué... Un fusilier d'infanterie de marine résolu et son cheval traversèrent le champ de son objectif.

— Oh, silhouette bénie, murmura Jack, le suivant du télescope jusque derrière une meule de foin, il sera ici dans vingt minutes. Je lui donnerai une guinée.

Tout à coup l'océan Indien, l'expédition à l'île Maurice prirent une réalité nouvelle, infiniment concrète. Les personnages — l'amiral Bertie, le capitaine Pym, le capitaine Corbett et même Lord Clonfert — revêtirent une importance tangible, ainsi que les problèmes immédiats d'un nouveau commandement. Bien que son intimité avec Stephen

Maturin ne lui permît pas de poser des questions pouvant paraître impertinentes, elle était d'une espèce si rare qu'il pouvait lui faire des emprunts sans la moindre hésitation.

— Avez-vous de l'argent, Stephen ? dit-il, le soldat ayant disparu derrière les arbres. Je l'espère fort. Je vais être obligé de vous demander la guinée de ce fusilier, et bien plus encore si son message est ce que je veux croire. Ma demi-solde ne sera pas versée avant deux mois, et nous vivons à crédit.

— De l'argent, dites-vous ? dit Stephen qui pensait aux lémuriens. (Il y avait des lémuriens à Madagascar : ne pourrait-il y en avoir à la Réunion ? Des lémuriens dissimulés dans les forêts et les montagnes de l'intérieur ?) De l'argent ? Oui, oui, j'en ai des quantités. (Il fouilla ses poches.) Reste à savoir où. (Il fouilla à nouveau, se tâta la poitrine et sortit quelques papiers graisseux, billets de deux livres sur une banque de province.) Ce n'est pas cela, murmura-t-il, plongeant à nouveau dans ses poches. Pourtant j'étais sûr — est-ce dans mon autre habit ? — l'aurais-je laissé à Londres ? — tu vieillis, Maturin — ah, te voilà, chien ! s'exclama-t-il, triomphant, en retirant de la première poche un rouleau proprement noué d'un ruban. Voilà, je l'avais confondu avec mon étui à bistouri. C'est Mme Broad, des Grapes, qui l'a emballé, après l'avoir retrouvé dans une enveloppe de la Banque d'Angleterre que j'avais... que j'avais négligée. Une façon fort ingénieuse de transporter de l'argent, calculée pour tromper le pickpocket. J'espère que cela suffira.

— Combien y a-t-il ?

— Soixante ou soixante-dix livres, je crois bien.

— Mais, Stephen, le premier billet est de cinquante et le suivant aussi. Je ne crois pas que vous les ayez jamais comptés.

— Eh bien, voilà, dit Stephen avec irritation, je voulais dire cent soixante. D'ailleurs c'est ce que j'ai dit, mais vous n'avez pas fait attention.

Ils se redressèrent tous deux, l'oreille tendue. Le cri de Sophie : « Jack ! Jack ! » franchissait le bruit de la pluie, et se transforma en piaillement quand elle plongea dans l'observatoire, essoufflée et trempée.

— Il y a un soldat envoyé par l'amiral commandant le port, dit-elle, haletante, et il ne veut remettre son message qu'entre vos mains. Ah, Jack, ce pourrait-il que ce fût un navire ?

C'était un navire. Le capitaine Aubrey était requis et sommé de se rendre à bord de la *Boadicea* et d'assumer le commandement dudit navire, fonction pour laquelle les ordres ci-inclus lui donnaient mandat ; il devait faire escale à Plymouth pour recevoir à son bord R.T. Farquhar, Esquire, et tous ordres ultérieurs qui pourraient lui être transmis en ce lieu, au bureau du commissaire. Ces documents imposants, quelque peu menaçants (comme à l'habitude, le capitaine Aubrey ne devait point faillir, au péril de sa vie), étaient accompagnés d'une note amicale de l'amiral, invitant Jack à dîner avec lui le lendemain, avant d'embarquer.

L'action, à présent légitime, se déploya avec tant de force qu'en un instant Ashgrove Cottage fut sens dessus dessous. D'abord Mme Williams se cramponna férocement à son projet de changer les rideaux du salon, proclamant que cela devait être fait — que penserait Lady Clonfert ? — et protestant qu'elle ne se laisserait pas dominer ; mais son énergie n'était rien au regard de celle d'un capitaine de frégate aux ordres tout neufs, brûlant de rejoindre son navire avant le canon du soir. En quelques minutes, elle se joignit à sa fille et à la servante affolée pour brosser des uniformes, repriser frénétiquement des bas et repasser des cravates, tandis que Jack traînait son coffre de mer à travers le grenier et demandait en rugissant où était sa graisse à bottes, qui avait tripoté ses pistolets, dans un torrent d'exhortations : « la main dessus », « réveillez-vous », « pas une minute à perdre », « amenez la boîte à sextant »...

L'arrivée de Lady Clonfert, qui occupait tant de place dans l'esprit de Mme Williams moins d'une heure auparavant, passa presque inaperçue dans la confusion, une confusion accrue par les hurlements d'enfants négligés et qui atteignit son paroxysme au moment où son cocher cogna à la porte. Il fallut deux bonnes minutes de coups redoublés pour que la porte s'ouvrît et qu'elle pût pénétrer dans le salon dénudé, dont les vieux rideaux reposaient à l'une des extrémités de la banquette et les nouveaux à l'autre.

Cette pauvre lady passa un bien mauvais moment. Elle s'était habillée avec un soin particulier, de vêtements choisis pour ne pas offenser Mme Aubrey en étant trop à la mode ou trop seyants, mais en même temps pour enjôler le capitaine Aubrey, et elle avait préparé un discours candide sur les femmes de marins, le respect et l'affection de Clonfert pour son vieux compagnon de bord, et sa totale familiarité avec la vie à bord d'un navire de guerre, sans oublier quelques discrètes allusions à ses relations avec le général Mulgrave, le Premier Lord, ainsi qu'avec Mme Bertie, épouse de l'amiral commandant au Cap. Elle débita ce discours pour Stephen, coincé à côté de l'horloge sous une fuite d'eau, avec quelques charmants apartés pour Sophie ; et elle fut obligée de le répéter quand Jack apparut, décoré des toiles d'araignée du grenier, portant son coffre. Il est difficile de sembler candide deux fois coup sur coup, mais elle fit de son mieux, car elle tenait beaucoup à la perspective d'échapper à l'hiver anglais, et l'idée de revoir son époux la remplissait d'une plaisante animation. Son embarras faisait palpiter sa poitrine, une rougeur avait envahi son joli visage, et de son coin Stephen observa que, dans ces circonstances difficiles, elle se défendait assez bien — que Jack, du moins, n'était pas insensible à son désarroi. Mais il remarqua aussi avec regret un certain raidissement de l'attitude de Sophie, quelque contrainte dans son aimable sourire, et presque de l'aigreur dans sa réponse à la suggestion de Lady Clonfert qu'elle pourrait elle aussi repriser les bas du capitaine et se rendre utile pendant le voyage. La réticence glaciale de Mme Williams, ses reniflements répétés et son affairement ostentatoire lui paraissaient normaux ; mais bien qu'il sût depuis longtemps que la jalousie faisait partie du caractère de Sophie — la seule partie peut-être qu'il eût souhaitée différente —, il se chagrinait de la voir ainsi affichée. Jack avait saisi le signal aussi vite que son ami — Stephen vit son regard anxieux — et sa cordialité envers Lady Clonfert, jusque-là modérée, diminua sensiblement ; il répéta toutefois ce qu'il avait dit au début — qu'il serait heureux de transporter Sa Seigneurie jusqu'au Cap. Que s'était-il passé avant ce regard, pour qu'il soit si anxieux ? Le docteur Maturin tomba dans une méditation sur l'état de mariage : la monogamie, une aberration ? Jusqu'où, dans le temps et l'espace ? Observée avec quelle rigueur ? Il fut tiré de ses pensées par la voix forte de Jack déclarant que Sa Seigneurie connaissait sans aucun doute la monotonie d'une descente de la Manche, qu'il lui recommandait fortement de prendre la poste jusqu'à Plymouth, qu'il la suppliait de réduire au strict minimum provisions et bagages, et qu'il devait une fois de plus recommander la plus exacte ponctualité, quelle que fût la brièveté du délai accordé : pour sa part, il eût avec bonheur laissé passer la marée pour être utile, mais au service du Roi il ne pouvait perdre une minute.

Puis tout le monde se leva ; bientôt Jack conduisit Lady Clonfert, sous un parapluie, jusqu'à sa voiture, ferma solidement la porte sur elle, et revint dans la maison, le visage rayonnant d'une bienveillance universelle, comme si elle n'existait pas.

Mme Williams dénigrait l'étole de Lady Clonfert, son teint et sa moralité avec une volubilité que Stephen ne put s'empêcher d'admirer. Mais quand Jack déclara qu'en deux heures il aurait terminé ses bagages, que Stephen l'obligerait infiniment en se rendant tout droit à Gosport à cheval afin de ramener John Parley et le dog-cart de Newman pour emporter le télescope, et qu'il était décidé à monter à bord avant le canon du soir pour faire appareiller la *Boadicea* au jusant, elle fut frappée de mutisme. L'effet ne fut toutefois pas le même sur sa fille, qui avança aussitôt un grand nombre de raisons interdisant absolument à Jack d'embarquer le soir même : l'état de son linge jetterait le discrédit sur le service ; ce serait affreusement grossier envers le cher amiral Wells, si aimable, de ne pas dîner avec lui, une impolitesse totale, et presque de l'insubordination, alors que Jack était toujours tellement à cheval sur la discipline. D'ailleurs, il pleuvait. Il apparut clairement à Stephen qu'elle était non seulement horrifiée de perdre Jack si vite mais aussi désolée de sa récente... — acrimonie était un mot trop fort — car elle se lança aussitôt dans un éloge de leur visiteuse. Lady Clonfert était une femme tout à fait élégante, bien élevée, et avait de fort beaux yeux ; son désir de rejoindre son époux était en tout méritoire et compréhensible ; sa présence à bord plairait certainement au carré, et même à tout l'équipage.

Puis Sophie retrouva des arguments contraires au départ précipité de Jack : demain matin serait de très loin préférable ; il était tout à fait impossible que son vestiaire fût prêt avant cela. En dépit de sa vivacité d'esprit, les raisons logiques manquèrent bientôt et Stephen, sentant qu'à tout instant elle pourrait en venir à d'autres, ou même aux larmes, ou faire appel à son soutien, se glissa silencieusement hors de la pièce et s'en fut un moment bavarder avec son cheval, dans l'écurie. Quand il revint, il trouva Jack à la porte, le regard fixé sur la chevauchée des nuages. Sophie était à ses côtés, exceptionnellement belle dans son inquiétude et son émotion.

43

— Le baromètre monte, dit Jack, pensif, mais le vent est encore plein sud... Etant donné l'endroit où elle est mouillée, tout au fond du port, il n'y a pas le moindre espoir de la faire sortir à cette marée. Non, ma chère, vous avez peut-être raison. Peut-être vaut-il mieux que j'embarque demain. Mais demain, mon cœur, dit-il, la regardant avec tendresse, demain à l'aube vous perdez votre mari qui retrouve son élément naturel.

Chapitre 2

Sur cet élément humide, toujours instable, souvent perfide, mais pour le moment aimable et tiède, le capitaine Aubrey dictait une lettre officielle à son secrétaire satisfait.

A bord de la *Boadicea*, en mer

Monsieur,

J'ai l'honneur de vous informer qu'à l'aube du 17 courant, les Dry Salvages gisant à deux lieues au sud-sud-est, le navire de Sa Majesté placé sous mon commandement eut la bonne fortune de faire la rencontre d'un navire de guerre français accompagné d'une prise. A l'approche de la *Boadicea*, il laissa porter, abandonnant sa prise, un senau dont les mâts de hune étaient affalés sur le pont. Nous nous efforçâmes de venir au contact de l'ennemi, qui entreprit de nous entraîner parmi les écueils des Dry Salvages ; mais ayant manqué à virer par suite de la perte de son mât de hune d'artimon, il talonna sur un récif. Peu après, la brise étant tombée jusqu'au calme plat et les rochers l'abritant des canons de la *Boadicea*, il fut abordé et pris par nos embarcations et se révéla être l'*Hébé*, anciennement *Hyaena*, frégate de Sa Majesté de vingt-huit canons mais portant à présent vingt-deux pièces de vingt-quatre livres, des caronades, et deux pièces longues de neuf livres, avec un équipage de deux cent quatorze hommes commandés par M. Bretonnière, lieutenant de vaisseau, son capitaine ayant été tué lors du combat avec la prise. Il avait quitté Bordeaux

45

depuis trente-huit jours, en croisière, et pris les navires anglais nommés dans la marge.

Mon premier lieutenant, M. Lemuel Akers, officier âgé et méritant, commandait les chaloupes de la *Boadicea* et conduisit l'attaque de la manière la plus vaillante ; tandis que le lieutenant Seymour et M. Johnson, second maître, faisaient preuve d'une grande activité. En vérité je suis heureux de dire que la conduite des hommes de la *Boadicea* m'a donné grande satisfaction et je n'ai d'autres pertes à déplorer que deux hommes légèrement blessés.

Le senau fut repris sans délai : il s'agit de l'*Intrepid Fox*, de Bristol, patron A. Snape, en provenance des côtes de Guinée, chargé de dents d'éléphants, poussière d'or, graines de paradis, cuirs et peaux. Etant donné la valeur de sa cargaison, j'ai cru bon de l'envoyer à Gibraltar, escorté par l'*Hyaena* sous le commandement du lieutenant Akers.

Avec lesquels j'ai bien l'honneur d'être, etc.

Le capitaine Aubrey observait avec une grande bienveillance les envolées de plume de son secrétaire. La lettre était vraie dans son essence, mais, comme la plupart des lettres officielles, elle contenait un certain nombre de mensonges. Jack ne considérait pas comme un officier méritant Lemuel Akers, dont la vaillance s'était en fait limitée à beugler dans la direction de l'*Hébé*, de la chambre de la chaloupe où sa jambe de bois le confinait ; la conduite de plusieurs des membres de l'équipage de la *Boadicea* remplissait leur nouveau capitaine d'impatience, et le senau n'avait pas été repris sans délai.

— N'oubliez pas les blessés, en bas de la page, M. Hill, dit-il : James Arklow, matelot léger, et William Bates, infanterie de marine. A présent, veuillez avoir l'obligeance de prévenir M. Akers que je lui demande de porter à Gibraltar une couple de lettres privées.

Resté seul dans la chambre du conseil, il regardait par les fenêtres de poupe : la mer était calme, ensoleillée, fourmillante du va-et-vient des canots entre ses prises ; dans le gréement de l'*Hébé* ou plutôt de l'*Hyaena*, les hommes mettaient la dernière main aux réparations : les haubans de son nouvel artimon étaient déjà enfléchés. Il avait en John Fellowes un maître d'équipage de premier ordre. Puis il saisit une feuille de papier et commença :

« Mon cœur — quelques lignes en hâte pour vous dire tout mon amour et que tout va bien. Nous avons eu un voyage étonnamment favorable jusqu'à 35° 30', avec belle brise sur la hanche et huniers à deux ris — la meilleure allure de la *Boadicea* dans son assiette actuelle —, de l'instant où le cap Rame est passé sous l'horizon, à travers tout le golfe de Gascogne et presque jusqu'à Madère. Nous étions entrés à Plymouth au plein du jusant, dans la nuit de lundi — nuit noire, avec grains de neige fondue et vent fort —, et comme nous avions hissé notre numéro à Stoke Point, M. Farquhar était prêt et nous attendait avec son bagage au bureau du Commissaire. J'ai envoyé un messager à l'auberge de Lady Clonfert, la priant d'être sur le quai vingt minutes après l'heure ; mais par suite de quelque erreur elle n'est pas apparue et je me suis vu forcé d'appareiller sans elle.

« Quoi qu'il en soit, pour abréger, cette jolie brise nous a poussés à travers le Golfe, où la *Boadicea* s'est révélée navire sec et de bonne race, et j'ai cru un moment que nous verrions l'île en à peine plus d'une semaine. Mais ensuite la brise a refusé au sud-est et j'ai dû faire route sur Tenerife, en maudissant le sort. Comme on piquait quatre coups du quart du jour, je me trouvais sur le pont pour être sûr que le premier maître, un vieil homme ignorant, ne nous jette pas sur les Dry Salvages comme il avait failli le faire sur Penlee Point ; et là, juste sous notre vent, dans le petit jour, se trouvait un Français, à la cape près de sa prise. Il n'avait pas la moindre chance car la prise, un navire marchand de la côte de Guinée, bien armé, l'avait vivement malmené avant sa capture ; son gréement était ravagé, il enverguait un nouveau petit hunier, et bon nombre de ses hommes se trouvaient à bord du Guinéen, pour le remettre en état ; de plus, il ne faisait pas la moitié de notre taille. Comme nous avions l'avantage du vent, nous pûmes nous permettre de laisser porter et de tirer de nos pièces de chasse : non que cela lui fît grand mal, sauf à troubler son équipage. Cependant il s'escrima de son mieux, nous harcelant de sa pièce de poupe et cherchant à nous entraîner dans les quatre brasses d'eau du Dog-Leg Passage. Mais j'avais sondé ce chenal à l'époque où j'étais aspirant sur la *Circé*, et comme nous calons vingt-trois pieds, je ne me hasardai pas à le suivre, malgré l'absence de houle. S'il avait réussi à passer, nous aurions pu le perdre, la *Boadicea* étant un brin paresseuse (vous ne répéterez cela nulle part, ma chère) ; mais nous abattîmes son mât de hune d'artimon, il manqua à virer au tournant du passage, s'engagea sur le récif et, faute de vent, ne put le franchir. Nous mîmes donc les canots à l'eau et le capturâmes sans trop de difficultés, quoique je regrette de dire que son commandant fut blessé — Stephen est justement occupé à le rafistoler, le pauvre homme.

« Il n'y eut dans tout cela nulle gloire, mon cœur, pas le moindre soupçon de danger ; le plaisant de l'affaire est que l'on peut tout juste l'appeler frégate. C'est notre vieille *Hyaena*, une « jackass » de vingt-huit pièces remontant au déluge, que les Français nous prirent quand j'étais gamin : elle était trop chargée en canons, bien entendu, et ils la réduisirent à ce qu'ils appellent corvette, avec des caronades de vingt-quatre livres et une couple de longues pièces de neuf — j'ai eu du mal à la reconnaître tout d'abord, tant elle a changé. Mais elle reste une frégate pour nous, et bien entendu le service va la racheter : c'est d'ailleurs un bon voilier, surtout au plus près, et nous l'avons tirée d'affaire sans dommages (sauf une ou deux brasses de sa doublure de cuivre arrachée). Et puis il y a la prime par tête, pour les marins récupérés, et par-dessus tout ce marchand de Guinée. Ce n'est pas de la prise pour nous, puisqu'il est anglais, mais du sauvetage, et il représente une belle somme, ce qui, étant donné l'état de notre chaudière, ne sera pas malvenu. Malheureusement, l'amiral aura une part. Bien que mes ordres soient venus de l'Amirauté, ce vieux malin y a ajouté quelques sottises pour être sûr de récupérer l'un de mes huitièmes si je capturais quelque chose ; et il l'a fait de la manière la plus éhontée, après dîner, tout en riant joyeusement, ah, ah ! Tous les amiraux sont de la même farine, je crois bien, et je pense que nous trouverons la même chose au Cap.

A peine avait-il écrit ce dernier mot que les graves mises en garde de Stephen sur la discrétion lui revinrent à l'esprit : il le remplaça avec soin par « notre destination », puis en revint au marchand de Guinée.

« Ordinairement, il eût été chargé à couler bas de nègres pour les Antilles, ce qui aurait beaucoup ajouté à sa valeur ; mais peut-être vaut-il mieux qu'il n'en soit rien. Stephen se conduit de façon si extravagante dès l'instant où l'on parle d'esclavage que j'aurais été obligé, je crois, de les remettre à terre pour éviter qu'il ne soit pendu pour mutinerie. La dernière fois que j'ai dîné au carré, Akers, mon second, aborda le sujet, et Stephen le traita avec tant de rigueur que je dus intervenir. M. Farquhar est du même avis que Stephen, et je suis sûr qu'ils ont raison — c'est une chose affreuse à voir, en vérité —, pourtant, parfois, je ne peux m'empêcher de penser qu'une paire de jeunes Noirs, solides, dociles, appliqués à leur tâche et ne pouvant donner leurs huit jours, serait diablement utile à Ashgrove Cottage. Et puisque j'en suis au cottage, j'ai écrit à Ommaney de vous envoyer promptement toute l'avance qu'il consentira sur l'*Hyaena*, avec quoi je vous prie de vous acheter aussitôt une pelisse et une étole contre ces infernaux courants d'air, et... »

Suivait une liste d'améliorations domestiques à réaliser : la chaudière, bien sûr ; la cheminée du salon à reconstruire ; appeler Goadby, pour refaire le toit ; acheter une vache Jersey venant de vêler, en prenant conseil de M. Hick.

« Ma chère, le temps s'envole. Ils en sont à hisser les canots de l'*Hyaena* et le senau a dérapé son ancre. Nous toucherons peut-être Sainte-Hélène, mais autrement je dois vous quitter jusqu'à ce que nous atteignions notre port. Que Dieu vous bénisse et vous garde, mon cœur, et les enfants. »

Il soupira, sourit et allait cacheter sa lettre quand Stephen entra, pâle et les traits tirés.

— Stephen, dit-il, je viens d'écrire à Sophie, avez-vous un message ?

— Je l'embrasse, bien sûr, et mes compliments à Mme Williams.

— Grand Dieu, s'écria Jack, écrivant à toute vitesse, merci de me l'avoir rappelée. J'ai expliqué pour Lady Clonfert, observa-t-il en fermant la lettre.

— Alors j'espère que vous avez donné une explication brève, dit Stephen. Les détails circonstanciés détruisent le mensonge. Plus il est long, moins il est crédible.

— J'ai simplement dit qu'elle n'était pas au rendez-vous, voilà tout.

— Rien sur les trois heures du matin, les embrouilles à l'auberge, les signaux ignorés, le canot fonçant comme pour échapper au jugement dernier, et la dame abandonnée ? demanda Stephen, avec le grincement déplaisant qui passait chez lui pour un rire.

— Quel jaseur vous faites, vraiment, dit Jack. Voyons, Stephen, comment va votre patient ?

— Eh bien, il a perdu une grande quantité de sang, on ne peut le nier ; mais d'autre part j'ai rarement vu un homme ayant tant de sang à perdre. Il devrait s'en tirer très bien, si Dieu le veut. Il a le cuisinier du défunt capitaine avec lui, un fameux artiste, et souhaite qu'on puisse le garder à bord, si cela convient au vaillant vainqueur.

— Magnifique, magnifique. Un fameux artiste dans la cuisine sera le couronnement d'une jolie matinée de travail. Ne fut-ce pas une jolie matinée de travail, Stephen ?

— Eh bien, dit Stephen, mes félicitations pour votre capture ! mais si par « jolie » il nous faut comprendre une élégante économie de moyens, je ne saurais vous congratuler. Tous ces grands coups de canon pour un résultat aussi pitoyable que le mât de hune d'artimon d'une pauvre petite chose, et encore, prise dans les rochers, la malheureuse — l'Apocalypse avant son heure. Et ces déshonorantes manœuvres de huniers, tantôt masqués, tantôt portants, avant même d'approcher le marchand de Guinée, en dépit des appels passionnés de son capitaine ; et le tout interminable, cependant que nul n'était autorisé à poser le pied sur ces rochers, sous le prétexte qu'il n'y avait pas une minute à perdre. Pas une minute, en vérité : alors qu'on en a gaspillé quarante-sept en pure perte — quarante-sept minutes d'observation précieuse qui ne se rattraperont jamais.

— Ce que je sais, Stephen, et que vous ne savez pas, commença Jack, mais un messager l'interrompit : avec l'autorisation du capitaine, M. Akers était prêt à embarquer.

Sur le pont, Jack constata que la brise de sud-ouest s'établissait, régulière, comme sur commande, une brise parfaite pour pousser l'*Hyaena* et sa conserve jusqu'à Gibraltar. Il remit ses lettres au premier lieutenant, recommanda une fois encore la plus grande vigilance et l'entraîna vers la coupée. M. Akers manifestait une tendance à s'attarder, à exprimer son extrême gratitude pour ce commandement (d'ailleurs l'*Hyaena* récupérée assurait sa promotion) et à assurer le capitaine Aubrey que si un seul des prisonniers passait le nez par un capot, il serait instantanément pulvérisé par sa propre mitraille, mais enfin il s'en fut ; penché sur la lisse, Jack regarda les canots de la *Boadicea* l'emporter avec ses compagnons. Certains allaient à bord du navire de guerre, pour le manœuvrer et garder les prisonniers, d'autres à bord de l'*Intrepid Fox*, pour renforcer son équipage malade et réduit : un nombre d'hommes surprenant dans les deux cas.

Bien peu de capitaines, loin d'une équipe de recruteurs, d'un navire d'accueil ou de toute autre source d'hommes, auraient souri à en voir autant, tirant avec peine sur les avirons en direction d'autres navires, pour ne jamais revenir, selon toute probabilité, mais Jack rayonnait comme le soleil levant. Grâce aux excellentes relations du capitaine Loveless, la *Boadicea* avait un équipage pléthorique : un bon équipage moyen, dans l'ensemble, avec une part raisonnable de terriens et une proportion satisfaisante d'hommes méritant leur appellation de matelot qualifié ; mais il y avait aussi un certain nombre de cas difficiles, ne valant pas leur nourriture ni l'espace qu'ils occupaient. Le tout dernier apport était constitué entièrement d'un quota de détenus du Bedfordshire, marginaux, petits délinquants et vagabonds, dont aucun n'avait jamais approché la mer. Les prisonniers anglais de l'*Hébé*, de vrais marins provenant pour la plupart de navires anglais, et une couple d'excellents matelots recrutés sur l'*Intrepid Fox* compensaient largement leur perte ; à présent, avec une profonde satisfaction, Jack regardait huit sodomites, trois voleurs notoires, quatre hommes au cerveau égaré et une troupe de tire-au-flanc et de chicaneurs invétérés s'en aller pour de bon. Il se réjouissait aussi d'être débarrassé d'un grand voyou d'aspirant qui rendait impossible la vie des jeunes messieurs ; mais par-dessus tout, il était enchanté de ne plus jamais voir son second. M. Akers, unijambiste, était un homme dur, grisonnant, saturnien ; la douleur de sa blessure l'entraînait souvent

51

dans des éclats d'une mauvaise humeur féroce ; et il n'était pas du même avis que Jack pour toutes sortes de choses, y compris le fouet. Plus grave encore, blessure honorable ou pas, Akers n'était pas bon marin : quand Jack avait embarqué pour la première fois, il avait trouvé la frégate avec deux tours et une coque dans ses câbles, situation déplorable ; ils avaient perdu une heure et vingt minutes à dégager l'écubier, tandis que le signal d'appareillage de la *Boadicea* battait au vent, souligné par de fréquents coups de canon : et cette impression d'inefficacité furieuse et affairée n'avait fait que se renforcer de jour en jour.

Voilà : il avait fait deux plaisantes captures ; en même temps il se libérait d'hommes dont la présence l'aurait gêné pour transformer la frégate en instrument d'attaque tout à fait efficace, et surtout en navire heureux, et il l'avait fait d'une manière qui apporterait le maximum à M. Akers. C'était là du joli travail. Il se trouvait désormais à la tête d'un équipage dont les qualités marines collectives étaient déjà relativement bonnes, en dépit des quelque cinquante ou soixante novices restants, et dont les capacités canonnières, quoique du plus bas niveau — comme si souvent sous le commandement d'officiers n'ayant du combat qu'une seule vision : l'engagement vergue à vergue où aucun coup ne peut manquer son but —, étaient sans aucun doute améliorables.

— Nous avons de vastes aptitudes, Madame, très vastes, murmura-t-il ; et il passa du sourire au gloussement intérieur en se remémorant que, pour une fois, sa ruse avait échappé à Stephen Maturin. Il savait en effet quelque chose que Stephen ignorait : ces quarante-sept minutes faisaient toute la différence entre sauvetage et non-sauvetage, entre le droit de la *Boadicea* à un huitième de la valeur du marchand de Guinée et une simple lettre de remerciements de ses armateurs. L'*Intrepid Fox* avait été capturé quarante-six minutes après dix heures, le mardi, et s'il avait accepté la reddition du capitaine de prise français un instant avant la fin de la vingt-quatrième heure, selon la loi de la mer le marchand de Guinée n'eût pas été l'objet d'un sauvetage. Et quant à laisser Stephen passer trois quarts d'heure sur les Dry Salvages, à la recherche d'insectes problématiques, Jack l'avait trop souvent déposé sur des rochers lointains, en plein océan, et avait été obligé de l'en faire revenir par la force, longtemps, bien longtemps après l'heure fixée ;

52

mais il aurait l'occasion de lui offrir une compensation : les récifs de corail étaient nombreux de l'autre côté du Cap.

— Signal de la frégate, monsieur, s'il vous plaît, dit l'aspirant des signaux. *Demande permission de faire route.*

— Envoyez *Exécution*, répondit Jack, et ajoutez *Bonne route*.

L'*Hyaena* déferla proprement ses huniers, les borda et prit de l'erre, suivie par le marchand de Guinée, une encablure sous le vent ; après les avoir regardés un moment prendre leur cap vers Gibraltar, Jack donna les ordres qui conduiraient la *Boadicea* vers le tropique, au plus près dans la brise fraîchissante, puis regagna la chambre du conseil. Les cloisons, abattues quand la frégate avait fait le branle-bas, étaient remises en place et les deux grosses pièces de dix-huit livres amarrées en long ; mais le canon tribord était encore chaud, et l'odeur de poudre et de mèche lente, parfum le plus excitant qui soit, en mer ou à terre, flottait dans l'air. La superbe pièce était tout à lui, avec ses nobles espaces et la courbe scintillante de ses fenêtres de poupe, en dépit de son distingué passager ; car si M. Farquhar était destiné à devenir gouverneur, son statut restait fort théorique puisqu'il dépendait de la défaite d'une puissante escadre française et de la conquête des îles qu'il aurait à gouverner ; pour le moment, il lui fallait se contenter de ce qui eût servi en temps normal de salle à manger au capitaine. Jack lança un dernier regard fervent à ses prises, qui rapetissaient vers le nord sur la mer bleu clair, étincelante, et lança :

— Faites passer pour M. Seymour, M. Trollope et M. Johnson.

Seymour, le second lieutenant, et Trollope, le troisième, suivis de Johnson, un second maître, arrivèrent en hâte, l'air content mais un peu inquiet : ils savaient parfaitement que la *Boadicea*, malgré son succès, ne s'était pas distinguée, surtout lorsqu'il avait fallu tirer l'*Hyaena* de son rocher inoffensif et la remorquer hors du chenal, et ils n'étaient pas très sûrs de ce que leur nouveau capitaine allait leur dire. Seymour et Johnson auraient presque pu être frères : petits, roses et dodus, la tête ronde et le visage ouvert et frais sur lequel l'expression d'un sobre respect semblait moins naturelle que la gaieté. Jack avait rencontré ce type d'homme cent fois dans sa carrière et il était heureux de les avoir à bord. Il avait vu d'autres Trollope, aussi. Trollope était grand, noir de poil, avec un visage sombre, déterminé, sans humour, une forte mâchoire ; il pourrait devenir une vraie brute de second sous un mauvais supérieur, ou un diabolique capitaine lui-même, si jamais il atteignait ce grade. Mais il était jeune, pas encore fixé. Ils étaient tous jeunes, bien que Johnson — vieux pour son grade — approchât les trente ans.

Jack savait à merveille ce qu'ils avaient en tête ; quand il était lieutenant, il avait souvent été convoqué pour recevoir le blâme des errements d'autrui. Mais ce qu'il ne savait pas, c'est que l'expression de déférence empreinte sur le visage de ces jeunes gens capables, entreprenants, expérimentés, découlait non seulement du respect dû à son rang mais aussi d'une sorte d'admiration suscitée par sa réputation dans le service : avec la *Sophie*, son brick de quatorze canons, il s'était emparé du *Cacafuego* espagnol, trente-deux pièces ; il était l'un des rares capitaines de frégate ayant jamais attaqué un vaisseau de ligne français, un soixante-quatorze ; capitaine temporaire du *Lively*, il avait obligé la *Clara* et la *Fama*, navires espagnols de force égale, à amener leur pavillon dans un mémorable combat de frégates au large de Cadix ; et pour les coups de main à terre ou en général pour harceler l'ennemi, il avait peu d'égaux parmi ceux de son rang sur la liste de la Navy. Jack n'en savait rien et n'en avait aucun soupçon, en partie parce qu'il se sentait encore tout à fait leur contemporain, et aussi parce qu'il considérait sincèrement ses exploits les plus remarquables comme l'effet de la chance : il s'était trouvé là, et à sa place n'importe quel officier en eût fait de même. Ce n'était pas fausse modestie ; il avait connu des dizaines d'officiers, de bons officiers, d'excellents marins, au courage indiscutable, qui avaient servi tout au long des guerres sans avoir jamais la chance de se distinguer ; des hommes commandant des escorteurs, des transports, ou même les navires de ligne assurant le blocus perpétuel de Brest et de Toulon, qui affrontaient fréquemment le danger, mais celui de la mer violente plutôt que de l'ennemi, et qui par conséquent demeuraient obscurs, souvent sans promotion et toujours pauvres : s'ils s'étaient trouvés au bon endroit, au bon moment, ils auraient fait aussi bien ou mieux que lui, c'était une simple affaire de chance.

— Eh bien, messieurs, dit-il, voici un agréable début de traversée. Mais nous avons perdu M. Akers. M. Seymour, vous aurez la bonté de prendre sa place.

— Merci, monsieur, dit Seymour.

— Monsieur Johnson, vous avez passé l'examen de lieutenant, je crois ?

— Oh oui, monsieur. Le premier mercredi d'août 1802, dit Johnson, rougissant avant de devenir remarquablement pâle.

Il avait passé l'examen mais, comme pour tant d'autres aspirants sans relations, la promotion espérée n'était jamais venue. Toutes ces années il était resté second maître, l'aîné des aspirants, jamais plus, la probabilité d'une nomination s'estompant un peu plus à chaque anniversaire ; elle avait presque disparu à présent, et il semblait destiné à terminer sa carrière comme premier maître, au mieux, simple officier marinier, avant d'être rejeté sur la plage sans avoir jamais commandé. La *Boadicea* avait à son bord des aspirants aux prétentions très supérieures aux siennes : le capitaine Loveless avait embarqué le filleul d'un amiral, le neveu d'un autre, et l'héritier du député de Old Sarum, alors que le père de Johnson n'était que lieutenant à la retraite.

— Dans ce cas, dit Jack, je vais vous nommer lieutenant à titre temporaire, en espérant que l'amiral, au Cap, le confirmera. (Johnson, à présent écarlate, bafouilla ses remerciements et Jack poursuivit sans s'attarder :) Car je ne vous cacherai pas, messieurs, que Le Cap est notre destination. Ce que vous ne savez peut-être pas, c'est que quatre frégates françaises de quarante pièces nous attendent de l'autre côté. La petite escarmouche d'aujourd'hui a donc été très bienvenue. Elle a plu aux nouveaux — elle les a mis dans le coup, en quelque sorte, et a coupé court aux fantaisies de l'*Hébé* ; voilà plusieurs semaines qu'elle harcelait notre commerce. Je pense donc que nous pouvons boire un verre de vin à cette occasion. Probyn ! appela-t-il (Probyn était son serviteur), sortez-nous une bouteille de madère et puis courez à l'avant, veillez à ce que le cuisinier du capitaine français soit confortablement installé : traitez-le bien. A la santé de l'*Hyaena*, ex-*Hébé* : et à son bon atterrage. (Ils burent avec gravité, persuadés que ce n'était certainement pas tout ce que le capitaine avait à leur dire.) Très bienvenue, poursuivit-il, mais je ne pense pas que l'un d'entre vous parlerait de joli travail.

— Ce n'était pas du tout dans votre style minorquin, monsieur, dit Trollope.

Jack regarda fixement le lieutenant. Avaient-ils été compagnons de bord ? Il ne se souvenait pas du tout de ce visage.

— J'étais aspirant sur l'*Amélia*, monsieur, quand vous avez amené le *Cacafuego* à Mahon. Grand Dieu, comme nous avons acclamé la *Sophie* !

— Vraiment ! dit Jack, un peu embarrassé. Eh bien, je suis heureux qu'aujourd'hui nous n'ayons pas rencontré le *Cacafuego*, sans même parler de l'un de ces Français du Cap : car si les Boadiceas paraissent dans l'ensemble convenables et de bonne volonté — je n'ai pas vu trace de lâcheté —, leur artillerie est pitoyable au-delà de toute description. Quant aux avirons, jamais, jamais de ma vie je n'ai vu un si grand nombre d'êtres humains incapables de manier un aviron : à bord du cotre rouge, il n'y avait pas un seul homme, en dehors du vieux Adams et d'un fusilier, qui sût comment faire. Mais c'est l'artillerie qui m'inquiète le plus : pitoyable, pitoyable... Volée après volée, à cinq cents yards et même moins, où sont passés nos boulets ? Pas à bord du Français, messieurs. Le seul coup au but a été tiré par la pièce de chasse, et elle était pointée par Jack, l'aide commis aux vivres, qui n'avait rien à faire hors de la soute à biscuit. A présent, imaginez simplement que nous ayons rencontré une frégate française bien menée, capable de nous percer la coque avec ses pièces de vingt-quatre à près d'un mille ; car leurs canonniers sont d'une précision diabolique, comme vous le savez certainement.

Au cours de la pause solennelle qui suivit, il remplit leurs verres.

— ... Grâce à Dieu, poursuivit-il, cela s'est produit de bonne heure : rien n'eût pu mieux tomber. Les plus novices sont débarrassés du mal de mer ; ils sont fort contents d'eux-mêmes, pauvres bougres ; et tous les matelots sont plus riches d'une année de paie, gagnée en une matinée de soleil. Il faut absolument qu'ils comprennent qu'en leur enseignant leur devoir nous leur permettons d'en gagner plus. Ils s'y donneront à présent, et de bon cœur ; plus besoin de canne et de corde. D'ici que nous atteignions Le Cap, messieurs, je compte que tous ceux qui figurent sur le rôle d'équipage, jusqu'au dernier mousse, soient à tout le moins capables de manier un aviron, de serrer et d'ariser une voile, de charger, pointer et tirer un coup de mousquet et de canon : et s'ils n'apprennent que cela, et à obéir aux ordres, eh bien, nous pourrons affronter n'importe quelle frégate française.

Ses lieutenants partis, Jack réfléchit un moment. Il ne doutait pas qu'ils fussent entièrement de son côté ; c'était le

56

type d'hommes qu'il connaissait et aimait ; mais il restait beaucoup à faire. Avec leur aide, il parviendrait peut-être à transformer la *Boadicea* en une puissante batterie flottante au feu mortel ; mais il fallait encore qu'elle parvînt sur son théâtre d'opération, et aussi rapidement que les éléments le permettraient. Il envoya chercher le premier maître et le maître d'équipage et se déclara insatisfait de la marche de la frégate, autant pour sa vitesse que pour son angle au vent.

Il s'ensuivit une conférence hautement technique au cours de laquelle il rencontra une résistance obstinée chez Buchan, le premier maître, homme d'âge, aux opinions immuables, refusant d'admettre que tout réarrangement de la cale, toute tentative pour l'enfoncer de l'avant puisse avoir le moindre effet favorable. Lente, elle avait toujours été, et lente elle serait toujours : il avait toujours arrimé la cale exactement de la même manière, depuis qu'il était à bord. Le maître d'équipage, en revanche, plutôt jeune pour cette fonction importante et marin jusqu'au bout des ongles, élevé sur les navires charbonniers de la mer du Nord, se montra aussi ardent que son capitaine à tirer le meilleur de la *Boadicea*, même si cela impliquait d'essayer quelque chose de nouveau. Il insista sur l'effet favorable du trélingage, bien embraqué, et se déclara totalement d'accord avec le projet de donner de la quête au mât de misaine ; Jack se prit de sympathie pour lui.

La maussaderie de M. Buchan était due en partie à la faim. Le carré dînait à une heure, moment depuis longtemps passé ; le dîner d'aujourd'hui n'eût en tout cas présenté aucun intérêt, mais son absence rendait le premier maître positivement morose. Le maître d'équipage avait dîné à midi avec le charpentier et le canonnier, il émanait de lui une odeur de nourriture et de tafia, et Buchan haïssait son visage joyeux, et plus encore son flux de paroles.

Jack aussi appréciait la bonne chère et quand il les eut libérés, il se rendit dans le rouffle où il trouva Stephen et M. Farquhar, mangeant du gâteau.

— Vous ai-je interrompus ?

— Pas du tout, dirent-ils, lui dégageant une place parmi les livres, documents, cartes, proclamations et affiches qu'ils s'efforçaient de rassembler après la brusque disparition et réapparition de leurs logements.

— J'espère vous voir en bonne santé, monsieur, dit-il à M. Farquhar.

L'homme avait souffert plus que tout autre dans le golfe

57

de Gascogne et passait le plus clair de son temps, depuis qu'il avait quitté sa couchette, en conférence avec le docteur Maturin. Tous deux, plongés dans leurs papiers, parlaient étranger, au grand dam de leurs valets, deux mousses détachés pour s'occuper d'eux, qui auraient aimé satisfaire leur curiosité naturelle — encore stimulée par leurs compagnons de bord, impatients de savoir ce qui se préparait. Farquhar avait perdu quatorze livres et son visage maigre, intelligent, au nez busqué, conservait une teinte verdâtre, mais il répondit qu'il ne s'était jamais senti mieux de sa vie, que le vacarme énorme de la bataille, le tonnerre jupitérien des canons, avait achevé l'œuvre — avec un salut courtois pour Stephen — du remède prodigieux du docteur Maturin, de sorte qu'il se sentait à nouveau comme un gamin ; il avait un appétit de gamin, une ardente impatience d'être à table.

— Mais, poursuivit-il, il faut tout d'abord me permettre de vous féliciter de tout cœur pour votre superbe victoire. Quelle décision instantanée, quel assaut déterminé, et quelle issue heureuse !

— Vous êtes trop bon, monsieur, deux fois trop bon. Quant à l'issue heureuse que vous mentionnez si aimablement, elle possède un aspect qui ne peut que nous réjouir tous. Nous avons à bord le cuisinier du capitaine français et je venais — se tournant vers Stephen — demander si vous pensez qu'il pourrait se laisser persuader... ?

— Je me suis déjà occupé de lui, dit Stephen. Un porcelet, d'une vaste portée survivante, fut l'une des rares victimes à bord de l'*Hébé* et nous fournira, j'ai cru le comprendre, un premier exemple de ses capacités. J'ai également veillé à ce que le vin et les douceurs de M. Bretonnière soient transbordés. J'ai jugé bon d'y ajouter les réserves de son défunt capitaine : foie gras en terrine, truffes en graisse d'oie, confit d'oie dans sa graisse, un assortiment de saucisses sèches, jambons de Bayonne, anchois en pots ; et parmi d'autres crus, vingt et une douzaines de margaux 88, à long bouchon, ainsi qu'une quantité presque égale de château-lafite. Je ne saurais dire comment nous parviendrons jamais au bout de tout ceci ; mais ce serait une honte de laisser repartir vins si nobles, et dans ces conditions une année de plus n'en laisserait que l'ombre.

Le bordeaux ne connut pas l'année suivante : ce remarquable millésime n'eut pas le temps de se gâter. Avec une belle constance et l'aide éventuelle de Bretonnière et de quelques autres, Jack et Stephen le burent au fil des jours presque jusqu'à la dernière goutte. Les jours, d'ailleurs, furent en nombre suffisant, l'aimable brise de leur départ les ayant abandonnés bien au nord de la Ligne. Parfois ils restaient immobiles sur une mer d'huile aux lentes ondulations, dérivant avec lenteur vers l'Amérique sur le courant équatorial ; la figure de proue de la *Boadicea* minaudait tout autour de la rose des vents et la frégate roulait à passer ses mâts par-dessus bord. Dix jours d'affilée elle resta vautrée, voiles flasques, sur l'eau stagnante, propre elle-même mais cernée à tel point par les ordures de trois cents hommes — ce que les plus vieux appelaient « l'amiral Brown » —, ses barils de bœuf vides, ses épluchures et toutes ses saletés que Jack était obligé de conduire sa yole à un quart de mille pour son bain du matin ; il obligeait en même temps l'équipage à remorquer le navire, ce qui rendait la vue plus agréable tout en les entraînant à manier un aviron, pour faire, comme il disait, d'un coup deux pierres, ou même trois, puisqu'après une ou deux heures de remorquage, la *Boadicea* avait coutume de plonger dans l'eau pure et tiède une voile, soutenue aux angles par des bouées pour faire un bassin peu profond dans lequel ceux qui ne savaient pas nager — la grande majorité — pouvaient patauger joyeusement, en apprenant peut-être à se maintenir à flot par la même occasion.

La Ligne fut franchie en grande pompe, sous bonnettes hautes et basses, et avec plus de rires qu'à l'habitude car lorsqu'ils réduisirent la voile pour laisser Neptune monter à bord accompagné d'une Amphitrite et d'un marguillier outrageusement obscènes, il y découvrit cent vingt-trois âmes qu'il fallait libérer de l'équateur en les tartinant de graisse rance — le goudron, denrée rare, était interdit — avant de les raser avec un morceau de douve de tonneau puis de les plonger dans l'eau.

Cap au sud toujours, avec Canopus et Achernar très haut dans le ciel ; Jack montra à ses aspirants attentifs les nouvelles constellations, la Mouche, le Paon, le Caméléon et bien d'autres, brillant dans l'air chaud et limpide.

Temps étrange, imprévisible, car même lorsque la *Boadicea* trouva les alizés par 4° Sud, ils se révélèrent apathiques et capricieux. Manifestement, la traversée ne serait pas rapide, mais si Jack sifflait souvent pour obtenir une brise, une brise plus forte, il ne s'inquiétait pas vraiment de cette durée : son navire était en bon état, plusieurs grains de pluie avaient rempli ses réserves d'eau douce et ses hommes étaient en excellente santé ; à mesure que les semaines se transformaient en mois, il comprit qu'il vivait une période heureuse, un temps à part, coupé à la fois des inquiétudes ménagères et de celles qui l'attendaient sans aucun doute dans l'océan Indien, là où débuterait son vrai travail. Malgré son impatience d'entamer ce vrai travail, il savait qu'aucune puissance terrestre ne pouvait l'y conduire plus vite : il avait fait avec Fellowes tout son possible pour améliorer la marche de la frégate, les résultats étaient excellents, mais il ne commandait pas aux vents. C'est donc la conscience en paix, et avec ce fatalisme obligatoire des marins qui ne veulent pas périr de frustration, qu'il profitait de l'occasion pour rapprocher la *Boadicea* de son idée d'une frégate d'élite, machine de guerre dotée d'un équipage de combat, tout entier composé de matelots premier brin, artilleurs experts et farouches manieurs du coutelas et de la hache d'abordage.

Insensiblement, les plus balourds des matelots de la *Boadicea* commençaient à ressembler à des marins ; l'immuable routine navale devenait leur seul mode de vie, une vie dans laquelle il était inévitable et naturel que le quart en bas soit réveillé au sifflet à quatre heures du matin, juste avant les huit coups de cloche marquant la fin du quart de minuit, que les endormis sautent de leur hamac pour l'appel et le quart du jour, qu'ils commencent à briquer les ponts aux premières lueurs de l'aube ; que le sifflet envoie tout le monde dîner aux huit coups du quart du matin ; que ce dîner consiste en fromage et pudding le lundi, deux livres de bœuf salé le mardi, pois secs et pudding le mercredi, une livre de porc salé le jeudi, pois secs et fromage le vendredi, encore deux livres de bœuf salé le samedi, une livre de porc salé et quelque gâterie telle qu'un pudding aux figues le dimanche, avec pour accompagnement quotidien une livre de biscuit ; qu'au premier coup de cloche le dîner soit suivi d'une pinte de tafia, qu'après le souper (avec une autre pinte de tafia) tout le monde se présente aux postes de combat au son du tambour, et que finalement on siffle l'accrochage des hamacs pour que le quart en bas puisse dormir quatre heures, avant d'être réveillé à nouveau à minuit pour un autre quart en haut. Tout cela et le mouvement perpétuel du pont sous les pieds, la vue réduite à l'océan Atlantique, vide sur tout l'horizon, rien que la mer et le ciel infinis, les isolait si bien de la terre qu'ils pouvaient se croire dans un autre monde, d'où toute urgence était bannie, et que peu à peu ils adoptaient le système de valeurs du monde maritime.

Ils commençaient aussi à prendre l'aspect de marins, car une heure et quarante minutes après que la *Boadicea* eût franchi le tropique du Cancer, l'aide-charpentier avait planté dans le pont deux clous de cuivre, espacés d'exactement douze yards ; douze yards de coutil, des aiguilles et du fil ayant été distribués à chaque homme, ainsi que de la tresse de chanvre, on leur prescrivit de se faire blouse et pantalon pour le temps chaud, et des chapeaux à large bord. Ce qu'ils firent, aidés par leurs collègues plus habiles, à tel effet que lors de l'inspection du dimanche suivant, les terriens vêtus d'un méli-mélo de guenilles et de laissés-pour-compte, de vieilles culottes de cuir, de gilets graisseux et de chapeaux cabossés avaient disparu. Leur capitaine put passer en revue un équipage aussi propre et blanc que l'infanterie de marine, rangée sur la dunette, était propre et rouge.

Il y avait encore parmi les hommes du gaillard d'arrière quelques crétins tout juste bons à tirer sur le cordage indiqué ; dans chaque quart, une bonne douzaine, ne supportant pas l'effet violent de la ration de tafia, étaient sans cesse punis pour ivresse ; et il restait quelques cas difficiles ; mais l'ensemble était satisfaisant : un équipage très correct. Jack était content de ses officiers, aussi, en dehors de Buchan et du commis aux vivres, un homme de très grande taille à visage jaune, genoux cagneux et pieds plats, dont il surveillait de près les registres. Ses trois lieutenants le secondaient avec un zèle admirable, et les aspirants les plus âgés étaient d'une réelle valeur.

L'un des remarquables avantages de ce coup de chance des Dry Salvages avait été pour la *Boadicea* l'acquisition d'une grande quantité de munitions. Le règlement limitait Jack à cent boulets pour chacune de ses longues pièces de dix-huit livres, qu'il devait thésauriser jalousement car rien ne prouvait qu'il pût en trouver au Cap — situation désolante, sachant que s'il n'entraînait pas ses servants de pièces à tirer pour de bon, ils ne seraient pas capables de le faire le moment venu, et que s'il le faisait, il risquait de ne plus rien avoir à tirer, parvenu à ce moment critique —, mais dès ce jour béni les exercices quotidiens de la *Boadicea* ne furent plus simple parodie. Certes, pour les pièces de dix-huit, les hommes se contentaient de manœuvrer avec entrain, accomplissant toutes les opérations, de la mise en batterie à l'amarrage en serre ; mais comme les boulets de vingt-quatre livres de l'*Hébé* convenaient aux caronades de la *Boadicea* et ses boulets de neuf livres aux deux pièces de chasse, leur rugissement sauvage se faisait entendre tous les soirs. Les hommes s'habituaient ainsi au recul mortel du canon, à l'éclair, au vacarme, au maniement automatique et rapide des palans, refouloirs et bourres dans les volutes de fumée dense. Les grands jours, par exemple celui où ils saluèrent le tropique du Capricorne d'une double volée, c'était un plaisir d'observer leur ardeur : ils démolirent un radeau de barils de bœuf vides à un peu plus de cinq cents yards et remirent en batterie, dans un vacarme d'acclamations, pour éparpiller les restes, en un peu moins de deux minutes. Ce n'était pas encore le rythme mortel de feu que Jack appréciait tant ; ce n'étaient pas les trois volées en cinq minutes que commençaient à juger normales les capitaines qui s'intéressaient à l'artillerie, et moins encore les trois en deux minutes que Jack avait obtenues sur d'autres unités ; mais c'était précis, et nettement plus rapide que sur certains navires de sa connaissance.

Cette « pause », cet intervalle heureux occupé à des tâches claires et agréables, cette navigation sur une mer tiède sous une brise souvent languide, mais rarement tout à fait contraire, cette navigation cap au sud sur un navire confortable avec un excellent cuisinier, des vivres abondants et en bonne compagnie, avait toutefois des côtés moins plaisants.

Son télescope le décevait. Non qu'il ne pût apercevoir Jupiter : la planète brillait dans son oculaire comme un pois strié d'or. Mais du fait des mouvements du navire, il ne parvenait pas à l'y maintenir assez longtemps ou assez fixement pour déterminer l'heure locale des éclipses de ses lunes et donc calculer sa longitude. La théorie (qui n'avait rien de nouveau) n'était pas en cause, ni le télescope : c'était le berceau, habilement lesté et suspendu à l'étai du mât de grand perroquet afin de compenser le roulis et le tangage, qui ne donnait pas un résultat satisfaisant malgré toutes les modifications ; et soir après soir il s'y balançait, jurant et pestant, entouré d'aspirants armés de fauberts propres et chargés de renforcer la compensation en le poussant doucement, sur son ordre.

Les jeunes messieurs : il leur faisait la vie dure, exigeant énormément de promptitude et d'activité ; mais en dehors de ces séances de télescope, qu'ils maudissaient de tout cœur, et de leurs classes de navigation, ils approuvaient totalement leur capitaine et les superbes petits déjeuners ou dîners auxquels il les invitait souvent. Pourtant il lui arrivait de les corriger avec une force terrible, déculottés, dans sa cabine, en général pour des délits tels que le vol de nourriture dans le carré ou l'obstination à garder les mains dans les poches. Il y voyait de son côté un groupe de jeunes gens sympathiques, quoique enclins à s'attarder dans leur hamac, à prendre leurs aises et à faire preuve de gloutonnerie ; et chez l'un d'eux, M. Richardson, affublé du sobriquet de Dick-à-mouches en raison de son acné, il avait détecté l'étoffe d'un mathématicien exceptionnel. Jack lui enseignait lui-même la navigation, le maître d'école de la *Boadicea* étant incapable de maintenir la discipline, et il se rendit compte très vite qu'il devrait garder l'esprit aussi affûté que son rasoir pour ne pas être surpassé par son élève sur les points les plus délicats de la trigonométrie sphérique, sans parler des étoiles.

Et puis il y avait M. Farquhar. Aux yeux de Jack, c'était un gentilhomme estimable, intelligent, capable, doué d'une remarquable conversation, d'excellente compagnie pour la durée d'un dîner, bien qu'il ne bût pas de vin, ou même pour une semaine ; mais M. Farquhar avait été élevé en homme de loi et de ce fait, peut-être, sa conversation prenait trop souvent tournure de questions, de sorte que Jack avait parfois le sentiment d'être soumis à un interrogatoire, à sa propre table. De plus, M. Farquhar utilisait fréquemment des expressions latines qui mettaient Jack mal à l'aise, ou se référait à des auteurs inconnus de lui ; Stephen en avait toujours fait autant (d'ailleurs les auteurs connus de Jack se limitaient à ceux qui écrivaient sur la chasse au renard, la tactique navale ou l'astronomie), mais avec Stephen c'était tout autre chose : Jack l'aimait et, sans voir aucune objection à lui accorder toute l'érudition du monde, restait intimement convaincu que pour la moindre question pratique, à part la médecine et la chirurgie, Stephen ne devrait jamais sortir seul. M. Farquhar, cependant, semblait persuadé qu'une connaissance profonde de la loi et des affaires publiques couvrait tout le champ des activités humaines utiles.

Pourtant, les connaissances très supérieures de M. Farquhar en politique, et même sa supériorité aux échecs, beaucoup plus exaspérante, seraient passées sans encombre s'il avait eu le moins du monde l'oreille musicale : mais il ne l'avait pas. C'est l'amour de la musique qui avait dans un premier temps rapproché Jack et Stephen ; l'un jouait du violon, l'autre du violoncelle, ni l'un ni l'autre avec brio, mais suffisamment bien pour prendre un profond plaisir à leurs concerts vespéraux ; ils avaient joué tout au long des voyages qu'ils avaient faits ensemble, sans jamais se laisser interrompre par quoi que ce fût en dehors des exigences du service, du mauvais temps le plus intense, ou de l'ennemi. Mais à présent, M. Farquhar partageait la chambre du conseil, et Haydn comme Mozart lui étaient indifférents ; ainsi qu'il aimait à le dire, il n'eût pas donné une chandelle d'un sou pour l'un ou l'autre, ni pour Haendel. Le bruissement des pages de son livre tandis qu'ils jouaient, sa manière de tapoter sa tabatière et de se moucher amoindrissaient leur plaisir ; de toute façon, Jack, élevé dans les traditions de l'hospitalité navale, se sentait tenu de faire son possible pour mettre son hôte à l'aise, au point d'abandonner son violon en faveur du whist, qu'il n'aimait guère, et de faire venir comme quatrième le lieutenant d'infanterie de marine, un homme qu'il n'aimait guère non plus.

Toutefois, leur hôte n'était pas toujours avec eux car, pendant les calmes fréquents, Jack prenait souvent la yole et s'écartait pour nager, vérifier l'assiette de la frégate d'une certaine distance, et bavarder en privé avec Stephen.

— On ne peut vraiment le détester, dit-il, volant sur la houle vers une plaque de sargasses où Stephen espérait trouver une variété australe d'hippocampe ou un crabe pélagique apparenté à ceux qu'il avait découverts sous l'équateur, mais je ne regretterai pas de le débarquer.

— Moi, je peux le détester, et je le fais intensément quand il me prend mon roi et une tour avec son funeste cavalier, dit Stephen. Par ailleurs, je trouve en lui un compagnon de valeur, une intelligence vive, pénétrante, perspicace. Il est vrai qu'il n'a pas la moindre oreille, mais il n'est pas dépourvu de poésie : il possède une théorie intéressante sur le rôle mystique des rois, fondée sur son étude des tenures en petite sergenterie.

L'intérêt de Jack pour la petite sergenterie était si faible qu'il reprit :

— Je crois que je commande depuis trop longtemps. Quand j'étais lieutenant, que je prenais mes repas avec tout le monde, je supportais des gens beaucoup, beaucoup plus exaspérants que Farquhar. Il y avait sur l'*Agamemnon* un chirurgien qui avait l'habitude de jouer « Greensleeves » sur sa flûte, tous les soirs, et qui tous les soirs se trompait exactement au même endroit. Harry Turnbull, notre premier lieutenant — il a été tué à Aboukir —, devenait de plus en plus pâle à l'approche de cet endroit. Ça se passait aux Antilles, et les humeurs étaient particulièrement susceptibles, mais personne ne disait rien, sauf Clonfert. Cela n'a l'air de rien, mais « Greensleeves » est un assez bon exemple de ces compromis, inévitables quand on est tous entassés pour une durée prolongée. Car si l'on commence à se disputer, eh bien, c'est la fin de tout bien-être, comme vous le savez parfaitement, Stephen. J'espère ne pas en avoir perdu la capacité, avec l'âge et le luxe de la promotion — le luxe de la solitude.

— Donc, vous connaissez Lord Clonfert, en somme ? Quelle sorte d'homme est-ce, dites-moi ?

— Nous nous sommes fort peu fréquentés, dit Jack, évasif. Il est monté à bord juste avant que nous recevions l'ordre de rentrer, et puis il est passé sur le *Mars* à la suite d'un échange.

— Un homme talentueux, hardi, il me semble ?

— Oh ! dit Jack, regardant au-delà de Stephen la *Boadicea*, vision ravissante sur la mer déserte, le carré des officiers sur l'*Agamemnon* était très encombré, du fait de la présence de l'amiral ; donc je l'ai à peine connu. Mais il s'est fait toute une réputation depuis lors.

Stephen fit une grimace. Jack avait horreur de dire du mal d'un ancien compagnon de bord, il le savait parfaitement, et tout en admirant ce principe en théorie, il le trouvait assez irritant dans la pratique.

Les relations de Jack avec Lord Clonfert, effectivement brèves, l'avaient pourtant marqué. On leur avait donné l'ordre d'aller avec les chaloupes capturer, brûler ou détruire un corsaire mouillé tout au fond d'une crique large et peu profonde, hors de portée des canons de l'*Agamemnon*, dans un estuaire bordé de mangroves dont les chenaux non balisés, entre les bancs de vase, présentaient de nombreux problèmes de navigation intéressants, d'autant que les chaloupes devaient progresser sous le feu du corsaire et de quelques canons installés à terre.

Clonfert passa au nord, Jack au sud ; au moment de la ruée finale à travers le plan d'eau libre où le corsaire était mouillé, les chaloupes de Clonfert se trouvaient groupées derrière une pointe de terre, un peu plus près du navire que Jack. Jack émergea de l'étroit chenal, agita son chapeau, lança un hourra, incita ses hommes à « souquer ferme, et vaillamment » et mit le cap droit sur les porte-haubans tribord de l'ennemi, dans une épaisse fumée, convaincu que le groupe de Clonfert allait aborder de l'autre côté. Il entendit l'acclamation en réponse, mais c'était celle de spectateurs plutôt que de participants : les chaloupes de Clonfert n'avaient pas l'intention de bouger. Jack s'en rendit compte dans les cinquante derniers mètres, mais il était engagé et il ne lui restait rien d'autre à faire qu'à poursuivre. Les corsaires se battirent durement : ils tuèrent plusieurs Agamemnons, entre autres un aspirant auquel Jack était très attaché, et en blessèrent bien d'autres. Pendant quelques minutes on ne put savoir qui chasserait l'autre par-dessus bord — petit combat âpre et cruel, meurtres vicieux au corps à corps dans le jour faiblissant — puis le capitaine français, jetant ses pistolets vides à la tête de Jack, franchit la lisse et s'enfuit à la nage, suivi de la plupart des hommes qui lui restaient. Ce n'était pas la sécurité de la rive qu'il cherchait, toutefois, mais la seconde batterie de canons qu'il y avait montée ; il les tourna aussitôt vers le navire, pour en mitrailler le pont à bout portant. Jack, malgré un rude coup sur la tête, n'avait pas perdu l'esprit ; avant la première décharge, il avait coupé les câbles et déferlé le hunier de misaine dans la brise de terre naissante, de sorte que le navire avait déjà un peu d'erre quand le feu commença. Avec la chance qui ne l'abandonnait jamais à cette époque, il emprunta le seul chenal où il pouvait ne pas s'échouer, et la petite brise le sortit de là, mais pas avant que la mitraille n'ait blessé un autre homme, coupé les drisses de la voile barrée d'artimon et marqué son torse d'une blessure ressemblant à un coup de tisonnier rougi qui le jeta au sol dans une mare de sang. Ils récupérèrent les autres chaloupes et regagnèrent l'*Agamemnon*, Clonfert prenant le commandement.

Jack fut à peine conscient de remonter à bord. Il éprouvait un profond chagrin pour le gamin tué ; son esprit était abruti par la douleur et la fièvre, si rapide à monter dans ces climats ; et les explications empressées de Clonfert — Il était bloqué par un banc de vase — sous le feu de la batterie à terre — bouger eût été du suicide — il était sur le point de débarquer pour prendre le navire par-derrière quand Aubrey avait attaqué si vaillamment — lui parurent sans intérêt ni importance. Plus tard, à nouveau bon pour le service, il trouva bien un peu étrange que la lettre officielle ait omis son nom et accordé tant d'éloges à Clonfert, mais évidemment, à cette époque, Clonfert avait un grade supérieur au sien ; d'ailleurs, il avait dû mettre à la raison une demi-douzaine des corsaires qui, ne sachant pas nager, s'étaient réfugiés en bas. Mais déjà Clonfert était passé sur le *Mars* ; Jack, sur la route du retour avec l'*Agamemnon*, oublia vite l'incident. Il ne lui en restait qu'une conviction intime : ou bien Clonfert était étonnamment brouillon et peu entreprenant, ou il était quelque peu couard. Aucun des autres officiers du carré n'exprima d'opinion — silence significatif —, et dans l'agitation des années qui suivirent, Jack eût pratiquement oublié Clonfert sans le bruit qu'il fit parfois dans les journaux, comme lorsqu'il fut attaqué en dommages et intérêts pour adultère avec Mme Jennings, ou à l'occasion de son passage en cour martiale pour avoir frappé un autre officier sur la dunette du *Ramillies,* et aussi, pour de meilleures raisons, dans la Gazette. La cour martiale provoqua son renvoi du service ; réintégré par la suite, sur décision du tribunal, il perdit toute ancienneté : en revanche, pendant cet interlude, il entra au service des Turcs et l'expérience se révéla particulièrement utile lorsque, redevenu officier du roi, il s'attacha à sir Sydney Smith. Il était avec ce gentilhomme quelque peu extravagant à Saint-Jean-d'Acre où Smith força Buonaparte à la retraite, et dans d'autres combats honorables, principalement à terre ; et Smith en fit le plus grand éloge dans ses lettres publiques. En fait, Clonfert et l'amiral s'entendaient bien — on les vit tous deux circuler dans Londres vêtus de robes orientales —, et c'est grâce à lui que Clonfert fut nommé capitaine de frégate, son grade actuel. Jack savait que parfois la Gazette supprimait le vrai et suggérait le faux, mais elle ne pouvait en aucun cas inventer des victoires telles que la destruction d'une escadre turque ou l'enclouage des canons d'Abidos ; en de telles occasions, il lui passa par l'esprit que peut-être il s'était trompé sur le manque de courage de Clonfert. Mais cette réflexion resta fugitive : en dehors du fait que Clonfert n'était pas un homme que Jack pût apprécier, c'était un partisan de Smith ; et Smith, quoique fringant, était un homme vain, ostentatoire, qui avait beaucoup gêné Nelson en Méditerranée. Jack portait tant d'admiration et de respect à Nelson que ses opposants ne pouvaient trouver grâce aux yeux du capitaine Aubrey. Son esprit vagabondait, des amiraux à leurs rivalités, aux effets néfastes de ces rivalités, aux problèmes d'un commandement élevé et nécessairement lointain.

— Eh bien, mon frère, dans quelles pensées profondes vous êtes plongé! dit Stephen. Nous allons certainement traverser mes algues si vous continuez à ramer à une vitesse aussi irréfléchie. Je vous en prie, à quoi pensez-vous ? La crainte du Français, sans doute ?

— Certainement, dit Jack, rentrant ses avirons. J'en suis terrorisé jusqu'aux moelles. Mais ce qui me tracasse le plus, à l'approche du Cap, est la possibilité d'un guidon, et ce qui va avec.

— Je ne vous comprends pas — un petit peu à gauche, s'il vous plaît, je crois que j'aperçois un céphalopode parmi les sargasses. Il est parti, le brigand! Ramez doucement, cher, je vais mettre mon petit filet à la remorque. Je ne vous comprends pas : le navire porte un superbe guidon, en ce moment. Vous l'avez certainement remarqué.

Il hocha la tête vers la *Boadicea*, au grand mât de laquelle flottait la longue flamme de guerre montrant qu'elle était sous commission.

— Je parle du guidon de commodore. (Stephen prit un air idiot.) La cornette, Stephen, qui montre que l'on est commodore : et ce qui vient avec, c'est le haut commandement. Pour la première fois on se retrouve officier général, comme un amiral ; et l'on a les responsabilités de commandement d'un amiral.

— Et alors, mon cher ? A ma connaissance vous avez toujours exercé le commandement de manière efficace : moi-même je n'aurais pas fait mieux. Vous commandez, on obéit. Que pouvez-vous bien désirer de plus, je vous le demande ?

Stephen ne consacrait à la conversation qu'une partie de son attention : le reste était concentré sur le céphalopode, mais il murmura pourtant quelques mots à propos des commodores — il s'en souvenait parfaitement, on appelait ainsi le principal des navires de la flotte des Indes qui les avait secourus si providentiellement après leur échauffourée avec M. de Linois.

— Mais enfin, ne voyez-vous pas ? s'écria Jack, l'esprit braqué sur cette affaire de commandement, je n'ai jamais commandé qu'un unique navire. On est élevé là-dedans — cela devient naturel. Mais le haut commandement est quelque chose qui vous arrive tout d'un coup, sans expérience. Vous avez des capitaines sous vos ordres ; et mener les capitaines d'une escadre, qui sont, comme Dieu le père, chacun sur sa dunette, n'a rien à voir avec le fait de mener l'équipage d'un navire placé sous vos yeux. On les choisit bien rarement, et l'on s'en débarrasse rarement ; si on ne les mène pas bien, l'escadre est inefficace, et tout va à vau-l'eau. Une bonne compréhension compte plus que je ne saurais dire. Nelson y parvenait, facile comme bonsoir Madame... la bande à Nelson, vous savez bien...

Sa voix s'estompa et, tout en regardant Stephen fouiller parmi les algues, il pensait à tous les amiraux ou commodores auxquels manquait la touche Nelson : une triste liste — ressentiments amers, actions peu concluantes, occasions merveilleuses perdues faute de soutien, obéissance stricte à la lettre des Instructions de combat, cour martiale et, par-dessus tout cela, l'ennemi parcourant librement les mers.

— Corbett a assez bonne réputation, de même que Pym, dit-il, presque pour lui-même. (Et ensuite, plus fort :) Mais à présent que j'y pense, Stephen, vous devez tout savoir sur Clonfert. Il est de vos compatriotes, un éminent personnage, il me semble, en Irlande.

— Pour sûr, c'est un titre irlandais, dit Stephen, mais Clonfert est aussi anglais que vous-même. Le nom de la famille est Scroggs. Ils ont quelques acres de tourbières et ce qu'ils appellent un château, près de Jenkinsville, dans le Nord lugubre — je le connais bien, l'*anthea fœtidissima* y pousse — ainsi qu'un domaine au sud du Curragh de Kildare, une terre Desmond confisquée ; mais je doute qu'il y ait jamais mis les pieds. Un agent écossais s'occupe des pauvres loyers qu'il peut arracher à ses métayers.

— Mais il est pair d'Irlande, n'est-ce pas ? C'est un homme de quelque importance ?

— Bénie soit votre innocence, Jack ! Un pair d'Irlande n'est pas nécessairement un homme d'importance. Je ne voudrais pas me montrer impoli à l'égard de votre pays — beaucoup de mes meilleurs amis sont anglais —, mais vous devez savoir que depuis une centaine d'années et plus les ministères anglais ont pris l'habitude de récompenser leurs partisans les moins présentables par des titres irlandais ; et ces politiciens de seconde zone, à la petite semaine, coiffés d'une quelconque couronne et transplantés dans un pays où ils sont étrangers, font un pitoyable spectacle, en vérité ; une clinquante imitation du vrai. Il m'attristerait fort que les pairs d'Irlande, pour la plupart, soient des Irlandais. En dehors de certains lords navals, que le ministère n'ose pas laisser entrer à la Chambre anglaise, ils font dans l'ensemble piètre figure, déplacés en Irlande et mal à l'aise en Angleterre. Je ne parle pas des Fitzgerald ou des Butler, comprenez-moi bien, et moins encore des rares familles natives qui ont survécu, mais de ce que l'on appelle couramment un pair d'Irlande. Le grand-père de Clonfert, d'ailleurs, était un simple... Jack, que faites-vous ?

— J'ôte ma chemise.

— Nager si tôt après dîner, et un tel dîner ? Je ne saurais vous le conseiller. Vous êtes très corpulent ; rempli d'humeurs grossières et visqueuses, après ces semaines et ces mois de la cuisine de Poirier. Et puisque nous en sommes là, mon cher, il est de mon devoir de vous mettre en garde contre la gloutonnerie, contre l'appétit non réprimé... Vice bestial, qui conduit essentiellement au péché d'Eve... Boulimie, boulimie... La gueule a tué plus d'hommes qu'Avicenne n'en a jamais guéri, poursuivit-il, tandis que Jack se débarrassait de son pantalon. Vous êtes donc déterminé à vous baigner ? dit-il en regardant son compagnon dévêtu. Voulez-vous me montrer votre dos, à présent ? (Il passa les doigts sur la cicatrice bleu sombre.) Vous la sentez, ces temps-ci ?

— Juste un brin, ce matin, dit Jack, mais pour le reste, du jour où nous sommes sortis de la Manche jusqu'à hier, pas le moins du monde.

Il se laissa glisser par-dessus bord et plongea profondément dans l'eau pure et bleue, ses longs cheveux jaunes flottant derrière lui.

— Un bain, voilà exactement ce qu'il lui faut, reprit-il, en remontant à la surface et en soufflant avec force. Dieu, c'est tellement rafraîchissant, bien que l'eau soit tiède comme du lait. Venez, Stephen, baignez-vous pendant que vous le pouvez. Car demain nous serons dans le courant froid qui porte au nord, dans l'eau verte et le vent d'ouest, je crois ; vous aurez vos fulmars, vos pétrels et peut-être vos albatros, mais nous ne prendrons plus de bains d'ici au Cap.

Chapitre 3

Depuis que la terre était apparue à l'horizon, l'équipage de la *Boadicea* s'activait fiévreusement à mettre les dernières touches à sa beauté : l'opération presque achevée, elle entrait à présent dans False Bay, poussée par une aimable brise qui gonflait ses bonnettes et portait aussi l'odeur de peinture fraîche. Un seul échafaudage gâchait encore son impeccable damier Nelson noir et blanc : celui où les aides du charpentier s'étaient perchés pour appliquer avec un soin jaloux du carmin sur les lèvres, les joues et la poitrine de l'opulente, mais fade, reine des Brittons.

Jack, déjà vêtu de son plus bel uniforme, se tenait sur tribord, près du fronteau du gaillard d'arrière, M. Farquhar à ses côtés. Un peu en avant, le canonnier soufflait sur sa mèche, à côté de la pièce de neuf livres en cuivre : tous les autres canons étaient amarrés à la serre, parfaitement rangés comme gardes à la parade, leurs bragues blanchies à la terre de pipe. Seymour était un premier lieutenant consciencieux et le pont faisait plaisir à voir — la blancheur reluisante du bois, l'ébène des coutures nouvellement passées à la poix, les cordages lovés à plat pont, galettes impeccables qu'aucun homme n'osait déranger, les rares pièces de cuivre admises par le capitaine brillant au soleil, pas un brin de poussière de la proue à la poupe, les cages à poules et le dernier porc à fond de cale avec la chèvre que l'on entendait, dans le silence général, bêler de colère pour réclamer la ration de tabac qu'elle attendait depuis si longtemps.

Silence général, car tous les hommes étaient sur le pont en vêtements du dimanche et observaient ardemment, muets, la côte sur laquelle on voyait à présent des gens marcher — marcher sur la terre ferme, parmi les arbres ! —, des gens visiblement noirs, pour la plupart ; les seuls bruits, en dehors de la chèvre, étaient les aboiements du maître commandant la manœuvre depuis le gaillard d'avant, les réponses rituelles du timonier, le chant du sondeur dans les porte-haubans : « A la marque, quinze brasses ; à la marque, quinze brasses ; quinze brasses et demie ; seize brasses ; quinze brasses et demie », et la voix aimable du capitaine indiquant à son hôte différents points.

— Cette roche plate est ce que nous appelons l'Arche de Noé, et là-bas, plus loin, c'est l'île des Phoques — qui plaira au docteur. Et derrière l'arche, là où vous voyez de l'eau blanche, se trouve la Roche romaine : nous allons passer entre les deux. En fait, Simon's Bay va s'ouvrir d'ici un instant. Monsieur Richardson, voyez s'il vous plaît si le docteur a terminé — s'il peut monter sur le pont —, il serait désolé de manquer tout ceci. Oui, nous y voici, poursuivit-il, la lunette à l'œil, comme le fond de la rade se déployait. Le *Raisonable*, voyez-vous ? Le deux-ponts. Et puis le *Sirius* ; la *Néréide*, juste à l'intérieur, très joliment mouillée ; ensuite, un brick que je ne reconnais pas du tout. Monsieur Seymour, que pensez-vous de ce brick avec ses mâts de hune sur le pont ?

A ce moment, Stephen apparut, clignant des yeux dans la forte lumière, crasseux, essuyant ses mains ensanglantées sur un bonnet de laine.

— Ah, vous voici, docteur, s'écria Jack. Avez-vous fini de découper ce pauvre Francis ? Comment se remet-il ? Fort bien, j'espère ?

Francis, le gabier le plus populaire du bord, ayant voulu dorer la pomme du mât de grand perroquet de la *Boadicea*, avait lâché prise, fait une chute spectaculaire de cette hauteur vertigineuse, manqué le pont (et une mort certaine) par la grâce d'un mouvement de roulis, pour venir accrocher le mantelet de sabord numéro douze avec tant de force qu'il avait mis à mal sa cage thoracique et, surtout, éraflé la peinture fraîche, ce satané maladroit !

— Il s'en tirera peut-être, dit Stephen, ces jeunes gens sont faits d'acier et d'un cuir particulièrement élastique. Or donc, voici l'Afrique.

Il observait avidement la côte, séjour de l'aardvark, du pangolin, du camélopar ; d'oiseaux sans nombre, l'autruche en tête, errant parmi une flore d'une richesse extraordinaire.

— Et ceci — le doigt pointé vers un cap lointain — est le terrible cap des Tempêtes lui-même, sans aucun doute ?

— Pas exactement, dit Jack. Le vrai cap est loin derrière : je suis désolé que vous ne l'ayez pas vu. Nous l'avons doublé de près pendant que vous étiez occupé. Mais avant cela, vous avez vu la montagne de la Table, n'est-ce pas ? Je vous ai fait prévenir.

— Oui, oui. Je vous en fus très obligé, en dépit de l'heure peu chrétienne. On pourrait également la comparer à notre mont Ben Bulben d'Irlande.

— Curieux, n'est-ce pas ? A présent, par l'avant bâbord — non, à bâbord —, vous avez Simon's Bay, un charmant mouillage. Et voici le *Raisonable*, qui porte la marque.

— S'agit-il d'un vaisseau de ligne ? demanda Farquhar. Il est fort imposant.

— Je doute qu'un soixante-quatre se retrouve jamais en ligne de bataille, dorénavant, dit Jack. Quoi qu'il en soit, le *Raisonable* fut construit voilà cinquante ans, et s'il tirait une volée complète, il risquerait de tomber en pièces ; mais je suis heureux qu'il paraisse imposant. Vient ensuite le *Sirius*, navire beaucoup plus puissant, en fait, bien qu'il n'ait qu'une seule batterie de canons ; trente-six pièces de dix-huit livres, pratiquement le même poids de métal à la volée que nous. Et encore une autre frégate, la voyez-vous ? La *Néréide*, trente-six pièces ; mais ce ne sont que des douze-livres. Puis cet étrange petit brick de guerre.

— S'il vous plaît, monsieur, pourquoi ne sont-ils pas en mer ? demanda Farquhar. D'après ce que j'ai compris, ceux-ci et un vaisseau plus petit, dénommé l'*Otter*, sont à peu près tout ce que nous avons pour protéger le commerce des Indes. C'est pure curiosité de ma part.

— Ah, dit Jack, c'est la fin de la saison des cyclones par ici. Ils ne pourraient guère faire le blocus de Maurice à la saison des cyclones. Ils sont sans doute rentrés pour se remettre en état et s'avitailler — il n'y a rien pour eux là-bas, à deux mille milles au nord... Monsieur Johnson, je pense que vous pouvez commencer à réduire la voilure.

Ses yeux restaient rivés à la lunette : la *Boadicea* avait hissé son numéro et il guettait le départ du canot du capitaine de port. Voilà, il quittait la jetée. La frégate, ne portant plus que ses huniers, glissait encore sur l'eau, poussée par la houle modérée de sud-est et la marée montante, et la côte approchait vite. Il commencerait le salut à l'instant où Admiralty House serait exactement par le travers ; tandis qu'il attendait cet instant, il eut l'étrange impression qu'au premier coup de canon l'Angleterre et tout son voyage vers le sud s'évanouiraient dans le passé.

— Allez-y, monsieur Webber, dit-il. A ces mots, le neuf-livres cracha son respect avec une langue de feu, dans un nuage de fumée.

— Feu de salut un, dit le canonnier, et l'écho revint en hâte des montagnes. Feu de salut deux, feu de salut trois... Au dix-septième coup, la vaste baie vibrait des réverbérations croisées. Avant qu'elles ne s'évanouissent, une bouffée de fumée apparut au flanc du *Raisonable*, suivie une seconde plus tard par la détonation profonde. Il tira neuf coups, réponse due à un capitaine, et après le neuvième, l'aspirant chargé des signaux sur la *Boadicea*, le jeune Weatherall, flûta :

— Signaux du navire amiral, monsieur. (Puis sa voix passa en basse rauque pour la suite.) *Capitaine au rapport à bord du navire amiral.*

— Faites l'aperçu, dit Jack, mettez la gigue à l'eau. Où est mon patron de canot ? Faites passer pour mon patron de canot.

— Je suis désolé, monsieur, dit Johnson, rougissant, Moon est saoul.

— Qu'il aille au diable ! Crompton, prenez la gigue. Monsieur Hill, tous mes papiers sont là ? Jusqu'au dernier ? Serrant sur sa poitrine le paquet de documents dans son enveloppe de toile scellée, il descendit la coupée en courant, sauta dans la gigue qui montait sur la houle à sa rencontre, et dit : « Poussez. »

Cela faisait des années, bien des années qu'il était venu ici pour la dernière fois, aspirant déjà vieux sur la *Resolution* ; pourtant, comme il s'en souvenait avec précision ! Un peu plus de maisons de civils dans le village au fond de la baie, mais pour le reste rien n'avait changé — le choc régulier du ressac, les montagnes, le va-et-vient des canots des navires, l'hôpital, la caserne, l'arsenal : il aurait pu être encore ce gamin dégingandé, revenant à la *Resolution* avec quelque mérou pêché dans les rochers. Une agréable exaltation l'envahissait, avec d'innombrables souvenirs, en même temps qu'une appréhension indéfinissable.

— Ho ! du canot ? demanda le Raisonable.

— Boadicea ! répondit le patron de canot, d'une voix d'airain. (Puis, plus bas :) Lève-rames !

La gigue vint caresser le flanc du navire amiral, les

hommes de coupée se précipitèrent avec les tire-veilles revêtues d'écarlate, le bosco se mit à siffler, et Jack fut accueilli à bord. En ôtant son bicorne, il se rendit compte brutalement que la grande silhouette voûtée à cheveux blancs qui répondait à son salut était ce même amiral Bertie, rencontré pour la dernière fois à Port of Spain, alors capitaine du *Renown*, vif, agile et courant la gueuse ; une partie de son esprit préoccupé lui chuchota, au milieu de tout le reste : « Peut-être n'es-tu plus aussi jeune, toi non plus, Jack Aubrey. »

— Vous voilà enfin, Aubrey, dit l'amiral en lui serrant la main. Je suis très heureux de vous voir. Vous connaissez le capitaine Eliot ?

— Oui, monsieur ; nous étions compagnons de bord sur le *Leander* en 98. Comment allez-vous, monsieur ?

Avant qu'Eliot pût répondre autrement qu'en élargissant le sourire amical qu'il arborait depuis l'apparition du visage de Jack, l'amiral poursuivit :

— Je suppose que ces papiers sont pour moi ? Venez ; allons regarder ça dans la chambre. (Splendeur ; opulence ; tapis ; un portrait de Mme Bertie, potelée et l'air confortable.) Bon, dit-il en luttant avec les enveloppes, ce fut donc une traversée fastidieuse : mais avez-vous eu quelque chance ? Je me souviens qu'on vous appelait Jack Aubrey la Chance, en Méditerranée. La peste soit de ces cachets.

— Nous n'avons pratiquement pas vu une voile, monsieur ; mais au cours d'une petite escarmouche au large des Dry Salvages, nous avons repris la vieille *Hyaena*.

— Ah oui ? Ah oui, vraiment ? Eh bien, j'en suis profondément heureux.... (Les papiers étaient à présent dégagés. Il les feuilleta.) Oui. J'attendais ceci. Nous devons les porter immédiatement au gouverneur. Mais je vois que vous avez un politicard à bord ? Un certain M. Farquhar ? Il faut qu'il vienne aussi : je vais lui envoyer mon canot d'apparat, en manière de compliment ; on ne saurait être trop prudent avec ces messieurs de la politique. Vous devriez demander aussi quelques vêtements moins chauds ; il y a vingt-cinq miles d'ici Le Cap. Le gouverneur ne voit aucune objection au pantalon de nankin et au petit habit. (Il donna ses ordres, réclama une bouteille de vin.) Voici du vrai Diamant de l'an 1, Aubrey, dit-il en se rasseyant. Trop bon pour des jeunes gens comme vous, mais vous avez repris la vieille *Hyaena*... J'ai été aspirant à son bord. Eh oui ! (Ses yeux bleu délavé plongèrent quarante-cinq ans en arrière.) C'était avant les caronades. (Revenu au présent, il but son vin en disant :) J'espère que votre chance va tenir, Aubrey : vous en aurez besoin ici. Bon, eh bien, nous allons nous traîner à travers cette maudite montagne, une promenade épuisante dans cette poussière infernale — de la poussière partout, qu'il pleuve ou qu'il fasse soleil ; un peuple entier de bri-queurs n'en viendrait pas à bout. Je préférerais ne pas y aller. N'était l'aspect politique, je vous aurais renvoyé en mer à peine vos réserves d'eau douce complétées. La situa-tion a bien empiré depuis que vous avez quitté l'Angleterre — depuis que ces ordres ont été écrits. Les Français ont enlevé deux autres vaisseaux de la Compagnie, de ce côté-ci du Canal des 10°, l'*Europe* et le *Streatham*. Des navires des Indes sur le retour, qui valent une fortune.

— Grand Dieu, monsieur ! C'est épouvantable ! s'écria Jack.

— Oui, vraiment, dit l'amiral, et cela deviendra pire encore si nous n'y mettons pas bon ordre sans tarder. Nous devons le faire : c'est faisable, et cela doit être fait. Ah oui, c'est faisable, avec un peu d'initiative... Et peut-être devrais-je ajouter avec un peu de veine, quoiqu'il ne faille pas parler de chance. (Il toucha du bois, réfléchit un instant puis ajouta :) Ecoutez, Aubrey, avant que votre M. Farquhar n'arrive — avant que nous soyons embringués dans les considérations politiques —, je vais vous décrire la situation le plus clairement possible. Les Français ont quatre frégates basées à Maurice et à la Réunion, en plus de celles qu'ils avaient l'année dernière : ils peuvent utiliser Port Louis ou Port Sud-Est à Maurice, Saint-Paul à la Réunion et, séparé-ment ou deux par deux, couvrir jusqu'aux Nicobar et au-delà — tout l'océan Indien. Impossible de les en empêcher : nous ne pouvons convoyer tout le commerce des Indes — nous n'avons pas assez de navires ; et on ne peut tenir le blocus éternellement. Il faut donc soit les détruire un par un dans leurs eaux, soit, si possible, les priver de leurs bases. Pour ce faire, nous avons occupé Rodrigues avec une partie du 56ᵉ et quelques cipayes de Bombay, d'abord pour votre avitaillement en eau et ensuite comme base pour les renforts qui doivent éventuellement venir de l'Inde. Il n'y a guère que quatre cents hommes sur l'île à présent, mais nous espérons en voir arriver plus l'année prochaine — tout dépend des transports. Vous connaissez Rodrigues ?

— Oui, monsieur, mais je n'y ai jamais fait escale. Rodrigues : une miette de terre isolée et à peu près déserte, seule dans l'océan, trois cent cinquante milles à l'ouest de Maurice. Il l'avait vue du haut du mât de sa chère *Surprise*.

— Du moins, c'est une aiguade sûre. Quant aux navires, vous avez la *Boadicea*, bien entendu ; le *Sirius*, avec Pym, un bon capitaine, solide, régulier comme une pendule ; la *Néréide* — elle n'a que des douze-livres, et prend de l'âge, mais Corbett la tient en fort bon état quoiqu'il manque d'hommes ; l'*Otter*, un sloop rapide et fort utile de dix-huit canons, en très bon état aussi. Lord Clonfert le commande : il devrait arriver d'un instant à l'autre. Et je peux vous laisser prendre le *Raisonable*, sauf à la saison des cyclones car il ne supporterait pas un mauvais coup de temps. Il n'est plus ce qu'il était dans ma jeunesse, mais nous l'avons caréné voici quelques semaines et il marche assez vite. Du moins fait-il le poids devant la *Canonnière*, qui est encore plus vieille que lui, et il a bonne allure. Je pourrai peut-être y ajouter la *Magicienne*, de Sumatra, le moment venu, et le *Victor*, un autre sloop. Mais même sans eux, je pense que, le *Raisonable* équilibrant la *Canonnière*, trois frégates bien menées et un sloop puissant ne seraient pas trop défavorisés face à quatre Français.

— Certainement pas, monsieur, dit Jack.

L'amiral parlait comme si le guidon de Jack était une certitude.

— Nul ne prétendra cependant que la tâche est facile. Les navires français sont la *Vénus*, la *Manche*, la *Caroline* — c'est elle qui s'est emparée des deux derniers navires marchands — et la *Bellone*, toutes les quatre des frégates neuves de quarante canons. Pour le reste, ils ont la *Canonnière*, comme je vous l'ai dit, qui porte toujours ses cinquante pièces, notre brick *Grappler*, plusieurs avisos et quelques autres petites unités. Et je vous préviens, Aubrey, si vous hissez votre guidon, je ne pourrai vous fournir un capitaine de pavillon. Si vous prenez le *Raisonable* pour le moment, Eliot peut vous remplacer sur la *Boadicea* ; mais je ne peux pas vous donner de capitaine de pavillon.

Jack s'inclina. Il n'y avait pas vraiment compté : les stations éloignées ne disposaient pas de nombreux capitaines de vaisseaux ; et par ailleurs, un commodore ayant un capitaine de pavillon sous ses ordres pouvait prétendre à un tiers de la part de prise de l'amiral.

— Puis-je vous demander, monsieur, si nous avons des renseignements sur leurs forces terrestres ?

— Oui, mais j'aimerais qu'ils soient plus précis. Sur Maurice, le général Decaen a le plus gros de deux régiments d'infanterie, et sa milice doit se monter à dix mille hommes ou presque. Nos renseignements sur la Réunion sont plus maigres, mais il semble que le général Desbrusleys ait à peu près la même chose. Oh, l'affaire n'est pas facile à résoudre, je vous l'accorde ; mais résolue elle doit être, et le plus vite possible. Il vous faut frapper fort et vite en concentrant vos forces pendant que les leurs sont dispersées : en deux mots, vous devez arracher la victoire. Le gouvernement sera dans un bel état quand les nouvelles de l'*Europe* et du *Streatham* atteindront l'Angleterre, et c'est le genre de situation où il faut fournir des résultats sur-le-champ. Je ne vous parle pas des intérêts du pays, bien entendu ; mais je peux vous dire que sous un angle purement personnel, il y a probablement un titre ou même une baronnie à l'horizon en cas de succès ; et en cas d'échec, eh bien, c'est la plage et la demi-solde jusqu'à la fin de vos jours.

Un aspirant entra comme une flèche.

— Les compliments du capitaine, monsieur, dit-il, et faut-il rendre les honneurs au monsieur dans le canot ?

— Certainement, dit l'amiral, comme pour un amiral. (Dans le silence qui suivit, il jeta un regard vague au portrait de sa femme.) N'aimeriez-vous pas une baronnie, Aubrey ? Moi si, sans aucun doute. Mme Bertie souhaite ardemment river son clou à sa sœur.

La partie non officielle de Simon's Town, à peine plus qu'un hameau, avait cependant des cabarets, marchands de vin et lieux de plaisir en suffisance pour une ville de taille modérée ; au crépuscule, l'un d'eux vit entrer Stephen Maturin, portant un bouquet d'orchidées. Il était fatigué, assoiffé, et couvert de la tête aux pieds de poussière d'Afrique, mais il était heureux, ayant passé sa première demi-journée à terre à escalader une montagne revêtue d'une végétation pour la plupart inconnue de lui et habitée d'oiseaux remarquables dont il avait reconnu quelques-uns d'après les descriptions qu'il en avait lues. Il avait aussi vu les trois quarts d'une hyène tachetée et retrouvé le reste, y compris la tête mélancolique, à quelque distance, où la dégustait son vieil ami le gypaète barbu — plaisante combinaison du présent et du passé, de deux mondes si éloignés l'un de l'autre.

Il demanda du vin et de l'eau, les mêla en proportion de sa soif, plaça ses orchidées dans le pot d'eau et but, jusqu'à ce qu'enfin il se remît à transpirer. En dehors du propriétaire et de trois jolies petites Malaises, au bar, il n'y avait que deux autres personnes dans la pièce obscure : un officier de grande taille dans un uniforme qu'il ne pouvait définir, homme vaste et sombre au visage couvert d'une abondance de poils noirs, ressemblant assez à un ours mélancolique, et son compagnon, plus petit, discret, assis confortablement en bras de chemise, les culottes déboutonnées au genou. L'officier triste parlait un anglais aisé mais curieux, dépourvu d'articles ; l'accent âpre et grinçant du petit homme était manifestement d'Ulster. Ils discutaient de la Présence Réelle, mais Stephen n'avait pas réussi à trouver le fil de leur discours quand ils s'écrièrent tous deux : « Pas de pape, pas de pape, pas de pape », l'officier triste avec la voix de basse la plus profonde que Stephen eût jamais entendue. Au bar, les Malaises répondirent poliment en écho : « Pas de pape » et, comme si c'était un signal, apportèrent des chandelles qu'elles répartirent dans la pièce. La lumière tomba sur les orchidées de Stephen et le contenu de son mouchoir, quatorze coléoptères étranges recueillis pour son ami sir Joseph Blaine, l'ancien chef des services secrets de la marine ; il étudiait l'un d'eux, un buprestidé, quand il prit conscience d'une ombre à ses côtés : l'ours mélancolique, oscillant doucement.

— Golovnine, lieutenant de marine, capitaine de sloop *Diana* de Majesté impériale, dit-il en claquant des talons.

Stephen se leva, et s'inclina.

— Maturin, chirurgien de navire *Boadicea* de Majesté britannique. Vous asseoir, s'il vous plaît.

— Vous avez âme, observa Golovnine, indiquant les fleurs du menton. J'ai âme moi aussi. Où avez-vous trouvé fleurs ?

— Dans montagne, dit Stephen.

Golovnine soupira. Il tira un petit concombre de sa poche, et se mit à le manger. Il ne répondit pas à l'offre de Stephen qui lui présentait le vin, mais dit au bout d'un instant :

— Quel est leur nom, fleurs ?

— *Disa grandiflora*, dit Stephen.

Un long silence s'établit. Il fut rompu par l'homme d'Ulster qui, fatigué de boire seul, apporta sa bouteille et la posa sur la table de Stephen sans la moindre cérémonie.

— Je suis McAdam, de l'*Otter*, dit-il en s'asseyant. Je vous ai vu à l'hôpital ce matin.

A présent, à la lumière de la chandelle, Stephen le reconnut, non pas du matin même, mais de bien des années auparavant : William McAdam, médecin des fous de réputation considérable à Belfast, qui avait quitté l'Irlande après la faillite de son asile privé. Stephen l'avait entendu en conférence, et avait lu avec grand intérêt son livre sur l'hystérie.

— Il ne tiendra pas longtemps, observa McAdam, parlant de Golovnine qui à présent pleurait sur les orchidées.

« Vous non plus, collègue », se dit Stephen, devant le visage pâle et les yeux injectés de sang de McAdam.

— Voulez-vous un petit verre ?

— Merci, monsieur, dit Stephen, je m'en tiendrai, je crois, à mon mélange. Qu'avez-vous donc dans votre bouteille, je vous prie ?

— Bah, c'est un brandy qu'ils distillent par ici. Un rude tord-boyaux ; je le bois par expérience, non par plaisir. (Il pointa vers Golovnine un doigt tremblant.) Lui, il le boit par nostalgie, parce que ça ressemble à sa vodka natale ; je l'encourage.

— Vous avez fait allusion à une expérience ?

— Oui. Strobenius et d'autres affirment qu'un homme ivre mort d'alcool de grain tombe en arrière : avec le brandy, il tombe en avant. Et si c'est vrai, cela nous apporte quelque information sur les centres moteurs, si vous comprenez l'expression. Ce monsieur que voici est mon *corpus vile*. Mais je suis émerveillé de voir comme il tient. Ceci est notre troisième bouteille et il a bu verre pour verre avec moi.

— Je salue votre dévotion à la science, monsieur.

— Je me fous de la science comme d'un pet du diable, dit McAdam. L'art est tout. La médecine est un art, ou elle n'est rien. La médecine de l'esprit, je veux dire ; car qu'y a-t-il dans votre médecine physique en dehors des purgations, du mercure et de l'écorce de quinquina, que sont vos astuces meurtrières de chirurgie ? Elles peuvent avec de la chance supprimer les symptômes : rien de plus. D'autre part, où se trouve la véritable *fons et origo* des neuf dixièmes de vos constitutions vicieuses du corps ? L'esprit, voilà où tout se trouve, dit-il, en se tapotant le front. Et qu'est-ce qui soigne l'esprit ? L'art : rien d'autre. L'art est tout. Voilà mon royaume.

Il parut à Stephen que McAdam était peut-être un praticien assez minable de cet art, ou de tout autre ; un homme, de surcroît, aux tourments intérieurs clairement imprimés sur son visage. Mais tandis qu'ils discutaient de l'interaction de l'esprit et du corps, de cas intéressants qu'ils avaient vus — fausses grossesses — rémissions inexplicables — leur expérience en mer — le rapport inverse de la constipation et du courage — l'efficacité démontrée des placebos —, son opinion de McAdam s'améliora : en fait, une estime mutuelle apparut et le ton arrogant, didactique de McAdam se fit presque civil. Il parlait à Stephen de ses patients à bord de l'*Otter* — la plupart des Otters étaient, *sensu stricto*, dérangés mentalement, et il y avait un cas que McAdam pourrait décrire et nommer, n'était le secret professionnel, une chaîne de symptômes fascinante et particulièrement subtile — quand, tout à trac, Golovnine tomba de sa chaise, sans lâcher les orchidées. Il gisait, immobile, toujours en position assise ; mais il était tombé de côté : on ne pouvait rien en conclure. Au bruit de la chute, le propriétaire alla jusqu'à la porte et siffla. Deux énormes marins entrèrent et tout en murmurant : « Viens, Vassili Mikhaïlovitch ; viens, petit père », ils emportèrent leur capitaine dans la nuit.

— Il n'a pas abîmé mes fleurs, pourtant, dit Stephen, lissant leurs pétales. Elles sont pour l'essentiel intactes. Vous aurez sans aucun doute remarqué l'étrange convolution spirale de l'ovaire, si caractéristique de cet ordre. Mais peut-être votre royaume ne s'étend-il point du tout à la botanique ?

— Point du tout, dit McAdam. Mais les ovaires tordus s'y trouvent bien, et les testicules tordus aussi — je parle au figuré, vous me comprenez : je plaisante. Non. Le véritable sujet d'étude de l'humanité est l'homme. Et je me permettrai d'observer, docteur Maturin, que cet intérêt ardent pour les organes sexuels des légumes me semble, de votre part...

Ce qu'il semblait au docteur McAdam ne fut jamais dit, car pour lui aussi la marée était haute. Il se leva ; ses yeux se fermèrent, et il plongea tout droit dans les bras de Stephen, tombant, comme Stephen le remarqua, en avant.

Le propriétaire amena une des brouettes qu'il gardait sous le porche ; avec l'aide d'un Noir, Stephen poussa McAdam vers le quai, croisant au passage plusieurs groupes de joyeux matelots en bordée. Il s'adressa à chacun, demandant s'il y avait des Otters ; mais pas un homme ne voulut sortir de l'obscurité et sacrifier un moment de sa permission, et Stephen n'entendit que des réponses facétieuse — « l'*Otter* est en route pour le Rio Grande » — « l'*Otter* est désarmé au Nore » — « l'*Otter* a été transformé en bois de chauffage il y a eu une semaine mercredi » — jusqu'à ce qu'il rencontre un groupe de Néréides. Une voix familière s'écria : « C'est le docteur ! » et il eut à ses côtés la silhouette puissante de Bonden, le patron de canot de Jack Aubrey sur son premier navire.

— Bonden, monsieur, vous vous souvenez de moi ?

— Bien sûr que je me souviens de vous, Bonden, dit Stephen en lui serrant la main, et je suis ravi de vous revoir. Comment allez-vous ?

— La santé est bonne, merci, monsieur ; et j'espère que c'est pareil pour vous ? Tu peux aller, Darkie — à l'intention du Noir —, je vais m'occuper de cette brouette.

— La question, Bonden, dit Stephen, donnant au Noir deux stuivers et un penny, la question est de savoir comment je vais trouver le moyen de convoyer mon collègue jusqu'à son navire, en supposant bien entendu que son navire soit là, ce qui ne paraît pas tout à fait sûr. C'est le chirurgien de l'*Otter*, Bonden, un homme savant bien qu'un peu original ; et pour l'instant ivre mort.

— L'*Otter*, monsieur ? Il est arrivé au tournant de la marée, il n'y a pas dix minutes. Ne vous en faites pas, je vais harponner notre canot et le reconduire.

Il partit en hâte : peu après la yole de la *Néréide* apparut en bas des marches et Bonden y transporta le corps. En dépit de l'obscurité, Stephen constata que Bonden se mouvait avec raideur ; et cette raideur devint plus apparente quand il dut tirer sur les avirons pour traverser le port vers le sloop.

— Vous êtes tout raide, Barret Bonden, dit Stephen. Chez un autre homme je dirais qu'il a été fouetté ; mais cela ne peut guère être votre cas. J'espère qu'il ne s'agit pas d'une blessure, ou d'un rhumatisme dû à l'humidité ?

Bonden rit, mais sans gaieté.

— Oh, c'est bien quatre douzaines à la coupée, monsieur, et deux de plus pour chasser le mauvais sort : le cuivre de la platine du canon numéro sept ne brillait pas assez.

— Je suis stupéfait, Bonden, stupéfait, dit Stephen.

Et il l'était vraiment. A sa connaissance, Bonden n'avait jamais été fouetté ; et même sur un navire de fouetteur, cinquante coups était une punition sauvage pour n'importe quoi sauf un crime vraiment grave.

— Et peiné. Allons jusqu'à la *Boadicea*, et je vous donnerai une pommade.

— Ça va bien maintenant, monsieur. Je vous remercie

82

bien. J'étais à votre bord cet après-midi, mais c'était pas pour avoir de la pommade : vous trouverez la lettre qu'on a écrite, posée là-bas dans votre chambre.

— Et de quoi s'agit-il, dites-moi ?

— Eh bien, monsieur, dit Bonden, en s'appuyant sur ses avirons. (Mais ils étaient arrivés tout près du flanc bâbord de l'*Otter*, et en réponse à l'appel, Bonden lança :) Votre docteur qui rentre à bord : je demande un bout'.

L'*Otter* y était parfaitement habitué : un cartahu terminé par un nœud de chaise fit son apparition ; Bonden le glissa sous les bras de McAdam et le chirurgien s'envola.

— Eh bien, monsieur, dit à nouveau Bonden, en ramant doucement vers la *Boadicea*, voilà ce qu'il en est. Quand moi et Killick, dans les îles Sous-le-vent, on a entendu dire que le capitaine avait repris la mer, on a voulu le rejoindre : il y en a plein d'autres sur d'autres navires qui en ont fait autant — des anciens Sophies, des anciens Surprises et même un ancien Polychrest, Bolton, ce type bizarre que le capitaine a tiré du bouillon. Ah, s'il avait à armer un nouveau navire, il aurait pas de mal à se trouver un équipage : pas comme certains...

Il ravala le gros mot dans un toussotement et poursuivit :

— Enfin quoi, on a fait notre demande et le capitaine Dundas, un monsieur bien aimable et un ami du capitaine, comme vous le savez bien, monsieur, nous a fait embarquer sur la *Néréide*, capitaine Corbett, pour Le Cap : même qu'il a été si gentil qu'il a dit qu'il était désolé de nous perdre et qu'il a donné à Killick un pot de gelée de goyave pour le capitaine. Mais la *Néréide* est à court d'hommes : et pourquoi ? Parce que les hommes s'enfuient chaque fois qu'ils peuvent. Il y avait Joe Lucas, de notre table, qu'il a nagé trois milles avec des vessies au large de Saint-Kitts, requins et tout : il a été ramené, fouetté, et il est reparti, avec le dos comme un steak tout cru. Et aujourd'hui, avec seulement douze permissionnaires sur tout l'équipage, il y en a deux qui sont partis dans la montagne, malgré toutes ces bêtes sauvages, ça je le sais pour sûr, laissant trente-huit mois de solde et leurs parts de prise. Alors, si vous voyez, on a peur, Killick, moi et les autres, que le capitaine Corbett ne voudra pas nous laisser partir sur la *Boadicea* ; alors on vous a écrit cette lettre, à vous, monsieur. Parce qu'on veut pas se mettre dans les jambes du capitaine, qu'il est prêt à hisser son guidon d'un moment à l'autre, qu'ils disent, et donc qu'il est trop occupé, alors on espérait que vous pourriez dire un mot pour nous, juste comme ça, au bon moment.

— Bien sûr que je le ferai. Mais vous auriez très bien pu vous adresser au capitaine Aubrey lui-même ; il a gardé le meilleur souvenir de vous — il parle souvent de son vrai patron de canot et regrette fort votre absence.

— C'est vrai, ça ? dit Bonden, avec un gloussement de satisfaction. Mais tout de même, on vous serait bien reconnaissants de dire un mot : ça serait plus correct venant de vous. Et on est vraiment pressés de quitter la *Néréide*.

— Ce n'est pas un navire heureux, si je comprends bien ?

— Non, monsieur, pas du tout. (Il s'appuya à nouveau sur les avirons et, regardant Stephen de côté, il ajouta :) C'est un navire à rouler des boulets, voilà ce que c'est.

Stephen ne connaissait rien à la marche des navires, théorique ou pratique ; mais il savait que lorsqu'un équipage commençait à faire rouler les boulets de canon sur le pont sous couvert de la nuit, c'est que quelque chose allait très mal ; car la seule suite possible était la mutinerie. Il savait aussi que sur un navire normal, jamais un homme aussi remarquablement régulier et sobre que Bonden ne serait fouetté.

— Je me plains pas, remarquez bien, dit Bonden, ni je cherche pas à juger : y a quelques vrais salauds sur la *Néréide*, à l'avant du mât et ailleurs ; et quand les choses atteignent un certain point, sur un navire comme ça, le chat tombe sur le bon et le mauvais, tout pareil. Je peux supporter cinquante coups aussi bien que n'importe qui, j'espère ; quoique, je dois dire, c'est la première fois que j'ai fait la connaissance du chat — oh, j'ai bien été battu comme un tambour quand j'étais un petit gars sur le *Thunderer*, mais c'était seulement les réprimandes du maître d'armes, comme on dit. Sa canne, monsieur. Non. Ce que je veux dire c'est que, d'abord, moi et Killick et les autres on veut revenir avec notre vrai capitaine : et ensuite, on veut sortir de là avant que ça tourne mal. Et à la vitesse où ça va maintenant — eh bien, je ne donnerais pas cher de la vie du capitaine Corbett ni de certains de ses officiers, s'il y avait un combat, ou même peut-être une vilaine nuit sans lune ; et on veut pas tremper là-dedans.

— Ce n'est pas beau, tout ça, Bonden, pas beau du tout, dit Stephen. (Puis il se tut jusqu'à ce qu'ils atteignent la *Boadicea*, où il ajouta :) Bonne nuit, à présent, et merci de m'avoir ramené.

Il se coucha avec le « Voyage » de Leguat, avec sa fascinante description du solitaire, et Sparmann ; pendant le quart de minuit, il entendit Jack rentrer à bord. Mais ce n'est qu'assez tard dans la matinée qu'ils se rencontrèrent, Stephen ayant été appelé à l'infirmerie pour traiter un coma alcoolique auquel le sang s'était mis à jaillir par les oreilles. Dès cette rencontre, il comprit que sa nuit et sa matinée de débauche (l'infirmerie rivalisait d'odeur avec une distillerie) allaient se prolonger. Le capitaine Aubrey était jaune et bouffi comme un homme qui a beaucoup trop bu — à tel point que les vingt miles du trajet de retour ne l'en avaient pas libéré.

— Vingt miles, plus de vingt miles, sur une satanée carne qui m'a flanqué par terre trois fois et gâché mon meilleur pantalon de nankin, dit-il.

Le serviteur avait cassé le pot à café ; le cuisinier français avait été débarqué avec Bretonnière pour rejoindre les autres prisonniers de guerre et il n'y aurait plus jamais de brioche pour le petit déjeuner. Mais, chose infiniment plus grave que l'absence de café, l'amiral avait promis à Jack ses ordres et ne les lui avait pas donnés. Une conférence interminable, imprécise, avec le gouverneur, M. Farquhar et deux officiers généraux d'une stupidité remarquable, même pour l'armée ; un souper, tout aussi long, avec des militaires décidés à saouler leur hôte. Et toujours pas d'ordres. Quand Jack avait pris la route sur sa jument morveuse, l'amiral était depuis longtemps au lit ; le lieutenant de pavillon ne savait rien d'aucun ordre, écrit ou même envisagé. Voilà pourquoi, comme il le dit à Stephen dans la chambre, il ignorait où il en était : personne n'avait à aucun moment parlé de son guidon. Voilà pourquoi il était là, en suspens : peut-être que l'expédition ne se ferait pas du tout ; et si elle se faisait, après des mois de retard, peut-être qu'il n'en aurait pas le commandement — il avait surpris un regard furtif, évasif, dans l'œil du secrétaire de l'amiral, un rustre hypocrite et déplaisant, tout pasteur qu'il fût. Il n'y avait aucune mention d'un commandement suprême dans ses ordres initiaux, et bien que l'amiral eût manifestement parlé comme si la question était réglée, sans doute la nomination était-elle à sa discrétion : l'amiral pouvait avoir changé d'avis, il pouvait être influencé par l'opinion du Conseil. Et il y avait eu ce menaçant « Si vous hissez votre guidon ».

— Allons faire un tour sur le pont, dit-il, j'ai la tête comme pleine de sable brûlant... Stephen, puis-je vous demander, vous implorer, de ne pas fumer ces horreurs dans la chambre ? On se croirait dans une infâme taverne, comme au mess des militaires, hier soir.

Ils atteignirent le gaillard juste à temps pour voir monter à bord un étrange personnage, un jeune homme vêtu d'un habit tape-à-l'œil et d'un crâne petit chapeau. Il avait embarqué par tribord, côté réservé aux officiers, et, s'avançant vers M. Seymour, il le salua. Le premier lieutenant eut une hésitation, mais pas Jack.

— Débarquez-moi cet olibrius, rugit-il. (Puis, plus bas, la main posée sur son front douloureux :) Que diable a-t-il en tête, à se balader sur le pont d'un navire du roi vêtu en carnaval ?

Le jeune homme repartit à bord d'un canot à l'équipage de bouffons, tous costumés à peu près comme lui.

Le serviteur de Jack s'approcha avec précaution, en murmurant quelque chose sur « le pot du carré ».

— Je pense qu'il veut dire que le café est prêt, dit Stephen.

C'était le cas. Avec le café revint la bénignité, aidée par la crème fraîche, le bacon, les œufs, les frittons de porc, les derniers vrais petits pains français, grillés, et la marmelade d'oranges de Sophie.

— Je regrette d'avoir été si hargneux tout à l'heure à propos de votre cigare, dit Jack en repoussant enfin sa chaise et déboutonnant son gilet. Fumez, Stephen, je vous en prie. Vous savez que j'aime cette odeur.

— Bien, dit Stephen. (Il rompit un cigare en trois, émietta l'un des morceaux, le mouilla de quelques gouttes de café, le roula dans un papier, l'alluma et inspira voluptueusement.) Ecoutez-moi maintenant, voulez-vous ? Bonden, Killick et quelques autres sont à bord de la *Néréide* et souhaitent revenir avec vous. Tous les goûts sont dans la nature, nous dit-on ; et il faut en conclure qu'ils aiment l'exercice du pouvoir, brutal, arbitraire, tyrannique.

— Oh, s'écria Jack, comme je suis content, si content ! Ce sera comme au bon vieux temps. J'ai rarement eu autant de regrets qu'en me séparant d'eux. Mais Corbett les laissera-t-il partir ? Il est terriblement à court d'hommes ; et ce n'est qu'une politesse, vous savez, sauf envers un pavillon. Un homme comme Bonden, mais cela vaut son pesant d'or !

— Corbett ne semble pas conscient de sa valeur, toutefois : il lui a fait donner cinquante coups.

86

— Fouetter Bonden ! s'écria Jack, très rouge. Fouetter mon patron de canot ? Par Dieu, je...

Un jeune monsieur, nerveux, vint annoncer que l'on avait vu le lieutenant de pavillon du commandant en chef partir du rivage, et le capitaine de l'*Otter* partir de son sloop, et que M. Seymour pensait que le capitaine Aubrey serait heureux de le savoir.

— Merci, monsieur Lee, dit Jack, et il monta sur le pont. Lord et Lady Clonfert, qui lui étaient tout à fait sortis de l'esprit, revinrent en trombe quand il aperçut la gigue de l'*Otter*, avec le même équipage de bouffons qu'avant le petit déjeuner, approcher la *Boadicea*. Elle se trouvait à peu près à la même distance que le canot du *Raisonable*, mais le lieutenant de pavillon fit une pause près du navire amiral pour échanger à tue-tête une conversation apparemment fort amusante avec un ami, et avant qu'il eût terminé, la gigue parvint bord à bord.

Clonfert fut reçu avec les honneurs : mince, juvénile, remarquablement beau, il arborait une étoile sur son grand uniforme et une étrange expression d'inquiétude et d'attente sur le visage. Il rougit quand Jack lui serra la main en disant :

— Je suis heureux de vous revoir, Clonfert ; mais j'aurais vivement souhaité vous apporter de meilleures nouvelles. Venez dans la chambre. (Une fois là, il poursuivit :) Je suis tout à fait désolé de devoir vous dire qu'en raison d'un malheureux malentendu à propos de l'heure, j'ai dû quitter Plymouth sans Lady Clonfert.

— Oh, dit Clonfert, dont le visage mobile exprimait une vive contrariété. C'est ce que je craignais. J'ai envoyé quelqu'un plus tôt, pour vous le demander, mais il semble que le message que j'ai fait porter par un de mes officiers n'a pas été reçu.

— Un officier ! s'écria Jack. Je n'aurais pas imaginé — un officier dans cette tenue !

— Je regrette que vous ne l'approuviez point, monsieur, dit Clonfert avec raideur. Mais j'ai pour coutume d'habiller l'équipage de ma gigue à mes couleurs — c'est assez habituel dans le service, je crois —, et ces messieurs auxquels je commande se rangent à mon humeur. J'avoue toutefois que c'est irrégulier.

— Eh bien, cela peut conduire à des malentendus. Enfin, tout est clair à présent, et je vous ai donné mes mauvaises nouvelles — je le regrette extrêmement, mais je suis sûr que

Lady Clonfert aura pris le navire suivant en partance pour les Indes. Elle aura voyagé de manière bien plus confortable et devrait être ici dans une semaine ou deux car notre traversée fut très lente. Dînerez-vous avec moi ? Nous avons un porcelet, et je me souviens que vous étiez friand de porcelet à bord de l'*Agamemnon*.

Clonfert rougit à nouveau au nom du navire : il jeta vers Jack un regard d'intense suspicion puis, d'un air artificiel, dit qu'il se voyait dans l'obligation de décliner — non sans une infinie répugnance, mais il avait un engagement antérieur — mais que tout en prenant congé, il tenait à exprimer combien il appréciait la courtoisie du capitaine Aubrey, qui avait manifesté l'intention d'amener Lady Clonfert au Cap ; *il était pénétré, pénétré*.

Il s'en tira assez bien pour que Jack, dont la conscience n'était pas totalement tranquille à cet égard, en éprouve un certain malaise ; et s'il n'avait pas trébuché en sortant de la chambre, la performance eût été pratiquement parfaite. Le lieutenant de pavillon était déjà sur le pont, bavardant et riant avec Seymour, quand Jack raccompagna son visiteur à la coupée ; l'œil inquisiteur de Jack vit que le jeune homme jovial était porteur, non de l'ordre verbal, sans importance, sans conséquence, qu'il craignait tant — qu'il craignait à si juste titre d'après le ton de la conférence du soir précédent —, mais d'un important dossier lié par un ruban, le ruban rouge officiel.

Revenu dans la chambre, il reçut le dossier ; mais il dut d'abord écouter le message du lieutenant de pavillon.

— L'amiral me prie de vous dire, monsieur, qu'il a été saisi d'un malaise juste après la réunion, qu'il s'est trouvé dans l'incapacité de vous donner vos ordres comme il l'entendait, mais qu'il les a dictés de son lit dès qu'il lui fut possible. En fait, monsieur, c'est à moi qu'il les a dictés, le secrétaire étant indisponible.

— Vous savez donc ce qu'ils contiennent, je suppose ?

— Oui, monsieur, et puis-je être le premier à vous féliciter pour votre guidon, monsieur ?

— Merci, monsieur Forster, dit Jack, le cœur, les tripes et tout son être éclairés par un grand soleil. Merci infiniment. J'ose espérer que l'indisposition de l'amiral ne lui cause ni douleur ni souffrance ? Je souhaite qu'il soit rétabli dans l'instant, en pleine santé et satisfaction.

Le lieutenant de pavillon pensait que, peut-être, c'était quelque chose que l'amiral avait mangé ; pour sa part, il avait recommandé une dose de rhubarbe ; Jack l'écouta avec toute l'apparence d'une sollicitude attentive. Jack semblait décemment solennel, mais son esprit baignait dans le bonheur, un bonheur qui devint d'autant plus concret, réel et tangible quand s'achevèrent les souvenirs du lieutenant de pavillon d'une occasion où lui aussi avait mangé quelque chose, et que Jack put couper le ruban et voir que ses ordres étaient adressés au commodore Aubrey. Pourtant, sous ce bonheur total subsistait un autre niveau de conscience : une détermination ferme et sobre d'entrer immédiatement en contact direct avec la réalité, de voir exactement ce qu'elle représentait, de juger les limites de son éventuelle initiative, de peser les forces en présence, et de prendre la situation au collet.

Les ordres étaient clairs, concis et urgents : l'amiral avait manifestement obtenu gain de cause. Le commodore Aubrey était requis et sommé de se rendre à bord du *Raisonable* ; de hisser son guidon ; de prendre sous son commandement les navires et vaisseaux nommés dans la marge ; de prendre la mer avec la plus grande promptitude ; de rechercher et détruire la croisière française opérant au sud de 10° S et à l'ouest de 70° E, et, avec la collaboration de l'officier commandant les forces terrestres à Rodrigues (qui devaient être renforcées au moment voulu), d'entreprendre la réduction des possessions françaises de l'île Bourbon, autrement dit île de la Réunion, autrement dit île Buonaparte, et de Maurice, autrement dit île de France, en même temps que des navires et vaisseaux français dans les mers circumvoisines. Il devait suivre les instructions générales des annexes A et B jointes ; et pour toutes les questions politiques ou ayant une influence sur les contacts avec la population civile, il devait prendre l'avis de William Farquhar, Esquire, gouverneur désigné par Sa Majesté, et, en l'absence de M. Farquhar, celui du docteur Stephen Maturin.

Les annexes, ainsi que diverses évaluations, cartes, relevés hydrographiques et estimations de la force française, fournis pour la plupart par les navires marchands américains de passage, constituaient des paquets séparés ; parmi ces documents se trouvait un papier adressé au lieutenant Johnson, R.N., *Boadicea*.

— De quoi s'agit-il ? demanda Jack.

— L'amiral a confirmé votre nomination temporaire de M. Johnson, dit le lieutenant de pavillon. C'est son brevet.

Jack acquiesça, une nouvelle bouffée de plaisir triomphant un moment de la gravité sous-jacente. Le lieutenant de pavillon poursuivit :

— Je dois aussi vous dire, monsieur, que l'amiral remet le *Raisonable* entièrement à votre discrétion, et vous prie de hisser votre guidon là où vous le jugerez bon : il ne connaît que trop bien son état. Il demande que les serviteurs et domestiques de cette liste lui soient envoyés au Cap, et il espère que vous jugerez bon de maintenir les nominations qui suivent. Il regrette infiniment que le temps et son indisposition actuelle ne lui permettent pas de vous communiquer personnellement les remarques confidentielles sur vos capitaines, comme à l'habitude, et vous prie de bien vouloir pardonner cette note hâtivement griffonnée. (Il lui passa une demi-feuille de papier, pliée et cachetée, puis ajouta :) Je crois que c'est tout, monsieur, en dehors d'un message de M. Shepherd : puisqu'en tant que commodore vous aurez besoin d'un secrétaire, il se permet de recommander son cousin, M. Peter. M. Peter est ici depuis plusieurs mois, il est tout à fait au courant. Il se trouve à Simon's Town pour l'instant — il est venu avec moi —, si vous souhaitez le voir.

— Je serais heureux de voir M. Peter, dit Jack, tout à fait conscient de l'importance de ces civilités, de l'importance de bonnes relations dans l'escadre.

Les convenances voulaient que Jack rafraîchisse le lieutenant de pavillon. Les convenances voulaient que le lieutenant de pavillon fît disparaître sa part de la bouteille en dix minutes, afin de laisser le nouveau commodore libre d'affronter les innombrables tâches qui l'attendaient ; mais bien que le jeune homme fît de son mieux, jamais, de sa vie, Jack n'avait trouvé le temps aussi long.

Quand enfin M. Forster fut parti, Jack convoqua Johnson.

— Je vous félicite pour votre brevet, monsieur Johnson. Le voici. L'amiral a confirmé votre nomination provisoire et je suis tout à fait sûr que vous le méritez. (Il tendit le précieux document, plus précieux peut-être pour Johnson que son guidon ne l'était pour lui — certainement moins lourd de responsabilités — et, tant pour couper court au flot de remerciements que pour gagner quelques minutes, il ajouta :) Veuillez avoir la bonté de m'envoyer dès que possible le maître d'équipage. (Puis, au maître d'équipage :) Monsieur Fellowes, je ne pense pas que nous ayons un guidon de commodore dans le coffre aux pavillons ; sinon, je vous serais obligé d'en faire préparer un sans tarder.

— Un guidon de commodore, dit le maître d'équipage en s'efforçant de réprimer un sourire, bien, monsieur.

Par piété, de peur d'offenser le sort par sa présomption, Jack n'avait jamais commandé qu'on en fît un : malgré la forte tentation — il aurait souhaité s'en repaître en privé —, il avait attendu que ce fût certain. Mais les Boadiceas, ayant tourné et retourné la question dans leur tête bien au nord de la Ligne, s'étaient convaincus de la nécessité d'un tel objet ; ils avaient fureté, assemblé pièces et morceaux, et le guidon était prêt depuis quatre mille milles.

Le maître d'équipage partit en hâte vers l'avant. Jack rompit le cachet de l'amiral et lut : « Le capitaine Pym, du *Sirius*, est un officier tout à fait fiable, consciencieux, mais manquant d'initiative ; le capitaine Corbett, de la *Néréide*, bien qu'il maintienne une remarquable discipline et soit d'une valeur exceptionnelle comme capitaine de combat, a une tendance à l'irascibilité qu'on ne peut que regretter ; il est en mauvais termes avec le capitaine Lord Clonfert, de l'*Otter*, et mieux vaut ne pas les détacher ensemble sur une mission si l'on peut l'éviter. Lord Clonfert s'est distingué récemment par plusieurs actions mineures d'une grande hardiesse ; il possède, comme le capitaine Corbett, une connaissance approfondie des eaux entourant la Réunion et Maurice. » Ces remarques confidentielles en disaient peut-être plus à Jack sur l'amiral que sur les capitaines ; mais il avait à peine formulé cette réflexion que Fellowes revint en hâte, les bras chargés du superbe guidon. Jack le regarda avec un détachement affecté qui n'aurait guère trompé ses filles, et moins encore le maître d'équipage.

— Merci, monsieur Fellowes ; posez-le sur le coffre, puis demandez au docteur, avec mes compliments, s'il peut me consacrer un moment.

Il enfilait les culottes de son grand uniforme numéro un quand Stephen entra.

— J'ai pensé que vous aimeriez voir quelque chose de nouveau, dit-il, ajoutant, non sans fierté, *Ex Africa surgit semper aliquid novo* — *novi*, n'est-ce pas ?

— A quoi faites-vous allusion ? demanda Stephen, avec un coup d'œil circulaire.

— Ne voyez-vous pas quelque chose qui vous frappe d'admiration ? La marque d'un commodore, l'être le plus haut placé à la face de la terre, ou à peu près ?

— Cette étoffe ornementale ? Ah, c'est cela : je croyais que vous parliez de quelque chose de nouveau. J'ai vu cette

91

étoffe quotidiennement dans la cabine du maître d'équipage quand ses boyaux étaient en désordre, voici longtemps : je l'ai prise pour un signe de sa fonction, ou peut-être la bannière de quelque guilde des maîtres d'équipage. (Sentant obscurément qu'il n'avait pas tout à fait répondu à l'attente de son ami, il ajouta :) Mais c'est un fort beau pavillon, sur mon honneur ; et si bien cousu. Je suppose que vous allez l'accrocher présentement ; et sans aucun doute, il nous fera grand crédit à tous, une si belle chose.

Si le secret n'existait guère à bord de la frégate, il existait moins encore dans l'escadre. Nul n'avait manqué de remarquer l'arrivée du lieutenant de pavillon, ni son séjour prolongé sur la *Boadicea*, ni l'abandon subséquent du navire amiral par une troupe des serviteurs et domestiques de l'amiral, non plus que le passage du capitaine Aubrey à travers le port : par conséquent, lorsque le guidon à queue d'aronde apparut à la tête de mât du *Raisonable*, pas un des navires ou vaisseaux présents ne perdit une seconde pour entamer le salut de treize coups de canon dû à l'homme qu'il symbolisait. Les saluts se fondirent les uns avec les autres et avec leurs échos, emplissant la baie d'un grondement menaçant, d'un nuage de fumée qui dérivait sur Jack debout à la poupe. Il ne regardait pas directement son guidon, mais il en ressentait la présence, ô, avec quelle intensité ! A l'instant où sa retentissante réponse fut achevée, il se tourna vers le lieutenant des signaux et lui dit : *Tous les capitaines à mon bord*, monsieur Swiney.

Il les reçut dans la chambre du conseil de l'amiral : le *Raisonable* n'était pas l'*Hibernia*, ni même le *Victory*, cependant la pièce était noble, mouchetée de reflets de lumière, et quand ils entrèrent, le bleu, le blanc et l'or de leurs uniformes lui donnèrent plus de noblesse encore. Pym, du *Sirius*, homme massif, aussi grand que Jack et plus gras, vint le premier ; ses félicitations étaient aussi franches et sincères que son bon visage ouvert et amical, et Jack eut chaud au cœur. Corbett suivait, petit homme sombre à tête ronde dont l'expression figée, autoritaire et coléreuse était aujourd'hui adoucie par un regard de déférence et le plaisir convenant à l'occasion. Il avait livré plusieurs combats fort honorables aux Antilles et en dépit de Bonden, Jack le regarda avec quelque respect, avec une impatience pleine d'espoir aussi. Les bons vœux de Corbett furent presque aussi cordiaux que ceux de Pym, quoique l'on pût y déceler un léger ressentiment, ses mérites et sa connaissance locale n'ayant pas reçu la récompense escomptée ; mais ils étaient quand même beaucoup plus chaleureux que le très formel : « Permettez-moi de vous présenter mes félicitations, monsieur » de Clonfert.

— A présent, messieurs, dit le commodore Aubrey (ces formalités accomplies), je suis heureux de vous annoncer que l'escadre doit appareiller avec la plus grande promptitude. Je vous serais donc reconnaissant de me faire un rapport sur la situation de chacun de vos navires, sur leur état de préparation : pas un rapport détaillé, bien entendu — cela viendra plus tard —, mais un état général. Lord Clonfert ?

— Le sloop que j'ai l'honneur de commander est toujours prêt à prendre la mer, dit Clonfert.

Ce n'était là que rodomontade : aucun navire ne pouvait être toujours prêt à prendre la mer, sauf à n'utiliser jamais ni eau, ni vivres, ni poudre, ni boulets ; et l'*Otter* rentrait tout juste de croisière. Ils le savaient tous et Clonfert le premier, à peine les mots furent-ils sortis de sa bouche. Jack poursuivit toutefois, sans laisser la pause embarrassée se prolonger plus d'un instant, et reçut un compte rendu plus rationnel de Pym et de Corbett. Il apparut que le *Sirius*, quoique généralement bien avitaillé, avait grand besoin d'un carénage, et rencontrait les plus grandes difficultés avec ses réservoirs à eau, engins tout nouveaux, en fer, dont on avait cru bon de l'équiper à Plymouth et qui fuyaient affreusement.

— S'il est une chose que je déteste plus que tout, dit le capitaine Pym avec un coup d'œil autour de la table, ce sont les innovations.

Le *Sirius* avait mis ses cales sens dessus dessous pour atteindre les réservoirs, de sorte qu'avec la meilleure volonté du monde et en mettant les bouchées doubles, il ne pourrait guère appareiller avant dimanche. La *Néréide*, apparemment parée dès qu'elle aurait embarqué son eau douce, était de fait en bien triste état : elle était vieille, le commodore le savait bien, et d'après le charpentier du capitaine Corbett, on aurait pu enlever ses allonges d'écubier avec une pelle ; elle était sans aucun doute mangée de rouille, à l'avant et à l'arrière, sinon aussi au milieu ; mais, pire encore, elle était terriblement à court d'hommes. Il manquait au capitaine Corbett soixante-trois hommes pour compléter son équipage : un chiffre terrible.

Jack convint que c'était un chiffre terrible.

— Mais espérons que le prochain navire retour des Indes à faire escale ici résoudra ce problème en nous apportant soixante-trois marins qualifiés et quelques surnuméraires.

— Vous oubliez, monsieur, que depuis leur désaccord avec le gouvernement sur la gestion de la colonie, les navires de la Compagnie ne touchent plus au Cap.

— Il est vrai, dit Jack, avec un regard furtif à Clonfert.

Pour couvrir cette bévue, il annonça une visite à tous les navires dans le courant de l'après-midi, et dit qu'il espérait voir à ce moment un état détaillé de leur situation, puis suggéra que la discussion s'oriente sur un certain bordeaux, pris à un Français en venant. La fin du lafite apparut, accompagnée de quelques substances farinacées provenant de la cuisine de la *Boadicea*.

— Vin superbe, dit Pym.

— Franc comme l'or, dit Corbett. Vous avez donc rencontré un Français, monsieur ?

« Oui », dit Jack, et il leur raconta l'affaire de l'*Hébé* : ce n'était pas un bien grand combat, mais le simple fait de parler de coups de canon, du retour de l'*Hyaena* dans la Navy et du sauvetage de la prise détendit l'atmosphère guindée. Les réminiscences affluèrent avec le bordeaux ; on rappela des actions comparables et de vieux compagnons de bord, des rires se firent entendre. Jack n'avait jamais navigué avec Pym ou Corbett, mais ils avaient de nombreuses connaissances communes dans le service : après en avoir mentionné une demi-douzaine, Jack dit, en pensant que cela pourrait lui rafraîchir la mémoire :

— Vous avez connu Heneage Dundas aux Antilles, n'est-ce pas, capitaine Corbett ?

— Oh oui, monsieur, dit Corbett ; mais il n'ajouta rien.

« Ça ne marche pas », se dit Jack, et, tout haut :

— Lord Clonfert, la bouteille est à vos côtés.

Depuis un long moment, Clonfert restait silencieux. Un rayon de lumière tombant sur son étoile renvoyait au plafond une constellation de points lumineux qui descendirent tous ensemble quand il se pencha vers la bouteille. Il remplit son verre, fit passer la bouteille et, mû peut-être par l'idée de replâtrer ses rapports déplaisants avec Corbett tout en se faisant un allié éventuel dans cette réunion où il se sentait fort désavantagé, il dit :

— Capitaine Corbett, je bois à votre santé.

— Je ne bois jamais à ma santé, mylord, répondit Corbett.

— Capitaine Corbett, dit Jack, très vite, j'ai été très étonné par l'histoire du brick russe mouillé derrière la *Néréide*, et plus encore d'apprendre par l'amiral que son capitaine avait servi sous vos ordres.

— Oui, monsieur, il était à bord du *Seahorse* quand je le commandais, il servait comme volontaire pour apprendre nos méthodes : et il les a fort bien acquises, je dois l'avouer. Ses hommes ne sont guère ce que nous appellerions des matelots qualifiés, mais je pense qu'avec le temps il réussira à leur faire entrer un peu de marine dans la tête. Ils ont un sens aigu de la discipline dans ces régions : mille coups de fouet ne sont pas l'exception, je crois.

La conversation se poursuivit autour de l'infortunée *Diana* — son départ de la Baltique pour un voyage de découverte en une période de paix entre l'Angleterre et la Russie — son arrivée, sans méfiance, à Simon's Town pour apprendre que la guerre était déclarée — son étrange statut — son étrange construction — l'étrange comportement de ses hommes à terre.

La cloche piqua huit coups : tous se levèrent. Jack retint Corbett :

— Avant que je n'oublie, capitaine Corbett, mon patron de canot et quelques autres de mes hommes sont à bord de la *Néréide*. Tenez, j'ai noté leurs noms. Vous m'obligeriez en me les renvoyant.

— Certainement, monsieur, dit Corbett, bien entendu... Mais je vous supplie de ne pas me taxer du moindre irrespect si je me hasarde à répéter que je manque cruellement d'hommes.

— Je l'ai bien compris, dit Jack. Mais je n'ai pas l'intention de vous piller : loin de là. Vous en recevrez un nombre égal de la *Boadicea*, et je pense que je pourrai même vous en donner quelques autres. Nous avons enrôlé quelques bons matelots parmi les prisonniers de l'*Hébé*.

— Je vous en serai d'une reconnaissance infinie, monsieur, dit Corbett, aussitôt plus animé. Je vous renverrai vos hommes dès que je serai à mon bord.

C'est donc avec son patron de canot retrouvé que le commodore entreprit sa tournée de l'escadre.

— C'est comme au bon vieux temps, Bonden, dit-il à l'approche du *Sirius*.

— Oui, monsieur, et encore mieux, murmura Bonden ; puis, en réponse à l'appel de la frégate, il rugit « Guidon ! » d'une voix à réveiller les morts.

Il ne surprit pas le *Sirius*, pourtant : depuis le retour du capitaine Pym, tout l'équipage s'était mis au travail — dîner abrégé, tafia avalé en hâte — pour lui conférer une apparence artificielle et fallacieuse, et lui donner l'air de ce qu'il n'était pas. Ils y avaient mis de la bonne volonté, étant fiers de leur navire, et s'ils n'avaient pas eu le temps pour des travaux de peinture raffinés, le *Sirius* que le commodore visita différait autant de son ordinaire que les efforts concentrés de deux cent quatre-vingt-sept hommes et plusieurs femmes (certaines régulières, d'autres moins) pouvaient le faire. Comme il était pratiquement éviscéré à cause de ses réservoirs, on n'avait pu le transformer en une version agrandie d'un yacht royal, ce qu'ils auraient souhaité ; mais en dehors de pyramides d'objets sans nom sur le pont, décemment voilés par des tentes et des tauds, il était fort présentable, et Jack fut content de ce qu'il vit. Il n'en crut rien, bien sûr ; toute l'affaire, des charbons blanchis à la chaux dans la cuisine jusqu'aux boulets noircis dans les parcs, n'était que déguisement rituel. Il y avait pourtant un certain rapport avec les faits, et il en tira l'impression d'un bon navire, sérieux, en assez bon ordre, avec des officiers compétents et un équipage décent composé essentiellement de marins de combat — il était armé depuis trois ans et plus. Le capitaine Pym avait dressé dans sa chambre un superbe étalage de bouteilles et de gâteaux et Jack, reposant un bun aux épices dont la densité dépassait quelque peu celle du platine, se dit que sa consistance symbolisait assez bien ce navire — ferme, solide, un peu démodé, fiable, quoique sans doute incapable de mettre l'océan Indien à feu et à sang.

Vint ensuite la *Néréide*. Elle n'avait pas vraiment eu besoin de mettre tout le monde au travail pour obtenir l'effet que visait le *Sirius*, et pourtant, à en juger par la fatigue maussade et muette de son équipage et l'air anxieux, éreinté, harassé de ses officiers, tous, jusqu'au dernier, s'étaient donnés à fond pour ce résultat fignolé. Jack aimait qu'un navire soit bien tenu, et propre, bien entendu, mais la perfection totale de l'étalage des cuivres de la *Néréide* suffit à l'oppresser : l'inspection se fit, il le devait bien à ceux qui avaient travaillé si dur et pour si peu, mais il effectua sans aucun plaisir la visite de cette frégate. C'est en bas qu'il avait vraiment à faire, parmi les allonges d'écubiers ; et là, dans les profondeurs, avec le capitaine, son premier lieutenant anxieux et son charpentier plus anxieux encore, il constata que Corbett n'avait guère exagéré. Sa membrure était vraiment en mauvais état : tout en faisant quelques sondages avec une pointe, il se disait que l'expert de Simon's Town avait peut-être raison d'affirmer que cela tiendrait bien encore deux ou trois saisons. Mais, ou bien Jack se trompait lourdement, ou bien la pourriture, là-haut, se répandrait beaucoup plus vite. Dans sa jeunesse, étant aspirant dans ces mêmes eaux, il avait été dégradé pour inconduite, pour dévergondage, et renvoyé à l'avant du mât : il avait été, à son corps défendant, simple matelot pendant six mois. A bord de son navire, l'exigence de netteté et d'astiquage n'avait rien à voir avec les règles en vigueur sur la *Néréide*, mais le capitaine était un tyran, le premier lieutenant difficile, et il avait appris à ses dépens ce qu'il faut de labeur pour produire un résultat moitié aussi bon. Ces mois, si pénibles au début et même la plupart du temps, lui avaient aussi apporté quelque chose que bien peu d'officiers possédaient : une compréhension intime de la vie en mer, vue du côté des hommes, une connaissance de l'intérieur. Il savait leur langage, parlé ou muet ; et son interprétation des regards qu'il avait surpris avant de descendre, la contrainte, les coups d'œil furtifs et voilés, les gestes et signes à peine perceptibles, l'absence totale de la moindre bonne humeur le déprimaient profondément.

Toutefois, Corbett était à l'aise avec les chiffres : il fournit un état détaillé de la situation de la *Néréide*, proprement souligné de noir et de rouge, en même temps que son madère et ses biscuits.

— Vous êtes fort bien fourni en poudre et boulets, je vois, remarqua Jack, jetant un coup d'œil aux colonnes.

— Oui, monsieur, dit Corbett. Je n'aime guère les jeter à la mer ; par ailleurs, le recul des pièces saccage un pont.

— C'est vrai ; et les ponts de la *Néréide* sont une vision remarquable, je dois l'avouer. Mais ne pensez-vous pas utile que les hommes soient habitués à manier les canons — à tirer à distance avec précision ?

— Eh bien, monsieur, quant à mon expérience, cela n'apporte pas grand-chose. J'ai toujours engagé le combat vergue à vergue, dans des conditions où ils n'auraient pu manquer leur coup même en le faisant exprès. Mais ce n'est pas à vous que j'apprendrai ce qu'est une action rapprochée, monsieur, pas après votre combat avec le *Cacafuego*, ah, ah !

— Pourtant, il est parfois intéressant de suivre l'autre

école de pensée — de détruire la mâture de l'ennemi à un mille de distance avant de passer à l'abordage, observa Jack avec douceur.

— Je suis sûr que vous avez raison, monsieur, dit Corbett sans la moindre conviction.

Si la *Néréide* ressemblait à un yacht royal autant qu'il est possible à un navire de guerre, l'*Otter*, de prime abord, était ce yacht lui-même. Jamais de sa vie Jack n'avait rencontré un tel étalage de feuille d'or ; il avait rarement vu tous les haubans et les étais garnis d'un congréage en fils vermillon, et des estropes de poulies couvertes de cuir rouge. Mais ensuite, cela semblait exagéré, presque ostentatoire, tout comme le raffinement des tenues sur le gaillard de Clonfert — où même les aspirants portaient bicorne garni de dentelles, culottes, et bottes hautes à glands d'or — sentait le déguisement plutôt que l'uniforme. Jack remarqua alors, avec surprise, la vulgarité générale des officiers de Clonfert. Leurs visages, assez quelconques, échappaient évidemment à leur responsabilité, mais pas leur attitude, tantôt rigide, comme celle de mannequins de tailleur, tantôt relâchée, amollie ; non plus que leurs regards effrontés, leur manière d'écouter sans vergogne ce que leur capitaine avait à lui dire. En revanche, point besoin d'être perspicace pour voir que l'atmosphère à bord de l'*Otter* était aussi différente que possible de celle de la *Néréide* : les matelots de l'*Otter* formaient un équipage souriant, jovial, et ils aimaient manifestement leur capitaine ; tandis que les officiers mariniers, le maître d'équipage, le canonnier et le charpentier (piliers essentiels) semblaient hommes solides, de valeur et d'expérience. Le pont de l'*Otter*, ses décors et son gréement l'avaient étonné ; la chambre du conseil l'étonna plus encore. Sa dimension non négligeable était amplifiée par des miroirs dans des cadres dorés ; ceux-ci reflétaient un nombre remarquable de coussins, empilés sur un divan turc, et la référence aux Mille et Une Nuits était encore renforcée par des cimeterres accrochés à la cloison sur un fond de tapis persan, une lampe dorée de mosquée suspendue au barrot et un narguilé. Au milieu de tout cela, les deux pièces de douze paraissaient laides, bestiales, mornes et mal à l'aise.

Les offrandes rituelles apparurent, apportées par un enfant noir coiffé d'un turban, et Jack et Clonfert restèrent seuls. Une certaine gêne s'établit aussitôt. Avec les années, Jack avait appris la valeur du silence dans les situations où il ne savait que dire, mais pas Clonfert, quoiqu'il fût un peu plus vieux en dépit de son apparence juvénile. Il parla — ces babioles venaient de sa campagne syrienne avec Sir Sydney — la lampe était un présent de Djazzar Pacha — le cimeterre de droite venait du patriarche maronite — il était tellement habitué aux coutumes orientales qu'il ne pouvait se passer de son divan. Le commodore ne voulait-il pas s'asseoir ? Le commodore n'avait aucune intention de se laisser descendre à quelques pouces du plancher — que ferait-il de ses jambes ? — et répondit qu'il préférait garder un œil sur les canots de la *Boadicea* qui circulaient vivement entre l'arsenal et la frégate, remplissant ses magasins et ses parcs à boulets d'arguments qu'il espérait fort persuasifs. Dans ce cas, le commodore voudrait sûrement goûter un peu de ce vin de Constance et grignoter une figue d'Alep : Clonfert y trouvait une combinaison intéressante. Ou peut-être un peu de cette poutargue ?

— Je vous suis infiniment obligé, Clonfert, dit Jack, et je suis sûr que votre vin est absolument délicieux ; mais le fait est que le *Sirius* m'a offert une grande quantité d'un superbe porto et la *Néréide* une grande quantité d'un superbe madère, de sorte que j'apprécierais plus que tout à cet instant une tasse de café, si c'est possible.

Ce n'était pas possible. Clonfert en était mortifié, contrarié, désolé, mais il ne buvait pas de café ; pas plus que ses officiers. Il était effectivement mortifié, contrarié et désolé. Il avait déjà dû présenter des excuses de ne pouvoir fournir un état de situation et ce nouveau désagrément, d'ordre mondain, le frappa rudement. Jack ne voulait pas plus de dissensions dans l'escadre qu'il n'y en avait déjà ; par simple humanité, il ne souhaitait pas laisser Clonfert sous le coup de ce qui lui apparaissait manifestement comme un immense désavantage moral ; faisant quelques pas vers une belle défense de narval posée dans un angle, il dit donc d'un ton obligeant :

— Que voilà une superbe défense !

— Un bel objet, n'est-ce pas ? Mais avec tout le respect que je vous dois, monsieur, je crois que le terme propre est corne. Cela vient d'une licorne. Sir Sydney me l'a donnée. Il avait tiré la bête lui-même, après l'avoir distinguée au milieu d'une troupe d'antilopes ; il lui fallut faire une poursuite remarquable, bien qu'il fût monté sur l'étalon de Hassan Bey — vingt-cinq miles à travers le désert. Les Turcs et les Arabes étaient absolument stupéfaits. Il m'a raconté qu'ils disaient n'avoir jamais rien vu de comparable à ses talents de cavalier, ni à la façon dont il tira la licorne en plein galop. Ils étaient stupéfaits.

— J'en suis convaincu, dit Jack. (Il retourna l'objet et dit avec un sourire :) Je peux donc désormais me vanter d'avoir tenu en main une véritable corne de licorne.

— Vous pouvez en jurer, monsieur. Je l'ai coupée moi-même sur la tête de l'animal.

« Comme le pauvre garçon s'expose », pensa Jack en revenant au *Raisonable* : il avait eu pendant des mois dans sa cabine une défense de narval qu'il ramenait du nord pour Stephen Maturin et connaissait parfaitement le poids compact de son ivoire, si différent de la corne. Pourtant, Clonfert croyait sans doute à la vérité de la première partie. L'amiral Smith était un homme remarquablement vain et vantard, tout à fait capable de ce récit ridicule : en même temps, l'amiral Smith était un officier des plus habiles et entreprenants. En dehors d'autres actions brillantes, il avait vaincu Buonaparte à Acre : peu d'hommes avaient tant de raisons de se vanter. Peut-être Clonfert était-il fait du même étrange bois ? Jack l'espérait de tout son cœur. Pour ce qui le concernait, Clonfert pouvait bien faire étalage de toutes les licornes du monde, et même des lions, aussi longtemps qu'il fournissait aussi à peu près les mêmes résultats que son modèle.

Ses maigres possessions étaient déjà arrivées de la *Boadicea* ; elles avaient déjà été disposées par son serviteur retrouvé comme il aimait qu'elles le fussent. Avec un soupir de contentement, Jack s'assit à l'aise dans un vieux fauteuil Windsor, jetant son lourd uniforme sur un coffre. Killick n'aimait pas qu'il jette ses vêtements : Killick n'aurait qu'à se faire une raison.

Mais Killick, qui avait versé l'eau bouillante sur le café fraîchement moulu à l'instant où le canot de parade du *Raisonable* avait quitté l'*Otter*, était un homme nouveau. Autrefois revêche, acariâtre, rouspéteur, passé maître en insolence muette et parfois bruyante, il était à présent presque complaisant. Il apporta le café, regarda Jack le boire brûlant d'un air approbateur, accrocha l'habit sans émettre le moindre commentaire déplaisant, sans déclamer : « Et d'où viendra l'argent pour racheter des nouvelles épaulettes quand tout le doré sera parti à force qu'on les jette n'importe comment ? », mais poursuivit la conversation que le départ de Jack avait interrompue.

— Vous disiez, monsieur, qu'elles ont pas de dents ?

— Pas le moindre signe, Killick, pas un signe, avant mon départ.

— Eh bien, je suis bien heureux, car ceci — tirant un mouchoir dont les plis recouvraient deux gros morceaux de corail — va les aider à percer, il paraît.

— Merci, Killick, merci beaucoup. De splendides pièces, ma parole : elles iront à la maison avec le premier navire.

— Ah, monsieur, dit Killick, soupirant à la fenêtre de poupe, vous souvenez-vous de cette affreuse vieille petite chaudière dans l'arrière-cuisine, et comment on lui a secoué son tuyau, pour finir tout noirs comme des ramoneurs ?

— Cette affreuse vieille petite chaudière sera une chose du passé quand nous reverrons le cottage, dit Jack. L'*Hébé* y a pourvu. Et il y aura aussi dans le salon une cheminée qui tire correctement, si Goadby connaît son affaire.

— Et nos choux, monsieur, poursuivit Killick, éperdu de nostalgie. Quand je les ai vus pour la dernière fois, ils n'avaient pas plus de quatre feuilles chacun.

— Jack, Jack ! s'écria Stephen qui entra en courant. Je suis terriblement négligent ; je viens d'apprendre que vous êtes promu. Vous êtes un grand homme — vous êtes virtuellement amiral ! Je vous félicite, mon cher, de tout mon cœur. Le jeune homme en habit noir me dit que vous êtes le plus grand homme de cette station après le commandant en chef.

— Eh bien, je suis commodore, comme la plupart des gens ont la bonté de le reconnaître, dit Jack, mais je l'ai mentionné, déjà, si vous vous en souvenez. Je vous ai parlé de mon guidon.

— C'est bien vrai, cher ; mais peut-être n'en ai-je pas totalement compris toute la signification. J'avais la vague notion que le mot *commodore* et cet étrange petit pavillon se rapportaient à un navire plutôt qu'à un homme — je suis à peu près sûr que nous appelions commodore le navire le plus important de la flotte des Indes, le navire commandé par l'excellent M. Muffit. Expliquez-moi, s'il vous plaît, ce rang nouveau et splendide qui est le vôtre.

— Stephen, si je vous le dis, m'écouterez-vous ?

— Oui, monsieur.

— Je vous ai déjà dit beaucoup de choses sur la marine, que vous n'avez pas écoutées. Hier encore je vous ai entendu donner à Farquhar une explication très étrange de la différence entre la timonerie et le gaillard d'arrière, et à ce jour je ne pense pas que vous sachiez distinguer...

A cet instant, il fut interrompu : par l'homme en noir, M. Peter, chargé d'une liasse de papiers ; par un messager du général stationné au Cap ; par Seymour avec lequel il établit avec soin la liste des hommes qui pouvaient être envoyés à la *Néréide*, en raison de leurs propres délits ou des besoins les plus urgents de la frégate ; enfin par le secrétaire du commandant en chef, qui souhaitait savoir si son cousin Peter convenait, et venait dire que l'amiral Bertie, à présent tout à fait rétabli, envoyait ses compliments. Sans pour autant vouloir presser le commodore de quelque manière, l'amiral serait ravi d'apprendre qu'il avait pris la mer.

— Alors, voyons, Stephen, dit enfin Jack, cette histoire de commodore : en premier lieu je n'ai pas eu la moindre promotion — il ne s'agit pas d'un rang, mais d'une fonction, et J. Aubrey ne bouge pas du moindre centième de pouce de sa place sur la liste des capitaines. J'exerce cette fonction pour le moment, et quand le moment se termine, si vous me suivez, je redeviens capitaine de vaisseau. Mais tant que cela dure, je suis comme qui dirait un contre-amiral provisoire, temporaire et sous-payé ; et je commande l'escadre.

— Cela doit vous réchauffer le cœur : je vous ai si souvent vu irrité par une position subalterne.

— C'est vrai : le mot sonne comme une trompette. Mais en même temps... je ne raconterai cela à personne d'autre qu'à vous, Stephen, mais c'est uniquement lorsque l'on a une entreprise de ce genre sur les bras, une entreprise où l'on doit dépendre des autres, que l'on comprend ce que c'est que commander.

— Par les autres, vous voulez dire les autres commandants, je suppose ? Certes, ils sont un facteur essentiel qu'il faut comprendre à fond. Parlez-moi franchement d'eux, s'il vous plaît, sans réserve.

Jack et Stephen avaient navigué ensemble sur bien des navires, mais n'avaient jamais discuté des officiers. Stephen Maturin, en tant que chirurgien, prenait ses repas avec eux et bien qu'il fût l'ami du capitaine, il appartenait au carré : le sujet était tabou. A présent, tout avait changé : à présent, Stephen était le collègue et le conseiller politique de Jack ; et il n'était en aucune manière lié aux autres officiers.

— Commençons par l'amiral ; Jack, puisque nous devons ouvertement travailler ensemble, il nous faut parler ouvertement : je connais vos scrupules et je les honore, pourtant, croyez-moi, mon frère, le temps n'est pas aux scrupules. Dites-moi, attendez-vous de M. Bertie un appui total et sans réserve ?

— C'est un homme correct, dit Jack, il a été aussi aimable et obligeant que je pouvais le souhaiter : il a confirmé immédiatement la promotion temporaire que j'avais donnée à Johnson — compliment très élégant. Aussi longtemps que tout ira bien, je ne doute pas qu'il nous soutienne jusqu'à la garde ; en dehors de toute autre chose, c'est son intérêt. Mais sa réputation dans le service... eh bien, à la Jamaïque, on l'avait surnommé sir Giles Overreach, d'après le personnage de cette pièce, vous savez, qui passe son temps à supplanter les autres ; et sans aucun doute il l'a fait pour ce pauvre James. C'est un bon officier, remarquez, même s'il ne voit pas beaucoup plus loin que n'importe qui à travers un mur de briques. (Il réfléchit un moment avant d'ajouter :) Mais si je fais une erreur, je ne serais pas surpris de me voir remplacé : pas plus que si je me dresse entre lui et une faveur quelconque. Quoique, les choses étant ce qu'elles sont, je ne voie pas bien comment cela pourrait se produire.

— Vous n'avez pas très haute opinion de sa tête, ni de son cœur.

— Je n'irais pas jusque-là. Nous avons des idées différentes sur ce qu'est le bon ordre à bord d'un navire, bien entendu... Non, je vais vous dire une chose qui me met un peu mal à l'aise quant à son sentiment du bien et du mal. Ce brick russe : il embarrasse tout le monde. L'amiral souhaite qu'il s'en aille mais ne veut pas prendre la responsabilité de le laisser partir. Il ne veut pas non plus accepter celle d'arrêter son équipage — entre autres choses, il faudrait les nourrir, et tout serait à sa charge si le gouvernement n'était pas d'accord. Alors il s'est contenté de demander au capitaine sa parole de ne pas s'échapper et il le laisse là, prêt à prendre la mer : il s'efforce d'affamer Golovnine en lui refusant des rations pour ses hommes. Golovnine n'a pas d'argent et les marchands n'acceptent pas de billets tirés sur Saint-Pétersbourg. On espère qu'il manquera à sa parole et disparaîtra par une nuit de gros temps avec le vent au nord-ouest. Une parole d'honneur ne signifie rien pour un étranger, dit l'amiral en riant ; il s'étonne que Golovnine ne soit pas parti depuis six mois — il voudrait en être débarrassé. Il juge cela tellement normal — il n'hésite pas à le raconter, trouvant que c'est un moyen fort habile de se couvrir — que cela m'a serré le cœur.

— J'ai remarqué que certains vieillards perdent leur sens de l'honneur, et admettent joyeusement les actes les plus étranges. Qu'y a-t-il d'autre qui vous trouble ? Corbett, je suppose ? Dans son cas, l'implacable a presque dévoré l'homme.

— Oui : c'est un négrier. Je ne dis pas un mot contre son courage, remarquez bien ; il l'a prouvé à maintes reprises. Mais pour moi, son navire est en fort mauvais état. Il est vieux, aussi, et ne porte que des pièces de douze. Vu le rapport de forces avec l'ennemi, je ne peux pourtant pas m'en passer.

— Que dites-vous du capitaine du *Sirius* ?

— Pym ? (Le visage de Jack s'éclaira.) Oh, comme je voudrais avoir trois autres Pym sur trois autres *Sirius* ! Ce n'est peut-être pas un phénix, mais c'est le type d'homme que j'aime — trois Pym, et vous auriez la bande à Nelson. Je n'aurais pas de violence à me faire pour être d'accord avec trois Pym. Ou trois Eliot, d'ailleurs : mais celui-là ne restera pas longtemps avec nous, c'est bien dommage. Il veut se faire mettre aux invalides et rapatrier dès que possible. Les choses étant ce qu'elles sont, il va me falloir ménager Corbett dans une certaine mesure, et Clonfert ; car une escadre où la bonne entente ne règne pas ferait aussi bien de rester au port. Comment j'y parviendrai avec Clonfert, je ne saurais vous le dire : je ne dois pas me mettre par son travers, si je peux l'éviter, mais avec cette satanée histoire de sa femme, j'y suis déjà à moitié. Il m'en veut terriblement — il a refusé mon invitation, ce qui est pratiquement inconnu dans le service, engagement préalable ou pas. Et il n'y avait pas d'engagement préalable. C'est un cas bizarre, Stephen. Quand nous avons parlé de lui voici quelque temps, je n'ai pas voulu dire que j'avais quelques doutes quant à son courage — c'est une chose terrible à dire de quiconque. Mais j'en avais, et je n'étais pas le seul. Sans doute n'étais-je pas aussi clairvoyant que je le croyais, car s'il a toujours l'air d'un drôle de bonhomme dans un drôle de navire, il s'est vraiment distingué en Méditerranée avec l'amiral Smith.

— C'est là, probablement, qu'il a obtenu son étoile ? Je ne connais pas cet ordre.

— Oui, les Turcs en ont distribué quelques-unes, mais on les trouvait un peu ridicules et fort peu d'officiers ont demandé l'autorisation de les porter : Smith et Clonfert sont les seuls, je crois. Et il a aussi effectué un certain nombre de coups de main et d'expéditions honorables dans ces eaux. Il les connaît bien, il a un pilote indigène ; l'*Otter* cale fort peu, moins encore que la *Néréide*, il peut donc entrer dans les récifs ; et d'après l'amiral Bertie, il pourrait presque prétendre rivaliser avec Cochrane quand il s'agit de harceler l'ennemi.

— Oui, j'ai entendu parler de ses entreprises, et du talent de son navire à s'approcher des côtes. Je naviguerai sans doute avec lui de temps à autre, il pourra me débarquer et me récupérer. Mais vous avez fait allusion au rapport de forces : comment voyez-vous nos chances à l'heure actuelle ?

— En ce qui concerne les navires et les canons, et simplement du point de vue des combats en mer, elles sont assez faibles. Si de plus on tient compte du fait que nous serons à plus de deux mille milles de notre base tandis que l'adversaire sera dans ses eaux, avec tous les approvisionnements à portée de main, eh bien, on pourrait parler de trois contre cinq. En Manche ou en Méditerranée, je pencherais pour l'égalité car dans ces régions nous sommes tout le temps en mer, mais pas eux : alors qu'ici leurs frégates lourdes naviguent depuis presque un an déjà, tout ce qu'il faut pour mettre au point un équipage, avec des officiers compétents ; et dans l'ensemble les officiers français sont fort compétents. Mais tout ceci reste très incertain — il y a tant d'inconnues dans l'équation. D'abord, je ne sais rien de leurs capitaines, et tout dépend d'eux. Dès que je les aurai aperçus en mer, je pourrai définir nos chances avec plus de précision.

— Dès que vous aurez pu vous y frotter, c'est cela ?

— Non. Dès que je les aurai vus, ou simplement leurs voiles à l'horizon.

— Pourrez-vous vraiment juger de leur capacité à une telle distance ?

— Bien entendu, dit Jack avec un peu d'impatience. Vous êtes incroyable, Stephen ! N'importe quel marin peut dire quantité de choses d'après la manière dont un autre marin borde son foc, ou vire de bord, ou établit ses bonnettes, exactement comme vous pouvez dire quantité de choses sur un docteur rien qu'à la manière dont il vous ampute une jambe.

— Toujours cette histoire de jambe amputée. Je suis persuadé que pour vous autres, tout le noble art de la médecine se résume à l'amputation d'une jambe. J'ai rencontré un homme hier — il a eu la politesse de me rendre visite aujourd'hui, tout à fait sobre — qui vous inculquerait bien vite de meilleures pensées. C'est le chirurgien de l'*Otter*. J'aurai sans doute à cultiver cette relation de toute façon, pour nos affaires, puisque l'*Otter* est, peut-on dire, notre estafette privée ; mais je ne le regrette pas à présent que je l'ai rencontré. C'est, ou c'était, un homme de grande intelligence. Mais pour revenir à ces chances : vous les fixeriez à cinq contre trois en faveur des Français ?

— Quelque chose de ce genre. Si vous additionnez les canons, les équipages, les tonnages, c'est bien pire ; mais je ne peux évidemment parler de probabilités tant que je ne les ai pas vus. J'ai envoyé une centaine de Boadiceas prêter la main à bord du *Sirius*, et je sais que Pym fait de son mieux pour le préparer à prendre la mer, mais ce navire-ci doit encore embarquer six mois de vivres, et j'aimerais beaucoup le caréner, c'est la dernière chance de lui nettoyer les fonds avant Dieu sait quand — je ne vois vraiment pas comment nous pourrions partir avant la marée de samedi. Je vais tenir tout le monde en haleine, et harceler l'arsenal jusqu'à ce qu'ils m'envoient au diable, mais en dehors de cela, il n'est rien que je puisse faire : même l'archange Gabriel ne pourrait rien faire. Donc, que diriez-vous d'un peu de musique, Stephen ? Nous pourrions travailler certaines variations sur « Begone Dull Care ».

Chapitre 4

Elle avait belle allure, l'escadre, cap au nord-est, l'ardent alizé par le travers ; parfaitement alignée, elle couvrait un demi-mille de mer — et quelle mer : l'océan Indien dans ses plus beaux atours, un saphir point trop sombre, un bleu qui donnait à leurs voiles usées une blancheur éclatante. *Sirius, Néréide, Raisonable, Boadicea, Otter* et, loin sous le vent, le *Wasp*, goélette armée rapide de la Compagnie des Indes orientales ; derrière le *Wasp*, si exactement placé qu'il en soulignait la voilure triangulaire, flottait l'unique banc de nuages du ciel, les cumulus à base plate accrochés au-dessus des montagnes de la Réunion, elles-mêmes sous l'horizon.

Le Cap et ses tempêtes gisaient deux mille milles en arrière, au sud-ouest, à dix-huit jours d'une belle navigation ; les équipages avaient eu largement le temps de récupérer des efforts insensés qu'ils avaient consacrés à mettre leurs navires en état de naviguer, avec trois marées d'avance sur un délai humainement possible. Mais une fois en mer, d'autres efforts les attendaient : d'abord, cette impeccable ligne de file, navires échelonnés à intervalles d'exactement une encablure derrière le commodore, ne pouvait être obtenue que par une vigilance et une attention constantes. Le *Sirius*, avec ses fonds sales, ferlait et déferlait sans cesse ses perroquets ; la *Néréide* luttait perpétuellement contre sa tendance à tomber sous le vent ; Jack, debout sur la dunette du *Raisonable*, voyait bien la nervosité de sa chère *Boadicea* — Eliot jouait de ses cacatois — tandis que seul le navire du commodore, rapide en dépit de son âge, et l'*Otter* se montraient à l'aise. Par ailleurs tous les navires, à l'exception de la *Boadicea*, étaient dérangés, ennuyés, tourmentés par la passion du commodore pour l'artillerie.

107

Tout avait commencé dès le cap des Aiguilles passé sous l'horizon, et si personne n'appréciait vraiment l'exercice, ils avaient eu du moins le temps de s'habituer à ses manières ; ils savaient exactement ce que le commodore allait décider, à ce moment de l'après-midi, quand ils virent le *Raisonable* envoyer un signal au *Wasp* puis prier l'escadre de virer de conserve. D'un bout à l'autre de la ligne, les sifflets des boscos se mirent à gazouiller haut et clair, les matelots se préparèrent à bondir (la compétition entre les navires était ardente, et grande l'horreur du déshonneur public), et à l'instant où le *Raisonable* dévia de son cap, les autres entamèrent leur virement lof pour lof : ils pivotèrent, avec un ensemble remarquable pour reformer la ligne, les amures à bâbord, afin de courir largue avec le vent un quart sur l'arrière du travers, en ligne inversée menée par l'*Otter*. Ils ne portaient pas toute la toile, la manœuvre était simple, mais elle fut exécutée avec maîtrise ; pas grand-chose à redire, pensait Jack en regardant par-dessus le couronnement les mâts de la *Néréide*, bien alignés, qui éclipsaient ceux du *Sirius*, son matelot d'arrière. Entre-temps, la goélette avait mis à l'eau les cibles et envoyait toute sa toile avec une diligence remarquable, dans son ardeur à se placer le plus vite possible hors de portée.

Ardeur compréhensible : comme d'habitude, l'*Otter* ouvrit un feu vif juste avant que ses canons ne puissent être pointés avec précision et ses boulets les plus extravagants s'en vinrent fouetter la mer entre la goélette et la cible. La seconde volée tomba plus près du but, elle aurait pu le toucher si les Otters avaient attendu le haut de la houle ; la troisième ressemblait à la première, si ce n'est qu'un boulet réussit à sauter par-dessus la cible ; il n'y eut pas de quatrième. Jack, montre en main, donnait les chiffres à l'aspirant mathématicien qu'il avait emmené avec lui, quand la *Boadicea* cracha à son tour, avec des boulets un peu hauts mais qui balayaient le pont hypothétique ; la seconde volée frappa l'ennemi en plein travers et, dans les cris d'enthousiasme, la troisième et la quatrième réduisirent les débris en miettes.

— Une minute cinquante-cinq secondes, écrivit Dick-à-mouches sur son ardoise, avant d'ajouter deux points d'admiration.

— Feu à volonté, monsieur Whittington ! lança Jack.

Chacun savait que le *Raisonable* n'intervenait nullement dans la compétition : du fait de son âge, il ne pouvait lancer, comme un navire plus jeune, la volée unique à tout fracasser, mais un canon sur trois de sa batterie basse, à demi-charge, et plusieurs de ses pièces légères fournissaient un feu lent et roulant qui aurait accompli certains dégâts. Bien plus de dégâts que les volées complètes, presque comiques dans leur absurdité, de la *Néréide* : deux seulement, et tirées si haut qu'un seul boulet parvint au but — un boulet presque certainement tiré par l'un des aides-canonniers que Jack lui avait prêtés à regret. Vint ensuite le *Sirius*, avec deux volées délibérées, puis la voix de ses cinq pièces arrière, tandis que les restes de la cible passaient derrière : lent, mais assez précis à cette portée modérée.

Jack n'avait ni le temps ni la poudre pour en faire plus. Aussitôt les canons à la serre, il signala *Virez en succession* et rappela la goélette sous son vent. Depuis leur départ de Simon's Town, il surveillait la marche des navires placés sous son commandement avec beaucoup d'attention, mais jamais il n'avait fixé sa lunette aussi obstinément sur l'un d'eux qu'à présent sur le *Wasp* qui arrivait à toute vitesse, au plus près, rejetant l'écume blanche tout au long de sa lisse. C'était un voilier superbe, superbement mené, et qui serrait le vent plus près qu'il ne l'aurait cru possible ; pourtant son expression inquiète et lasse ne s'allégea pas quand il lofa pour se placer sous la hanche du *Raisonable*, son capitaine tournant un visage inquisiteur vers l'impressionnante dunette.

Jack lui fit un signe de tête distrait, demanda au lieutenant des signaux de convoquer le capitaine du *Sirius*, fit quelques pas vers l'arrière avec un porte-voix puis héla la *Boadicea*, appelant à son bord son capitaine. Le commodore les reçut cérémonieusement dans sa chambre du devant, où M. Peter remit à Eliot l'ordre écrit de se rendre à Maurice en compagnie du *Sirius*, d'y prendre position au large de Port Louis, capitale et port principal, au nord-ouest de l'île, et d'y attendre le reste de l'escadre ; entre-temps, ils auraient à surveiller les mouvements de l'ennemi et à se procurer toutes les informations possibles. A ces instructions, Jack ajouta l'injonction très claire de ne pas entreprendre d'action sauf si les conditions étaient très favorables, puis certains conseils pour une arrivée après la nuit au large de la Pointe de Sable et l'envoi de canots pour inspecter le port à l'aube, afin qu'ils puissent ressortir malgré la brise de mer. Ensuite, inquiet pour la *Boadicea*, il allait prier Eliot de ne pas envoyer trop de toile, de ne pas établir les cacatois — un espar brisé sous ces latitudes était une perte terrible — il fallait la séduire plutôt que la pousser —, quand il se rendit compte qu'il dépassait les bornes du rôle de mère poule. Il ravala ses recommandations quant au bossoir de capon tribord, raccompagna ses capitaines, les regarda mettre cap au nord puis redescendit, droit vers la grande chambre de conseil où Stephen était occupé à coder des lettres sur un papier d'une minceur étonnante.

— Le grand avantage de ces navires vastes comme l'Arche, observa Stephen, est que l'on peut du moins y converser en privé. L'amiral, avec un tel luxe — salle à manger, chambre à coucher, antichambre, chambre de devant et enfin cette magnificence, avec son balcon par-derrière —, pouvait s'en donner à cœur joie ; le commodore peut dire tout ce qu'il a dans l'esprit. Un esprit qui semble, je le crains, oppressé par des pensées mélancoliques ?

— Oui : c'est spacieux, n'est-ce pas ?

Jack sortit sur la galerie de poupe d'où il pouvait apercevoir le Wasp, montant et descendant de dix pieds sur la longue houle lisse et faisant de temps à autre faseyer son hunier de misaine pour se maintenir à la vitesse du deux-ponts. En revenant, il dit :

— Stephen, je déteste vraiment ce funeste projet.

— Je sais, mon cher, vous l'avez plusieurs fois répété. Et chaque fois je vous ai répondu que d'abord les contacts et l'information que je vais chercher sont d'une importance essentielle et qu'ensuite le risque est négligeable. Je marche deux cents pas le long d'un rivage bordé de palmiers, je toque à la seconde maison — une maison dont j'ai un dessin très précis —, j'établis un contact d'une valeur inestimable, je reçois mes informations, je remets ces documents dont la ténuité extrême, vous le voyez — il les montrait —, les rend comestibles, comme la tradition l'exige ; je reviens jusqu'au canot et ensuite jusqu'à votre voilier rapide, et je vous retrouve, devoir accompli, pour le petit déjeuner. Je vous promets de ne pas m'attarder, Jack, bien que la Réunion soit un autre Ophir, pour un esprit philosophique.

Jack faisait les cent pas : Stephen ne disait rien que de très raisonnable. Pourtant, à peine quelques années plus tôt, Jack l'avait tiré de Port Mahon plus mort que vif, de Port Mahon, où il avait été capturé au cours d'une mission secrète, interrogé avec toute la barbarie de l'Inquisition, et presque anéanti.

110

— Minorque, c'était tout autre chose, dit Stephen. J'avais été trahi. Ici le risque n'existe pas.

— Ce n'est pas seulement cela, dit Jack en s'arrêtant devant une carte des côtes de la Réunion. Regardez ces maudits récifs. Pensez au ressac. Je vous ai dit mille fois, Stephen, combien ces eaux côtières sont dangereuses — des récifs partout, non cartographiés pour la moitié, un ressac terrible. Je sais de quoi je vous parle, je suis venu ici tout gamin. Il n'y a pratiquement pas de plage où l'on puisse débarquer en sécurité, même avec une houle moitié moins forte qu'aujourd'hui. Pour pénétrer dans votre Petite Anse, il faut passer par une brèche du récif qui ne fait pas une encablure de large, même à marée haute, à la seule lumière de la lune. Et si ce marin de la Compagnie ne la trouve pas ? Il n'est pas pilote de ces eaux, il l'admet volontiers.

— L'autre solution est d'y aller avec l'*Otter*. Clonfert connaît ces côtes et il a un pilote indigène. Et comme j'aurai tôt ou tard à passer un certain temps à bord de l'*Otter*, je suis impatient de connaître son capitaine. Bien des choses dépendront de notre bonne entente.

— Sans aucun doute, il connaît cette côte, mais la côte le connaît aussi. Il est passé vingt fois rien que sur ce côté est. L'*Otter* est fort reconnaissable et si un bateau de pêche, un aviso ou un guetteur sur les falaises le voit approcher, tous les soldats et les miliciens de l'île seront en effervescence, à tirer sur tout ce qui bouge. Non, s'il faut y aller, la goélette est le meilleur choix. Son capitaine est un jeune homme solide, un bon marin ; rien de tapageur ou de tape-à-l'œil chez lui ou sur son *Wasp*. Et puis, nous n'avons plus le temps.

— C'est vrai, je préfère la goélette. Elle nous quitte à Rodrigues, pour Bombay si j'ai bien compris, et cela préservera un peu plus longtemps ma couverture.

— Bon, dit Jack, du ton le plus réticent. Mais je vous préviens, Stephen, je vais lui donner l'ordre formel de revenir immédiatement s'il ne trouve pas tout de suite ses amers, ou au moindre signe de mouvement à terre. Et, Stephen, je dois aussi vous dire que, si l'affaire tourne mal, je ne peux pas débarquer une équipe pour vous récupérer.

— Le tenter serait folie, dit Stephen, placide. (Puis, après une légère pause :) Mon bon Jack, serait-il incivil de vous rappeler que le temps n'attend pas ? Cela s'applique aussi, m'a-t-on dit, à la marée.

— Alors, du moins, s'écria Jack, je peux envoyer Bonden avec vous, et faire monter une caronade sur la chaloupe.

— Ce serait aimable. Et puis-je suggérer qu'un équipage noir pour la chaloupe serait une ruse diabolique, pour mieux tromper l'ennemi ? Car il nous faut envisager qu'il puisse voir dans la nuit, l'animal.

— Je m'en occupe à l'instant, dit Jack, laissant Stephen à son codage.

Peu après les quatre coups du quart de l'après-midi, le docteur Maturin fut descendu comme un paquet sur le pont du *Wasp* où Bonden le saisit, défit les cinq brasses de solide cordage qui l'avaient maintenu immobile (nul n'avait la moindre considération pour son instinct de conservation, en mer) et le conduisit vers l'arrière en murmurant :

— N'oubliez pas, monsieur, de tirer votre chapeau.

C'était un chapeau rond de fabrication française, et Stephen le tira pour le gaillard d'arrière de la goélette et son capitaine, avec un certain panache ; puis, pivotant dans l'intention de l'agiter vers Jack, il constata qu'il regardait, au-delà d'une vaste bande de mer, la flegmatique figure de proue du *Raisonable*. La goélette était déjà passée devant le deux-ponts et volait, voiles en ciseaux, vers les nuages suspendus au-dessus de la Réunion.

— Si vous voulez bien venir de ce côté, monsieur, dit le capitaine du *Wasp*, je pense que notre dîner doit être prêt.

Au même instant, Killick montait jusqu'à la dunette du *Raisonable*, d'où Jack observait la goélette, et déclarait, avec un peu de son ancienne aigreur, que : « Ces messieurs se marchaient sur les pieds les uns les autres dans la timonerie depuis dix bonnes minutes. Et Votre Honneur est encore en pantalons. » Brutalement, Jack se rendit compte qu'il avait oublié son invitation des officiers, qu'il n'était pas correctement vêtu — revenu au nord du Capricorne, il avait retrouvé la liberté des pantalons de coutil — et qu'il risquait fort de manquer à la ponctualité. Il se précipita en bas, enfila son uniforme et jaillit dans la grande chambre à l'instant où l'on piquait cinq coups. Là il reçut ses hôtes, les marins dans leur plus bel habit bleu, les militaires en écarlate, et tous rouges de chaleur, car ils étaient en tenue depuis au moins une demi-heure ; il les conduisit vers la table, sous la claire-voie qui laissait passer les rayons du soleil ardent, et ils devinrent plus rouges encore.

Au début d'une croisière, et souvent tout au long, ces festins étaient des événements assez laborieux : en théorie réunion mondaine de personnages égaux, c'était en fait un amalgame obligatoire des différents échelons d'une hiérarchie rigide que nul ne pouvait oublier. Jack le savait parfaitement et s'efforçait de donner à cette réception un semblant de spontanéité. Il s'évertuait : à un certain moment, sensible aux souffrances du capitaine d'infanterie de marine que sa cravate menait tout droit vers l'apoplexie, il eut même envie de les prier d'ôter leur lourd habit. Mais c'était impossible — quelle idée extravagante ! — car s'il voulait naturellement faire plaisir à ses hôtes, il n'était pas question de se concilier leur bienveillance par une concession déplacée ; leur plaisir se devait de respecter les limites fixées par les conventions navales, qui n'allaient certes pas jusqu'à la transformation de la chambre de conseil en lupanar. Il se contenta de commander que le taud, démonté pour le voyage aérien de Stephen, soit regréé, et que l'on jette de l'eau sur le pont.

Le cœur n'y était pas. Pourtant il poursuivit ses efforts, mais la convivialité forcée est rarement communicative : les autres restaient là, polis, compassés, morts de chaleur. Les conventions exigeaient que seul Jack Aubrey pût lancer un sujet de conversation, et ses officiers, qui n'avaient pas encore pris la mesure de leur nouveau commodore, s'y tenaient religieusement. Enfin, à court de sujets, il fut réduit à les inciter à boire et manger. Pour sa part, l'estomac noué, il faisait semblant, mais comme une fraîcheur agréable commençait à descendre de la claire-voie ombragée, portée par l'alizé de sud-est, la bouteille circula plus vivement. Avant même l'arrivée du porto, chacun des hommes avait le visage luisant, comme vernissé, une tendance à se tenir bien droit, le regard fixe, et chacun se conduisait avec de plus en plus de soin à mesure que le flacon accomplissait ses tours de table — des tours relativement lugubres, comme Jack devait bien se l'avouer intérieurement.

Dans la cabine basse et triangulaire du *Wasp*, le dîner se déroulait tout autrement. L'activité de la nuit à venir exigeant un esprit aussi clair que possible, Stephen avait demandé du café froid, léger ; et M. Fortescue ne buvait jamais de vin, de sorte que la bouteille qu'il avait offerte à son hôte restait intacte entre le jus de citron et le grand pot de cuivre tandis que tous deux dévoraient une montagne d'un curry si vésuvien qu'il en faisait pâlir le soleil tropical. Chacun avait découvert très vite l'intérêt passionné de l'autre pour les oiseaux ; à présent, après un compte rendu modeste mais détaillé de tous les pétrels qu'il avait rencontrés, M. Fortescue remarqua qu'il n'était rien de comparable à la vie d'un marin pour faire connaître le monde à un homme.

— Monsieur, monsieur ! s'exclama Stephen, brandissant un de ces petits poissons séchés servis en condiment, comment pouvez-vous dire cela ? Tous les navires sur lesquels j'ai navigué auraient pu s'appeler Tantale. Ils m'ont conduit dans des pays lointains, à portée de main de l'oiseau de paradis, de l'autruche, de l'ibis sacré ; ils m'ont déposé dans toute une variété de ports, tous puants, tous pareils ; et ensuite, presque sans exception, ils m'ont en toute hâte porté ailleurs. Je suis à toucher les richesses des Indes, et l'on m'entraîne vers un autre port puant, à mille milles de là, où la même chose, exactement, se reproduit. Honnêtement, je ne nierai pas que l'océan intermédiaire puisse révéler des merveilles qui compensent très largement l'ennui de cet enfermement, le rituel judaïque de la vie à bord — j'ai même vu l'albatros ! —, mais ce ne sont que rencontres fugitives : nous ne savons rien de l'économie interne de ces oiseaux, de la période intéressante de leurs amours, de leur sollicitude pour leurs petits, de leurs soins et tâches domestiques. Pourtant, tout est à portée de main, atteint moyennant d'énormes dépenses d'esprit et de l'argent public, mais qui sont gaspillées. Non : je ne peux imaginer vie plus profondément frustrante pour un naturaliste que celle du marin, dont le sort est de traverser le monde sans jamais le voir. Mais peut-être, monsieur, avez-vous eu plus de chance ?

M. Fortescue, tout en admettant volontiers la justesse des observations du docteur Maturin sur le plan général, avait effectivement eu plus de chance, particulièrement en ce qui concerne le grand albatros, *Diomedea exulans*, auquel le docteur venait de faire allusion avec tant d'émotion : il avait fait naufrage sur Tristan da Cunha, où il avait vécu des albatros et avec eux, d'innombrables albatros, sans parler des pingouins, sternes, skuas, prions, de la poule d'eau indigène et d'un pinson jusque-là non décrit. Il avait vécu avec les albatros tout au long de leur incubation ; il avait pesé, mesuré et mangé leurs œufs ; il avait assisté à leur cérémonie nuptiale ; et ayant fait naufrage avec un bout de crayon et le *Navigateur Pratique Complet* dont les pages blanches servaient à prendre notes et mesures, il les avait, du mieux de ses capacités, dessinés.

— Avez-vous vraiment pu prendre des notes illustrées ? s'écria Stephen, les yeux brillants : comme j'aimerais, ô, comme j'aimerais réussir à vous persuader de les communiquer, en un temps point trop éloigné !

En fait, répondit M. Fortescue en tendant le bras, le livre était justement là, entièrement à la disposition du docteur Maturin ; et il pensait même que l'on pourrait trouver quelques spécimens — œufs, peaux et os — dans le coffre sur lequel il était assis.

Ils étaient encore plongés dans leurs albatros à la tombée de la nuit, alors que les montagnes chaotiques de la Réunion se dessinaient en noir sur le fond du couchant et que Jack, un goût de cuivre dans la bouche et la tête battue de migraine, commençait à faire les cent pas sur la dunette en regardant vers l'ouest à chaque tour, bien qu'il ne pût y avoir la moindre chance d'apercevoir le *Wasp* avant l'aube. Il poursuivit sa promenade tandis que les étoiles balayaient le ciel austral et que les quarts se succédaient. Nerveuse, inquiète au début, elle évolua en va-et-vient mécanique de son corps, laissant toute liberté à son esprit. Ayant atteint un stade d'apaisement relatif, il refaisait ses calculs entre deux observations d'étoiles, pour arriver toujours au même résultat réconfortant : la Réunion se trouvait à la pointe d'un triangle dont la base était le trajet de l'escadre pendant l'après-midi et la nuit ; le côté sud, un bras d'une cinquantaine de milles, étant le trajet du *Wasp* pour amener Stephen vers l'île. Il avait maintenu l'escadre sous huniers seuls, vérifié la vitesse chaque fois que l'on filait le loch, et il était à peu près sûr qu'on aurait parcouru quatre-vingts milles lorsqu'on piquerait quatre coups du quart du jour : on atteindrait alors le point où le côté nord du triangle, parcours de la goélette ramenant Stephen, rencontrerait la base, achevant ainsi de tracer un bel isocèle. Ces mers, avec leur brise parfaitement régulière, se prêtaient à ces calculs d'une précision remarquable ; la seule variable importante, ici, était le séjour à terre de Stephen, que Jack avait fixé par hypothèse à trois heures.

Le quart de minuit s'écoula ; un calmar en volée vint heurter la grande lanterne de poupe ; pour le reste, la calme routine nocturne du navire suivit son cours invariable. Le vent chantait une note constante dans le gréement, l'eau glissait le long des flancs, le sillage phosphorescent s'allongeait, ligne droite rompue par la vague d'étrave de l'*Otter*, deux encablures en arrière ; et à chaque coup de cloche, les sentinelles lançaient de leur poste : « Bon quart partout ! » d'un bout à l'autre du navire et de l'escadre.

— Par Dieu, j'espère qu'ils ont raison, dit Jack.

Il descendit sur le gaillard pour regarder une fois de plus la table de loch. Il était fort tenté de monter dans la hune, ou même en tête de mât. Mais cela eût donné trop d'importance à l'affaire — attiré trop fort l'attention — et il regagna sa dunette solitaire, demandant simplement à l'officier de quart d'envoyer dans le gréement une bonne vigie avec une lunette de nuit en lui recommandant de faire bonne veille.

Il était encore sur la dunette quand les étoiles à l'est se mirent à pâlir : le quart du jour était commencé depuis longtemps et les hommes bougeaient sur le pont obscur, répandant le sable. Les certitudes de Jack s'étaient évanouies une heure plus tôt : son beau triangle isocèle était parti avec le vent, mis en déroute par un millier de nouvelles inconnues. Il restait immobile, à présent, accoudé à la lisse et fouillant des yeux l'horizon, de l'est au sud-ouest. Le bord flamboyant du soleil apparut, la lumière envahit l'orient, et la vigie lança : « Voile à l'horizon ! »

— Où cela ? cria Jack.

— Par le travers tribord, monsieur. Le *Wasp*. A la cape.

Il était bien là, coque encore noyée, loin dans l'est, sa voilure triangulaire mordant à peine sur le soleil levant. Jack lança à l'officier de quart : « Manœuvrez pour s'en rapprocher », et reprit sa promenade. Grincement régulier des pierres à briquer, claquement mouillé des fauberts : le *Raisonable* retrouva la normalité de la vie quotidienne tandis qu'il envoyait ses perroquets pour courir au plus vite, en route convergente avec la goélette. Quand sa longue-vue lui montra Stephen marchant sur le pont, là-bas au loin, Jack descendit, lança : « Petit déjeuner dans la chambre arrière, Killick », et s'allongea un moment dans sa bannette. Bientôt il entendit l'officier de quart réclamer une chaise de gabier, quelques cris agités : « Joliment, joliment, là. Dégagez-le du galhauban », et un peu plus tard le pas familier de Stephen.

— Bonjour, Stephen, dit-il, vous avez l'air heureux comme un prince. Le voyage fut à votre goût, j'espère et je suppose ?

— Le plus délicieux des voyages, merci, Jack ; et un très bon jour à vous aussi. Le plus délicieux... Regardez. Il tendit les deux mains, les ouvrit avec précaution et révéla un œuf énorme.

— Eh bien, voilà un œuf vraiment superbe, effectivement, dit Jack. (Puis, élevant la voix :) Killick, apportez-nous ce petit déjeuner, voulez-vous ? Prestement, par ici.

— J'ai aussi apporté d'autres choses, dit Stephen, tirant de sa poche un paquet enveloppé de feutre vert et un grand sac de toile. Mais ce n'est rien en comparaison du cadeau vraiment royal de ce jeune homme méritant qu'est Fortescue. Car ce que vous voyez là, Jack, n'est rien de moins que la preuve concrète des amours gigantesques de l'albatros. Alors que ceci — montrant du doigt le paquet qui palpitait doucement — n'est rien de plus qu'un perroquet de l'espèce verte commune, dite d'Afrique occidentale, beaucoup trop loquace pour son bien.

Il défit le feutre, coupa le ruban qui maintenait les ailes du perroquet, et posa sur ses pattes l'oiseau qui lança instantanément : « *A bas Buonaparte, salaud, salaud, salaud !* » d'une voix métallique, indignée, puis se hissa sur le dos de la chaise et se mit à lisser ses plumes ébouriffées.

— Ce sac de toile, par contre, contient du café, le meilleur que j'aie jamais goûté ; il pousse magnifiquement dans cette île.

Le petit déjeuner apparut et quand ils furent à nouveau seuls, Jack demanda :

— Je suppose que vous n'avez pas passé tout votre temps à terre à piller des nids d'oiseaux. Vous serait-il éventuellement possible de me dire quelque chose du reste de votre expédition ?

— Ah, quant à cela, dit Stephen, déposant son œuf en biais sur une assiette à beurre pour le voir sous un meilleur angle : oui, oui, ce fut une simple affaire de routine, sans aucune complication, comme je vous l'avais dit. Mais fructueuse cependant. Je ne vous parlerai pas de mon interlocuteur — mieux vaut ne rien savoir dans ce genre de cas — si ce n'est que je le considère comme une source tout à fait fiable, et qu'on ne peut guère lui reprocher que d'avoir conservé trop longtemps cette volaille indiscrète, faute dont il était lui-même fort conscient. Je ne vous infligerai pas non plus les aspects politiques : mais j'ai acquis une notion très claire de l'aspect militaire. J'estime qu'il s'agit d'une évaluation véridique de la situation, et je ne suis pas sans espérer qu'elle vous fera plaisir. En premier lieu, notre montée en puissance est encore inconnue. En second lieu, les deux navires des Indes les plus récemment capturés, l'*Europe* et le *Streatham*, sont dans la rade de Saint-Paul, de l'autre côté de l'île, avec la frégate *Caroline* qui s'en est emparée mais dont les parties internes exigent, dit-on, une attention qui la maintiendra là peut-être une quinzaine. En fait, son capitaine, aimable jeune homme du nom de Feretier, est fort attaché à l'épouse du gouverneur, le général Desbrusleys, gentilhomme passionné qui est en conflit avec le capitaine Saint-Michiel, commandant à Saint-Paul, et la plupart des autres officiers de la Réunion. A présent, il est à Saint-Denis : ses forces se montent à un peu plus de trois mille hommes, y compris la milice, mais elles sont stationnées en différents points, séparées de vingt ou même trente miles dans une région montagneuse et difficile ; et bien que Saint-Paul soit fortement défendu par des batteries et des fortifications comprenant, voyons... — neuf et huit dix-sept ; je pose sept et je retiens un ; cinq et cinq dix, et avec le un de retenue, onze — comprenant cent dix-sept canons, vous pourrez juger l'affaire possible, en dépit de la difficulté de débarquer sur ces côtes, à laquelle vous avez si souvent fait allusion. Ce dessin rudimentaire montre la position approximative des batteries ; celui-ci, la disposition des troupes. Vous me pardonnerez de souligner l'évidence quand je dirai que si vous décidez d'agir, la promptitude est indispensable. « Il n'y a pas une minute à perdre », comme vous dites.

— Grand Dieu, Stephen, quel plaisir vous me faites, dit Jack, en prenant le papier pour le comparer avec sa carte de la rade de Saint-Paul et de la côte. Oui, oui : je vois. Feu croisé, bien entendu. Des pièces de quarante-deux, je suppose, et bien servies, sans aucun doute. Il n'y a aucune possibilité de reprendre les transports ou la frégate, pas la moindre, sans nous emparer des batteries. Et nous n'y parviendrons pas avec nos soldats et nos marins : mais trois ou quatre cents soldats de Rodrigues feraient tout juste pencher la balance, je crois bien. Nous ne pourrons évidemment pas tenir la place, mais reprendre les navires... Nous avons une bonne chance de reprendre les navires. (Il regardait fixement le papier et sa carte.) Oui, une affaire coriace, sans doute. Mais si seulement je réussis à persuader les militaires de Rodrigues de faire mouvement immédiatement, et si seulement nous parvenons à mettre nos hommes à terre, je pense que nous arriverons à nos fins. Saint-Paul est sur la côte sous le vent, où la houle n'est pas si dure sauf quand le vent passe à l'ouest... mais je comprends votre souci de ne pas perdre une minute, Stephen....

Il sortit en courant de la cabine. Quelques instants plus tard, Stephen, qui retournait l'œuf entre ses mains, entendit le *Raisonable* se mettre à parler tout en lofant vers Rodrigues, en envoyant voile après voile : la plainte des mâts, la note plus insistante du gréement tendu, le grondement étouffé de l'eau longeant les flancs ; l'orchestre complexe de cordages, de bois sous tension, de vent et d'eau en mouvement, sonorités envahissantes, exaltantes pour l'oreille d'un marin — sonorités qui ne fléchirent ni jour ni nuit tandis que l'escadre couvrait ses cinq cents milles avec le vent de sud-est, fort et régulier, juste en arrière du travers.

Rodrigues. La forme basse de l'île apparut par tribord avant à l'aube du jeudi, calotte verte ponctuée de palmiers au centre d'un lagon vert ; tout autour de l'immense anneau du récif, la blancheur des brisants et, au-delà, le bleu intense de l'océan, ininterrompu sur cinq mille milles du côté du vent. A quelques pieds d'altitude, une frégate passa, ouvrant et fermant sa longue queue fourchue ; l'oiseau planait dans les tourbillons autour des trinquettes et des focs, mais ni Jack ni Stephen ne détachèrent leurs regards de l'île. Sur une langue de terre plate portant une grande maison et quelques huttes, on apercevait déjà des rangées de tentes bien nettes : pas très nombreuses, mais suffisamment pour abriter les trois ou quatre cents soldats qui pourraient rendre possible l'assaut sur la Réunion si seulement leur officier se laissait convaincre d'agir. Jack avait vu maintes opérations combinées, dont bien peu lui laissaient un souvenir plaisant ; et le risque de jalousies minables entre l'armée et la marine, d'un commandement divisé, sans même parler d'un conseil divisé, habitait son esprit. Il était de rang supérieur au lieutenant colonel Keating, mais cela ne lui conférait qu'une préséance, sans aucun droit de donner des ordres : ce serait une véritable et sincère coopération, ou rien du tout. Il ne pouvait compter que sur son pouvoir d'explication : et comme si un regard opiniâtre pouvait emporter la conviction, il gardait sa lunette braquée sur la maison, et ne la déplaçait que par moments pour jeter un coup d'œil à la brèche dans les brisants qui montrait l'étroit passage d'entrée dans le lagon.

Dans l'esprit de Stephen, occupé en grande partie des

mêmes pensées, une petite part était aussi consciente, vivement conscient, du fait que l'île qui glissait vers lui abritait une énorme tortue terrestre, peut-être pas aussi vaste que *Testudo aubreii*, découverte et nommée par lui sur une île comparable de ce même océan, mais cependant l'une des merveilles du monde ; et, chose plus importante encore, que l'île était jusqu'à tout récemment le seul domaine du solitaire, un oiseau ressemblant par certains côtés au dodo, tout aussi éteint, hélas, mais encore moins connu de la science, même par ses restes fragmentaires. Il envisageait diverses approches du sujet, dont aucune ne le satisfaisait pleinement, en raison de l'insensibilité totale de Jack à toute science n'ayant pas d'application immédiate : pour le capitaine Aubrey comme pour toute la rustaude race humaine, il n'existait que deux sortes d'oiseaux, les comestibles et les non comestibles. Malgré une méditation prolongée au cours de laquelle l'escadre réduisit la toile pour la première fois en cinquante-deux heures, il ne put émettre autre chose qu'un timide « Si nous étions contraints de demeurer ici quelque temps... » qui passa inaperçu car, tandis qu'il parlait, Jack leva son porte-voix et héla la *Néréide* :

— Prenez la tête, je vous prie, capitaine Corbett, et gardez-nous du mal.

— Amen, dit machinalement un matelot, qui, à peine le mot sorti de ses lèvres, jeta un coup d'œil horrifié au commodore.

— ... Peut-être pourriez-vous m'accorder un groupe, poursuivit Stephen, un tout petit groupe composé uniquement de malades ambulatoires...

Il aurait ajouté « pour chercher des ossements » si l'expression ardente et déterminée du commodore ne l'avait convaincu qu'il pouvait tout aussi bien implorer la figure de proue.

Le canot toucha les eaux calmes du lagon, son équipage fit force de rames comme il en était prié et c'est avec cette même expression ardente et déterminée qu'il traversa à longues enjambées la plage de corail à la rencontre du colonel Keating. Ils échangèrent des saluts, se serrèrent la main et le soldat dit :

— Vous ne vous souviendrez pas de moi, monsieur, mais j'étais à un dîner donné en votre honneur à Calcutta après votre superbe défense de la flotte de Chine.

— Je me souviens de vous, sans aucun doute, monsieur. (Jack avait effectivement quelque souvenir de cette silhouette haute et maigre — un visage à long nez, l'air capable, qui fit renaître son espoir.) Et je suis fort heureux de vous revoir.

Le colonel parut content et, tout en conduisant Jack entre la double haie de ses hommes, Anglais du 56e d'infanterie d'un côté, cipayes en turban du 2e régiment d'infanterie de Bombay de l'autre, il observa :

— Comme nous avons été heureux de vous voir arriver. Nous sommes réduits à un tel ennui sur ce rocher morose, depuis quelques mois — réduits aux courses de tortues — rien d'autre à attendre que l'arrivée du corps expédition-naire, l'année prochaine — rien à tirer que des pintades.

Jack bondit dans cette ouverture :

— Si nous sommes d'accord, colonel, je pense pouvoir vous débarrasser de votre ennui. Je peux vous offrir mieux que vos pintades à tirer.

— Vraiment, par Dieu ? (Le regard du soldat était aussi intense que celui de Jack.) J'espérais un peu que quelque chose soit en route, quand je vous ai vu débarquer si vite.

Sous la tente, tout en buvant un jus de fruits tiède, Jack expliqua la situation : il était presque certain que le colonel était avec lui, malgré son mutisme, et pourtant son cœur battait étrangement quand il prononça les mots qui appe-laient une réponse, positive, négative ou dilatoire :

— C'est pourquoi, monsieur, j'aimerais connaître votre évaluation de la situation.

— Bien sûr, je suis absolument de votre avis, répondit Keating aussitôt. Deux choses seulement me font hésiter — hésiter en tant qu'officier commandant les troupes sta-tionnées sur Rodrigues, je veux dire, et non en tant que Harry Keating. La première est que je n'ai qu'à peine quatre cents hommes ici, une simple avant-garde pour construire le fort et préparer les lignes. On n'a jamais envisagé que je fasse mouvement avant l'arrivée du corps expéditionnaire avec la prochaine mousson, et l'on pourrait me casser pour avoir bougé, pour avoir abandonné mon poste de commande-ment. Mais je sais aussi que la Compagnie vous aime comme un fils, on pourrait donc tout aussi bien me casser pour ne pas avoir suivi votre plan de campagne. Ceci étant, je choisirais plutôt de suivre mon inclination, qui est la même que la vôtre, monsieur. La seconde chose est cette question du débarquement dans la houle — le choix de notre point d'accostage. Vous l'avez dit à juste titre, c'est le nœud de l'affaire. Limités comme nous le sommes à votre infanterie de marine et aux quelques matelots dont vous pourrez vous passer — disons six cents hommes, avec mes compagnies —, ce ne peut être qu'une expédition rapide. Mes hommes, et en particulier les cipayes, n'ont pas le pied marin : si nous ne réussissons pas à débarquer proprement et à emporter la place d'emblée, par un *coup de main* bien propre, ce sera le diable et son train dès que leurs colonnes commenceront à venir de Saint-Denis et d'ailleurs. Si j'obtenais quelque certitude sur ce point, je dirais d'accord sans plus tarder.

— Je ne saurais prétendre connaître à fond la côte occidentale de l'île moi-même, dit Jack, mais j'ai ici deux capitaines qui connaissent fort bien les lieux. Ecoutons ce qu'ils ont à dire.

La conscience du colonel Keating ne demandait qu'à être satisfaite ; il aurait suffi de bien moins pour y parvenir que les affirmations véhémentes de Corbett selon qui débarquer sur la côte ouest, au nord de Saint-Paul, aussi longtemps que le vent restait dans le sud-est comme il le faisait trois cents jours par an, était facile comme bonsoir Madame. Ses déclarations furent même renforcées par Clonfert, plus positif encore : même avec un vent d'ouest, il entreprendrait de débarquer mille hommes dans une crique abritée, accessible par les brèches dans le récif que connaissait son pilote noir. Mais le colonel fut moins heureux quand les deux capitaines disputèrent bruyamment du meilleur endroit pour le débarquement, Clonfert prétendant que la crique de Saint-Gilles était le seul choix possible, Corbett que seul un imbécile tenterait de le faire ailleurs qu'à la Pointe des Galets ; Clonfert lui ayant objecté que l'endroit se situait à sept milles de Saint-Paul, il ajouta qu'à son avis l'opinion d'un capitaine de vaisseau ayant une *véritable* connaissance de ces eaux, acquise en de nombreuses années de service sur cette station au cours de cette guerre et de la précédente, devrait avoir plus de poids que celle d'un tout jeune capitaine de frégate. Le colonel s'enferma dans un silence grave pendant que les capitaines discutaient, leurs personnalités intimes se révélant progressivement jusqu'à ce que le commodore les rappelle tous deux à l'ordre, non sans rudesse. Un peu plus tard, la joie que la compagnie des marins apportait à Keating fut à nouveau refroidie quand Lord Clonfert s'excusa brusquement avant la fin du dîner et quitta la tente, aussi pâle qu'il était rouge au début du repas

— rougeur attribuable aux paroles du commodore, prononcées dans la discrétion imparfaite du fortin naissant :

— Lord Clonfert, je suis extrêmement mécontent de cette manifestation d'animosité, et surtout qu'elle ait eu lieu en présence du colonel Keating. Vous oubliez le respect dû aux officiers supérieurs, monsieur. Que cela ne se reproduise plus.

— Grand Dieu, Stephen, s'écria Jack en arrivant sur la galerie de poupe du *Raisonable* où le docteur Maturin était assis, plongé dans la contemplation de la terre, quel homme formidable que ce Keating ! On croirait presque un marin. « Quand souhaitez-vous que mes hommes soient à bord ? » me dit-il. « A six heures, si cela vous convient. » « Parfaitement, monsieur. » Il fait demi-tour, dit au major O'Neil : « Levez le camp », et les tentes disparaissent — la chose est faite, sans un mot de plus, sauf pour demander que l'on ne donne pas de bœuf salé à ses hindous et de porc salé à ses musulmans. Voilà un soldat comme je les aime ! Dans trois heures nous serons en mer. La *Néréide* se prépare en cet instant à les recevoir. N'êtes-vous pas enchanté, Stephen ?

— Ah, tout à fait enchanté, plus que je ne saurais dire. Mais, Jack, dois-je comprendre qu'il n'y aura pas de permission à terre — que nous allons repartir en hâte de cet endroit comme nous avons quitté en hâte la baleine parturiente, au large du cap des Aiguilles ? J'ai supplié M. Lloyd de me donner un canot, un petit canot, mais il a déclaré que ce serait se mettre la corde au cou que de me laisser partir sans un ordre de vous, ajoutant avec une malignité inhumaine que selon lui le commodore aurait levé l'ancre avant le jusant. Et pourtant, sans aucun doute, cela ferait un bien immense à tout l'équipage de pouvoir débarquer et gambader à terre, ne serait-ce que sur la plage.

— Dieu vous bénisse, Stephen, vous aurez votre canot, pour les bestioles que vous pourrez rassembler en deux heures et demie ; car deux heures et demie ce sera, prenez-y garde, pas une minute de plus, et j'envoie Bonden avec vous.

Stephen descendait laborieusement l'échelle de poupe, et son pied anxieux atteignait presque le canot, quand la yole de l'*Otter* vint se ranger bord à bord et un aspirant demanda :

— Docteur Maturin, monsieur ?

Stephen se tordit le cou pour jeter un coup d'œil lugubre au jeune homme : toute sa vie professionnelle de terrien avait été harcelée par ces abominables messagers ; d'innombrables concerts, représentations, opéras, dîners et perspectives joyeuses avaient été gâchés ou interrompus par des abrutis, des crétins qui, pour atteindre leurs buts personnels, se rompaient une jambe, avaient une crise ou tombaient en catalepsie.

— Allez voir mon aide, M. Carol, dit-il.

— Le docteur McAdam présente ses compliments au docteur Maturin, poursuivit l'aspirant, et serait particulièrement reconnaissant qu'il vienne lui donner son avis.

— Enfer et damnation ! dit Stephen.

Il regrimpa l'échelle, jeta quelques objets médicaux dans un sac et redescendit, le sac entre les dents.

C'est un McAdam inquiet et parfaitement sobre qui le reçut à bord de l'*Otter*.

— Vous souhaitiez voir ce cas en crise, docteur : ayez l'obligeance de descendre, dit-il en public. (Puis, en privé :) Nous voici en pleine crise, que Dieu me damne, et une crise carabinée. Je suis fort soulagé de pouvoir vous consulter, collègue. Je ne sais plus que faire.

Il le conduisit dans la chambre du capitaine. Là, sur le divan, gisait Lord Clonfert, plié en deux par la douleur. Il fit une authentique tentative pour la surmonter afin d'accueillir Stephen et de le remercier d'être venu — Beaucoup de bonté — très obligé — désolé de vous recevoir dans ces circonstances — mais de violentes tranchées lui coupèrent la parole.

Stephen l'examina avec soin, posa des questions, l'examina encore, puis les médecins se retirèrent. Les oreilles attentives qui traînaient çà et là n'entendaient guère leur latin, mais on comprit que le docteur Maturin refusait avec véhémence l'obstruction intestinale du docteur McAdam, et plus encore son baume de Lucatellus ; qu'il tendait un peu vers le spasme clonique. Il jugeait que le docteur McAdam ferait peut-être bien d'administrer de l'*helleborus niger* à la dose extrême de vingt gouttes, accompagné de quarante gouttes de teinture thébaïque et soixante de vin d'antimoine, avec naturellement un peu de terre d'Arménie en tant qu'expédient temporaire ; il en avait constaté l'efficacité lors de spasmes tormineux du même type (quoique moins intenses) affligeant un commis aux vivres, un homme fort riche qui craignait d'être démasqué au désarmement du navire ; mais l'on était devant un cas particulièrement difficile et intéressant, exigeant une consultation prolongée. Le docteur Maturin allait envoyer chercher les autres lénitifs mentionnés, et quand le lavement aurait fait son effet, le docteur McAdam pourrait venir avec lui marcher dans l'île pour discuter plus longuement de la question : le docteur Maturin pensait toujours avec plus de clarté en marchant. Les oreilles se dispersèrent pendant les allées et venues du messager, elles n'entendirent rien à l'administration des drogues, si ce n'est que les gémissements dans la cabine s'arrêtèrent ; mais elles saisirent quelques mots tels que « Enchanté d'assister à l'ouverture du corps, en cas de résultat contraire » qui valurent au docteur Maturin des regards menaçants lorsque les deux hommes de médecine franchirent la coupée, car les Otters adoraient leur capitaine.

Ils arpentèrent l'île parmi les soldats pressés, traversèrent le parc aux tortues dont le gardien français restait inconsolable, immergé jusqu'aux cuisses parmi ses animaux, puis s'enfoncèrent dans l'intérieur jusqu'à ce qu'enfin les rouleaux brisant sur le récif ne fassent plus entendre qu'un lointain grondement de tonnerre. Stephen avait aperçu un vol de perroquets qu'il ne put identifier, plusieurs francolins, une sorte de banian dont les racines descendues de ses branches créaient de sombres arcades où s'abritaient d'innombrables roussettes frugivores grosses comme des colombes, et quelques grottes prometteuses ; mais son esprit professionnel suivait aussi McAdam dans le compte rendu long et détaillé des habitudes corporelles de son patient, de son régime et de son esprit. D'accord avec son collègue, il rejetait les causes physiques.

— Voilà où se situe la source, répétait McAdam en se frappant le crâne, chauve, dénudé, à la peau pâle et transpirante marquée de taches ocre.

« Vous n'étiez pas si sûr de votre diagnostic, voici quelque temps, mon ami, avec votre obstruction intestinale et votre strangulation », dit Stephen en lui-même. Puis, à haute voix :

— Vous le connaissez depuis longtemps, je crois ?

— Bien sûr, je l'ai connu petit garçon — j'ai soigné son père — et je navigue avec lui depuis des années.

— Et *peccatum illud horribile inter Christianos non nominandum*, qu'en dites-vous ? J'en ai vu d'étranges conséquences, quoique surtout de nature cutanée, et jamais aussi extrêmes qu'ici.

— Sodomie ? Non. Je le saurais, sans aucun doute. Il y a

commerce répété avec l'autre sexe, depuis toujours. Mais effectivement, dit-il, cependant que Stephen se penchait pour arracher une plante qu'il enroula dans son mouchoir, seul le sage peut à coup sûr distinguer mâle et femelle. Sans aucun doute, les hommes l'affectent plus que les femmes ; il a plus de femmes qu'il ne peut en assumer — elles le poursuivent en troupe — elles lui causent bien du tracas — mais c'est des hommes qu'il se soucie : je l'ai constaté bien des fois. Cette crise, à présent : je sais qu'elle a été déclenchée par les reproches de votre capitaine Aubrey. Corbett, déjà, ne lui réussit pas, mais Aubrey... Je l'ai entendu en parler mille fois, bien avant qu'il n'arrive au Cap — chaque mot sur Cochrane ou lui dans la Gazette, le moindre ragot du service, analysé, amoindri, magnifié, prisé, décrié, comparé avec ses propres actes — il ne peut le laisser en paix, pas plus qu'un homme ne peut s'empêcher de tourmenter une blessure... Ah ! La peste soit de ces caprices — pourquoi faut-il qu'il se prenne pour Alexandre ? Voulez-vous boire ? demanda McAdam d'une autre voix en tirant une fiole.

— Non pas, dit Stephen.

Jusque-là, les conventions de la conversation médicale avaient freiné le langage de McAdam et même son accent âpre et barbare ; mais l'alcool travaillait très vite sur son organisme imbibé, et Stephen trouvait fastidieux le McAdam libéré. De toute manière, le soleil n'était plus qu'à un travers de main de l'horizon. Il fit demi-tour, traversa rapidement le camp presque désert, franchit la plage vide, McAdam trébuchant derrière lui, et remonta dans son canot.

— Je vous prie de bien vouloir noter, commodore, dit-il en surgissant sur la dunette, que je suis rentré à bord sept minutes avant l'heure et désire que cela me soit recompté quand les exigences du service le permettront.

Pour l'instant, le service exigeait que Stephen, ses compagnons de bord et trois cent soixante-huit soldats dévalent le long du vingtième parallèle et couvrent les cent lieues séparant Rodrigues du reste de l'escadre aussi vite que la *Néréide*, lourdement chargée, pouvait être convaincue de courir les mers. Il eût été beaucoup plus pratique d'embarquer les troupes dans la vaste coque du *Raisonable*, mais la vitesse était ici un élément crucial et Jack craignait la perte de temps qu'entraînerait le transfert ultérieur à bord de la *Néréide*, éventuellement par forte houle ; car il avait choisi le point de débarquement de Corbett, et la *Néréide*, connaissant bien ces eaux et calant peu, devait déposer les hommes à la Pointe des Galets ; elle courait donc vers l'ouest, abominablement chargée et traînant un fumet de cuisine orientale.

Fonçant comme si les vergues, bômes, gaffes et même mâts de hune se trouvaient à foison dans le port le plus proche, ils couvrirent la distance en deux jours ; au soir du second, ils trouvèrent la *Boadicea* et le *Sirius* au nord-est de Maurice, exacts au rendez-vous et, pour autant qu'on le sût, inaperçus de la terre. C'est ce que Jack apprit d'un capitaine Pym, trempé jusqu'aux os, qu'il avait convoqué à bord du *Raisonable* sans la moindre pitié, par un vent à riser les huniers et une méchante mer croisée qui projetait de l'eau verte et tiède par-dessus les passavants du deux-ponts. Pym avait des renseignements de confiance, obtenus auprès de deux bateaux de pêche capturés séparément, loin de terre : la *Canonnière*, condamnée par les inspecteurs en tant que bâtiment de guerre, dépouillée de tous ses canons sauf quatorze, était en réarmement pour rapporter en France, d'ici un mois ou deux, une cargaison de commerce ; par ailleurs, une seule des nouvelles grosses frégates, la *Bellone*, se trouvait à Port Louis, la *Manche* et la *Vénus* étant reparties vers le nord-est depuis quelque temps, avec six mois de vivres.

La forte mer, le vent forcissant, la brutale nuit tropicale interdisaient de tenir un conseil de guerre ; ayant vu Pym regagner son navire à demi noyé, Jack appela la *Boadicea* sous son vent et, d'une voix qui portait haut et fort dans le vacarme général, il pria le capitaine Eliot de se rendre à Saint-Paul avec la plus grande diligence, *la plus grande diligence*, de prendre position au large et de « les y contenir jusqu'à ce qu'on vous rejoigne — ne vous souciez pas de la perte d'un ou deux espars ». La *Boadicea*, avec sa puissance de feu, saurait les arrêter s'ils tentaient de sortir.

Le lendemain, Port Louis était loin derrière l'escadre, qui s'était dégagée des vents et des courants perturbés par l'île Maurice : sur une mer modérée, l'infanterie de marine et une centaine de matelots rejoignirent, à bord de la *Néréide*, le reste du corps de débarquement. Les capitaines retrouvèrent le colonel et son état-major dans la grande chambre de conseil du *Raisonable* où le commodore passa une fois de plus en revue le plan d'attaque. Stephen était là et Jack le présenta, le plus simplement possible, comme le conseiller politique du futur gouverneur : cela lui valut un regard étonné de Corbett et un sourire étrangement aimable de Clonfert mais n'éveilla aucune émotion chez les autres, absorbés par l'événement à venir. Lord Clonfert était pâle, les traits tirés, mais plus solide que Stephen ne s'y attendait : avant la conférence, il avait pris le docteur Maturin à part et l'avait remercié de ses soins avec une chaleureuse amabilité exprimant manifestement bien plus qu'une civilité normale. Il resta silencieux la plus grande partie de la réunion : à la fin seulement, poussé par une impulsion que Stephen ne put déchiffrer, il avança la suggestion qu'il pourrait mener le détachement de matelots — il connaissait un peu le pays, et parlait français. C'était raisonnable : Jack accepta, regarda autour de la table, demanda si quelqu'un avait encore quelque chose à dire, saisit le regard de Stephen et dit :

— Docteur Maturin ?

— Oui, monsieur, dit Stephen, je voudrais dire simplement ceci : en cas de prise de Saint-Paul, il est de toute première importance, politiquement parlant, que les habitants soient bien traités. Tout pillage, viol ou désordre ne pourrait avoir que l'effet le plus néfaste sur les objectifs politiques visés.

Ils prirent tous un air grave, murmurèrent leur accord, et peu après Jack se leva. Il leur souhaita une très bonne nuit.

— Car la journée de demain sera bien remplie, messieurs ; et si ce vent béni tient bon, elle débutera tôt. Pour ma part, j'irai me coucher à l'instant même où l'on enverra le quart en bas au repos.

Il se coucha, mais ne dormit pas. Pour la première fois de sa vie de marin, il resta éveillé, écoutant le vent, regardant au-dessus de sa couchette le compas répétiteur, et monta sur le pont presque toutes les heures pour observer le ciel. Le vent béni ne fléchit pas, ni ne vira à l'ouest comme on le redoutait tant ; au contraire, il força, à tel point qu'au début du quart de minuit, il fallut réduire la toile.

Au changement de quart, Jack était à nouveau sur le pont. Il sentait la présence de la terre quelque part sur l'avant bâbord, et quand ses yeux s'habituèrent à l'obscurité, il discerna les montagnes de la Réunion, se détachant sur le ciel étoilé. Il regarda sa montre à la lampe d'habitacle ; arpenta le gaillard ; lança : « A raidir les boulines, devant », et entendit la réponse : « Un, deux, trois, tiens bon comme ça ! » — « Boulines bordées, monsieur », dit l'officier de quart et les matelots reprirent le nettoyage des ponts.

« Je me demande comment Corbett va faire, se dit-il, avec

sept cents personnes à bord et pas un pouce de libre pour passer un faubert. »

Il regarda sa montre à nouveau, entra dans la chambre de veille du maître pour la comparer au chronomètre, vérifia une fois de plus son estime et dit : « Signalez *Néréide exécution.* » Les lanternes colorées s'élevèrent, la *Néréide* fit l'aperçu et quelques instants plus tard, il vit la forme vague de la frégate larguer ses ris, envoyer ses perroquets, lofer de deux quarts et quitter l'escadre pour mettre le cap sur la terre, en traînant son chapelet de canots.

Selon le plan, elle devait s'approcher de l'île toute seule pour ne pas éveiller les soupçons : le corps expéditionnaire devait s'emparer des batteries dominant la route, après quoi l'escadre viendrait régler leur compte aux navires et à la ville. Jusqu'ici, l'horaire était parfait. Corbett aurait juste assez de lumière pour y voir. Si Jack n'aimait pas l'homme, il avait confiance dans sa connaissance de la côte. Mais l'attente serait dure et longue, les troupes ayant sept miles à couvrir : il reprit son va-et-vient. Sept miles à couvrir, et il ne pouvait rien faire entre-temps que se rapprocher gentiment de Saint-Paul sous huniers seuls. Il regardait le sable couler dans le sablier : l'horloge se vida en une demi-heure, le sablier fut retourné, le coup de cloche retentit ; le sable reprit son voyage affairé, coulant grain par grain, des millions de grains. Si tout allait bien, les hommes devaient commencer à débarquer, maintenant. L'horloge fut retournée, retournée encore et peu à peu le ciel s'éclaira à l'est. Un autre tour, un autre coup de cloche. « Vous pouvez envoyer les hommes au petit déjeuner, monsieur Grant, et puis faire le branle-bas », dit-il, et, simulant à merveille l'insouciance, il rentra dans sa chambre, où régnait un parfum de toasts et de café. Comment Killick avait-il deviné ?

Stephen était déjà debout, propre, rasé et correctement habillé sous la lampe oscillante.

— Vous avez un drôle d'air, mon frère, dit-il.

— Et un drôle de sentiment, dit Jack. Savez-vous, Stephen, que dans une heure environ, quand la poudre va commencer à parler, je me contenterai d'être là, au large, et de donner des ordres tandis que d'autres hommes feront le travail ? Cela ne m'est encore jamais arrivé, et cela ne me plaît pas, voyez-vous. Mais évidemment, Sophie approuverait.

— Elle vous prierait aussi de boire votre café tant qu'il est chaud : et elle aurait bien raison. Il est peu de choses plus décourageantes pour l'esprit désireux de se croire maître chez lui que l'effet indubitable d'un ventre plein. Laissez-moi vous en servir une tasse.

Le bruit des maillets des charpentiers se rapprochait à mesure que les cloisons tombaient et que les cabines disparaissaient pour dégager tout l'entrepont : non que le pauvre vieux *Raisonable* pût faire grand-chose, avec ou sans branle-bas. Pourtant, le bruit familier, le café et les toasts rétablirent son cœur dans un état plus normal. Le charpentier lui-même apparut à la porte, présenta ses excuses, hésita.

— Poursuivez, monsieur Gill, dit Jack aimablement, ne vous occupez pas de nous.

— Ce n'est pas régulier, monsieur, je le sais bien, dit le charpentier qui s'avança vers la table sans poursuivre du tout sa tâche, et je vous supplie de me pardonner de prendre cette liberté. Mais j'ai vraiment peur à l'idée d'un combat, monsieur. Je suis à bord du *Raisonable* depuis tout gamin, monsieur, ça fait vingt-six ans, je connais toutes ses membrures, et tous ses aboutages ; et avec tout le respect que je vous dois, monsieur, j'oserai vous dire que si on fait tirer ces vieux canons, tout va s'arracher.

— Monsieur Gill, dit Jack, je vous promets de me montrer raisonnable. Raisonnable, eh, eh, vous m'entendez ?

L'ombre de sa gaieté naturelle apparut un instant ; l'ombre d'un sourire apparut sur le visage du charpentier, mais sans grande conviction.

Retour sur le pont, où la lumière croissante éclairait le monde. L'escadre était déjà bien entrée dans la vaste baie : sur la hanche bâbord, le cap s'allongeait vers l'ouest dans la mer ; au fond de la baie, la ville de Saint-Paul n'était plus qu'à cinq milles ; derrière elle s'élevaient les montagnes sauvages de la Réunion, barrant l'horizon oriental ; et au large stationnait la *Boadicea*. Le vent était stable de sud-est, ici, mais les risées à la surface de l'eau trahissaient des brises étranges près de terre. Jack saisit sa lunette, chercha la *Néréide* : il balaya le cap, la Pointe des Galets — ressac modéré sur le récif extérieur, plus faible sur la plage même —, et tout à coup il la vit, presque encalminée sous le vent du cap, sortant lentement de derrière une île, à contre-vagues. Au même instant, le lieutenant des signaux l'aperçut, déchiffra ses pavillons et annonça :

— *Néréide*, monsieur, *troupes à terre*.

— Très bien, monsieur...

Le nom du jeune homme lui échappait. Sa lunette parcourut la côte, suivit la chaussée qui traversait un long terrain plat et humide, poursuivit plus loin encore, et les trouva : trois groupes d'hommes ; d'abord une colonne précise de rouge, puis les marins en masse bleutée, plus réduite, irrégulière mais compacte, enfin les cipayes. Ils étaient déjà bien plus près de Saint-Paul qu'il n'avait osé l'espérer : mais pourraient-ils prendre les batteries par surprise ? De la mer, les habits rouges étaient terriblement visibles.

— *Boadicea* signale, monsieur, dit à nouveau le lieutenant : *Ennemi en vue, plein est.*

Donc la *Caroline* ne s'était pas échappée.

— Merci, monsieur Graham, dit Jack. (Le nom lui était revenu.) Répondez-lui : *Rapprochez-vous* et pour l'escadre : *Force de voile.*

A cet instant, une saute de vent fit frissonner le foc du *Raisonable* : comme chacun il leva les yeux vers les nuages qui se rassemblaient au-dessus de l'île. Cette masse noire avait un air qui ne plut à personne. Le vent deviendrait-il contraire ? Mais la risée passa et l'escadre, *Sirius*, *Raisonable* et *Otter*, put courir, rapide, droit sur Saint-Paul et les puissantes batteries gardant le port. Et tandis qu'ils couraient, tous les yeux à bord observèrent, ouvertement ou furtivement, la progression des troupes sur cette terre lointaine, pendant une longue, longue demi-heure.

Les colonnes bien nettes, tout là-bas, changeaient de forme : au pas de charge à présent, elles approchaient de la première batterie gardant Saint-Paul, la Lambousière, de plus en plus, jusqu'à ce qu'un écran d'arbres les dissimulât aux yeux de Jack. Dans une incertitude à peine tolérable, il attendait le bruit des gros canons français tirant à mitraille dans ses compagnies ; mais ce fut un lointain crépitement de mousqueterie, des hourras estompés, portés par le vent. Les habits rouges se répandaient dans la batterie et déjà les marins l'avaient dépassée, couraient vers la prochaine, la Centière. Toujours silencieux, les trois navires poursuivaient leur chemin, avec la *Boadicea* en route convergente par l'ouest et la *Néréide* par le nord. Dans cinq minutes ils seraient à portée extrême de la troisième batterie, la Neuve, toute proche de la ville, avec ses quarante pièces : le port se déployait à présent ; on y voyait la *Caroline* et les navires de la Compagnie ; Jack aperçut des canots circulant entre la frégate et la terre : elle débarquait des troupes. Derrière elle, les deux navires des Indes, un brick de guerre, plusieurs petites unités — désordre total de ce côté. Désordre aussi juste en dehors de la ville où le feu de mousqueterie se répandait très vite, deux lignes de feu distinctes, comme si les soldats français s'étaient enfin reformés et tenaient bon. Tirs de mousquets. Jack vit la *Caroline* pivoter ; il y avait eu tout de même un peu d'ordre dans cette effervescence car manifestement elle s'était embossée : il voyait à la lunette les hommes au cabestan halant sur la croupière, et dès que ses canons portèrent, elle se mit à tirer sur les troupes anglaises un feu indépendant, rapide, soutenu. Le brick aussi tirait, mais à peine avait-il envoyé ses premiers boulets que la Lambousière lui répondit : les marins avaient tourné les canons contre les navires au port et envoyé les couleurs britanniques. Aussitôt après, le feu de mousqueterie autour de la Centière atteignit un paroxysme. Le pavillon anglais s'éleva sur la batterie et ses canons se joignirent à la fête. La fumée se déployait, gros nuage habité d'éclairs.

Jack observa sa ligne d'un bout à l'autre : la *Boadicea* avait atteint son poste en tête, la *Néréide* encore à un demi-mille en arrière. C'était à lui de défiler devant les canons de la troisième batterie, de virer et de revenir plus près. Ses pièces auraient facilement pu atteindre la ville dès à présent, mais il n'osait pas tirer dans la mêlée à cette portée ; même une volée contre la *Caroline* risquait de toucher ses hommes, juste derrière. L'inaction, l'attente passive étaient terriblement douloureuses, d'autant plus que les soldats britanniques semblaient se replier. Il poursuivit sa route, lentement, lentement, en silence ; on arrivait à la hauteur de la Neuve. L'attente ne durerait plus : à tout instant les boulets siffleraient à leurs oreilles. La batterie défila par le travers, il discernait la bouche des canons, mais pas un d'entre eux ne parla, et il n'y avait pas un homme pour les servir : les canonniers s'étaient enfuis, ou avaient rejoint les défenseurs. Le désordre en ville s'ordonnait à présent ; la ligne française, rompue, se retirait vers le haut de la colline. Pourtant c'est du port que vinrent les boulets. La *Caroline*, qui continuait à tirer très vite de sa bordée tribord, envoya vers l'escadre une volée complète de bâbord. Elle concentrait son feu sur le navire portant la marque et sa première décharge mit trois boulets dans la coque du *Raisonable* et un dans la grand-hune. Des débris, une vergue de bonnette et quelques poulies dégringolèrent sur le filet protégeant le gaillard. La volée suivante fit sauter une douzaine de hamacs ; mais l'escadre ne pouvait pas encore répondre.

— Avez-vous noté l'heure, monsieur Peter ? demanda Jack tout en nouant une drisse de signaux coupée.

— Tout de suite, monsieur, s'écria Peter. (Le secrétaire était d'un blanc jaunâtre, rendu plus évident par ses vêtements noirs : sa barbe matinale lui bleuissait la peau.) Huit heures et dix-sept minutes.

Quelle raclée leur flanquait la *Caroline* ! Elle était totalement enveloppée de sa fumée, mais les boulets de vingt-quatre livres continuaient à tomber dru.

— Remarquable précision, observa Jack à l'intention de son secrétaire.

Une autre volée complète ; le pavois de hamacs était tout arraché ; trois hommes étaient tombés. Le sablier tourna. La cloche piqua un coup.

— Monsieur Woods, dit Jack au maître qui dirigeait le navire, dès que l'église et la tour seront en ligne, nous virerons. Monsieur Graham, à l'escadre : *Virez en succession au canon*. Et ensuite : *Combat rapproché*.

Les minutes tombèrent, puis le canon du signal tonna. L'escadre vira avec la netteté d'une machine : *Boadicea*, *Sirius*, *Raisonable*, *Otter*, *Néréide* ; en route à nouveau, mais moins vite, au près dans la brise de mer faiblissante, pour revenir à portée des canons français. Plus près encore, et ce fut au tour des navires de la Compagnie de tirer, avec le brick et toutes les autres unités armées qui se trouvaient dans le port. Mais à présent la situation en ville était plus claire. Le pavillon britannique flottait sur toutes les batteries sauf une, et à cette portée réduite, les canons de l'escadre pouvaient enfin distinguer l'ami de l'ennemi. Leurs pièces de l'avant se mirent à parler l'une après l'autre : la *Boadicea* tira quelques coups délibérés pour trouver la portée, le *Sirius* sa demi-volée et le *Raisonable* un feu roulant modéré ; l'*Otter* et la *Néréide* ne pouvaient encore actionner que leurs pièces de proue. Eliot avait une bonne conception du combat rapproché, se dit Jack. La *Boadicea* avait cessé de tirer et poursuivait tout droit pour passer sur l'étrave de la *Caroline*, mouillée à vingt-cinq yards de terre : à ce jeu, elle serait échouée dans quelques minutes.

— *Boadicea* signale : *Autorisation de mouiller*, monsieur, dit une voix à son oreille.

— *Affirmatif*, dit Jack avant de se retourner vers le charpentier qui attendait.

— Cinq pieds d'eau dans la sentine, monsieur, annonça

M. Gill, et on a disjoint un aboutage, à faire tirer ces vieux canons.

— Monsieur Woods, rentrez dans le vent ; armez les pompes, dit Jack sans quitter la *Boadicea* des yeux.

Il vit tomber sa petite ancre de bossoir, suivie de l'ancre de touée ; elle s'arrêta, voiles carguées, en travers de la *Caroline*, à portée de pistolet du rivage. Et c'est là que l'entraînement prolongé de son équipage fit ses preuves : dans une furieuse irruption de feu et de fumée, elle déchargea ses deux volées sur la frégate, les navires de la Compagnie et la dernière batterie. Le *Sirius*, l'*Otter* et la *Néréide*, à quelque distance, la soutenaient ; le *Raisonable*, à la cape, ne disait rien en dehors de quelques coups symboliques de sa pièce de poupe, mais l'esprit de Jack était tout entier à bord de la *Boadicea*, au cœur même de la bataille, approuvant chaque manœuvre ; et quand en moins d'un demi-sablier les couleurs de la *Caroline* furent amenées, suivies par celles de tous les autres navires et de la dernière batterie, son cœur bondit comme si elle s'était rendue à lui. Les pavillons furent amenés et un tonnerre d'acclamations s'éleva de toute l'escadre, avec en écho un rugissement venu de terre.

— Mon canot, monsieur Warburton, dit Jack au premier lieutenant, et mes compliments au docteur Maturin : nous allons à terre.

La ville avait très peu souffert et la petite place où ils rencontrèrent le colonel Keating avec un groupe d'officiers et de civils offrait une image de paix profonde — fenêtres ouvertes, étalages de fruits et légumes aux couleurs vives, fontaines jaillissantes — sauf pour le silence mortel, d'autant plus lourd qu'il succédait au tonnerre guerrier, et l'absence totale d'habitants.

— Mes félicitations, colonel, dit Jack d'une voix anormalement forte en lui serrant la main, vous avez fait merveille, monsieur. Je crois bien que la place est à nous.

— Pour le moment nous pouvons le dire, monsieur, dit Keating avec un grand sourire, mais ils se rassemblent sur les collines là-haut, et la colonne de Desbrusleys venue de Saint-Denis sera probablement ici avant la nuit. Il faut nous mettre à l'œuvre sans tarder. (Il rit avec entrain et, apercevant Stephen, lança :) Vous voici, docteur : je vous souhaite un superbe bonjour, monsieur. Vous serez contents de nous, messieurs de la politique, nous nous sommes conduits comme des agneaux, monsieur, des agneaux dominicaux — pas une jeune fille n'a encore eu à rougir, et je tiens mes hommes bien en main.

— Puis-je vous demander de m'accorder un officier et quelques soldats, colonel, dit Stephen, il me faut trouver le maire et le chef de la police.

— Certainement, monsieur. Le capitaine Wilson sera ravi de vous accompagner, mais veuillez ne pas oublier que nous serons probablement chassés d'ici dans moins de douze heures ; deux régiments et leur artillerie en place sur ces collines rendraient l'endroit intenable.

Il rit à nouveau et, par une étrange contagion, tout le groupe en fit autant : des visages prudents apparurent au coin de quelques rideaux ; une bande de garçonnets noirs se rapprocha sous les étals du marché.

— Oh, commodore, poursuivit-il, où ai-je l'esprit ? Voici les capitaines des navires de la Compagnie.

— Je suis heureux de vous voir, messieurs, dit Jack, et je vous prie de remonter sans tarder à bord de vos navires. Nous les avons un peu bousculés, je le crains, mais je compte qu'ils seront prêts à reprendre la mer avant...

Sa voix fut couverte par une explosion monumentale, l'envol de blocs de maçonnerie noirâtres, et leur retombée, marquant la désintégration de la batterie Lambousière.

— Ce doit être votre ami Lord Clonfert, remarqua le colonel avec un petit rire. Un officier très actif. A présent, commodore, nous occupons-nous du bien public ?

Ils s'en occupèrent, et de bien d'autres choses encore. Leur journée fut follement affairée car non seulement il fallait détruire les fortifications les plus dangereuses, libérer un grand nombre de prisonniers anglais, enfermer un plus grand nombre de prisonniers français, transporter à l'hôpital les marins blessés de la *Caroline* — la moitié de l'équipage, capitaine en tête — et rassurer les comités anxieux de citoyens, d'ecclésiastiques et de marchands, mais le vent mit à exécution sa menace matinale. Il était venu au sud-ouest et la houle gonflait d'heure en heure. La *Caroline*, les navires de la Compagnie, le brick *Grappler* et plusieurs autres navires, ayant coupé leurs câbles dans les derniers instants du combat, durent être déséchoués ; à marée basse il fallut coucher le *Raisonable* sur un lit de vase pour que le furieux M. Gill pût s'occuper de son aboutage disjoint ; cependant que chaque officier, bosco et charpentier que l'on pouvait détacher de mille autres tâches urgentes s'activait fébrilement dans l'arsenal français, caverne d'Ali Baba inespérée où s'entassaient cordages, toiles à voiles et espars de toutes tailles. Stephen eut une journée tout aussi ardue avec le maire, le vicaire général et le chef de la police ; parallèlement, il prenait un grand nombre de contacts privés. Si son activité fut moins physique que celle des autres, au coucher du soleil, quand les officiers supérieurs se réunirent au quartier général de Keating, un estaminet soigneusement choisi près du port, et s'assirent pour se rafraîchir d'un peu de vin blanc et d'un admirable poisson local, il était aussi épuisé que quiconque. La fatigue se manifestait par des visages tirés, des bâillements fréquents, des attitudes relâchées, mais non par les expressions ou le manque d'ardeur : c'étaient toujours de joyeux lurons. Le colonel Keating, plus heureux que jamais, passa à Jack sa petite lorgnette pour lui montrer les soldats français qui se rassemblaient sur les hauteurs, au-dessus de la ville.

— On me dit que la colonne principale doit être menée par le général Desbrusleys en personne, dit-il, parlant assez fort pour surmonter le bruit des vagues. Mais je m'étonne qu'un homme d'une telle ardeur n'ait pas déjà placé son artillerie ; il y a là-haut quelques points remarquables, voyez-vous, pour un feu croisé plongeant. Mais sans doute a-t-il l'intention de venir par une autre route.

Un subrécargue de la Compagnie, frénétique, passa en trombe à la recherche de matelots pour recharger ses précieuses soies. Il plongea parmi les demoiselles rassemblées autour du port et disparut avec un mugissement de désespoir. Les demoiselles se remirent en veille, s'étreignant l'une l'autre en gloussant : nulle n'avait encore eu à rougir, en dépit de l'heure tardive, mais l'espoir n'était pas totalement perdu malgré le départ imminent des derniers canots.

— Faites entendre à cette brave femme que nous avons l'intention de payer, voulez-vous, Stephen, elle ne semble pas comprendre très bien le français, dit Jack discrètement. (Et, tout haut :) Je ne voudrais pas vous presser, messieurs, mais je pense qu'il vaudrait mieux rembarquer. Si le temps le permet, nous reviendrons à terre demain pour finir notre tâche. Les équipages seront reposés et de jour — avec un hochement de tête vers Stephen — ils seront protégés de la tentation.

Le temps ne le permit pas. Le vent s'établit à l'ouest, soufflant droit vers la terre, et si l'escadre, avec ses captures et recaptures, put mouiller à l'aise bien au-delà des brisants, par fond de bonne tenue et sur double longueur de câble, si la houle n'empêcha pas un nombreux rassemblement à bord du *Raisonable* pour le petit déjeuner, il semblait évident que le ressac énorme, déferlant sur un quart de mille tout au long de la côte aussi loin que l'œil pouvait atteindre, interdirait toute communication avec la ville. Ce fut un petit déjeuner particulièrement joyeux où l'on refit point par point toute l'action terrestre de la veille, où les soldats rivalisèrent de mots aimables sur la variété des talents, la discipline, l'esprit d'entreprise de la marine. Et il entama d'étonnante manière les réserves de Jack en gigots de mouton du Cap et en douceurs de Saint-Paul ; pourtant, aucun des officiers à bord n'ignorait qu'ils avaient laissé bien des choses à faire dans la ville, en partie faute de temps et en partie faute d'une liste sûre distinguant les propriétés du gouvernement des biens privés. Stephen avait obtenu cette liste peu avant la nuit, mais jusque-là il avait insisté pour que l'on ne touche à rien en dehors des réserves et équipements les plus manifestement militaires. Par ailleurs, tous les marins et la plupart des soldats savaient que si le vent restait à l'ouest, l'escadre serait en position très inconfortable. Desbrusleys ferait venir son artillerie de Saint-Denis sous couvert de l'obscurité et les obus de mortier surgis de derrière la plus proche colline viendraient pilonner les navires au mouillage, proies faciles, incapables de s'écarter au large. Pour l'instant, toutefois, les Français ne semblaient pas tentés de bouger. On apercevait leurs troupes sur la crête au-dessus de Saint-Paul, mais ils y restaient, et leur immobilité ne contribuait pas peu à la gaieté du repas.

Ce n'est que bien après le dîner qu'on annonça l'avance d'une colonne venant de Saint-Denis par la chaussée. Une colonne remarquablement importante d'ailleurs, avec artillerie.

— Il ne parviendra pas à faire passer ses canons à travers le marais sans fascines, observa le colonel Keating, car nous avons détruit le pont et il lui faudra le meilleur de la journée pour couper les joncs. Faire traverser un marais à des canons est bien la tâche la plus fastidieuse et la plus épuisante que je connaisse.

— Le ressac diminue, dit le capitaine Corbett. Je pense que nous pourrons débarquer demain — regardez le ciel à l'ouest. Tôt venu, tôt parti : telle est mon expérience.

— Plus tôt encore que cela, je crois, dit Jack ; je ne saurais me déclarer satisfait si nous ne réussissions pas à faire sauter au moins les trois premiers bâtiments de la liste du docteur Maturin.

— Et du point de vue politique, dit Stephen, je me réjouirai de voir les archives partir en fumée : cela créera un précieux désordre.

— Si vous me permettez, monsieur, dit Lord Clonfert, je pense qu'on pourrait le tenter dès à présent, ou du moins avant ce soir. J'ai ramené une couple de bateaux de ressac et il y en a d'autres accostés au *Sirius*, si je ne me trompe. Mes hommes sont habitués à les manœuvrer et je suis prêt à débarquer une troupe d'infanterie de marine et de matelots.

— Dans deux ou trois heures, peut-être, dit Jack, regardant la mer.

Quelle part avait dans ceci le désir de Clonfert de surpasser Corbett ? Même après l'action commune d'hier, leurs rapports étaient manifestement toujours aussi mauvais : pire encore, peut-être. Pourtant il y avait l'importance de l'objectif : et ces bateaux de ressac, bien menés, pouvaient donner des résultats étonnants. Mais Clonfert ne se vantait-il pas ? Quelle sorte de fantaisie n'irait-il pas faire à terre ? Par ailleurs, il avait fait du bon travail hier... Jack se sentait totalement étranger au processus mental de Clonfert : il y avait en cet homme un élément qu'il ne parvenait pas à définir, ni sur le moment, ni même lorsque après quelques heures de réflexion il parvint à sa décision, donna l'ordre et regarda de la dunette du *Raisonable* les bateaux de ressac s'écarter. Perchés au bord de l'étendue blanche, ils attendaient une forte vague : elle vint, balayant la mer, s'éleva, noire sur le fond d'eau blanche, et ils partirent avec elle ; encore une fois, encore, et la dernière les déposa très haut sur la plage.

La troupe fit preuve d'activité. Une tour, à gauche de la ville, eut un grand sursaut, son parapet s'envola d'un coup : entouré de fumée et de poussière, tout le bâtiment s'effondra en un tas informe, et l'énorme résonance atteignit le navire. Une longue pause, puis de la fumée apparut derrière les bâtiments administratifs.

— Voilà partis les dossiers des collecteurs d'impôts, dit Stephen à ses côtés. Si après cela, on ne nous aime pas, c'est que les Bourbonnais sont difficiles à satisfaire. Le général Desbrusleys semble rudement enlisé, ajouta-t-il, déplaçant sa lunette vers la lointaine colonne, immobile dans le marais.

Observation, observation. A un moment, Jack remarqua la diminution visible du ressac. A un autre, il dit :

— Vous savez, Stephen, je m'habitue presque à rester spectateur : hier j'étais prêt à me pendre de désespoir... Je suppose que c'est le prix à payer lorsqu'on commande. Regardez la fumée là-bas, derrière l'arsenal. Qu'y a-t-il, monsieur Grant ?

— Je vous demande pardon, monsieur, mais M. Dale, du *Streatham*, est dans tous ses états. Il dit qu'ils font brûler ses soies — il vous supplie de le voir.

— Qu'il monte, monsieur Grant.

— Monsieur, monsieur ! s'exclama M. Dale, ils brûlent nos soies ! Je vous en prie, monsieur, faites un signal pour qu'ils s'arrêtent. Nos soies — notre plus belle cargaison — un demi-million de livres de soie — les Français l'ont stockée dans cet entrepôt. Oh, je vous en prie, monsieur, signalez qu'ils... Ah, mon Dieu, mon Dieu — joignant les mains —, il est trop tard. La fumée laissait place aux flammes, un vaste mur de flammes ; et tous les signaux du monde n'auraient pu l'éteindre.

— Dites-moi, Clonfert, dit Jack quand le capitaine vint lui faire son rapport, pourquoi avez-vous brûlé l'entrepôt derrière l'arsenal ?

— Derrière l'arsenal, monsieur ? On m'a garanti qu'il appartenait au gouvernement. Un homme très respectable, un prêtre, m'a garanti qu'il appartenait au gouvernement. Ai-je mal fait ?

— Je suis sûr que vous avez agi dans les meilleures intentions, mais il semble qu'il y avait là les soies de la Compagnie, pour un demi-million.

Le visage de Clonfert s'assombrit, il eut l'air misérable et très vieux tout à coup.

— Peu importe, dit Jack, je suppose qu'ils exagèrent ; et de toute façon nous leur avons sauvé trois millions, comme ils en conviennent eux-mêmes. Vous avez agi noblement, noblement — comme je vous ai envié ! Ce fut sans aucun doute une action nécessaire, car si nous sommes obligés de partir, nous aurions l'air vraiment stupides à laisser tout cela entre les mains de l'ennemi. Mais voyons, vous êtes trempé : ne voulez-vous pas vous changer ? J'ai tout ce qu'il faut dans ma chambre.

Ce fut en vain. Clonfert se retira, triste, abattu, sa gloire toute ternie. Et on ne le vit pas renaître le lendemain lorsque, la mer étant à nouveau presque calme, le vent de sud-est rétabli et toutes les forces de l'escadre prêtes dans les canots pour s'opposer à Desbrusleys, l'une des nouvelles connaissances de Stephen vint jusqu'aux navires pour apporter la nouvelle que la colonne de Saint-Denis faisait retraite et que le capitaine Saint-Michiel, commandant de Saint-Paul, était prêt à négocier un arrêt des hostilités.

La nouvelle était visiblement vraie : on voyait la colonne se retirer. Tous les matelots regagnèrent leurs navires et bientôt les émissaires du commandant apparurent. Le général Desbrusleys, semble-t-il, s'était brûlé la cervelle ; mais cela résultait-il des revers militaires ou maritaux du malheureux gentilhomme, ou des deux combinés, on ne le disait pas. Quoi qu'il en fût, pour l'instant, le commandement de l'armée française était dans un désordre total et Saint-Michiel ne fit aucune difficulté pour signer un accord qui donnait à l'escadre britannique une longue et paisible semaine à Saint-Paul. Paisible mais active : ils purent détruire ou emporter cent vingt et un canons et une immense quantité de poudre et de boulets, faire sauter le reste des fortifications, réduire l'arsenal à un désert total où l'on n'eût pu trouver le moindre pot de peinture, et faire des merveilles sur la jolie frégate *Caroline*. Le commodore et le colonel eurent le temps d'écrire leurs dépêches, entreprise ardue et délicate. Quand celles de Jack furent terminées, dépouillées de toute humanité et copiées de la belle écriture de M. Peter, ainsi que la liste très modérée des pertes, un inventaire exact des navires et unités capturés, un inventaire un peu moins exact des vivres et réserves gouvernementales prises, et bien d'autres documents, il parvint à sa difficile décision.

Il envoya chercher Corbett et Clonfert qu'il reçut avec une certaine pompe, son secrétaire à ses côtés. Au premier, il déclara :

— Capitaine Corbett, comme nous avons déjà une *Caroline* dans le service, j'ai temporairement baptisé celle-ci *Bourbonnaise* ; mais ce qui n'a rien de temporaire, c'est que je vous en offre le commandement, en même temps que je vous prie de faire aussitôt route vers Le Cap avec mes dépêches. Je ne doute pas que l'amiral vous renverra aussitôt les porter en Angleterre, aussi vous chargerai-je, si vous le permettez, de mes lettres privées. J'ai doté la frégate d'un équipage à peu près complet, sauf pour l'infanterie de marine, bien entendu, en puisant dans les matelots de la marine marchande libérés à Saint-Paul. Aussi vous demanderai-je d'être très modéré quant aux gens à transférer avec vous. Voici vos ordres, et voici mon courrier personnel.

Le visage colérique de Corbett, si impropre à l'expression du plaisir, s'ouvrit pourtant et se dilata de joie. L'homme porteur de ces dépêches — les nouvelles de la plus élégante et de la plus complète petite victoire de son expérience — serait fort cajolé à l'Amirauté, et certain de bénéficier de la première faveur disponible.

— Je serai la modération même, monsieur, et puis-je vous dire, monsieur, que rien ne pourrait donner plus de valeur à ce commandement que la manière obligeante avec laquelle il m'a été donné ?

Au second, Jack dit :

— Lord Clonfert, j'ai grand plaisir à vous donner la *Néréide*, en remplacement du capitaine Corbett. Tomkinson, votre premier lieutenant, aura l'*Otter*.

Clonfert aussi s'épanouit à la nouvelle, totalement inespérée, de cette étape décisive dans sa carrière, le passage crucial d'un sloop à un vaisseau ; lui aussi présenta ses remerciements, et bien plus gracieusement que Corbett ; pour un temps toute la gloire resplendissante de la première journée à la Réunion revint, plus grande encore. Pourtant, elle semblait avoir un léger arrière-goût d'amertume car en prenant congé, il dit avec un sourire qui n'exprimait pas un bonheur sans mélange :

— Je n'aurais jamais cru, monsieur, quand nous étions lieutenants ensemble, que ce serait à vous, un jour, de me nommer capitaine de vaisseau.

— C'est un drôle d'oiseau, ce Clonfert, dit Jack à Stephen entre deux paisibles duos. On croirait presque que je lui ai fait injure en lui donnant ce commandement.

— Vous l'avez fait en connaissance de cause et non par l'effet d'un caprice ? C'est l'expression réelle de votre sentiment de sa valeur, et non pas une aumône ? A-t-il mérité, en fait, d'être capitaine de vaisseau ?

— Eh bien, dit Jack, c'est plutôt une affaire de *faute de mieux*, diriez-vous. Je n'aimerais pas devoir me fier à lui à tout moment ; mais il fallait que l'un d'entre eux parte et il est meilleur capitaine que Corbett. Ses hommes le suivraient n'importe où. Peut-être place-t-il la popularité un peu plus haut qu'il ne me plairait, mais quoi qu'il en soit, un lord est toujours fort aimé de chaque matelot ; et je dois en tirer profit, exactement comme je tire profit d'une marée ou d'une saute de vent ; je le laisserai emmener la plupart de ses Otters sur la *Néréide* et je disperserai les Néréides dans l'escadre. C'était là un navire diablement malsain. Il hocha la tête, grave, et joua une série de notes profondes : elles évoluèrent toutefois, promettant un heureux développement ; mais avant qu'il l'ait atteint, son archet dérapa et il tendit la main vers la colophane.

— Quand vous en aurez fini avec ma colophane, Jack — *ma* colophane, dis-je —, seriez-vous disposé à révéler notre destination immédiate ?

— Cela vous plaira, j'en suis sûr. Nous devons d'abord ramener Keating à Rodrigues et vous pourrez gambader avec vos tortues et vos vampires ; ensuite, pendant que le reste de l'escadre fait le blocus de Maurice, en route vers Le Cap où nous laisserons Eliot et le pauvre vieux *Raisonable* ; puis retour sur la *Boadicea*, qui aura escorté les navires de la Compagnie vers le sud, et enfin retour dans ces eaux, pour voir comment l'on peut s'en prendre à ces autres frégates, à moins que Farquhar et vous n'ayez d'autres desseins pour la Réunion. Je ne dirais pas que je suis confiant, Stephen, car cela ne serait pas très sage ; mais je me souviens, lorsque vous m'avez demandé comment j'évaluais nos chances, voici quelques semaines, d'avoir répondu : trois à cinq contre nous. A présent, je dirais que le score est à égalité, ou légèrement en notre faveur.

Chapitre 5

L'amiral était content du commodore. Il pouvait l'être :
d'abord Jack avait capturé l'une des quatre grosses frégates
françaises qui dérangeaient si fort M. Bertie, et repris deux
navires de la Compagnie ainsi qu'un sloop de dix-huit
canons d'une grande utilité ; ensuite il avait détruit l'une des
plus fortes bases françaises de l'océan Indien, et si proprement que les dispositions de l'amiral ne pourraient être
qu'admirées jusqu'à Whitehall, où l'on demandait toujours
de prompts résultats ; enfin il avait enrichi M. Bertie de plusieurs milliers de livres. Combien de milliers, exactement ?
Impossible de le dire avant qu'une tribu de personnages
officiels, à six mille milles de là, n'aient défini la valeur d'un
nombre prodigieux d'objets tels que les trois cent vingt
dégorgeoirs, quarante refouloirs et quarante écouvillons
pris à Saint-Paul ; quoi qu'il en fût, l'amiral Bertie recevrait
finalement un douzième du total ainsi déterminé : sans
avoir bougé ni pied ni patte, sans avoir donné de conseils
plus utiles qu'une exhortation générale d'aller « arracher la
victoire », il avait acquis un considérable surcroît de fortune ; et depuis sa première et charmante conversation avec
le capitaine Corbett, avant-garde de l'escadre, il passait le
plus clair de son temps à dessiner les plans détaillés de nouvelles écuries et d'une serre d'ananas pour Langton Castle,
sa demeure ; à défaut de la couronne qu'elle convoitait,
Mme Bertie aurait une robe de dentelle.

Mais si l'amiral était peut-être un peu retors sous son air
bonhomme, il avait le cœur reconnaissant — relativement
reconnaissant ; du moins n'était-il pas avaricieux ; et dès
l'instant où le *Raisonable* fut signalé, il mit en route un festin, et envoya deux canots vers l'ouest pour chercher des
homards, son plat favori.

Conduisant le commodore vers ce somptueux étalage auquel étaient invités pratiquement tous les hommes éminents et toutes les jolies femmes du Cap, à condition d'être blancs, il dit :

— Comme je suis heureux de vous voir si vite revenu, Aubrey, et comme les choses ont bien tourné ! J'ai renvoyé Corbett à la maison avec vos merveilleuses nouvelles, sitôt ma lettre de couverture écrite : vous aurez une Gazette à vous tout seul, j'en suis sûr. Quel joli navire que votre *Bourbonnaise* — de belles et fines entrées, et raide comme un clocher. Je voudrais que nos chantiers sachent en faire de pareils : mais après tout, si vous, les jeunes, vous les prenez tout faits, cela fera gagner du temps à nos charpentiers, n'est-ce pas ? Ha, ha ! J'ai confirmé son nouveau nom, à propos, et je confirmerai toutes vos nominations. Je suis heureux que Clonfert ait son grade, mais quelle malchance pour les soies de la Compagnie : je suis sûr que vous lui avez passé un sérieux savon. Mais enfin, à quoi bon pleurer le lait renversé, comme je le dis toujours à Mme Bertie ; et tout est bien qui finit bien. Clonfert est capitaine de vaisseau, et vous avez fait quatre captures superbes et une demi-douzaine de petites. Vous n'avez rien aperçu d'autre en revenant, je suppose, juste pour la bonne bouche, comme on dit, ha ! ha !

— Eh bien, monsieur, nous avons aperçu le sloop russe *Diana* louvoyant au large de Rodrigues ; mais j'ai cru agir selon vos idées en l'ignorant.

L'amiral parut ne pas entendre. Après quelques instants de distraction, il poursuivit :

— Or donc, vous avez démoli leurs batteries. J'en suis heureux, et Farquhar est dans l'allégresse — pour autant qu'un homme aussi sec que lui puisse être dans l'allégresse — il ne boit pas de vin et l'eau a rouillé toutes ses fibres joyeuses — je ne l'ai pas invité à ce dîner : de toute manière, il décline toutes les invitations. Il est impatient de vous voir, toutefois, et aussi votre docteur Maturin ; car le prochain mouvement, dès que Rodrigues sera renforcé, c'est Bourbon, et pour de bon. Ou la Réunion, ou île Buonaparte, comme ils l'appellent. Quels imbéciles : tous ces changements de nom sont caractéristiques de ces étrangers, ne pensez-vous pas, Aubrey ? Cela devrait se faire à la prochaine mousson, à condition que l'on puisse fournir des transports pour trois ou quatre mille hommes. Quelle sorte d'homme est ce docteur Maturin, si j'ose vous le demander ?

Peut-on lui faire confiance ? Il me paraît quelque peu étranger.

— Oh, je crois qu'il est tout à fait digne de confiance, monsieur, dit Jack avec un sourire intérieur. Lord Keith a une excellente opinion de lui : il lui a proposé d'être médecin de la Flotte. Et le duc de Clarence l'a fait appeler alors que toute la faculté était prise à contre. Il pense le plus grand bien du docteur Maturin.

— Oh, vraiment ! s'écria l'amiral, profondément impressionné. Je vais avoir à prendre soin de lui, en somme. Non que ces fins politiques soient vraiment dignes de confiance, vous savez. Il faut une longue cuiller pour dîner avec le diable, comme je le dis toujours. Mais enfin, occupons-nous de nos homards. Vous pouvez faire confiance à mes homards, Aubrey, ha, ha ! J'ai envoyé une couple de canots vers l'ouest pour les pêcher dès l'instant où vous avez hissé votre numéro.

Les homards étaient dignes de confiance, de même que les huîtres, de même que le reste de l'énorme repas qui se poursuivit, service après service, jusqu'à ce qu'enfin, la nappe retirée, on apportât le porto ; alors l'amiral Bertie lança :

— Servez-vous, messieurs, à ras bord. A la santé de Jack Aubrey la Chance, trois triples hourras ; et qu'il leur en fasse voir encore et encore.

Une semaine plus tard, le gouverneur du Cap honorait également le commodore d'un festin. Il se composait de gibier — blauwbok, springbok, steinbok, klipspringer, hartebeest, wildebeest, le noir et le bleu —, pas le moindre homard, et ce fut encore plus long à consommer ; mais l'originalité du gouverneur ne pouvait l'entraîner plus loin. Une fois encore le repas se termina par un pudding chaud aux fruits secs, et une fois encore les hôtes burent leur porto en souhaitant à Jack de leur en faire voir, encore et encore.

A l'heure de ce deuxième toast, Stephen mangeait du pain et de la viande froide avec M. Farquhar et M. Prote, son secrétaire, dans une chambre haute de l'imprimerie gouvernementale, endroit retiré que tous les ouvriers avaient quitté. Ils étaient tous trois plus ou moins noirs, car à la lumière des derniers renseignements recueillis par Stephen, ils avaient refondu une proclamation au peuple de la Réunion ainsi qu'un certain nombre d'affiches et de tracts qui peignaient en vives couleurs et en excellent français les avantages du gouvernement britannique, promettant le respect de la religion, des lois, des coutumes et de la propriété, soulignant les conséquences inévitablement désastreuses de la résistance, et les profits (peut-être un peu imprécis et rhétoriques) de la coopération. Il y avait des documents similaires, quoique dans un état de préparation moins avancée, adressés aux habitants de l'île Maurice ; et tout ceci devait être imprimé le plus secrètement possible, avec l'aide de deux ouvriers de confiance. Mais comme ni l'un ni l'autre ne savait un mot de français, Farquhar et Prote ne cessaient de fréquenter la maison, et tous deux étaient fascinés par les techniques de l'imprimerie. Dans leur ardeur à montrer à Stephen leur habileté, ils avaient corrigé trois longs textes sur galée, en lisant à l'aide d'une petite loupe qu'ils avaient tendance à se chiper mutuellement, retirant des lettres, en insérant d'autres, jacassant haut de casse, bas de casse, forme, cale et réglette, mise en page et justification, et se barbouillant peu à peu tous deux, et lui aussi, d'une débauche d'encre d'imprimerie.

Mais à présent ils ne parlaient plus de leurs activités d'impression, ni même de leur insidieuse guerre papetière ; cela, le rapport détaillé de Stephen sur l'état prometteur de l'opinion publique à la Réunion et son récit des agents qu'il avait acquis étaient loin derrière eux ; à présent, tout en mangeant leur viande encrée, ils discutaient de la poésie des lois, ou plutôt de la poésie dans la loi, sujet où les avaient conduits des considérations sur l'héritage des propriétés terriennes dans le futur royaume de M. Farquhar.

— Le système français, leur nouveau code, est fort bien sur papier, observa Farquhar, fort bien pour une troupe d'automates logiques ; mais il ne tient aucun compte du côté illogique, je dirais presque supralogique et poétique, de la nature humaine. *Notre* loi, dans sa sagesse, en a préservé la plus grande part, comme on le remarque tout particulièrement dans la tenure coutumière de la terre, et dans la petite sergenterie. Laissez-moi vous donner un exemple : dans les manoirs de East et West Enbourne, dans le Berkshire, une veuve conserve son droit de suite — son *sedes libera*, ou en latin de justice barbare son *francus bancus* — sur toutes les terres concédées à son défunt mari *dum sola et casta fuerit* ; mais si elle est découverte en conversation amoureuse avec une personne du sexe opposé — si elle accorde les dernières faveurs —, elle perd tout, à moins d'apparaître au prochain tribunal du manoir, chevauchant à l'envers un bélier noir, et récitant ce qui suit :

Me voici
A califourchon sur un bélier noir
Comme la putain que je suis ;
Par ma sournoise faiblesse
J'ai perdu tout mon avoir.
La faiblesse de mon cul
M'a menée à cette honte.
Soyez bon, monsieur le maître, et rendez-moi mes terres.

Mon oncle est propriétaire de l'un de ces manoirs et j'ai assisté à son tribunal. Je ne saurais vous décrire l'hilarité, l'aimable confusion de l'agréable jeune veuve, les flots de plaisanteries rustiques et — c'est là mon point principal — l'acceptation universelle et satisfaite de sa réintégration dans ses droits, que j'attribue largement à la puissance poétique.

— Il peut y avoir un rapport statistique intéressant entre le nombre d'agneaux mâles noirs préservés jusqu'à maturité, dit Prote, et celui des agréables jeunes veuves.

— Et ce n'est pas un cas isolé, poursuivit Farquhar, car au manoir de Kilmersdon dans le Somerset, par exemple, nous trouvons à peu près la même expiation, mais sous une forme abrégée ; on n'y exige que ce distique :

Pour la faute de mon cul je subis cette peine
C'est pourquoi monseigneur je vous prie de me rendre ma
terre.

— N'est-il pas intéressant, messieurs, de retrouver mention de nos béliers noirs — créatures peu rentables en dehors de cette intéressante cérémonie — en des lieux aussi éloignés que le Berkshire et le Somerset, sans la moindre mention qu'un bélier blanc ait jamais été admis ? Car le bélier noir, messieurs, est, j'en suis persuadé, intimement lié au culte druidique...

M. Farquhar était un homme de grande compréhension et de vaste culture, mais à la moindre mention de druide, de chêne ou de gui, un reflet diabolique s'éveillait dans ses yeux, un reflet si diabolique en cette occasion que Stephen regarda sa montre, se leva, dit qu'il devait à son grand regret les quitter et ramassa son carnet.

— Ne voudriez-vous pas vous laver avant de partir ? demanda Farquhar, vous êtes un peu moucheté.

— Merci, dit Stephen, mais l'être dont je dois à présent m'occuper, quoique éminent par le rang, ne se soucie pas de cérémonie.

— Que peut-il vouloir dire par son « éminent par le rang » ? demanda M. Prote. Quiconque est quelqu'un, en dehors de nous, se trouve chez le gouverneur.

— Peut-être veut-il parler d'un mage noir, ou d'un potentat hottentot. Donc, les druides, disais-je...

En fait, la préséance de l'être n'était qu'alphabétique : car dans la joie de son cœur, le docteur Maturin faisait référence à l'aardvark. Il était devant lui à présent, pâle créature au corps massif et porcin, mesurant près de cinq pieds de long, avec une large queue, une tête immense, allongée, au museau terminé par un disque, de brèves pattes robustes et des oreilles d'âne, translucides, d'une longueur disproportionnée ; il était couvert en partie de rares poils jaunâtres laissant transparaître sa peau malsaine, et clignait sans cesse de ses yeux d'animal nocturne. L'aardvark, ou oryctérope, qui léchait de temps à autre ses petites lèvres tubulaires, était extrêmement intimidé par sa situation : non seulement on l'avait mesuré et pesé, tandis que l'on coupait sur son flanc une touffe de poils dont il ne pouvait guère se passer, mais à présent on l'observait à travers une lentille concave pour le dessiner. C'était un animal humble et doux, incapable de mordre et trop timide pour griffer ; et il se démoralisait de plus en plus : ses oreilles tombantes en venaient à cacher ses grands yeux faibles, mélancoliques et dotés de longs cils.

— Voilà, mon chou, c'est fini, dit Stephen en montrant son portrait à l'aardvark. (Et parlant à voix haute vers le plafond, il ajouta :) Monsieur Van der Poel, je vous suis infiniment obligé, monsieur, ne bougez pas, je vous en supplie. Je fermerai la porte et laisserai la clé sous le paillasson. Je retourne au navire et demain vous verrez l'œuf.

Quelques heures plus tard, il admirait à nouveau Simon's Town et son mouillage peuplé des prises de Jack. Cela lui rappelait Port Mahon, voici bien longtemps, avec son quai encombré des felouques, trabacolos et chébecs capturés par la *Sophie*.

« C'était fort bien, se dit-il, et Minorque est une île délicieuse ; mais même Minorque ne possédait pas l'aardvark. »

La rue était remplie de permissionnaires, troupe joyeuse, car non seulement Jack avait fait distribuer une modeste avance sur les parts de prise — deux dollars par tête, payés sur le cabestan —, mais les instructions du docteur Maturin quant aux pillages n'avaient pas été respectées tout à fait aussi rigoureusement qu'il le souhaitait et des morceaux des plus belles soies d'Orient, un peu noircies, couvraient les formes souples, les poitrines infiniment séduisantes des compagnes des marins. On le hélait de tous côtés ; des mains amicales entraînèrent sa rosse de louage ; et un aspirant de la *Boadicea*, fortement parfumé au patchouli, le conduisit en canot jusqu'au *Raisonable*. A l'aise dans sa spacieuse cabine, il ouvrit son carnet pour regarder le dessin.

— C'est peut-être l'animal le plus agréable que j'aie jamais représenté, dit-il, et qui fait preuve d'une touchante affection pour le bon monsieur Van der Poel ; je crois que je vais tenter de le colorer.

Il revint quelques pages en arrière. La plupart étaient couvertes de la petite écriture serrée de son journal, mais il y avait un certain nombre de dessins — la tortue de Rodrigues, les phoques de False Bay — parfois rincés d'aquarelle.

— Peut-être pas, dit-il en les examinant. Mes talents ne semblent guère orientés de ce côté.

Il convertit le poids hollandais de l'aardvark en livres avoirdupoids, tailla plus fin sa plume, réfléchit un moment, le regard perdu, et se mit à écrire dans son code personnel.

« Je ne peux retrouver la chaîne de pensée ou plutôt l'association d'idées qui me conduit à réfléchir à Clonfert et Jack Aubrey. Sans doute l'aardvark y joue-t-il son rôle, mal à l'aise comme il est : mais les liens sont obscurs. Les tranchées de Clonfert excitent mon esprit ; car quelle que soit l'échelle de douleur sur laquelle on les mesure, elles doivent se situer relativement haut. Il semble ridiculement facile de les considérer comme la transposition directe de son état d'esprit : pourtant McAdam n'est pas un imbécile, sauf pour lui-même ; et dans certains cas assez comparables, disséqués avec Dupuytren, nous avons pu éliminer toute cause physique directe : l'appendice vermiforme, si souvent coupable dans ces apparentes obstructions, rose comme un ver de terre en bonne

149

santé, et tout le tractus à partir de l'œsophage dépourvu de lésion. Clonfert est plus irlandais, avec les susceptibilités exacerbées d'une race sujette, que je ne l'avais supposé ; bien plus, en fait, que je ne l'ai laissé entendre à Jack. J'ai découvert qu'étant enfant il n'a pas fréquenté une grande *public school* anglaise, comme la plupart de ceux de son espèce que j'ai connus ; il n'a pas non plus embarqué tôt, faisant ainsi disparaître la barrière : ses premières années de service se sont faites dans les livres, selon cette aimable tricherie qui permet au capitaine complaisant de placer sur son rôle d'équipage un enfant absent. Plus encore : il a été élevé presque entièrement par des serviteurs, à Jenkinsville (région désolée), puis chez de petits propriétaires, famille d'accueil, la sienne étant trop folle ou trop miteuse ; et il semble avoir absorbé le pire des deux côtés. D'une part il tire sa vision de lui-même, en tant que lord, de gens qui depuis bien des générations ont dû se cramponner au bout de terrain qui est leur seul moyen de vivre ; et d'autre part, quoique leur appartenant à moitié, il a été élevé dans le mépris de leur religion, de leur langue, de leur pauvreté, de leurs manières et traditions. Une race conquérante, sur les lieux de sa conquête, est rarement aimable ; les conquérants paient moins visiblement que les conquis, mais peut-être avec le temps paient-ils plus lourdement, en perte de qualités humaines. Les aventuriers, durs, arrogants, âpres au gain, se jettent sur les dépouilles ; les indigènes, quoique civils en apparence, les contemplent avec un ressentiment mélangé de mépris, tout en respectant la face visible de la conquête — en reconnaissant leur force supérieure. Etre divisé entre les deux doit déboucher sur une étrange confusion des sentiments. Dans le cas de Clonfert, le résultat de ceci et d'autres facteurs me semble être une conscience embarrassée de sa propre distinction (il la mentionne souvent), une profonde incertitude quant à la valeur réelle de celle-ci, et une conviction que, pour valider ses prétentions, il lui faut être deux fois plus grand que tous les autres. En dépit de ses hauts talons, propres et figurés, il n'est pas deux fois plus grand que tous les autres : Jack, en particulier, le dépasse d'une tête et plus. Il s'est entouré d'une série d'officiers étonnamment inférieurs, ce que je crois n'avoir jamais rencontré dans la marine où les capitaines aristocrates sont presque toujours accompagnés d'officiers et d'aspirants aristocrates, tout comme un commandant écossais rassemble autour de lui des Ecossais : sans doute lui donnent-ils l'approbation dont il a besoin ; mais quelle valeur un homme de son intelligence peut-il accorder à cette approbation ? Et si Lady Clonfert et Mme Jennings sont de bons exemples des femmes qu'il attire, dans quelle mesure leurs faveurs le satisfont-elles véritablement ?

« Sur ces bases et d'après ce que dit McAdam, je pourrais bâtir un Clonfert relativement convaincant dont la vie tout entière n'est qu'un décevant simulacre : une marionnette s'efforçant en vain d'être une autre marionnette, tout aussi irréelle — l'antithèse de Jack, qui n'a jamais joué un rôle de toute sa vie, qui n'a aucun besoin de jouer un rôle. Cela ne me satisferait pas, cependant, car même si cela peut renfermer quelques vérités et peut conduire assez loin dans la recherche de l'origine des tranchées et autres symptômes que j'ai notés (McAdam n'a pas saisi toute l'importance de la *sudor insignis* asymétrique), cela ne tient pas compte du fait qu'il n'est *pas* une marionnette, ni, et c'est plus important, de l'affection de ses hommes. Jack affirme que les marins adorent les lords et c'est sans doute profondément vrai (en dehors de toute autre chose, la distance imaginaire diminue la servitude) ; mais ils ne conservent pas leur amour pour un lord qui ne vaut rien. Ils n'ont pas conservé leur amour au prince William. Non, une affection continue sur une longue période doit être fondée sur la reconnaissance de qualités réelles en l'homme, car un navire en mer, et particulièrement un petit navire en station étrangère, est un village enclos ; et qui a jamais entendu dire qu'à long terme le jugement d'un village soit erroné ? L'esprit communautaire, même lorsque la communauté est essentiellement composée d'illettrés sans réflexion, est presque aussi infaillible qu'un Conseil. Et les qualités qu'apprécie une communauté d'hommes sont en général la bonne nature, la générosité et le courage. Le courage : me voici sur le terrain le plus mouvant du monde. Car de quoi s'agit-il ? Les hommes accordent une valeur différente à leur existence, à différents moments : des hommes différents accordent à l'approbation des valeurs différentes. Pour certains, c'est le premier moteur. Deux hommes accompliront les mêmes actions pour des raisons tout à fait différentes ; leur conduite porte le même nom. Pourtant, si Clonfert n'avait pas accompli ces actions, je suis tout à fait sûr que ses hommes ne l'estimeraient pas comme ils le font. L'illogisme de la nature humaine dont parle Farquhar rend peut-être leur affection pour Lord Clonfert plus grande qu'elle ne serait s'il s'appelait encore M. Scroggs, mais ce n'est qu'un complément ; l'estime est déjà là, de même que les actions sur lesquelles elle se fonde. Je l'ai vu enlever une batterie à Saint-Paul ; et dans le résultat, ses expressions, son élan et même son succès étaient parfaitement semblables à ceux de Jack Aubrey.

« Jack Aubrey. Le lieutenant d'autrefois est encore visible chez le grave commodore, mais parfois il faut le chercher. L'une des constantes est cet indubitable courage heureux, le courage du lion fabuleux — comme j'aimerais voir un lion ! — qui le fait aller à l'action comme d'autres vont au lit matrimonial. *Tout homme serait un lâche s'il l'osait* : c'est vrai de la plupart, je crois bien, certainement de moi, probablement de Clonfert, mais non de Jack Aubrey. Le mariage l'a changé, sauf en cela : il avait trop espéré, pauvre créature confiante (bien qu'il se languisse fort des nouvelles de chez lui). Et le poids de cette nouvelle responsabilité : il le ressent durement ; la responsabilité, et les années — sa jeunesse s'en va ou même elle est partie. Le changement est évident, mais il est difficile de nommer des altérations particulières en dehors de l'absence relative de gaieté, de cet appétit de rire, de ces plaisanteries infinitésimales qui, du moins, lui causaient une intense jubilation. Je pourrais mentionner son attitude envers les hommes qu'il commande, en dehors de ceux qu'il connaît depuis des années : elle est attentive, consciencieuse et avertie, mais beaucoup moins personnelle ; son esprit plus que son cœur est en cause, et les êtres sont avant tout des instruments de guerre. Et son attitude à l'égard du navire lui-même : je me souviens si bien de son enchantement sans limite pour son premier commandement, alors que la *Sophie* n'était qu'un pauvre petit baquet minable — comme il n'était jamais las de ses maigres charmes, comme il gambadait dans les mâts, le gréement et l'intérieur avec un zèle infatigable de grand gamin. Aujourd'hui, capitaine d'un deux-ponts majestueux, avec ses vastes chambres et ses galeries, il est à peine poli à son égard ; ce pourrait être un quelconque logement meublé. Quoiqu'en ceci, je puisse me tromper : il est certains aspects de la vie du marin que je ne comprends pas. Et puis aussi il y a la diminution, non seulement de ses esprits animaux, mais aussi de ses appétits : je ne suis pas ami de l'adultère, qui sûrement promet plus qu'il ne peut tenir sauf en matière de destruction ; mais je souhaiterais que Jack ait du moins quelques tentations à surmonter. Ses émotions les plus ardentes, sauf quand il s'agit de guerre, se sont refroidies. Clonfert, plus jeune en ceci comme en bien d'autres choses, a conservé sa capacité pour les sentiments extrêmes, certainement l'extrémité de la douleur et peut-être celle du bonheur. La perte est un processus naturel, sans doute, et qui empêche l'homme de se consumer avant son temps ; mais je serais désolé si dans le cas de Jack Aubrey cela devait aller jusqu'à une indifférence froide et générale ; car alors l'homme que je connais et apprécie depuis si longtemps ne serait plus que le fantôme animé de lui-même. »

Le son du sifflet du maître d'équipage, le cliquetis du « Présentez armes ! » de l'infanterie de marine lui dirent que le corps de Jack Aubrey, mort ou vif, marchait à ce moment à quelques yards de lui. Stephen saupoudra la page de sable, referma son journal et attendit que la porte s'ouvre.

L'officier qui fit son apparition ressemblait effectivement plus au commodore qu'au lieutenant Aubrey, même après avoir jeté sur un coffre voisin son habit et avec lui les marques de son rang. Il était ballonné de nourriture et de vin, les yeux rouges, cernés de mauve, et il avait manifestement trop chaud. Mais en plus de l'écœurement d'un homme forcé de boire et manger beaucoup trop, puis de parcourir vingt miles dans une voiture ouverte et sous un nuage de poussière torride, vêtu de vêtements conçus pour la Manche, son visage exprimait un certain découragement.

— Ah, si seulement il y avait plus de soldats comme Keating, dit-il d'un ton las. Je n'arrive pas à les faire bouger. Nous avons tenu conseil après dîner et je leur ai représenté qu'avec les régiments placés sous leurs ordres, nous pourrions prendre la Réunion sans difficulté : le *Raisonable* servirait de transport de troupes. Saint-Paul est grand ouvert, il ne reste pas pierre sur pierre des batteries. Ils ont approuvé, gémi et déploré — ils ne pouvaient bouger sans un ordre de Whitehall ; il avait toujours été entendu que les forces nécessaires viendraient de Madras, peut-être à la prochaine mousson si l'on trouvait des transports ; sinon, à la mousson d'après. A la prochaine mousson, leur dis-je, la Réunion sera hérissée de canons alors que présentement les Français en ont très peu, et ceux-ci servis par des hommes sans appétit pour une bataille quelconque : d'ici la prochaine mousson, leur courage sera ravivé et ils auront été renforcés par Maurice. C'est bien vrai, ont dit les soldats en hochant la tête ; mais ils craignaient de devoir s'en tenir au plan dressé par l'état-major : aimerais-je chasser le phacochère avec eux, samedi ? Et pour couronner le tout, le brick n'était pas un courrier mais un navire marchand venu des Açores — pas la moindre lettre. C'est comme si nous étions derrière la lune.

— C'est vraiment éprouvant, dit Stephen. Que diriez-vous d'un peu d'orgeat, avec du jus de citron ? Et d'un bain ? Nous pourrions prendre un canot pour aller jusqu'à l'île des Phoques.

Il offrit à un Jack rafraîchi, ravivé, tout le réconfort possible. Il laissa de côté l'imperturbable léthargie des soldats — ni l'un ni l'autre n'avaient vraiment cru à la possibilité de les faire bouger, après l'issue funeste de l'expédition sur Buenos Aires, partie sans autorisation de cette même station peu d'années auparavant — et se concentra sur l'évolution de la perception du temps au cours des périodes d'activité ; ces semaines affairées avaient pris une importance non justifiée par leur mesure sidérale ou, pourrait-on dire, absolue ; en regard des événements extérieurs, elles ne restaient que des semaines ; il était déraisonnable d'espérer quoi que ce fût en revenant au Cap ; mais à présent, un navire pourrait arriver à tout moment, chargé de courrier.

— J'espère que vous avez raison, Stephen, dit Jack, assis en équilibre sur le plat-bord et frottant la longue cicatrice bleue de son dos. Sophie est très présente dans mon esprit depuis quelques jours, et les enfants aussi. J'ai rêvé d'elle la nuit dernière, un rêve compliqué, malaisé ; j'ai hâte d'avoir des nouvelles. (Après une pause de réflexion, il ajouta :) J'ai pourtant rapporté quelques nouvelles plus agréables : l'amiral est presque sûr de pouvoir ajouter l'*Iphigenia* et la *Magicienne* à l'escadre, d'ici quelques semaines ; il a reçu des nouvelles de Sumatra. Mais évidemment elles viendront de l'est — pas la moindre chance de nouvelles de la maison. Nous aurons le vieux *Leopard* aussi, mais dont personne ne veut : mangé de rouille partout, un vrai cimetière flottant.

— Le courrier arrivera d'un jour à l'autre et il apportera une masse de factures, de feuilles d'impôts, et le récit des catastrophes domestiques habituelles : oreillons, varicelle, fuites d'eau ; mon esprit prophétique le voit déjà sous l'horizon.

Les jours passèrent ; la *Boadicea*, cales vides et couchée sur le flanc par des palans fixés aux bollards du quai, faisait gratter ses fonds sales ; Jack équipa son télescope d'un nouveau contrepoids qui fonctionnait parfaitement à terre ; Stephen vit son lion, toute une famille de lions ; et puis, malgré une erreur quant à l'horizon, son esprit prophétique eut raison : des nouvelles arrivèrent. Mais ce n'étaient pas des nouvelles domestiques, ni des nouvelles venues de l'ouest : l'agile *Wasp* avait fait demi-tour en plein océan et revenait en toute hâte au Cap pour annoncer que les Français avaient pris trois autres navires de la Compagnie, le sloop *Victor* et la grosse frégate portugaise *Minerva*.

La *Vénus* et la *Manche*, déjà parties à l'arrivée de l'escadre devant Port Louis, avaient capturé le *Windham*, l'*United Kingdom* et le *Charlton*, tous navires des Indes de la plus grande valeur. La *Bellone*, échappant au blocus dans la nuit, s'était emparée du *Victor*, dix-huit canons, puis, avec sa prise, avait assailli la *Minerva*, dont les cinquante-deux canons s'étaient révélés vains contre la furie de l'attaque française. La frégate portugaise, rebaptisée *Minerve*, était actuellement à Port Louis, amarinée avec des matelots de la *Canonnière* et quelques déserteurs : les navires des Indes, la *Vénus* et la *Manche* y étaient sans doute aussi, mais le *Wasp* n'en était pas certain.

Avant la renverse, Jack prit la mer, laissant à terre les phacochères, les soldats et même son télescope : il avait hissé sa marque sur la *Boadicea*, car la période des cyclones n'était plus très éloignée et le *Raisonable* ne pouvait les affronter. Revenu sur sa *Boadicea*, il la poussa dans des brises variables et quelquefois contraires jusqu'à l'alizé régulier du sud-est, où elle put mettre sa lisse sous le vent dans l'eau blanche, incliner son pont comme le toit d'Ashgrove Cottage, et couvrir ses deux cent cinquante ou même trois cents milles entre deux observations méridiennes ; car il y avait quelque espoir lointain de surprendre les Français et leurs prises avant qu'ils n'atteignent Maurice.

Le second dimanche après leur départ, à l'heure du service religieux, Jack lisait en guise de sermon le Code de justice navale d'une voix forte, officielle, comminatoire, et tout l'équipage s'efforçait de tenir debout (car il n'était pas question de toucher à la moindre voile). Il avait tout juste atteint l'article XXIX — traitant la sodomie par la pendaison du sodomite et qui chaque mois portait au violet Dick-à-mouches et les autres aspirants, pour cause de fou rire réprimé — quand deux navires parurent à l'horizon. Ils étaient très loin et sans interrompre ses dévotions, si dévotions il pouvait y avoir avec tous les esprits fixés sur la vigie, la *Boadicea*, s'efforça de gagner au vent. Mais quand Jack eut atteint *tout crime non capital* (il y en avait fort peu) et bien avant qu'il n'ait commandé le branle-bas, l'inconnu fit le signal de reconnaissance. En réponse au numéro de la *Boadicea*, il envoya le sien : c'était la *Magicienne*, et son compagnon, le *Windham*.

La *Magicienne*, dit le capitaine Curtis convoqué par le commodore, avait repris le navire des Indes au large de la côte Est de Maurice. Le *Windham* s'étant séparé de son vainqueur, la *Vénus*, au cours d'une bourrasque brutale par 17° Sud, la *Magicienne* s'en était emparée après une rude chasse, toute une journée de louvoyage, et avait poursuivi toute la nuit dans l'espoir de retrouver la frégate française. Curtis l'avait aperçue au coucher du soleil : elle ressemblait à un épouvantail et il ne lui restait plus que ses bas mâts et quelques lambeaux de toile ; très loin, au ras de terre, elle rampait sous sa misaine en lambeaux. Malheureusement la terre vers laquelle elle rampait était l'entrée de Grand-Port ; et quand la brise de terre s'établit, exactement contraire, la *Magicienne* eut l'humiliation de voir la *Vénus* entrer en remorque sous l'abri des canons de l'île de la Passe, à l'entrée du havre.

— Le lendemain matin, monsieur, quand j'ai pu m'approcher, dit Curtis d'un ton d'excuse, elle était à mi-chemin du fond de la baie et avec des munitions si réduites — il ne me restait que onze coups par canon — et le navire des Indes dans un tel état, je n'ai pas cru devoir la suivre.

— Sans aucun doute, dit Jack, pensant à cette anse profonde gardée par l'île de la Passe fortifiée, par des batteries des deux côtés et tout au fond, et plus encore par un chenal sinueux, perfide, frangé de récifs : la Marine britannique l'appelait Port Sud-Est par opposition à Port Louis situé au nord-ouest, et il connaissait bien l'endroit. Sans aucun doute. C'eût été la destruction de la *Magicienne* ; et j'en ai besoin. Oh oui, vraiment, j'en ai besoin à présent qu'ils ont cette grande *Minerva*. Vous dînerez avec moi, Curtis ? Puis nous laisserons porter sur Port Louis.

Ils passèrent une remorque au navire de la Compagnie et, tirant leur lourd fardeau à travers la houle, ils firent route, le vent juste sur l'arrière du travers.

Stephen Maturin se trompait profondément en pensant que Jack, devenu plus vieux et plus important, considérait désormais les navires comme des logements, plus ou moins confortables : le *Raisonable* n'avait jamais été vraiment à lui ; il ne l'avait pas épousé. Pour la *Boadicea*, c'était tout autre chose ; il en faisait partie, il était l'un de ses hommes. Il les connaissait tous, et à quelques exceptions près il les aimait tous : il était ravi d'être revenu, et bien que le capitaine Eliot fût un officier absolument irréprochable, ils étaient ravis de l'avoir. Ils avaient en fait mené la vie dure à Eliot, en opposant une résistance élastique mais efficace aux moindres suggestions de changement : « Le commodore l'avait toujours préféré comme ci ; le commodore l'avait toujours préféré comme ça ; c'était le capitaine Aubrey qui avait personnellement ordonné que les pièces de chasse en cuivre soient peintes en brun. » Jack appréciait particulièrement M. Fellowes, son maître d'équipage, lequel s'était cramponné plus fermement encore que les autres au plan de voilure du capitaine Aubrey et à ses énormes poulies coupées, si vilaines, qui permettaient de gréer instantanément des aussières en tête de mât pour supporter l'effort d'un extraordinaire déploiement de voilures ; et à présent que la cale de la *Boadicea* avait été entièrement réarrimée, sa coque carénée et son gréement dormant remplacé par le produit du pillage de Saint-Paul, elle répondait entièrement à tous leurs espoirs. En dépit de sa lourde charge, elle faisait neuf nœuds à chaque coup de loch.

— Elle file neuf nœuds sans désemparer, dit Jack redescendu quand le quart de repos eut été envoyé en bas.

— Comme j'en suis heureux, Jack, et je serais plus heureux encore si vous vouliez bien m'accorder un peu d'aide avec ceci. La déraisonnable attitude, ou l'embardée, du navire m'a conduit à renverser ce coffre.

— Que Dieu nous vienne en aide ! dit Jack, regardant fixement une masse de pièces d'or entassées en vague épaisse contre la paroi sous le vent de la cabine. Qu'est ceci ?

— C'est ce que l'on appelle, techniquement, de l'argent, et si vous vouliez bien m'aider à le ramasser au lieu de loucher dessus avec une concupiscence abasourdie plus digne de Danaé que d'un officier du roi, nous parviendrions peut-être à sauver quelques pièces avant qu'elles ne se faufilent toutes par les fentes du plancher. Allons, allons, la main dessus, venez.

Ils ramassèrent activement, à la pelle et à poignées, à quatre pattes, et quand le coffre trapu et ferré fut à nouveau rempli, Stephen lui dit :

— Il faut à présent les mettre dans ces petits sacs, s'il vous plaît, par cinquante : chacun étant attaché d'une ficelle. Vous dirai-je de quoi il s'agit, Jack ? ajouta-t-il, cependant que les lourds sachets s'empilaient.

— S'il vous plaît.

— C'est l'infâme or britannique de la corruption contre lequel Buonaparte et ses journaux s'élèvent perpétuellement. Il existe parfois, comme vous voyez. Et je peux vous dire que chaque louis, chaque napoléon, chaque ducat ou doublon est authentique. Les Français achètent quelquefois des services ou des renseignements avec de la fausse monnaie, en pièces ou papier : c'est le genre de chose qui donne si mauvaise réputation à l'espionnage.

— Si nous payons en monnaie vraie, il est à présumer que nous obtenons de meilleurs renseignements ? demanda Jack.

— Eh bien, en fait, cela revient à peu près au même : l'agent que l'on paie et ses informations sont rarement de grande importance. Le véritable joyau, sans prix, inappréciable, est l'homme qui hait la tyrannie aussi amèrement que moi : dans le cas présent, le royaliste ou le vrai républicain prêt à risquer sa vie pour faire tomber ce Buonaparte. Il y en a plusieurs à la Réunion et j'ai toutes les raisons de croire qu'il y en a plus encore à Maurice. Quant à vos agents vénaux ordinaires, dit Stephen avec un haussement d'épaules, la plupart de ces petits sacs sont pour eux ; cela pourra faire quelque bien ; cela en fera d'ailleurs probablement, les hommes étant rarement tout d'une pièce. Dites-moi, quand pourrez-vous me déposer à terre ? Et comment voyez-vous nos chances, à présent ?

— Pour le premier point, dit Jack, je ne saurais vous répondre avant d'avoir jeté un coup d'œil à Port Louis. Nos chances ? J'estime qu'elles sont encore à peu près égales, pour le moment. S'ils ont acquis la *Minerva*, nous avons acquis la *Magicienne*. Vous me direz que la *Minerva* est la plus lourde des deux et que la *Magicienne* ne porte que des pièces de douze ; mais Lucius Curtis est un homme d'un courage remarquable, un sacré bon marin. Disons donc chances égales pour le moment. Pour le moment, je dis bien, car la saison des cyclones approche, et s'ils restent bien tranquilles au port et nous dehors, eh bien, nul ne peut savoir dans quel état nous serons d'ici quelques semaines.

Pendant la nuit, ils passèrent vent arrière au nord de Maurice et quand Stephen s'éveilla, il trouva la *Boadicea* d'aplomb ; elle tanguait gentiment et la musique pressante qui remplissait son entrepont depuis quelques jours s'était tue. Il se lava sommairement le visage, passa la main sur sa barbe, dit « cela ira pour aujourd'hui » et se hâta vers la chambre de jour, impatient de boire son café et d'allumer son premier petit cigare papier de la journée. Killick était là, figé devant la fenêtre de poupe, le pot de café à la main.

— Bonjour, Killick, dit Stephen, et où donc est-il ?

— Bonjour, monsieur, dit Killick, qu'il est encore sur le pont.

— Killick, qu'est-ce qui ne va pas ? Avez-vous vu le fantôme dans la soute à biscuit ? Etes-vous malade ? Montrez-moi votre langue.

Quand Killick eut remis en place sa langue, objet pelucheux d'une longueur inaccoutumée, il dit, plus pâle encore :

— C'est-y qu'il y a un fantôme dans la soute à biscuit, monsieur ? Oh la la, et moi qui suis descendu pendant le quart de minuit. Oh, monsieur, j'aurais pu le voir.

— Il y a toujours un fantôme dans la soute à biscuit. Passez-moi ce pot, voulez-vous ?

— Je n'ose pas, monsieur, et je vous demande pardon. Il y a des nouvelles pires encore que le fantôme. Ces saletés de rats s'en sont pris au café, monsieur, et je ne pense pas qu'il en reste un pot dans toute la barque.

— Preserved Killick, passez-moi ce pot ou vous irez rejoindre le fantôme dans la soute à biscuit et pour l'éternité.

Avec une extrême mauvaise volonté, Killick posa le pot tout au bord de la table en murmurant :

— Oh la la, qu'est-ce que je vais prendre, oh la la, qu'est-ce que je vais prendre !

Jack entra, se versa une tasse tout en souhaitant le bonjour à Stephen et dit :

— J'ai bien peur qu'ils ne soient tous dedans.

— Tous dans quoi ?

— Tous les Français sont dans le port avec les deux navires de la Compagnie et le *Victor*. N'êtes-vous pas monté sur le pont ? Nous sommes au large de Port Louis. Ce café a un goût bizarre.

— Je l'attribue aux excréments des rats. Les rats ont mangé tout notre stock ; et ce breuvage me semble issu du mélange de tous les résidus au fond du sac.

— J'y trouvais un relent familier, dit Jack. Killick, vous pouvez dire à monsieur Seymour, avec mes compliments, qu'il vous laisse prendre un canot. Et si vous ne trouvez pas au moins six livres de grains dans toute l'escadre, inutile de revenir. Pas la peine d'essayer la *Néréide* : elle n'en boit pas.

Quand le contenu du pot eut été jalousement réparti, jusqu'aux dernières gouttes, que l'on aurait pu qualifier de douteuses s'il était resté le moindre doute quant à leur nature, ils montèrent sur le pont. La *Boadicea* se trouvait dans une baie superbe, avec le reste de l'escadre devant et derrière elle : le *Sirius*, la *Néréide*, l'*Otter*, le brick *Grappler* qu'ils avaient repris à Saint-Paul et une couple d'avisos à gréement longitudinal, de la même origine : sous le vent, le *Windham*, de la Compagnie, où des équipes venues de chaque navire réparaient les dommages causés par la tempête et la violence ennemie, sous les regards philosophes de l'équipage français prisonnier. Tout au fond de la courbe profonde se trouvait Port Louis, capitale de l'île Maurice, entourée de collines vertes sur un fond de montagnes chapeautées de nuages.

— Vous risquerez-vous dans la grand-hune ? demanda Jack ; je vous montrerai mieux de là-haut.

— Certainement, dit Stephen. Jusqu'aux dernières barres de hune, si vous voulez. Je suis agile comme un singe, moi aussi.

Jack eut envie de demander s'il existait des singes purement terriens, lourds comme le plomb, affligés de vertige, dotés de deux mains gauches et dépourvus du sens de l'équilibre ; mais il avait déjà constaté l'effet surprenant d'un défi sur son ami et, en dehors d'un grognement quand il poussa Stephen par le trou du chat, il resta silencieux jusqu'à ce qu'ils soient tous deux confortablement assis dans les bonnettes, leurs lunettes braquées sur la ville.

160

— Voyez-vous le bâtiment blanc surmonté d'un drapeau tricolore ? dit Jack, c'est l'état-major du général Decaen. Descendez à présent vers le rivage : un peu à droite, voici la *Bellone* ; elle est en train de guinder un petit mât de hune. Encore six pouces — il lève la main — il met la clé en place : très bien, jolie manœuvre. Derrière, c'est le *Victor*. Voyez-vous les couleurs françaises au-dessus des nôtres ? Les chiens ! Mais évidemment il était à eux avant d'être à nous. Derrière encore, les couleurs françaises au-dessus des portugaises, c'est la *Minerva*. Une très grosse frégate, Stephen ; et rien n'indique à mes yeux qu'elle ait été maltraitée. Vient ensuite la *Vénus*, avec le guidon du commodore, à couple du ponton-mâture. Ils lui gréent un nouvel artimon. Celle-ci a souffert — beaupré cassé dans sa liure, lisses d'éperon arrachées, pas un cap de mouton intact de ce côté, ou à peine, et drôlement basse sur l'eau ; ça doit pomper ferme : je suis surpris qu'ils aient réussi à la rentrer. C'était assez tôt dans l'année pour un coup de vent de ce genre : elle devait être en plein cœur, le navire des Indes au bord et la *Magicienne* en dehors, car Curtis n'a même jamais rentré ses mâts de perroquet.

— Votre cyclone est animé d'un mouvement rotatif, je présume.

— Exactement. Et l'on peut être pris vent dessus au moment même où l'on croit en être sorti. Ensuite, sur la droite, vous avez la *Manche* et une corvette : la *Créole*, je crois. Une bien belle escadre, quand ils auront réparé la *Vénus*. Quel combat ce serait s'ils sortaient et s'ils se battaient aussi bien que ce vaillant capitaine de Saint-Paul ! Comment s'appelait-il, déjà ?

— Feretier. Vous pensez qu'ils ont l'intention de sortir ?

— Jamais de la vie, dit Jack, à moins que je ne réussisse à les tromper — en faisant croire à leur commodore que nous ne sommes plus au large, ou qu'il ne reste qu'un ou deux d'entre nous. Non : c'est exactement comme à Brest ou à Toulon. Blocus obstiné jusqu'à ce qu'on en soit réduit au cheval salé et au gâteau de mariage de M. Charançon. En Méditerranée, nous appelions ça polir le cap Sicié. Mais du moins cela veut dire que je peux vous envoyer à la Réunion avec le *Grappler*, si vous en avez vraiment besoin : il pourra escorter un moment le *Windham*, pour le cas où il y aurait un corsaire dans le coin, et revenir le lendemain. Cela ne fait guère plus de trente lieues, et avec ce vent régulier... pardonnez-moi, Stephen, mais c'est l'heure de mes capitaines. Voici la gigue de Clonfert qui déborde, avec son équipage déguisé. Pourquoi faut-il qu'il se fasse remarquer de la sorte ?

— D'autres capitaines habillent les équipages de leur canot de manière bizarre.

— Mais enfin, on peut garder la mesure. Cette réunion ne m'enchante pas, Stephen. Il faut que je leur demande une explication — il faudra qu'ils m'expliquent comment la *Bellone* s'est échappée. Mais enfin, cela ne sera pas long. Voulez-vous m'attendre ici ?

La conférence dura plus longtemps que Jack ne l'avait prévu, mais Stephen, blotti dans sa hune qui oscillait d'avant en arrière sur la longue houle régulière, vit à peine passer le temps. Il était bien au chaud, il avait même si chaud qu'il ôta son foulard ; et tandis que ses yeux suivaient le mouvement des oiseaux de mer (des fous, pour la plupart), les travaux habituels sur le pont, là en bas, les réparations en cours à bord du *Windham* et les allées et venues des canots, son esprit était bien loin. A la Réunion, envisageant toute une série de plans pour surmonter la répugnance des Français à devenir britanniques par des moyens moins directs et moins meurtriers qu'un engagement vergue à vergue et un échange de volées. Il fut donc presque surpris de voir le commodore hisser sa large face rouge par-dessus le bord de son confortable nid ; en même temps, il s'inquiéta d'y voir une expression pesante, anxieuse, un regard sombre dans les yeux bleus brillants.

— C'est un port bien malcommode pour un blocus serré, observa le commodore. Facile d'en sortir, avec le vent presque toujours au sud-est, mais difficile d'y entrer, sans être aidé par la brise de mer et la marée — c'est pour ça qu'ils utilisent si souvent Saint-Paul —, et difficile à boucler par les nuits sans lune. Mais descendez dans la chambre si vous voulez boire quelque chose. Killick a découvert quelques grains, vieux et pâles, qui nous fourniront un petit en-cas.

Dans la chambre, il dit :

— Je ne leur en veux pas d'avoir laissé la *Bellone* se glisser entre eux et le cap ; et la *Canonnière* était partie avant qu'ils n'atteignent leur poste. Mais je leur en veux de se disputer pour cela. Ils étaient là comme une paire de chiens enragés, à se jeter des réponses sèches et des coups d'œil furieux. C'est Pym, le capitaine le plus ancien, qui est responsable, bien entendu ; mais je n'ai pas réussi à déterminer lequel est vraiment en faute. La seule certitude, c'est qu'ils sont en mauvais termes. Clonfert semble avoir un génie pour cela, mais je suis étonné de Pym, un homme aussi facile et de bon caractère. Quoi qu'il en soit, j'ai invité tous les capitaines à dîner, et j'espère que cela va un peu calmer les choses. C'est une bien vilaine affaire que ces rivalités au sein d'une escadre. Je pensais m'en être débarrassé avec Corbett.

Ce dîner — dont les plats principaux étaient une tortue de quatre cents livres et une selle de mouton du Cap —, bien que consommé par trente degrés de chaleur humide, rétablit un semblant de civilité, mais rien de plus. Pym n'était pas homme à entretenir du ressentiment et Clonfert savait les bonnes manières ; ils burent ensemble et Jack vit avec soulagement que sa réception se déroulait assez bien. Curtis, de la *Magicienne*, homme plein d'entrain et de conversation, avait mille choses à dire sur l'escadre française et les déprédations commises dans les établissements d'Extrême-Orient de la Compagnie : Hamelin, son commodore, était un jacobin sauvage, semblait-il, mais un bon marin, tandis que Duperré, de la *Bellone*, avait un beau navire rapide et se battait avec beaucoup de détermination ; quant aux équipages, ils étaient remarquablement efficaces. Le récit de Curtis fit franchir au dîner la première étape un peu guindée et la conversation générale fut bientôt animée ; toutefois, Clonfert s'adressait presque exclusivement à son voisin, le docteur Maturin, et les deux jeunes commandants, Tomkinson de l'*Otter* et Dent du *Grappler*, ne se permettaient pas d'ouvrir la bouche sauf pour ménager un passage aux délices de tortue (calipash, la gelée verte, et calipee, la gelée jaune), au mouton gras et au madère.

— Vous vous êtes bien entendu avec Clonfert, observa Jack quand ses hôtes furent partis tout ballonnés — qu'avez-vous donc trouvé à discuter ? Est-ce un homme de lecture ?

— Il lit des romans. Mais pour l'essentiel nous avons parlé de l'étude qu'il a faite de ces côtes. Il a dressé la carte de bon nombre de criques, explorées à l'aviron avec son pilote noir ; et il possède un étonnant fonds d'information.

— Oui. Je sais. Il surpasse Corbett en cela, je crois. Il a de véritables capacités, si seulement... Qu'est-ce que c'est ?

— Tout est prêt, monsieur, dit Bonden.

— Montrez-moi les poches.

— Toile numéro sept, monsieur, cousue double, dit Bonden, ouvrant sa vareuse pour faire apparaître toute une série de sacoches. Avec rabat.

— Très bien. Maintenant, rangez ceci, et boutonnez-moi tout cela bien serré.

En recevant les petits sachets pesants, le visage de Bonden prit un air figé, l'air de ne rien savoir ; pas un mot ; aucun reflet d'intelligence dans ses yeux.

— Voilà qui est fait, dit Jack, et voici une note pour le capitaine Dent. Il vous demandera si vous pouvez apercevoir les amers de la crique où le *Wasp* a déposé le docteur à terre, et si vous ne pouvez pas — écoutez-moi bien, Bonden, si vous n'êtes pas absolument sûr des amers et des sondes —, vous devez le dire, même si l'on vous prend pour un bon à rien. Et puis, Bonden, vous prendrez grand soin du docteur. Armez ses pistolets, vous m'entendez, et ne le laissez pas se mouiller les pieds.

— Bien, monsieur, dit Bonden.

Quelques minutes plus tard, le canot s'écartait. Bonden, plus corpulent que d'habitude dans sa veste étroitement boutonnée, escalada pourtant le flanc du *Grappler* et hissa Stephen à bord ; et le brick mit cap au sud-ouest, suivi par le navire de la Compagnie.

Jack les observa jusqu'à ce que les coques soient noyées sous l'horizon, puis tourna ses regards vers la côte où les fortifications se découpaient nettement sur le vert vif des champs de canne à sucre. Il sentait presque le poids du regard des officiers français, observant l'escadre à la lunette, et en particulier celui de Hamelin, son homologue ; tout en donnant les ordres qui mettraient en place le long blocus, il ruminait les moyens de les abuser et de les faire sortir pour les combattre.

Il en avait essayé plusieurs avant le retour du *Grappler*, ramenant Stephen chargé de renseignements, d'un coffre du meilleur café du monde et d'une nouvelle machine pour le griller : il avait tenté la provocation directe et les ruses de canard boiteux, mais Hamelin, ce renard madré, refusait de mordre ; les Français étaient là, bien tranquilles, et l'escadre dut se contenter de son va-et-vient routinier, avec pour seul encouragement la perspective de Noël.

Stephen ne rapportait pas que des bonnes nouvelles. On attendait de France la frégate *Astrée* ; l'indiscipline du commandant de Saint-Paul avait beaucoup diminué depuis la mort du général Desbrusleys ; et il était arrivé un corps nombreux de soldats réguliers, avec des officiers fervents bonapartistes. La Réunion serait beaucoup plus difficile à prendre avec trois mille soldats venus de l'Inde qu'elle ne l'aurait été avec moitié moins de monde, venu du Cap quelques semaines plus tôt. De l'avis des officiers français, une attaque ne pourrait réussir, même avec du beau temps pour le débarquement, avec moins de cinq mille hommes. D'autre part, il avait appris bien des choses sur Maurice, la plus importante des deux îles, et de loin, avec ses ports merveilleux : entre autres, une part considérable de la garnison française était constituée d'Irlandais, prisonniers de guerre ou volontaires croyant encore en Buonaparte. Et Stephen avait de nombreux contacts à prendre, dont certains pourraient se révéler de la plus grande valeur.

— Aussi, dit-il, dès que vous pourrez me laisser avoir la *Néréide*, avec les connaissances locales de Clonfert et son pilote noir, j'aimerais commencer mes travaux préparatoires. En dehors de toute autre considération, nos tracts ont besoin de temps pour faire effet ; et certaines rumeurs choisies, certaines indiscrétions au bon endroit, réussiraient peut-être à faire sortir vos frégates françaises.

Jack admit volontiers l'importance de la tâche.

— Pourtant, ne me jugez pas mal, Stephen, si je dis que je regrette les jours où nous n'avions de comptes à rendre à personne — où nous croisions seuls, parfois fort occupés, mais souvent libres pour une partie de piquet le soir et un peu de musique. Vous aurez la *Néréide* demain si vous voulez : la *Vénus* a choisi ce moment pour caréner et la *Manche* semble prête à en faire autant, donc je peux me passer d'un navire ; mais du moins gardons cette soirée pour nous. Pendant votre absence, j'ai transposé le Corelli pour violon et violoncelle.

La musique les rattachait à un passé apparemment lointain, où l'on ignorait le besoin d'écarter pour quelques heures paisibles le secrétaire du commodore et sa masse de papiers ; un passé sans capitaines susceptibles à ménager, et où les rares tâches administratives laissées au capitaine par le premier lieutenant pouvaient être réglées directement, avec des gens qu'il connaissait intimement. Mais le matin ramena M. Peter avec une foule de documents ; la *Magicienne* craignait de devoir convoquer une cour martiale pour son quartier maître chargé des écoutes, coupable d'une série presque incroyable de délits à commencer par l'ivrognerie pour finir par un épissoir planté dans le ventre du capitaine d'armes ; et le *Sirius* commençait à manquer

165

de bois et d'eau. Stephen rejoignit la *Néréide* après un bref au revoir.

Il trouva Clonfert en pleine forme, ravi de partir de son côté, ravi d'échapper à la rigoureuse discipline du commodore : car si les opinions de Jack et de Lord Saint-Vincent différaient sur bien des choses, entre autres la politique et la liberté de parole, l'un comme l'autre exigeaient la stricte tenue du poste et l'obéissance exacte et instantanée aux signaux. Ils arpentèrent le gaillard d'arrière jusqu'à midi, et tout en se promenant du côté au vent, tandis que les hautes côtes boisées de Maurice défilaient, palpitantes de chaleur, Stephen s'imprégna de l'atmosphère du bord. Il restait bien peu des Néréides d'origine, Clonfert ayant amené avec lui tous ses officiers et la plus grande partie de l'équipe de l'*Otter*, et l'on retrouvait sur la frégate le même climat que sur le sloop. C'était à peu près comme à bord de tout navire de guerre ; les activités des hommes, leur emploi du temps strictement mesuré, la recherche presque fanatique de propreté ressemblaient à ce qu'il avait pu observer sur d'autres navires. Mais sur aucun des navires commandés par Jack Aubrey il n'avait entendu répondre, à un ordre du capitaine, que peut-être cela irait mieux autrement ; cette sorte de consultation semblait coutumière du haut en bas de la hiérarchie, de l'officier de quart jusqu'à Jemmy Ducks, le responsable de la volaille. Son expérience limitée empêchait Stephen d'affirmer que ce fût un tort : tout le monde semblait alerte et joyeux, et lorsqu'une manœuvre était décidée, elle s'effectuait promptement ; mais il aurait cru cette loquacité, ces tergiversations réservées à la marine d'une nation bavarde et agitée comme la France.

La seule exception semblait être la maistrance : le maître, le bosco, le canonnier et le charpentier, hommes graves respectant les traditions de la Royal Navy telles que Stephen les connaissait, et en particulier le magnifique M. Satterly, le maître, homme âgé au visage de granit qui semblait considérer son capitaine avec une certaine indulgence affectueuse et faisait marcher le navire sans presque dire un mot. Officiers et aspirants, beaucoup moins discrets, recherchaient ouvertement les faveurs et l'attention de Clonfert, qu'ils se disputaient soit par leur activité soit par un curieux mélange de liberté et de quelque chose approchant la servilité. Ils multipliaient les « mylord » et tiraient leur chapeau avec une déférence marquée, mais ils s'adressaient à leur capitaine bien plus souvent qu'il n'était habituel sur tous les navires que Stephen avait connus, et traversaient le gaillard jusqu'à lui sans y être invités pour formuler des remarques sans grand intérêt et sans rapport avec leur devoir.

Peut-être la bonne humeur convenait-elle moins à Clonfert que l'abattement. Quand il conduisit Stephen dans sa chambre, il montra l'ameublement avec une exultation un peu agaçante, tout en soulignant que c'était un arrangement temporaire : « Pas tout à fait ce qu'il faut pour un capitaine de vaisseau — passable sur un sloop mais un peu miteux pour une frégate. » La grande chambre, comme sur la plupart des navires de rang, était une pièce superbe ; du temps de Corbett on n'y voyait que bois nu récuré, cuivres luisants, vitres impeccables et c'était à peu près tout ; à présent cet intérieur spartiate, un peu grand pour les possessions de Clonfert, donnait l'impression qu'un bordel venait d'emménager dans un monastère et n'avait pas encore eu le temps de s'installer. Les dimensions de la pièce étaient amplifiées par deux grands miroirs en pied que Clonfert avait apportés de l'*Otter*, placés l'un à bâbord, l'autre à tribord : il allait et venait entre eux en racontant à Stephen avec tous les détails l'histoire de la lampe accrochée au barrot ; et Stephen, assis les jambes croisées sur le divan, vit qu'à chaque tour Clonfert regardait automatiquement son reflet d'un air inquisiteur, dubitatif et complaisant.

Au cours du dîner, le capitaine détailla ses aventures turques et syriennes avec sir Sydney Smith ; à un certain moment Stephen comprit que pour Clonfert il avait cessé d'être un compagnon de table et s'était transformé en public. Cela ne ressemblait en rien à leur aimable conversation de quelques jours auparavant, et Stephen en conçut un ennui profond : les mensonges ou demi-mensonges, se dit-il, ont une certaine valeur car ils donnent une image de ce que l'homme voudrait être, mais il en suffit de fort peu pour cela. Et ils adoptaient un caractère agressif, acharné, comme s'il fallait contraindre l'auditeur à l'admiration ; ils étaient l'antithèse de la conversation. « Ils peuvent même devenir embarrassants », pensa-t-il en regardant son assiette, car Clonfert avait enfourché sa malheureuse licorne ; c'était une belle assiette, avec les armes des Scroggs largement gravées sur le rebord ; mais c'était du Sheffield, et le cuivre transparaissait. « Embarrassants et pénibles ; car il faut par simple humanité suivre l'homme dans son élan. Dans quel état d'excitation nerveuse s'est-il mis, à présent ! »

Si Stephen réussit à suivre Clonfert dans son élan, acquiesçant sans mot dire à l'histoire de la licorne et à toute une série d'exploits improbables, il ne se fit pas violence au point d'encourager la poursuite de l'affaire ; finalement, Clonfert s'aperçut qu'il avait perdu la tonalité juste, que son public n'était pas impressionné, n'était plus avec lui, et son regard se fit anxieux. Il s'efforça d'être plus agréable, revint sur sa gratitude pour les soins prodigués par Stephen au cours de sa crise.

— C'est un mal perfide et inhumain ; j'ai supplié McAdam d'y porter le couteau s'il le juge utile, mais il semble croire que c'est nerveux, quelque chose comme de l'hystérie. Sans doute le commodore ne souffre-t-il jamais de quelque chose de ce genre ?

— S'il en souffrait, je ne parlerais certainement pas de ses maux, ni de ceux de tout autre patient placé entre mes mains, dit Stephen, mais, ajouta-t-il plus gentiment, n'allez pas imaginer qu'il y ait quoi que ce soit de honteux dans votre maladie. La violence des douleurs dépasse tout ce que j'ai vu dans une crise de tranchées, quelle qu'en fût l'origine.

Clonfert eut l'air content, et Stephen poursuivit :

— C'est une affaire grave, effectivement, et vous avez la chance d'avoir un conseiller tel que le docteur McAdam à votre portée. Si vous le permettez, j'irai lui rendre visite.

— Ce bon McAdam, oui, dit Clonfert retrouvant ses bonnes manières. Oui. Il n'a rien d'un Salomon, et il nous faut fermer les yeux sur certaines faiblesses et un comportement fâcheux ; mais je crois qu'il m'est sincèrement dévoué. Il était un peu indisposé ce matin, sans quoi il serait venu vous saluer quand vous avez embarqué ; mais je pense qu'il doit être remis à présent.

McAdam était dans son infirmerie, l'air fragile. Heureusement pour les Néréides, son assistant, M. Fenton, était un solide chirurgien de marine, car McAdam s'intéressait peu à la médecine physique. Il montra à Stephen ses quelques cas et ils s'attardèrent un moment auprès d'un matelot dont les gommes inopérables appuyaient sur le cerveau de telle manière que son langage suivait une logique inverse particulière.

— La conséquence n'est pas sans valeur, dit McAdam, mais elle ne se situe guère dans ma spécialité. D'ailleurs, il y a peu de sujets d'étude pour moi sur un navire de guerre. Descendez avec moi, nous allons boire une goutte.

Tout en bas, dans les odeurs d'eau de cale et de rhum, il reprit :

— Fort peu de sujets d'étude. Le pont inférieur est bien trop occupé pour qu'il s'y développe grand-chose en dehors des perversions habituelles. Je ne voudrais pas vous laisser croire que je puisse être d'accord avec les funestes habitudes des asiles, les chaînes et la paille, l'eau froide et le fouet ; mais il peut arriver que certaines lubies, prises dans l'œuf, ne résistent pas à un petit coup de corde, ou à la promiscuité. Quoi qu'il en soit, je n'ai pas eu un seul vrai cas de mélancolie sur le premier pont de toute cette commission. Quelques monomanies, oui, mais elles n'ont rien d'exceptionnel. Non : c'est à l'arrière qu'il faut rechercher la fine fleur du dérangement, sans oublier les commis aux vivres et les secrétaires et maîtres d'école, tous confinés plus ou moins seuls ; mais avant tout, les capitaines — c'est là que se trouvent les cas vraiment intéressants. Comment avez-vous trouvé notre patient ?

— De très bonne humeur. L'hellébore fait effet, je suppose ?

Ils discutèrent un moment valériane, polypode du chêne, iris fétide et leurs effets, et Stephen recommanda l'usage modéré du café et du tabac ; puis McAdam demanda tout à trac :

— A-t-il parlé du capitaine Aubrey ?

— A peine. Etant donné les circonstances, c'est une omission que j'ai trouvée remarquable.

— Oui, et significative, collègue, très significative. Il n'a parlé que du capitaine Aubrey depuis quelques jours et j'ai particulièrement remarqué la *sudor insignis* que vous m'aviez signalée. Elle se déclenche au bout d'une heure à peu près. Il était obligé de changer d'habit après chaque crise : il en a un plein coffre, et le côté droit de chacun d'eux est pâli par le brossage du sel, le côté droit seulement.

— Il serait intéressant d'analyser ce sel. La belladone supprimerait la sueur, bien entendu. Plus de rhum, je vous remercie. Mais il me semble que pour notre patient, la vérité est ce qu'il peut faire croire aux autres ; cependant c'est un homme intelligent, et je pense que si vous vouliez l'attaquer par la raison, si vous parveniez à le persuader d'abandonner cette pratique autodestructrice, avec l'inquiétude qu'elle provoque et le risque d'être découvert, et de rechercher une approbation plus légitime, nous n'aurions plus besoin de belladone ou d'un autre anhydrotique.

— Vous en venez à ma façon de voir, il me semble : mais vous n'avez pas fait assez de chemin. La source est bien plus profonde, et c'est par la déraison que le nexus doit être attaqué. Votre belladone et votre logique sont pilules de la même boîte : elles ne suppriment que les symptômes.

— Comment vous proposez-vous d'atteindre ce but ?

— Ecoutez-moi, voulez-vous, s'écria McAdam, se versant un plein gobelet et tirant sa chaise si près que son haleine vint caresser le visage de Stephen, et je vous le dirai.

Dans son journal, ce soir-là, Stephen écrivit :

« S'il pouvait effectuer la reconstruction de l'histoire politique et sociale irlandaise des dernières époques qui ont formé notre patient, puis une reconstruction similaire de son esprit, depuis ses fondations dans la petite enfance jusqu'au jour d'aujourd'hui, le projet de McAdam serait admirable. Mais même pour la seconde partie, de quels outils dispose-t-il ? Une pioche en tout et pour tout. Une pioche, pour réparer un chronomètre, et de plus une pioche entre les mains d'un ivrogne. Pour ma part, j'ai plus haute opinion de la compréhension de Clonfert, sinon de son jugement, que mon pauvre collègue imbibé. »

Cette haute opinion fut confirmée le lendemain soir, quand la *Néréide* se fraya un chemin à travers une série de féroces récifs au large du Morne Brabant et que la gigue déposa Stephen et le capitaine à terre dans une petite anse ; et le jour suivant, quand le pilote noir, après les avoir conduits dans un lagon tranquille, les guida à travers la forêt jusqu'au village où Stephen put converser avec un second allié potentiel ; et encore quelques jours plus tard, durant une promenade derrière Grand-Port avec un paquet d'imprimés subversifs.

Comme il le raconta à Jack en regagnant la *Boadicea* :

— Clonfert n'est peut-être pas le meilleur ami de lui-même par certains côtés, mais il est capable d'une fermeté et d'une résolution qui m'ont étonné ; je dois vous dire qu'il prenait sans cesse note de la profondeur de l'eau et des relèvements d'une manière que vous jugeriez tout à fait marine, j'en suis persuadé.

— Eh bien, tant mieux, s'écria Jack, je suis ravi de l'entendre, sur ma parole et mon honneur. Je fais des choses de ce genre, moi aussi, avec le jeune Richardson : il promet de devenir un hydrographe de valeur. Nous avons cartographié la plus grande part de la côte proche, avec des relèvements croisés et d'innombrables sondages. Et j'ai découvert une aiguade sur l'île Plate, quelques lieues au nord : nous n'aurons donc pas besoin de retourner sans cesse à Rodrigues.

— Pas de Rodrigues, dit Stephen à voix basse.

— Oh, vous reverrez Rodrigues, il nous faut encore y retourner pour les vivres, à tour de rôle ; mais moins souvent.

A tour de rôle ils y allèrent, tandis que les Français restaient obstinément au fond de leur paisible port, se remettant à neuf jusqu'à la dernière cheville ; et quand il n'était pas parti avec la *Néréide*, Stephen s'embarquait sur chacun des navires à tour de rôle. Les grottes calcaires de Rodrigues tenaient leurs promesses ; le colonel Keating, la gentillesse même, lui fournissait des hommes de peine et fit assécher un petit marais ; après son troisième passage, Stephen put promettre à Jack qu'à partir des ossements découverts dans la boue, il réussirait sans doute à lui faire voir un squelette complet de solitaire, sous moins de deux mois ; peut-être même parviendrait-il à le revêtir en partie avec les plumes et les morceaux de peau découverts dans les grottes.

Le reste du temps, ce n'était qu'un blocus classique, près de terre la nuit, au large des caps le jour, mais jamais loin, de peur qu'un Français ne se glisse dehors sur la brise de terre, ne fasse route au nord dans l'obscurité et ne s'enfuie vers les riches eaux de l'océan Indien, laissant l'escadre loin sous le vent. Va-et-vient, va-et-vient, leurs minces voilures s'affinant encore sous le soleil des tropiques et les brusques déluges, leur gréement courant usé peu à peu et limé, fil à fil, à courir sans cesse dans les innombrables poulies pour le réglage des voiles, tandis que les algues s'accumulaient sur leurs carènes et que les tarets se foraient un chemin dans le chêne par les interstices entre les plaques de cuivre.

Noël. Festin immense sur le pont supérieur de la *Boadicea*, avec un baril de pingouins salés par précaution au large du Cap et servis en guise d'oie ou de dinde, selon le goût et l'imagination des hommes, et de somptueux puddings entourés de pâles flammes bleues sous les tauds gréés contre l'éclat féroce du soleil mauricien. Le nouvel an. Mille visites de navire à navire. La nuit des Rois, et le poste des aspirants régalant le carré d'une tortue de deux cents livres — malheureuse aventure, car ce n'était pas la bonne espèce de tortue : la carapace se transforma en colle et tous ceux

qui avaient mangé de cette créature pissèrent vert éme-
raude. A présent, Jack consultait son baromètre à chaque
quart.

C'était un bel instrument, fortement protégé de cuivre,
suspendu à la cardan près de la table où ils prenaient leur
petit déjeuner. Il en dévissait le fond quand Stephen
observa :

— Il faudra bientôt que j'envisage un autre voyage à la
Réunion. Cette île Maurice n'est que petite bière en comparaison.

— Très vrai, dit Jack, mais buvez cette bière-là pendant
que c'est possible. *Carpe diem*, Stephen : vous n'en aurez
peut-être plus l'occasion. J'ai dévissé ce boîtier parce que je
pensais que le tube devait être cassé. Mais voici le mercure.
Regardez : plus bas que je ne l'ai jamais vu de ma vie. Vous
feriez mieux de ranger vos ossements dans l'endroit le plus
sûr. Nous allons nous payer un sacré coup de temps.

Stephen rassembla dans sa serviette les vertèbres qu'il
classait, et suivit Jack sur le pont. Le ciel était pur, innocent,
la houle plutôt moins forte qu'à l'habitude : par tribord
avant, le paysage familier gisait, tranquille et vert sous le
soleil matinal.

— La *Magicienne* est déjà à l'œuvre, dit Jack, regardant
là-bas l'équipage affairé à gréer de doubles haubans de fortune. La *Néréide* s'est laissé surprendre. Monsieur Johnson :
*Escadre faites voile ; cap plein ouest ; préparatifs de gros
temps.*

Il tourna sa lunette vers Port Louis : non, les Français ne
risquaient pas de sortir. Eux aussi savaient lire un baromètre, et ils s'occupaient à tout amarrer.

— Ceci annonce-t-il un cyclone ? lui demanda Stephen à
l'oreille.

— Oui, dit Jack, et il nous faut autant d'eau à courir que
possible. Comme j'aimerais que Madagascar soit plus loin.

Ils prirent quarante milles de marge ; on ne voyait
presque plus les canots tant ils étaient couverts d'amarres ;
les canons, leurs bragues doublées, étaient si bien pressés
contre le bordage qu'ils le faisaient grincer ; les mâts de perroquet étaient rangés sur le pont, les voiles de gros temps
enverguées ; garcettes en place, palans de roulis gréés,
vergue de civadière décroisée — tout ce qu'une activité fiévreuse et l'expérience maritime pouvaient accomplir fut
fait, toujours sous le même soleil innocent.

La houle augmenta bien avant qu'une obscurité ne se masse dans le nord.

— Monsieur Seymour, dit Jack, prélarts et lattes sur les panneaux de descente. Quand le vent viendra, il soufflera en travers de la mer.

Il vint, ligne blanche incurvée courant sur l'eau avec une rapidité inconcevable, un mille en avant de l'obscurité. Juste avant qu'il les atteigne, les huniers aux bas ris de la *Boadicea* se vidèrent, perdant leur rondeur ; puis un féroce mur d'air et d'eau arracha les toiles à leurs ralingues dans un immense hurlement. Le navire se coucha sur l'eau, l'obscurité fut sur eux et le monde connu se fondit dans un vaste vacarme omniprésent. L'air et l'eau se mêlaient ; la mer n'avait plus de surface ; le ciel s'était évanoui ; et la distinction entre le haut et le bas disparut. Disparut momentanément pour ceux qui étaient sur le pont, plus durablement pour le docteur Maturin qui, ayant dégringolé à bas de deux échelles, se retrouva couché sur le flanc du navire. Enfin celui-ci se redressa, et il glissa ; mais comme la frégate fit une furieuse embardée en virant vent arrière, il traversa la pièce suivant un parcours lubrifié par le reste de sa mélasse de Venise, pour atterrir à quatre pattes de l'autre côté, cramponné à un placard suspendu, tout ébaubi dans le noir.

La force de gravité reprit ses droits ; il redescendit, encore étourdi par le vacarme et par ses cabrioles, et se fraya un chemin vers l'avant jusqu'à l'infirmerie. Là, Carol, en principe son assistant mais en pratique chirurgien du bord, et son aide avaient préservé leur lanterne et dégageaient à sa lumière leur seul patient, un homme du gaillard d'arrière atteint de la vérole que son hamac, en pivotant sur lui-même dans les mouvements violents, avait enveloppé comme un cocon.

Ils restèrent là un moment, beuglant quelques paroles d'un ton lugubre. Le rang n'avait plus place dans ce cataclysme et l'infirmier, homme âgé qui avait été voilier et savait encore coudre, leur raconta de sa voix aiguë, portant loin, qu'à la Jamaïque, étant gamin, il avait entendu parler de sept navires de ligne perdus corps et biens dans un cyclone moitié moins énorme que celui-ci. Enfin, Stephen s'écria :

— Venez à l'arrière, monsieur Carol, et prenons toutes les lanternes que nous pourrons trouver. On ne va pas tarder à descendre les blessés.

Ils se glissèrent vers l'arrière dans le noir — les contrehublots étaient en place depuis longtemps et l'air qui s'engouffrait dans l'entrepont était chargé d'eau, pas de lumière — et on leur apporta les blessés : un homme de barre, des côtes fracassées par les poignées de la roue ; un petit gabier léger projeté par le vent contre l'escalier de dunette et à présent inerte, insensible ; M. Peter qui avait fait le même plongeon que Stephen, mais avec moins de chance ; d'autres côtes, et quelques membres fracturés. Puis, quand la foudre eut frappé le navire, trois hommes en état de choc et un autre avec d'horribles brûlures, mort avant d'arriver à l'infirmerie.

Bandages, attelles, opérations dans un espace qui s'inclinait à quarante-cinq degrés dans toutes les directions et sur des coffres qui bougeaient et glissaient sous leurs mains. Ils travaillèrent sans relâche. A un certain moment, un messager descendit du gaillard d'arrière porter les compliments du commodore et demander si tout allait bien, ajoutant quelque chose à propos de « huit heures » ; et ensuite, beaucoup plus tard, le navire étant resté à peu près d'aplomb pendant quelque temps, sans apport de nouveaux patients, et la dernière clavicule rompue réduite, le commodore vint lui-même, dégoulinant d'eau, en chemise et culottes. Il jeta un coup d'œil circulaire, parla aux blessés en état de l'entendre, puis dit d'une voix rauque à Stephen :

— Si vous avez un instant, à un moment quelconque, docteur, vous trouverez sur le pont une vision étrange.

Stephen acheva son bandage d'un double tour bien net puis se fraya un chemin à travers le petit trou pratiqué dans le panneau recouvert de toile. Emergeant dans une extraordinaire lumière orange brûlé, il se trouva appuyé contre la force de l'air, compacte comme un mur.

— La ligne de vie, monsieur, s'écria un marin, la lui mettant dans la main. Tenez la ligne de vie, je vous en conjure.

— Merci, mon ami, dit Stephen, regardant autour de lui.

Il se rendit compte en parlant que l'énorme mugissement universel avait diminué : il était à présent un peu plus faible que celui d'un combat rapproché. La *Boadicea* tenait la cape sous un petit bout de voile d'étai d'artimon, montant avec noblesse sur une houle énorme qu'elle repoussait de son étrave camuse. Le petit et le grand mât de hune avaient été arrachés ; des dizaines de cordages en fureur s'étendaient à l'horizontale, claquant parfois comme un coup de canon ; ce qui restait des haubans était encombré de débris d'algues et de végétation terrestre — là, une palme, aisément reconnaissable. Mais la vision étrange, c'était autre chose. Depuis le gaillard d'avant trempé, jusqu'à la poupe, et en particulier sur le gaillard d'arrière, partout où subsistait le moindre abri, il y avait des oiseaux. Oiseaux de mer, pour la plupart, mais tout à côté de lui une petite créature ressemblant à une grive. Elle ne bougea pas à son approche ni même quand il lui toucha le dos. Les autres faisaient de même et il plongea dans l'œil brillant d'un phaéton, à quelques pouces. Dans cette sinistre lumière rougeoyante, on voyait mal leur vraie couleur ou leur espèce mais il distingua un fou à tête blanche, exceptionnel à moins de cinq mille milles de l'île Maurice. Pendant qu'il se frayait un chemin vers l'avant, une sorte de rugissement dans les nuages orange couvrit le vacarme général, suivi en une seconde d'un coup de tonnerre si intolérablement violent qu'il remplit tout l'air autour de lui ; avec le tonnerre un coup de foudre frappa de nouveau le navire. Jeté à terre, Stephen se remit sur pieds avec le souvenir confus d'un triple choc, d'un canon de l'avant passant à travers son sabord, et se glissa en bas pour attendre les blessés.

Il n'y eut pas de blessés. Au lieu de cela, un morceau de veau en gelée, apporté par Killick avec le message que « le coup de foudre avait détruit la meilleure ancre de bossoir mais qu'autrement tout allait bien ; qu'à moins d'être pris à contre dans l'heure à venir, le commodore pensait qu'ils avaient échappé au pire et espérait qu'au matin le docteur Maturin verrait un temps meilleur ».

Après avoir dormi d'un sommeil de mort tout au long du quart de minuit, et soigné les cas urgents au petit jour, le docteur Maturin vit effectivement un temps meilleur quand il sortit sur le pont. Le ciel était du bleu le plus parfait, le soleil délicieusement chaud, la douce brise de sud-est rafraîchissante : il y avait une houle énorme mais pas d'eau blanche, et sans le pont ravagé, le jet obstiné des pompes et l'air épuisé de tout l'équipage, hier aurait pu être un simple cauchemar. Pourtant, il en restait d'autres preuves : M. Trollope, le second lieutenant, vint vers lui en boitant et lui montra deux des navires de l'escadre, très loin sous le vent ; la *Magicienne*, sans artimon, et le *Sirius*, sans mâts de hune.

— Où est le commodore ? demanda Stephen.

— Il s'est couché il y a une demi-horloge. Je l'ai supplié d'aller dormir. Mais avant de descendre, il m'a recommandé

Chapitre 6

Pas de banquet pour Jack Aubrey au Cap, cette fois, et fort peu de mots aimables de l'amiral, bien que le commodore ait ramené toute son escadre saine et sauve après l'un des plus cruels cyclones des dix dernières années ; et moins encore, si c'était possible, lorsqu'un trois-mâts-barque américain apporta la nouvelle que la *Bellone*, la *Minerve* et le *Victor* étaient sortis — il les avait rencontrés au large des Cargados Garayos, faisant force de voile, cap au nord-est, pour une croisière dans le golfe du Bengale à la poursuite des vaisseaux de la Compagnie.

Non que Jack eût le moindre loisir de festoyer au Cap, ou de bavarder tranquillement avec l'amiral Bertie : ce fut un temps de hâte et d'inquiétude pour lui, avec cinq navires à remettre en état dans un petit arsenal disposant à peine d'un mât de hune — on attendait tout des Indes, et il fallait aller jusqu'à Mossel Bay pour trouver des bois convenables. Un petit arsenal mal approvisionné, dirigé par des hommes d'une rapacité rare : on savait qu'à Saint-Paul la fortune avait souri à l'escadre, et l'arsenal en voulait à tout prix sa part, sans tenir compte du fait que toute cette richesse dépendait de décisions prises à loisir, bien loin dans l'espace et le temps — que l'escadre disposait de fort peu d'argent liquide et ne pouvait régler ses dettes que par des effets à taux usuraire. Un temps d'inquiétude, avec tous les Français dehors ; et d'inquiétude encore renforcée, pour Jack, par toutes sortes d'éléments. Par l'obstruction opiniâtre de ceux dont dépendaient les espars, cordages, peintures, poulies, cuivre, ferrures et innombrables autres objets dont l'escadre avait un besoin criant. Par l'indifférence apparente de l'amiral à une corruption monstrueuse. Aubrey devait savoir que les gens de l'arsenal n'étaient pas des saints de plâtre, observa M. Bertie, ni même des enfants de chœur ; cela devait se régler comme il était de coutume dans la Navy ; et pour sa part il se moquait éperdument des moyens employés par le commodore, du moment que l'escadre était prête à prendre la mer mardi en huit au plus tard. Par la découverte qu'à son bord même M. Fellowes, séduit par le bosco du *Sirius* et un désir d'être riche tout de suite, sans attendre un moment ultérieur où il pourrait bien être mort, s'était approprié à titre d'avantage en nature, non seulement la meilleure ancre de bossoir frappée par la foudre, mais aussi l'ancre à jet, cinquante brasses de cordages de deux pouces et une quantité déraisonnable d'autres objets — une quantité digne de la cour martiale. Par les disputes entre ses capitaines quant à savoir qui serait le premier servi sur les maigres réserves dont l'arsenal ne pouvait dissimuler l'existence. Et surtout par la perte d'un navire porteur de courrier, et par l'arrivée d'un autre, si bien arrosé par les pluies équatoriales que toutes les lettres qui n'étaient pas enveloppées de toile huilée avaient moisi et plus ou moins fusionné ; Sophie n'avait jamais appris à utiliser la toile huilée, ni à numéroter ses lettres, ni à envoyer des copies par un autre navire.

Immédiatement après l'arrivée de ce paquet de papier buvard, Jack profita d'un intervalle entre deux visites à l'officier de port et à la corderie pour s'efforcer d'en rétablir l'ordre, avec l'aide de dates aussi précises que « vendredi » ou « après l'office ». Mais M. Peter saisit aussi cet intervalle, et son énorme liasse de documents rappela à Jack ses devoirs de commodore : tout ce qu'il avait dit oralement au commandant en chef devait être couché par écrit sous forme officielle, relu et longuement examiné avec beaucoup de soin, car si Jack était la créature la moins méfiante du monde maritime, il n'en était pas de même de Stephen ; celui-ci avait souligné qu'il serait peut-être sage de considérer M. Peter comme un fonctionnaire loyal envers la terre ferme plutôt que comme un allié de confiance. Il y avait aussi ses devoirs en tant que capitaine de la *Boadicea* : son premier lieutenant se chargeait de la marche quotidienne du bord, mais M. Seymour était extrêmement occupé par le réarmement, et de toute manière un certain nombre de choses revenaient nécessairement au capitaine. Ce fut à lui de convaincre M. Collins, devenu à dix-huit ans le plus âgé des seconds maîtres, qu'il n'était pas absolument obligé d'épouser la jeune personne qui prétendait qu'en consé-quence directe des attentions de M. Collins, toutes ses cein-tures étaient désormais trop serrées, et certes point de l'épouser sur-le-champ.

— Une quinzaine ne suffit pas dans cette sorte d'affaires, lui dit-il, ce pourrait n'être qu'une indigestion, une ou deux livres de tourte au bœuf. Attendez que nous revenions de la prochaine croisière. Et jusque-là, monsieur Collins, je désire que vous ne quittiez pas le navire. Par ailleurs, ajouta-t-il, si vous deviez épouser toutes les filles avec les-quelles vous jouez au grand amour à terre, cet endroit deviendrait vite comparable au sein d'Abraham.

Ce fut à lui d'écouter patiemment le récit, indigné et décousu, de procédés malhonnêtes en un pays lointain, que lui fit Matthew Bolton, matelot d'avant, bordée tribord, en son nom propre et celui de trois compagnons muets, savonnés et rasés à fond. Bolton avait refusé l'aide de M. Seymour sous le prétexte que, le commodore l'ayant tiré de l'eau quand ils naviguaient ensemble sur le *Polychrest*, il lui revenait d'en faire autant tout au long de sa vie.

Cette logique paraissait convaincante à Bolton, au pre-mier lieutenant et au commodore. Quand Jack eut extrait les faits des détails circonstanciés, obtenu une description du terrien déshonnête qui avait tenté la manœuvre et un compte rendu de l'état de santé de Mme Bolton, il saisit une plume et, surveillé de très près par les quatre matelots, écri-vit une lettre qu'il leur lut ensuite de sa voix sonore, celle qu'il utilisait pour convoquer les hommes en cas de puni-tion, et qui leur parut parfaitement satisfaisante :

La *Boadicea*
Simon's Town
Monsieur,
Conformément au souhait des hommes nommés dans la marge, anciens de la *Néréide* et à présent à bord du navire de Sa Majesté placé sous mon commandement, je vous informe que si les parts de prise qui leur sont dues pour Buenos Aires et Montevi-deo, reçues par vous en tant que leur mandataire, ne sont pas payées sur-le-champ, je présenterai l'affaire aux Lords Commissaires de l'Amirauté, accompagnée d'une requête afin que leur homme de loi soit chargé de vous poursuivre en justice à ce propos.
Je suis... etc.

— Là, dit-il, voilà qui mettra fin à ses manigances. A présent, Bolton, si le docteur est à bord, j'aimerais le voir dès qu'il aura un moment.

En fait, le docteur n'était pas à bord. Il était à mi-chemin du Cap, où il avait laissé M. Farquhar, et de False Bay, assis dans une touffe de protéas, au milieu d'une tempête de poussière, étreignant un portefeuille de plantes séchées pour son herbier et divisant le peu d'attention qui lui restait entre une volée de colious huppés et une troupe de babouins. Bientôt il descendit jusqu'au port où il rinça une partie de la poussière dans sa taverne habituelle et reçut du propriétaire (un obligeant Africain de souche huguenote) le fœtus d'un porc-épic. Là, comme il s'y attendait, il trouva McAdam assis devant une bouteille qui aurait assuré la conservation presque indéfinie du fœtus. Mais elle n'était encore qu'à peine entamée, et McAdam lui fit un récit raisonnable de l'activité et de la bonne humeur extraordinaire de leur patient. Lord Clonfert, semblait-il, se levait chaque jour bien avant l'aube (événement rare), inspirant à tout son équipage un sentiment d'extrême urgence ; il avait coiffé Pym au poteau pour une couple de vergues de perroquet, à l'aide d'un pot de vin phénoménal ; et il négociait actuellement une gigue avec un receleur connu.

— Pour sûr, il aura le cœur brisé s'il n'est pas le premier à prendre la mer, dit McAdam. Il s'est mis dans l'idée de surpasser le commodore.

— Ne devons-nous pas attribuer en partie son activité à l'utilisation roborative et stimulante du café et à l'effet généralement apaisant du tabac doux, qui a remis ses humeurs en équilibre ? Divin tabac, rare, suréminent tabac, qui va bien plus loin que toute panacée, or potable et pierre philosophale, remède souverain à toutes les maladies. Bon vomitoire, je le confesse, mais herbe de vertu si elle est bien prescrite, prise opportunément et administrée médicinalement. Toutefois la plupart des hommes en abusent, qui le prennent comme un voyou boit sa bière, et c'est alors une plaie, une calamité, féroce ennemi des biens, des terres et de la santé ; tabac infernal, diabolique et maudit, la ruine et la défaite du corps et de l'âme. Ici cependant, c'est médicinalement qu'il est administré, et je me félicite du fait qu'entre vos mains il n'existe aucun risque d'abus.

La poussière omniprésente, le vent incessant rendaient McAdam plus fruste qu'à l'habitude ; il n'avait jamais vraiment apprécié que Stephen prescrive café et tabac ; à son œil incertain et rougi, on pouvait croire qu'il méditait quelque rude remarque. D'ailleurs, il commença : « Je me moque... » Mais ayant roté, il révisa ses paroles, fixa son regard sur la bouteille et poursuivit :

— Non, non : inutile d'être magicien pour voir que ce n'est qu'émulation. Si mon premier est un hardi capitaine de frégate, mon second sera un hardi capitaine de frégate à la puissance dix, quoi qu'il en ait. Il surpassera le commodore, dût-il en crever.

« Surpasser le commodore dans son état présent, pauvre créature, ne serait pas difficile », se dit Stephen en pénétrant dans la chambre, « du moins pour la rapidité ». Le capitaine Aubrey était entièrement cerné par les papiers, y compris ceux des cours martiales qui devaient se tenir au cours des prochains jours — les crimes habituels : désertion et violence ou désobéissance, ou l'un et l'autre avec ivresse — mais que de temps perdu —, et par-dessus le tout il avait étalé les feuillets moisis de sa correspondance privée.

— Vous voici, Stephen, comme je suis heureux de vous voir. Qu'avez-vous là ?

— Un porc-épic mort-né.

— Eh bien, voilà qui vous promet la gloire. Mais, Stephen, je vous sais habile à déchiffrer les codes secrets. Voulez-vous m'aider à essayer de découvrir dans quel ordre vont ces lettres, et peut-être même leur sens ?

Ensemble ils se plongèrent dans les pages, mirent en œuvre une loupe, l'intuition, du safran d'antimoine et un peu de copperas dilué ; mais sans beaucoup de résultats.

— J'arrive à comprendre que les nonpareils que nous avons plantés ont fait trois pommes chacun, que les fraises ont raté, dit Jack, et assurément, Ommaney s'est manifesté, car ici la cheminée du salon tire à faire tourner un moulin, et une vache de Jersey... Les enfants ont des cheveux et des dents, toute une foule de dents, pauvres petites choses. Des cheveux : quel bonheur, bien qu'elle dise qu'ils sont plats. Plats ou frisés, c'est tout pareil : elles auront bien meilleur air avec des cheveux... Grand Dieu, Stephen, ce doit être leurs cheveux que j'ai jetés, pensant que des copeaux s'étaient glissés dans l'enveloppe. (Il tâtonna un moment à quatre pattes et se redressa avec une petite mèche.) De tout petits copeaux, vraiment, dit-il, les glissant dans son calepin et revenant aux lettres. Des voisins très attentifs : voici une autre paire de faisans venant de M. Beach, jeudi dernier. Et là elle dit qu'elle se sent bien, étonnamment bien, souligné

181

deux fois. Et le redit dans ce qui me semble être la dernière. J'en suis profondément heureux, bien entendu, mais pourquoi *étonnamment* ? A-t-elle été malade ? Et qu'y a-t-il ici à propos de sa mère ? Le second mot pourrait-il être paralysie ? Si Mme Williams a été malade, si Sophie l'a soignée, cela peut expliquer l'étonnement.

Ils scrutèrent à nouveau, et Stephen déchiffra presque certainement un lièvre, présent du capitaine Polixfen, mangé à l'étouffée samedi, ou dimanche, ou les deux ; et quelque chose à propos de la pluie. Le reste n'était que conjecture.

— Je pense que le vieux Jarvie avait profondément tort d'affirmer qu'un officier de marine n'a rien à faire du mariage, dit Jack en rassemblant les feuilles avec soin. Pourtant, je comprends ce qu'il voulait dire. Je ne voudrais pour rien au monde n'être pas marié, voyez-vous ; non, pas même pour un pavillon d'amiral ; mais vous ne pouvez imaginer à quel point mon esprit était tourné vers Ashgrove Cottage depuis quelques jours, alors que je devrais penser à mettre l'escadre en état de reprendre la mer.

Il regarda un moment par le hublot, par-dessus son épaule, avant d'ajouter :

— Maudites cours martiales ; et comment se défendre des requins de l'arsenal. Pour ne rien dire du bosco et de ses infernales manigances.

Au souper, il chipota son mouton tout en envisageant les moyens de résoudre la difficile affaire Fellowes : s'approprier les biens de Sa Majesté était une pratique immémoriale parmi les serviteurs du roi — et presque légitime si les objets étaient endommagés — et dans la Royal Navy cela portait même un nom particulier : « cappabar ». Commis aux vivres, charpentiers et maîtres d'équipage volaient plus que d'autres, ayant plus à voler, et de meilleures occasions ; mais il y avait des limites, et Fellowes ne s'était pas limité aux biens endommagés ou de faible valeur. Il avait porté le cappabar trop loin — la chose était flagrante —, et Jack pouvait le traduire en cour martiale et le faire casser dès demain. Le devoir de Jack était de le faire casser. Par ailleurs, son devoir était aussi de maintenir son navire dans le meilleur état possible pour combattre. Pour cela il lui fallait un bosco de première classe, et les boscos de première classe ne poussaient pas sur les arbres, au Cap. Il n'y en avait pas treize à la douzaine. Il s'échauffa quelque peu, maudissant Fellowes, fieffé imbécile, dangereux détraqué, pédéraste de gouttière ; mais le cœur n'y était pas ; ses épithètes manquaient d'inventivité et de chaleur, et son esprit était encore et manifestement très loin de là, dans le Hampshire.

— Allons, dit Stephen, si jamais les autorités de Madras tiennent parole et si nous partons à la Réunion, ce dont je commence à douter, nous aurons M. Farquhar avec nous et c'en sera fini de notre musique. Nous pourrions jouer ma complainte du Tir na n-Og ; je suis moi aussi bien abattu et cela nous servira de révulsif. Soignons le mal par le mal.

Jack répondit qu'il serait très heureux de se lamenter avec Stephen jusqu'à ce que la lune se couche, mais qu'avec les messagers attendus du Cap et de toutes les autorités de l'arsenal, il ne prévoyait pas d'atteindre un très haut niveau d'émotion avant qu'ils ne fussent interrompus. En fait, ils n'avaient pas encore accordé leurs instruments que Dick-à-mouches apparut pour déclarer, avec les compliments de M. Johnson, que l'*Iphigenia* était au large de la pointe, avait envoyé son numéro et faisait route sur le mouillage.

Avec vent frais de sud-est et marée montante, elle mouilla avant le lever de la lune et les nouvelles apportées par le capitaine Lambert chassèrent de l'esprit de Jack Aubrey toute pensée d'Angleterre et de musique. L'*Iphigenia*, jolie frégate armée de trente-six canons de dix-huit livres, escortant une petite flotte de transports, avait amené en renfort au colonel Keating, à Rodrigues, deux régiments de troupes européennes, deux d'indiennes et quelques auxiliaires ; le nombre était inférieur de mille cinq cents hommes à ce que l'on espérait, mais les militaires faisaient de leur mieux : ils respectaient à peu près leur calendrier et l'attaque finale sur la Réunion devenait possible, quoique assez hasardeuse, surtout si les Français avaient transporté de nouvelles troupes dans l'île. Ils avaient sûrement eu le temps de reconstruire leurs batteries.

Première chose à faire, découvrir quels navires le gouverneur Decaen avait à Maurice et, si possible, les bloquer dans leurs ports.

— Capitaine Lambert, dit Jack, en quel état est l'*Iphigenia* ?

Il ne connaissait pas du tout Lambert — un jeune homme récemment promu, petit marin dodu et jovial, l'air capable — mais son aspect lui plaisait, et il l'aima tout à fait quand il le vit tirer un papier de sa poche et dire :

— Voici les rapports de mes officiers, rédigés pendant

que nous approchions du mouillage. Commis aux vivres : provisions complètes pour neuf semaines, de toutes espèces, sauf le rhum : de cela, trente-neuf jours seulement. Maître : cent treize tonnes d'eau ; le bœuf, très bon, le porc réduisant quelquefois à l'ébullition ; le reste des provisions, très bon. J'ajouterai, monsieur, que nous avons fait de l'eau, du bois et des tortues à Rodrigues. Canonnier : gargousses remplies pour dix-huit volées complètes ; bourre en grande quantité ; boulets : quarante volées. Charpentier : coque en bon état ; guibre renforcée par deux joues ; mâts et vergues en bon état ; réserves assez substantielles. Chirurgien : malades, trois hommes à envoyer aux invalides ; soupe séchée : cinquante-sept livres ; autres nécessités, jusqu'au dix-neuf du mois prochain seulement. Et quant à mon équipage, monsieur, il ne nous manque que seize personnes pour être au complet.

— J'en conclus donc que vous pouvez repartir immédiatement, capitaine Lambert ?

— A l'instant où nous aurons dérapé nos ancres, monsieur, à moins que vous ne me demandiez de filer mes câbles par le bout. Toutefois, j'aimerais embarquer un peu de poudre et de boulets, et de la verdure : mon chirurgien n'est pas très content de son jus de citron.

— Parfait, parfait, capitaine Lambert, dit Jack, jubilant. Vous aurez toute la poudre et les boulets que vous souhaitez. Ne vous occupez pas de ce maudit arsenal à cette heure de la nuit : j'en ai plus à bord que nous ne pouvons en stocker en sécurité, pris à Saint-Paul, et mon canonnier devra se résigner à vous donner le surplus. Et vous pouvez prendre six de nos bœufs qui attendent sur la plage. Quant aux légumes, mon commis aux vivres connaît un fournisseur officieux à terre, remarquable, qui vous en trouvera autant qu'il vous en faut en une demi-heure. Monsieur Peter, ayez la bonté de préparer une lettre pour l'amiral, à envoyer de suite : M. Richardson est notre meilleur cavalier, je crois — dites-lui de ne pas se soucier des lions et tigres rencontrés en chemin, ils sont tous fort apprivoisés. Ensuite, un ordre pour le capitaine Lambert : prendre la mer au jusant, rendez-vous au large de Port Louis, copie des signaux de reconnaissance, second rendez-vous à Rodrigues après le — laissez-moi réfléchir — le dix-sept. Et convoquez tous les capitaines. Killick, faites passer pour le canonnier, et apportez-nous une bouteille du vin de Constance avec le cachet jaune. Le cachet jaune, vous m'avez compris ?

184

Entre la signature des papiers et l'entrevue avec le canonnier réticent, ils burent la bouteille, la meilleure bouteille du bord, et les capitaines commencèrent d'arriver : on entendit leurs patrons de canots répondre en succession rapide à l'appel de la sentinelle : *Néréide*, *Sirius*, *Otter*, *Magicienne*.

— Messieurs, dit le commodore quand ils furent tous rassemblés, quand vos navires peuvent-ils prendre la mer ?

N'étaient ces exécrables nouveautés de réservoirs en fer, répondit Pym, le *Sirius* serait prêt sous deux jours ; n'était le retard incompréhensible de l'arsenal à fournir le portevergue promis depuis longtemps, l'*Otter* pourrait en dire autant.

— La *Néréide* sera prête dans trente-six heures, dit Clonfert, avec un sourire entendu au capitaine Pym.

Mais ce sourire se transforma en surprise agacée quand Curtis répondit :

— La *Magicienne* peut appareiller dans l'instant, monsieur, si l'on m'accorde l'autorisation de faire de l'eau à l'île Plate. Il ne nous en manque que trente tonnes.

— Je suis enchanté de l'apprendre, capitaine Curtis, dit Jack, enchanté. La *Magicienne* et l'*Iphigenia* se rendront à Port Louis avec la plus grande promptitude. Monsieur Peter vous donnera vos ordres ; et avec cette brise vous seriez bien avisé de vous déhaler jusqu'à la passe pour profiter du jusant dès la première minute.

Ils reçurent leurs ordres ; ils se déhalèrent dans la passe ; et l'aube vit les deux frégates sortir de la baie au louvoyage pour disparaître au plus près derrière le cap de Bonne-Espérance au moment où le petit déjeuner de la chambre se présentait, environné d'un parfum d'œufs et de gigot. Peu après, le capitaine Eliot arriva porteur d'instructions officielles de l'amiral, ordonnant au commodore de convoquer sa cour martiale, et d'une lettre : il congratulait Jack de cette magnifique augmentation des forces à Rodrigues, dont le pays pouvait en toute confiance attendre des merveilles dans un délai très bref, d'autant plus que pour les quelques semaines à venir, l'escadre pourrait faire usage du *Leopard*. L'horrible vieux *Leopard*.

Jack enfila son uniforme de parade ; l'Union Jack de sinistre présage se déploya à la corne de la *Boadicea* ; les capitaines se réunirent ; et avec M. Peter comme assesseur remplaçant, ils se lancèrent dans la désagréable entreprise de juger le pauvre capitaine Woolcombe pour la perte de la *Laurel*, vingt-deux canons, capturée par la *Canonnière*

— c'était le dernier combat du Français — au large de Port Louis, avant l'arrivée de Jack au Cap. Jusqu'à ce moment, jamais un nombre suffisant d'officiers généraux n'avait été rassemblé assez longtemps à Simon's Town pour que la cour martiale pût siéger, et le pauvre Woolcombe demeurait aux arrêts depuis son échange. Tous savaient que dans de telles circonstances, avec la *Canonnière* en vue de son port d'attache, chargée d'un nombreux équipage basé à terre et portant plus du double de pièces, d'un calibre bien plus gros, aucun reproche ne pouvait être fait au capitaine de la *Laurel* ; tous savaient que l'issue serait un acquittement honorable — tous, sauf Woolcombe ; l'affaire était pour lui beaucoup trop importante pour qu'il ait la moindre certitude, et il subit la longue séance avec un visage chargé d'une telle anxiété que cela fit réfléchir profondément les membres du tribunal. Chacun d'entre eux pourrait se retrouver dans la même position, confronté peut-être à des juges mal disposés, en désaccord pour des raisons de politique ou de loyauté de service, ou habités de quelque vieille rancune ; un tribunal d'hommes de loi amateurs, aux décisions sans appel. Illogiquement peut-être, puisqu'ils étaient les auteurs du verdict, tous les membres du tribunal partagèrent le soulagement rayonnant de Woolcombe quand l'assesseur en donna lecture, et quand Jack rendit au capitaine son épée avec un discours officiel, élégant, quoiqu'un peu guindé. Ils étaient heureux pour le capitaine Woolcombe, et les sentences prononcées ensuite pour certains cas de désertion et d'escroquerie furent remarquablement légères. Pourtant, tout cela prit du temps : l'imposante procédure se poursuivit. A son bord tout capitaine pouvait punir n'importe quel matelot délinquant tant que le crime n'entraînait pas condamnation à mort, mais ne pouvait toucher un officier breveté ou un officier marinier. Ceux-ci devaient passer devant la cour. Jack, bouillant d'impatience de prendre la mer, de tirer le meilleur parti de la situation avant que les Français aient appris la présence des troupes à Rodrigues, avait par moments l'impression qu'aucun officier marinier de l'escadre n'avait trouvé meilleur usage de son temps que s'enivrer, dépasser la durée de sa permission, désobéir, insulter et même battre ses supérieurs, et s'approprier les réserves confiées à ses soins. De fait, la multiplication des cours martiales donnait une impression fort déplaisante de la Royal Navy : crimes, oppressions, accusations de conduite illégale parfois justifiées, parfois inventées ou malveillantes (un maître accusait son capitaine de falsifier le rôle d'équipage sous le prétexte qu'il avait inscrit dans les livres du navire le fils d'un ami alors que le jeune homme était en fait à l'école en Angleterre, pratique parfaitement normale mais qui aurait ruiné la carrière du capitaine si la cour n'avait pas effectué quelques acrobaties familières pour le sauver), bagarres dans le carré des officiers, malveillance de longue date. Et toutes les violences sanglantes du pont inférieur.

Entre ces lugubres séances, le président du tribunal redevenait un marin et poursuivait le réarmement de ses navires, livrant avec détermination son combat contre les retards et les obstacles. Mais l'arsenal avait le temps pour lui et gagnait sur tous les tableaux ; on avait jaugé très exactement ses besoins et son impatience, et Jack dut non seulement se saigner aux quatre veines pour payer en or d'emprunt, mais encore remercier ses extorqueurs, avant que l'on n'embarque le dernier sac de clous à trente pence et de pointes de dix pouces. Ces opérations se déroulaient à l'aube et au crépuscule, car à l'heure du dîner, le président était tenu de recevoir les autres membres du tribunal.

— Dites-moi, commodore, ne constatez-vous pas que prononcer une sentence de mort vous coupe l'appétit ? demanda Stephen tout en regardant Jack découper une selle de mouton.

— Je n'en ai pas le sentiment, dit le commodore, passant au capitaine Woolcombe une tranche qui dégouttait de sang innocent. Certes, cela ne me plaît pas ; et si la cour parvient à trouver un crime moins grave, c'est sans doute à cela qu'ira mon vote en toute occasion. Mais lorsqu'on a devant soi un cas patent de lâcheté ou de négligence des devoirs, tout me semble assez simple : l'homme doit être pendu, et que le ciel ait pitié de son âme, car le service n'en aura pas. J'en suis désolé, mais cela n'affecte pas mon appétit. Capitaine Eliot, un peu de ce filet ?

— Cela me semble tout à fait barbare, observa Stephen.

— Mais tout de même, monsieur, dit le capitaine Pym, un médecin coupe bien le membre gangrené pour sauver le reste du corps ?

— Un médecin ne coupe pas le membre dans un esprit de revanche corporative, ou *in terrorem ;* il ne transforme pas l'amputation en spectacle solennel, ni n'inflige au membre malsain toutes les marques de l'ignominie. Non, monsieur : votre analogie, quoique séduisante, n'est pas juste. De plus, monsieur, vous devez considérer que par là vous assimilez le chirurgien à un simple bourreau, personnage odieux, universellement méprisé et détesté. L'infamie qui s'attache au bourreau naît de ce qu'il fait ; le langage de toutes les nations condamne l'homme et *a fortiori* son acte, ce qui ne fait que renforcer mon propos.

Le capitaine Pym protesta qu'il n'avait pas eu la moindre intention de critiquer les chirurgiens — hommes remarquables, indispensables sur un navire, et à terre aussi sans aucun doute. Il ne se hasarderait plus à établir d'analogies ; mais peut-être lui permettrait-on de dire que le service était rigoureux et qu'il avait besoin d'une discipline rigoureuse.

— Un jour, remarqua le capitaine Eliot, un homme a été condamné à mort pour avoir volé un cheval dans un pré. Il déclara au juge qu'il trouvait dur d'être pendu pour avoir volé un cheval dans un pré ; et le juge répondit : « Vous ne serez pas pendu pour avoir volé un cheval dans un pré mais pour que d'autres n'aillent pas voler les chevaux dans les prés ».

— Et constatez-vous, demanda Stephen, qu'on ait cessé de voler chaque jour des chevaux dans les prés ? Certes non. Je ne crois pas non plus que vos capitaines deviendront plus braves ou plus sages s'ils sont pendus ou fusillés pour lâcheté ou erreur de jugement. Cela devrait rejoindre l'épreuve du feu ou de la rivière, imposée aux sorcières, l'ordalie, le jugement de Dieu et le combat judiciaire parmi les reliques d'un passé gothique.

— Le docteur Maturin a tout à fait raison, s'écria Lord Clonfert. Une exécution capitale est pour moi un spectacle révoltant. Sans aucun doute, un homme pourrait être...

Ses paroles furent noyées dans la conversation générale que le terme « fusillé » prononcé par Stephen avait déclenchée ; car l'amiral Byng avait été fusillé sur le gaillard d'arrière de son propre navire. Tout le monde ou presque parlait en même temps, sauf le capitaine Woolcombe, qui dévorait, en silence, son premier repas libre d'inquiétude ; et les noms de Byng et de Keppel voltigeaient.

— Messieurs, messieurs ! s'écria Jack qui voyait se profiler à l'horizon des épisodes beaucoup plus récents, Gambier, Hervey et le malheureux combat de l'île d'Aix, restons pour l'amour de Dieu à notre humble niveau et ne nous occupons pas des amiraux ou autres personnages de stature divine, sans quoi nous n'allons pas tarder à discuter de politique, ce qui est bien la mort de toute conversation confortable.

Le bruit s'apaisa, mais l'on entendit la voix excitée de Clonfert qui poursuivait...

— Le risque d'une erreur judiciaire et la valeur de la vie humaine... une fois tranchée, on ne saurait la ressusciter. Il n'est rien, rien au monde d'aussi précieux.

Il s'adressait à ses voisins et à ses vis-à-vis ; mais aucun des capitaines ne semblait disposé à l'entendre et le risque d'un silence embarrassant s'accentuait, surtout du fait que Stephen, convaincu que deux cents ans de discussion ne modifieraient pas d'un pouce les convictions sanguinaires de ses aimables compagnons, s'était mis à rouler des boulettes de pain.

— Quant à la valeur de la vie humaine, dit Jack, je me demande si vous ne la surestimez pas, en théorie ; car dans la pratique il n'est pas un seul d'entre nous, je crois, qui hésiterait un instant à tuer au pistolet dans le corps à corps d'un abordage, ou qui repenserait à l'affaire par la suite. Et d'ailleurs nos navires sont expressément construits pour envoyer dans l'au-delà le plus grand nombre possible d'êtres humains.

— C'est un service rigoureux et qui exige une discipline rigoureuse, répéta Pym en regardant l'énorme pièce de viande à travers son verre de bordeaux.

— Oui, dit Jack, c'est un service rigoureux et nous maudissons souvent nos boutons d'uniforme ; mais un homme — un officier — y entre par sa volonté et si cela ne lui plaît pas, il peut le quitter quand il veut. Il l'assume en entier — il sait que s'il fait certaines choses, ou ne les fait pas, il peut être cassé ou même pendu. S'il n'a pas le courage de l'accepter, mieux vaut pour lui démissionner. Et quant à la valeur de la vie humaine, eh bien, j'ai souvent l'impression qu'il y a beaucoup trop d'êtres dans le monde ; et un homme, même un capitaine de vaisseau, non (avec un sourire), même un commodore ne saurait être mis en balance avec le bien du service.

— Je suis en complet désaccord avec vous, monsieur, dit Clonfert.

— Eh bien, mylord, j'espère que c'est le seul point sur lequel nous serons jamais en désaccord.

— L'attitude des tories à l'égard de la vie humaine... commença Clonfert.

— Lord Clonfert, lança Jack d'une voix forte, la bouteille est près de vous.

Aussitôt après, virant vers la paillardise où tous pouvaient prendre leur part et l'atteignant bien vite, il parla de l'augmentation étonnante — potentielle — de la population de la colonie depuis l'arrivée de l'escadre.

— Un seul de mes aspirants a déjà réussi à engrosser deux filles : l'une brune, la seconde isabelle.

Les autres se lancèrent avec un soulagement égal dans des récits comparables, des réminiscences de jeunes filles ardentes à Sumatra, Port-au-Prince, dans les ports du Levant ; on en vint aux rimes, aux devinettes ; et l'après-midi se termina dans la gaieté générale.

La *Néréide*, ses mâts de perroquet et sa nouvelle gigue enfin récupérés, quitta Simon's Town pour Maurice le soir même ; tandis qu'il la regardait sortir de la baie, Stephen dit à Jack :

— Je regrette d'avoir soulevé ce lièvre ; cela vous a provoqué quelque embarras, je le crains. Si j'avais réfléchi, je ne vous l'aurais pas demandé en public car c'était une question privée. Je la posais par curiosité. Et à présent, je ne sais pas si la réponse publique était celle du commodore ou du simple Jack Aubrey, sans pavillon.

— Un peu des deux. En fait, je hais la pendaison plus que je ne l'ai dit, mais plus pour moi-même que pour le pendu : la première fois que j'ai vu hisser un homme en bout de vergue avec un bonnet de nuit sur les yeux et les mains liées derrière le dos, quand j'étais un gamin à bord du *Ramillies*, j'en ai été malade comme un chien. Quant à l'homme lui-même, s'il a mérité d'être pendu, mérité d'après notre code, il me semble que ce qui lui advient n'a pas grande importance. J'ai le sentiment que les hommes sont de valeurs différentes et que si certains prennent un coup sur la tête, le monde n'en est guère appauvri.

— Evidemment, c'est un point de vue.

— Cela sonne peut-être un peu dur, et je me suis peut-être exprimé de manière outrée, trop indignée, en parlant à Clonfert en tant que commodore.

— Vous lui avez certainement donné une impression de sévérité implacable et de rectitude absolue.

— Oui, j'ai été pompeux : pourtant je n'ai pas beaucoup exagéré ma véritable opinion. J'avoue cependant qu'il m'agace avec ses airs tragiques et sa vie humaine — il a un génie singulier pour tomber à faux. Les gens acceptent ce genre de choses d'un érudit mais non de lui ; pourtant, il ne peut se retenir. J'espère qu'il ne m'en voudra pas de l'avoir arrêté : il le fallait, voyez-vous, dès l'instant où il parlait de whigs et de tories. Mais je l'ai fait de manière courtoise, si vous vous en souvenez. J'ai de l'estime pour lui — peu d'hommes auraient réussi à faire partir la *Néréide* si vite. Regardez, elle vire pour doubler la pointe. Jolie manœuvre — elle a viré aussi net qu'un cotre, viré dans sa longueur —, son maître est un excellent officier : et il en serait un lui-même, avec un peu plus de lest — un excellent officier, s'il était un peu moins volage.

« Il est curieux de voir, écrivit ce soir-là Stephen dans son journal, que Jack Aubrey, ayant beaucoup plus à perdre, considère la valeur de la vie avec beaucoup plus de légèreté que Clonfert, dont les possessions immatérielles sont si réduites et qui en est partiellement conscient. L'échange de cet après-midi confirme tout ce que j'ai observé depuis que je les connais tous deux. Il faut espérer, ne serait-ce que du point de vue médical, qu'une action retentissante apporte bientôt à Clonfert une base réelle — une base plus solide que sa position sociale fortuite. Rien ne profite à l'homme, comme le dit Milton, autant que l'amour-propre justifié : je crains d'avoir mis le pauvre homme en mauvaise posture ; mais voici M. Farquhar, qui sait tout, et qui me remettra dans le droit chemin. Si seulement il y avait mille hommes de plus sur Rodrigues, je pourrais dès à présent écrire « le gouverneur Farquhar » avec quelque confiance. »

M. Farquhar embarqua, mais sans cérémonie et avec une suite si réduite — un secrétaire, un valet — qu'il avait manifestement écouté les militaires du Cap, lesquels n'avaient pas très haute opinion du cipaye dans son propre pays et moins encore de ses qualités combattantes ailleurs. Selon leur avis mûrement réfléchi, les officiers français avaient tout à fait raison de dire qu'il faudrait cinq régiments de troupes européennes, soutenus par l'artillerie, pour une attaque réussie ; qu'avec les risques d'un débarquement sur une telle côte, cinq régiments suffiraient à peine, surtout du fait que les communications entre la mer et la terre risquaient d'être coupées d'un jour à l'autre et, avec elles, l'approvisionnement des troupes ; et que peut-être il vaudrait mieux, tout bien considéré, attendre des renforts supplémentaires avec la prochaine mousson.

— Je voudrais pouvoir partager votre optimisme, dit-il à Stephen quand enfin il fut en état de dire quoi que ce fût (la *Boadicea* avait subi du mauvais temps jusqu'au vingt-cinquième parallèle), mais il se fonde peut-être sur plus d'informations que je n'en possède moi-même.

— Non, mes rapports étaient à peu près complets, dit Stephen. Mais je ne suis pas sûr que vous-même ou les militaires accordiez assez de poids à notre actuelle supériorité en navires. Si, comme il semble probable, deux de leurs frégates sont éloignées du terrain d'action, nos chances sont de cinq contre deux. C'est considérable et je ne compte pas en ceci le *Leopard*, qui n'est, me dit-on, qu'une version réduite du *Raisonable*, le type de navire que les marins appellent ironiquement un cercueil flottant, d'un usage douteux même en tant que transport. Il m'a fallu longtemps pour apprécier la force prodigieuse que représente un vaisseau de guerre de grand modèle : nous pouvons tous imaginer la puissance terrifiante d'une batterie, d'une forteresse crachant le feu ; mais un navire semble un objet si paisible, et ressemble si fort pour l'œil du profane au ferry de Holyhead un peu agrandi que peut-être ne le considère-t-on pas volontiers comme une vaste batterie, et moins encore comme une batterie mobile, capable d'orienter son feu irrésistible dans différentes directions et ensuite, ayant achevé son œuvre de destruction, de s'en aller tranquillement recommencer ailleurs. Les trois frégates, mon cher monsieur, les trois frégates qui constituent vraisemblablement notre supériorité sur l'adversaire, représentent un énorme train d'artillerie, un train qui n'est pas tiré à grand-peine par d'innombrables chevaux mais porté par le vent. Je les ai vues en action sur cette même côte, et j'en fus stupéfait. Il faut aussi envisager les lignes de ravitaillement de l'ennemi : la supériorité maritime implique qu'elles puissent être facilement coupées.

— Je saisis votre point de vue, dit Farquhar, mais la bataille décisive sera livrée à terre ; et les quelques régiments que nous possédons doivent être débarqués sur cette terre.

— Oui, ce que vous dites est très vrai. Et j'admets que ces considérations me conduiraient à douter plus que je ne fais de l'issue si je n'étais pas soutenu par ce que vous jugeriez peut-être une source d'espoir illogique.

— Vous seriez bon de partager votre soutien.

— Comme vous le savez sans doute, notre commodore

est connu dans le service sous le nom de Jack Aubrey la Chance. Je n'ai pas l'intention d'explorer le concept de ce qu'on appelle vulgairement la chance. Philosophiquement, c'est indéfendable ; dans l'expérience quotidienne, nous voyons qu'elle existe. Tout ce que je dirais, c'est que le capitaine Aubrey semble en être favorisé à un degré éminent ; et cela réconforte mes nuits méditatives.

— Comme j'espère que vous avez raison ! s'écria Farquhar. Comme j'espère, en toute sincérité, que vous avez raison. (Après un instant de pause, il ajouta :) Pour d'innombrables motifs : entre autres, le fait que je ne touche ni indemnité, ni émolument avant d'avoir pris mes fonctions.

Il fit une nouvelle pause, se passa la main sur les yeux et déglutit avec peine.

— Allons faire un tour sur le pont, dit Stephen. La pâleur verdâtre envahit à nouveau votre visage, provoquée sans doute par les pensées mélancoliques autant que par le mouvement du navire. Le vif alizé les emportera.

Le vif alizé emporta instantanément le chapeau et la perruque de M. Farquhar. Ils s'envolèrent vers l'avant, pour être rattrapés — miracle de dextérité — par le maître d'équipage, qui se dressa sur la nouvelle ancre de bossoir, saisit l'un de la main droite, l'autre de la gauche, et les renvoya à l'arrière par un aspirant. Pour sa part, M. Fellowes préférait maintenir toute la longueur du passavant entre lui et le gaillard d'arrière depuis le jour mémorable où, à Simon's Town, le commodore avait eu avec lui quelques mots en privé, si du moins on peut appeler « quelques mots en privé » l'explosion de rage pure qui résonna de la chambre arrière au taille-mer, remplissant l'équipage d'hilarité, d'allégresse et d'appréhension mêlées, à parts égales.

Couvert à nouveau, M. Farquhar s'accrocha dans le gréement aux côtés de Stephen ; et quand il regarda autour de lui, l'aspect cadavérique s'effaça de son visage : la *Boadicea* s'inclinait à tel point que ses porte-haubans sous le vent plongeaient dans des torrents d'eau blanche et que son flanc au vent montrait une large bande de cuivre neuf ; devant elle le *Sirius*, sous un identique nuage de voiles, tenait sa position aussi précisément que si les deux navires avaient été reliés par une barre de fer ; l'un et l'autre couraient vers le nord-est sur les traces de la *Néréide* pour rejoindre la *Magicienne* et l'*Iphigenia* devant Port Louis. On avait déjà dépassé le *Leopard*, parti avec deux jours d'avance (et qui, son capitaine étant parent de l'amiral, était fortement soupçonné de n'être présent que pour avoir sa part d'une éventuelle prise), et l'on fonçait comme pour couvrir les deux mille milles et plus en moins d'une quinzaine — possibilité réelle, après avoir trouvé si vite le puissant alizé.

— La célérité est tout dans ces opérations, dit M. Farquhar, et nous avons ici la célérité incarnée. Comme l'on vole ! C'est exaltant ! C'est comme une course pour un prix de mille livres ! C'est comme un corps à corps avec une belle femme !

Stephen fronça les sourcils ; il n'aimait pas du tout les comparaisons échauffées de M. Farquhar.

— Sans doute la célérité est tout, dit-il. Pourtant, beaucoup dépend aussi des retrouvailles avec les autres navires au point de rendez-vous. La mer est si étrangement vaste, les éléments si capricieux, les instruments pour trouver la latitude si imparfaits, ou si imparfaitement utilisés, que j'ai vu un navire croiser dix jours et plus sans trouver ses conserves.

— Plaçons notre confiance dans les pouvoirs mathématiques du commodore, dit M. Farquhar, ou dans sa chance. Ou dans les deux. Je crois, docteur Maturin, que si vous vouliez bien me le permettre, je me délecterais d'un peu, un tout petit peu de votre soupe séchée, avec une bouchée de toast ; et je vous promets que si jamais j'en viens à gouverner mon île, mon premier soin après la promulgation de la nouvelle constitution sera de vous rembourser en tortues.

Leur confiance n'était pas mal placée. Le lendemain du jour où ils virent les montagnes de la Réunion percer les nuages blancs de l'alizé, loin sous le vent, les deux frégates firent par le nord le tour de Maurice et là, exactement au point prévu, elles trouvèrent le reste de l'escadre. Lambert, le plus ancien capitaine, vint aussitôt à bord : la situation à Port Louis était exactement ce qu'ils avaient prévu, avec la *Vénus*, la *Manche* et la corvette l'*Entreprenant*, bien sages au fond du port, et la *Bellone* et la *Minerve* encore lointaines ; mais d'autre part, Clonfert, envoyé en croisière dans le sud-est de l'île, avait découvert une nouvelle frégate française, l'*Astrée*, trente-huit canons, mouillée sous les batteries de Rivière Noire dans une position inattaquable ; manifestement avertie du blocus de Port Louis, elle semblait décidée à ne pas sortir. Il s'était également emparé d'un navire marchand de quatre cents tonnes à Jacotet, où il avait encloué les canons de la petite batterie et fait prisonniers quelques officiers. Il est vrai que le navire s'était révélé neutre ; c'était un Américain, l'un des nombreux Américains qui sillonnaient ces mers, à peu près les seuls neutres et à peu près la seule source de renseignements informels à la disposition de l'une et l'autre partie. Malgré tout, disait Lambert, c'était une affaire hardie.

— Voilà une bien malheureuse hardiesse, et un moment bigrement mal choisi pour se montrer hardi, dit Jack un peu plus tard. Si la *Néréide* avait été endommagée dans cette plaisanterie de coup de main (car ce n'était rien d'autre), nous aurions été bien en peine de couvrir le débarquement, surtout à présent qu'ils ont l'*Astrée*. Je m'étonne que Lambert l'ait ainsi envoyé seul : quoique évidemment il connaisse manifestement bien ces eaux, et qu'il n'aime pas qu'on le dirige. Jacotet est un mouillage diablement difficile à pénétrer. Toutefois, je crois qu'il faut emmener Clonfert avec nous à Rodrigues dès que nous aurons fait de l'eau, pour préserver ses ardeurs de la tentation jusqu'à ce qu'on puisse leur donner libre cours. Il pourra s'enivrer de hardiesse jusqu'à en exploser quand le véritable combat sera engagé.

Ils firent aiguade à l'île Plate, puis la *Boadicea* et la *Néréide* mirent cap à l'est vers Rodrigues, laissant Pym au commandement avec ordre de s'effacer imperceptiblement de nuit, avec l'*Iphigenia* et la *Magicienne*, laissant le *Leopard* et deux avisos au large de Port Louis pour être instantanément averti si la *Bellone* et la *Minerve* revenaient du golfe du Bengale.

— Car c'est là le nœud du problème, dit Jack. Si ces deux grosses frégates, avec la *Vénus*, la *Manche* et l'*Astrée*, tombent sur nos arrières au mauvais moment, avec les troupes moitié à terre et moitié en mer, nous serons joliment piégés.

Habituellement, Rodrigues avait l'aspect d'une île déserte ; un peu plus grande, peut-être, que l'île déserte idéale, ayant dix bons miles de long, et un peu plus grise et stérile dans l'intérieur qu'on ne l'aurait souhaité, quoique assez agréable après un long voyage hors de vue de la terre ; mais à présent, la baie était encombrée de navires, et sur le rivage, des rues exactement perpendiculaires, bordées de tentes, se prolongeaient dans toutes les directions, et dans ces rues des centaines et même des milliers d'hommes circulaient, leurs habits rouges visibles de très loin.

Jack fut le premier à terre, accompagné de Stephen et Farquhar. A son profond soulagement, il constata que Keating commandait toujours — aucun général morose et prudent ne l'avait remplacé. Les deux commandants plongèrent aussitôt avec beaucoup d'ardeur dans les détails du transport en bon ordre des soldats, munitions, réserves, provisions, armes, et même obusiers, vers le terrain d'action, et Stephen s'esquiva en silence. « Le solitaire n'aurait jamais pu supporter ceci, pensait-il en se frayant un chemin à travers le camp bondé. Même le parc à tortues est tristement dépeuplé. » Il n'avait pas couvert cent yards qu'une voix derrière lui lançait :

— Docteur, docteur !

— Encore ? murmura-t-il avec colère, accélérant parmi les pandanus, la tête enfoncée entre les épaules.

Mais il fut poursuivi, rattrapé, et reconnut aussitôt la silhouette longue, maigre et encore très adolescente de Thomas Pullings, compagnon de ses premiers jours de mer.

— Thomas Pullings, s'écria-t-il, un air de profond plaisir remplaçant le premier regard malveillant. Lieutenant Pullings, ma parole d'honneur, comment allez-vous, monsieur ?

Ils se serrèrent la main et après s'être enquis tendrement de la santé du docteur et du commodore, Pullings ajouta :

— Je me souviens que vous êtes le premier à m'avoir appelé lieutenant P., monsieur, un jour, au mouillage dans Pompey. Eh bien, à présent, si vous vouliez être particulièrement aimable, vous pourriez dire capitaine.

— Vous n'allez pas me dire ? Etes-vous vraiment déjà capitaine ?

— Pas à terre, monsieur ; je ne suis pas le capitaine P. à terre. Mais en mer je suis capitaine du transport *Groper*. Vous pouvez le voir d'ici, en vous écartant de cet arbre. Eh, toi, le homard, lança-t-il à un soldat qui passait. Ton père n'était pas vitrier. Tu n'es pas transparent. Là, monsieur : le brick, juste derrière le senau. Ce n'est qu'un transport, mais avez-vous jamais vu plus jolie silhouette ?

Stephen en avait déjà rencontré de semblable, chez un harenguier hollandais, mais il ne l'avoua pas, et se contenta de dire :

— Elégante, élégante.

Après s'être un moment délecté de la vue de cet objet lourd et trapu, son capitaine dit :

— C'est mon premier commandement, monsieur. Un brick merveilleux au plus près ; et qui cale si peu d'eau qu'il peut entrer au fond de la plus petite crique. Nous ferez-vous l'honneur d'une visite ?

— J'en serais très heureux, capitaine, et puisque vous en êtes commandant, puis-je vous demander la faveur d'une pelle, d'un levier et d'un homme robuste de compréhension moyenne ?

Le commodore et le colonel fignolèrent leur plan de campagne ; les officiers d'état-major fignolèrent leurs listes ; les soldats polirent leurs boutons, s'alignèrent en carré, en colonnes par quatre, et défilèrent par la droite dans les canots, remplissant les transports et les frégates jusqu'à ce que les marins submergés puissent à peine briquer les ponts, sans même parler d'atteindre le gréement ; et le docteur Maturin, avec deux Gropers de compréhension moyenne, déterra les restes du solitaire dans les cavernes où il se réfugiait à l'abri des cyclones, pour y être ensuite écrasé par les déluges d'une boue aujourd'hui durcie comme roc.

Le dernier soldat quitta la plage. C'était un major écarlate, le responsable de l'opération ; posant son pied fatigué sur le gaillard d'arrière de la *Boadicea*, il regarda sa montre et s'écria :

— Une minute cinquante-trois secondes par homme, monsieur, cela bat Wellington de deux bonnes secondes !

Un unique coup de canon au vent du commodore, le signal *Appareillez*, et les quatorze transports se faufilèrent par l'étroite ouverture du récif pour rejoindre les vaisseaux de guerre.

Au soir, ils avaient noyé l'île sous l'horizon. Ils naviguaient vers le soleil couchant avec sur la hanche bâbord une jolie brise à porter les perroquets ; plus rien que la mer libre entre eux et les plages de la Réunion. L'entreprise était lancée. Jack, bien trop occupé avec le colonel Keating et ses cartes, n'avait d'autre souci que le présent immédiat, mais Stephen ressentit plus qu'il ne l'aurait cru les longues heures de progression vers un futur inévitable. Il avait participé intimement à des affaires de bien plus grande importance, mais aucune dont l'issue — succès total, ou échec total avec d'effroyables pertes en vies humaines — serait aussi claire sous quelques heures.

Il n'était pas très satisfait du plan d'attaque, lequel partait du principe qu'on les attendait à Saint-Paul, un Saint-Paul reconstruit et renforcé, et de ce fait exigeait une feinte et un débarquement en deux points : l'un à l'est et l'autre au sud-ouest de Saint-Denis, la capitale — le second destiné à couper les communications entre Saint-Denis et Saint-Paul ; Jack, lui, s'inquiétait aussi du ressac. Mais comme le colonel Keating, en qui ils avaient toute confiance et qui avait combattu sur une partie de ce terrain, en soulignait fortement l'importance stratégique, et comme il était soutenu par les autres colonels, le commodore avait cédé, sans que Stephen ou Farquhar disent quoi que ce soit, sauf pour souligner la nécessité de respecter toute propriété civile ou ecclésiastique.

Les heures s'écoulaient. Chaque fois qu'on lançait le loch, la Réunion était sept ou huit milles plus près. M. Farquhar s'occupait de sa proclamation et Stephen arpentait le gaillard d'arrière, haïssant en silence Buonaparte et tout le mal qu'il avait déchaîné en ce monde. « N'est bon qu'à détruire — tout ce qui était précieux dans la république, tout ce qui était précieux dans la monarchie — détruit la France avec une énergie démoniaque — ce clinquant, cet empire d'opérette — un homme profondément vulgaire — rien de français en lui — une ambition démente — le monde entier réduit en tyrannie sordide. Traiter le pape de cette manière infâme ! Ce pape-ci et le précédent. Et quand je pense à ce qu'il a fait à la Suisse, à Venise et à Dieu sait combien d'autres Etats, et ce qu'il aurait pu faire à l'Irlande — la république d'Hibernia, divisée en départements — moitié police secrète, moitié informateurs — la conscription — le pays saigné à blanc. » Un subalterne du 86ᵉ reçut en plein visage son regard pâle, furieux, et recula bouleversé.

Dans l'après-midi du jour suivant le conseil, on aperçut trois navires du haut du mât : le *Sirius*, l'*Iphigenia* et la *Magicienne*, exacts au rendez-vous, n'avaient rien vu de *Bellone* ou *Minerve* ni le moindre mouvement à Port Louis. Le soir ils commencèrent à embarquer des troupes choisies, sur une mer douce et facile ; et Jack convoqua les capitaines pour leur expliquer les opérations. Tandis que la force principale ferait une démonstration devant Sainte-Marie, le *Sirius* devait débarquer la brigade du colonel Fraser et ses obusiers à Grande Chaloupe, plage située sur la côte sous le vent de l'île, entre Saint-Denis et Saint-Paul. En même temps, une partie des brigades du colonel Keating seraient débarquées à la rivière des Pluies, plaçant ainsi Saint-Denis entre deux feux ; et c'est là que les autres troupes seraient également débarquées à mesure de l'arrivée des transports, car les frégates devaient à présent poursuivre seules sous toute la toile possible.

Elles poursuivirent, toujours sur cette houle longue et douce, par une brise légère, sous leurs bonnettes hautes et basses : vision magnifique que cette ligne parfaite qui s'allongeait sur un mille de mer, apportant les seules touches de blanc dans ce bleu incomparable. Elles poursuivirent, sans jamais toucher aux voiles sauf pour les faire porter mieux, du coucher du soleil au quart du jour ; sans trêve le commodore prenait ses relèvements sur les énormes étoiles scintillant dans le ciel de velours, sans cesse il vérifiait sa position avec l'aide réelle de Richardson et l'aide nominale de M. Buchan, le maître, faisant filer le loch à chaque tour du sablier et demandant sans relâche qu'on lui lise les chronomètres et le baromètre. Quand on piqua deux coups dans le quart du jour, il donna l'ordre de réduire la toile, et les lanternes de couleur appuyées par un coup de canon sous le vent transmirent l'ordre à l'escadre.

L'aube le trouva encore sur le pont, jaune, pas rasé et plus renfermé que Stephen ne l'aurait souhaité. La Réunion gisait par l'avant bâbord et les soldats, montant tout endormis sur le pont, s'en montrèrent ravis : ils se rassemblaient sur le gaillard d'avant, regardaient la terre à la lunette et plus d'un s'écria qu'il ne voyait aucun ressac sur les récifs, rien qu'une fine ligne blanche.

— Ils pourraient être moins ravis d'ici douze heures, dit Jack à voix basse en réponse au coup d'œil inquisiteur de Stephen. Le baromètre n'a fait que descendre toute la nuit. Mais nous y serons peut-être avant le mauvais temps.

Tout en parlant, il ôtait son habit et sa chemise puis, ayant donné ses ordres à Trollope, officier de quart, sa culotte : il plongea de la lisse, tête première dans la mer, ressortit en soufflant, parcourut à la nage la ligne des canots en remorque comme derrière toutes les frégates, revint par le même chemin et regagna sa chambre tout trempé : les Boadiceas y étaient parfaitement habitués, mais cela secoua les habits rouges qui le trouvèrent peu sérieux. Rentré chez lui, ayant souhaité le bonjour à droite et à gauche, il se mit au lit ; ses longs cheveux mouillés posés sur l'oreiller, en un instant à peine il fut inconscient et rien ne réussit à troubler son profond sommeil, ni le tapage des bottes d'un régiment de soldats ni le vacarme inséparable de la marche du navire, jusqu'à ce que le tintement léger d'une petite cuiller vînt indiquer à une couche profonde de son esprit que le café était prêt. Il se leva d'un bond, regarda le baromètre, hocha la tête, se plongea le visage dans une cuvette d'eau tiède, se rasa, dévora un solide petit déjeuner et apparut sur le pont, frais, rose et rajeuni de dix ans.

L'escadre longeait l'extérieur du récif, un récif où la mer brisait modérément : trois lignes de rouleaux qu'un canot bien mené négocierait sans peine.

— Ma parole, commodore, le temps semble disposé en notre faveur, dit le colonel Keating. (Puis d'une voix plus forte, agitant son chapeau à l'intention d'une jeune femme qui ramassait des coquillages sur le récif :) Bonjour, *mademoiselle* !

La jeune femme, qui avait déjà été saluée par les trois premières frégates, tourna le dos, et le colonel poursuivit :

— Pensez-vous que cela va tenir ?

— Il se pourrait que cela tienne, dit Jack, mais il se pourrait aussi que le temps se gâte. Nous devons agir sans retard : vous n'avez pas d'objection à dîner très tôt, en même temps que les hommes ?

— Jamais de la vie, monsieur, j'en serais fort heureux — d'ailleurs j'ai déjà grand-faim.

Il avait peut-être grand-faim, se dit Jack, mais il était aussi très nerveux. Keating attaqua son dîner précoce avec une apparence raisonnablement flegmatique, mais n'avala pas grand-chose. Il n'avait jamais assumé un commandement aussi important ; Jack non plus ; et au cours de cette période d'attente, tous deux sentaient le poids des responsabilités à un point qu'ils n'auraient pas cru possible. Cela les affectait toutefois différemment ; alors que Keating mangeait peu et parlait beaucoup, Jack dévora la plus grande partie d'un canard qu'il fit suivre d'un pudding aux figues, tout en regardant d'un air pensif par les fenêtres de poupe le paysage qui défilait : au fond, les montagnes austères et abruptes ; plus près, des terrains cultivés, parfois une maison — forêts, plantations, un hameau et des charrettes rampant sur le fond vert. Leur dîner ne dura pas longtemps : il fut interrompu d'abord par l'annonce de deux voiles à l'est un demi-quart sud — on identifia bientôt les transports de tête, le *Kite* et le *Groper* — puis s'acheva tout à fait à l'apparition de la petite ville de Sainte-Marie, alors que Jack n'avait pas encore terminé sa première attaque du pudding.

Ici le récif se rapprochait de la côte et l'escadre le suivit, puis prit la cape au signal du commodore. La ville était déjà en effervescence : des gens couraient dans tous les sens, tendaient le bras, piaillaient bruyamment, fermaient leurs volets, chargeaient leurs carrioles. Ils avaient de quoi piailler car devant leur mouillage, là où l'eau douce de la rivière faisait des brèches dans le corail, et à portée de canon, se trouvaient cinq navires, présentant leurs flancs aux sabords ouverts et une impressionnante série de canons braqués sur Sainte-Marie. Pire encore, d'innombrables canots chargés de soldats circulaient un peu partout, manifestement décidés à débarquer, pour prendre, brûler, raser et piller la ville. Le sergent et la garde du petit poste étaient alignés sur la plage mais semblaient ne savoir que faire, et tout homme disposant d'un cheval était depuis longtemps parti au galop vers Saint-Denis pour donner l'alarme et implorer l'aide immédiate des militaires en garnison.

— Cela va très bien, dit le colonel Keating un peu plus tard en regardant à la lorgnette l'avant-garde des secours. Une fois que leurs pièces de campagne auront traversé la rivière, ils auront un mal du diable à les ramener là-bas. Leurs chevaux sont déjà épuisés. Regardez la compagnie d'infanterie au pas de charge ! Ils seront épuisés, monsieur, complètement épuisés.

— Oui, dit Jack, c'est très bien. Mais son esprit était plus sur la mer que sur la terre et il eut l'impression que le ressac augmentait : les rouleaux, peut-être levés par un coup de vent loin à l'est, venaient avec plus de conviction. Il regarda sa montre et malgré une avance de quarante minutes sur l'heure prévue, il dit :

— Signalez au *Sirius* de poursuivre.

Le *Sirius* laissa porter lourdement, remplit ses voiles et fit route vers Grande Chaloupe, chargé de près d'un millier d'hommes et des obusiers. A peine parti il fut remplacé par le *Kite*, le *Groper* et deux autres transports, ce qui renforça l'inquiétude à terre.

Le plan n'avait pu définir un intervalle précis entre les deux débarquements, car cela dépendait du temps qu'il faudrait au *Sirius* pour passer devant Saint-Denis et atteindre le point convenu entre cette ville et Saint-Paul ; mais ils avaient compté sur environ deux heures. La brise faiblissant, il semblait à présent qu'il en faudrait bien trois, et le ressac ne cessait d'augmenter. L'attente, difficile, l'aurait été plus encore si les pièces de campagne françaises, nouvellement arrivées sur une colline derrière le poste, n'avaient pas eu l'idée d'ouvrir le feu. Elles ne projetaient que des boulets de quatre livres, mais avec une étonnante précision. Après les premiers coups de réglage, un boulet passa si près de la tête du colonel Keating qu'il s'écria, indigné :

— Avez-vous vu cela, monsieur, c'était absolument délibéré. Méprisables individus ! Ils doivent savoir que je suis le commandant.

— Ne tirez-vous jamais sur les commandants, dans l'armée, colonel ?

— Bien sûr que non, monsieur, jamais, sauf en cas de mêlée. Si nous étions à terre, j'enverrais immédiatement une estafette. Les voilà qui recommencent. Quelle absence de principes ! De vrais jacobins !

— Eh bien, je pense que nous pouvons y mettre fin. Faites passer pour le canonnier. Monsieur Webber, vous pouvez faire tirer sur les pièces de campagne, par division : mais je veux que vous pointiez tous les canons vous-même, et prenez garde de n'endommager aucune propriété civile ou ecclésiastique. Visez très loin derrière la ville.

Le tir tranquille et délibéré des grands canons, l'un après l'autre, l'odeur grisante de la poudre envahissant le pont firent baisser la tension. Les soldats acclamèrent monsieur Webber qui envoyait ses boulets de dix-huit livres parmi les Français mussés sur leur tertre, et plus encore quand il toucha un avant-train dont une roue jaillit en l'air, tournant comme une pièce lancée à pile ou face. Mais ce combat inégal ne pouvait durer. Bientôt les canons français se turent. La houle ne cessait d'augmenter, projetant son eau blanche très haut sur le récif et poussant à travers la brèche pour venir déferler en grands rouleaux sur la plage.

Après l'accalmie, la brise aussi avait forcé, donnant tous les signes prémonitoires d'un fort coup de vent avant la nuit. Enfin, Jack déclara :

— Le *Sirius* devrait être à Grande Chaloupe maintenant. Je crois que nous pouvons y aller.

Pour y aller, ils passèrent vivement devant une autre brèche peu profonde dans le récif, où un autre flux d'eau douce tranchait le corail, vers un autre mouillage (toujours assez médiocre) au large de l'embouchure de la rivière des Pluies.

— Nous y voici, dit le colonel Keating, carte en main. Si nous pouvons aller à terre ici, le débarquement ne rencontrera aucune opposition. Il leur faudra au moins une heure pour nous atteindre, et probablement plus.

Mon Dieu, pensa Jack en regardant la large barrière de

ressac, la plage abrupte de galets ronds. Il s'approcha du couronnement pour héler :

— *Néréide*, ohé ! Venez sous mon arrière.

La *Néréide* bondit, masqua son petit hunier et se mit à tanguer dans la houle. Lord Clonfert était sur le gaillard et Stephen remarqua qu'il était en grande tenue — rien d'inhabituel pour un combat naval, mais assez rare pour une escarmouche.

— Lord Clonfert ! lança Jack, connaissez-vous le chenal en eau profonde ?

— Oui, monsieur.

— Le débarquement est-il faisable ?

— Parfaitement faisable actuellement, monsieur. Je suis prêt à mettre une troupe à terre dans l'instant.

— Exécution, Lord Clonfert, dit Jack.

La *Néréide* avait parmi ses canots une petite goélette capturée, une embarcation locale ; elle y déversa, ainsi que dans une partie de ses chaloupes, un groupe de soldats et de marins pleins d'ardeur. L'escadre regarda la goélette courir jusqu'en bordure du ressac, suivie par les chaloupes. Là elle sortit ses avirons, nageant à contre en l'attente de la maîtresse vague : celle-ci vint, et la goélette fonça dans le bouillonnement, encore et encore, et l'on crut qu'elle avait franchi la barre. Mais au dernier instant elle toucha, à dix yards du rivage, pivota et fut jetée à la plage par le flanc. Quand la vague se retira, tous les hommes bondirent à terre, mais le ressac emporta la coque sous la prochaine vague qui la souleva et la fit retomber si rudement qu'elle se brisa, tous ses bois dispersés. Il en fut de même pour la plupart des autres embarcations : chaloupes mises en pièces, hommes débarqués sans mal. On ne voyait que quatre corps, sombres dans l'eau blanche, dériver vers l'ouest le long du rivage.

— Il faut absolument poursuivre, s'écria le colonel Keating d'une voix rauque. Nous devons prendre Saint-Denis entre deux feux, à tout prix.

Jack dit à M. Johnson :

— Envoyez le signal du *Groper*.

Pendant l'approche du transport, il observa la plage et les épaves : comme il l'avait pensé, seule la dernière partie du trajet était mortelle, pour l'instant. Le moindre brise-lames permettrait aux canots d'aborder ; et le *Groper* était la seule unité d'assez faible tirant d'eau pour s'avancer aussi loin. Quand il fut sous le vent de la *Boadicea*, Jack lança :

— Monsieur Pullings, vous devez abriter les chaloupes : amenez votre brick près de terre, mouillez votre ancre d'arrière au dernier moment, et faites-le échouer le plus haut possible, orienté au sud-ouest.

— Bien, monsieur, dit Pullings.

Le *Groper* lofa dans une rafale d'ordres, s'approcha lentement de terre, tandis que son équipage s'affairait en bas pour sortir un câble par un sabord arrière, puis plus vite, dans les rouleaux, de plus en plus loin. A la lunette, Jack vit l'ancre tomber, et quelques instants plus tard le *Groper* s'échouait brutalement tout près de la plage. Son petit mât de hune tomba dans le choc mais les matelots au cabestan n'y faisaient pas attention : ils hâlaient furieusement sur le câble, forçant l'arrière à pivoter pour orienter la coque au sud-ouest, en travers des lames, afin de créer une zone de calme tout près du bord.

— Bravo, Tom Pullings, bravo : mais combien de temps votre ancre va-t-elle tenir ? murmura Jack. (Puis, tout haut :) Première division, à débarquer.

Les canots s'approchaient, touchaient terre et montaient sur la plage, à demi remplis dans la plupart des cas mais rarement chavirés : la plage se couvrait d'habits rouges, nettement alignés à mesure qu'ils débarquaient. Certains, avec le colonel McLeod, avaient pris position quelques yards à l'intérieur. Puis le câble du *Groper* se rompit. Un violent rouleau le prit par l'arrière, le fit pivoter et le jeta sur cette plage sans merci : son étrave déjà défoncée, il fut immédiatement mis en pièces, laissant aux vagues toute liberté. Le rouleau qui l'avait démoli n'était que le premier d'une série de plus en plus violente et la ceinture de ressac s'élargit, se fit plus bruyante.

— Peut-on envoyer une autre unité, commodore ? demanda Keating.

— Non, monsieur, dit Jack.

Sur la route reliant Sainte-Marie à Saint-Denis et qui s'incurvait ici dans l'intérieur des terres pour éviter un marécage, on voyait trois groupes séparés de troupes françaises avancer lentement d'est en ouest vers Saint-Denis. Les hommes du colonel McLeod avaient déjà dressé une levée de pierres sèches entre la plage et la route et s'étaient rangés derrière en bon ordre. A gauche de leur ligne, les matelots et l'infanterie de marine en avaient fait à peu près autant, mais le sol étant plus humide, c'était sur un large parapet de terre que se dressait Lord Clonfert, très visible avec son étoile et son bicorne à dentelle d'or.

Le premier détachement, parvenu à la hauteur des troupes de débarquement, s'arrêta à environ deux cents yards, pour charger, viser, tirer. Clonfert agita son bicorne dans leur direction, tendit le bras vers le mousquet d'un soldat, riposta. Ce fut pratiquement la seule réponse à la décharge : en débarquant, les troupes avaient dû mouiller toute leur poudre.

Sous les regards de l'escadre, trop éloignée pour tirer avec précision sur cette mer houleuse, mais assez proche pour que les lunettes montrent tous les détails, deux cavaliers venus au galop de la direction de Saint-Denis s'arrêtèrent près d'un officier, puis repartirent. Le détachement remit le mousquet à l'épaule, se reforma et partit vers Saint-Denis au pas de charge. Les deuxième et troisième détachements, obéissant eux aussi aux cavaliers, approchaient très vite : chacun s'arrêta le temps d'une ou deux décharges, et fut salué par Clonfert du haut de son mur. Il mangeait un biscuit, qu'il déposait chaque fois sur son mouchoir pour tirer. Il réussit à toucher le cheval d'un officier, mais en général son mousquet faisait long feu.

D'autres cavaliers arrivant au galop de Saint-Denis, dont l'un était sans doute un officier supérieur, incitaient les soldats à se hâter. La conclusion sautait aux yeux : le colonel Fraser avait débarqué en force du *Sirius* et l'on rappelait ces hommes pour protéger la capitale.

— La *Magicienne* et les transports *Kite* et *Solebay* doivent immédiatement aller le soutenir, dit Jack. Le reste de l'escadre va demeurer ici pour le cas où la mer diminuerait au matin.

Le colonel Keating fut d'accord : il parut accepter volontiers cette déclaration pleine d'autorité et Stephen pensa qu'il avait l'impression de perdre le contrôle de la situation — que cette impossibilité de communiquer avec le rivage visible était tout à fait étrangère à son expérience.

Pendant toute l'opération, Stephen et Farquhar étaient demeurés près de la descente, à l'écart, deux silhouettes presque transparentes comme ils l'étaient durant les conseils militaires où ils restaient à peu près muets, invisibles parmi les splendides uniformes. Mais à présent, après un conciliabule hâtif avec Farquhar, Stephen dit à Jack :

— Nous pensons que si le colonel Fraser a pu prendre pied de l'autre côté de l'île, il faudrait qu'on m'y débarque.

— Très bien, dit Jack. Monsieur Fellowes, une chaise de gabier, je vous prie, faites passer pour mon patron de canot. Bonden, vous allez à bord de la *Magicienne* avec le docteur.

Ce qu'il restait de cette journée d'inquiétude au large de la rivière des Pluies fut absorbé par la surveillance du ressac. Peu avant le coucher du soleil, une demi-heure d'averse d'une violence rare, même sous ces latitudes, aplatit l'eau blanche des brisants, de sorte que le chenal apparut plus clairement ; un subalterne du 56e, né aux Antilles et habitué dès l'enfance au ressac, se porta volontaire pour rejoindre la côte à la nage avec les ordres du colonel Keating pour le colonel McLeod. Il se lança dans les rouleaux avec toute l'assurance d'un phoque, disparut et réapparut sur la crête d'une vague qui le déposa proprement sur ses pieds à la limite de la marée haute. Peu après, McLeod, couvrant d'une couverture la nudité du subalterne, s'en fut à la tête de ses hommes pour s'emparer du petit poste de Sainte-Marie déserté par ses occupants, hisser les couleurs britanniques et dévorer les provisions abandonnées par la garde du sergent.

Mais la nuit était tombée avec la brutalité habituelle des tropiques et l'on ne pouvait envoyer les canots dans une mer à nouveau agitée. Toute la nuit les navires croisèrent devant la plage où les rouleaux s'écrasaient toujours au matin. Peut-être, Jack en convint, y avait-il une légère amélioration, mais ce n'était pas suffisant. Il était d'avis qu'il fallait se diriger immédiatement vers Grande Chaloupe pour renforcer les troupes du *Sirius* et de la *Magicienne*, laissant l'*Iphigenia* et quelques transports débarquer à la rivière des Pluies un peu plus tard dans la journée si la mer se calmait. Fort heureusement, le colonel Keating fut tout à fait d'accord et la *Boadicea* fit voiles, passa devant Saint-Denis où les soldats jurèrent qu'ils entendaient tirer le canon de l'autre côté de la ville, doubla le cap Bernard et fit route au sud sud-ouest sous un nuage de toile vers la plage de Grande Chaloupe, repérable à des milles par le rassemblement des navires et la canonnade à présent évidente dans les collines.

Ils s'approchèrent : comme les choses étaient différentes ici, sous le vent de l'île ! Plage calme, vaguelettes, va-et-vient de chaloupes. Et dans les collines les compagnies d'habits rouges bien formées ; des compagnies de turbans ; des canons à l'œuvre, et d'autres canons encore que tiraient comme des fourmis de longues files de marins.

Le colonel et son état-major se précipitèrent à terre, toute fatigue oubliée ; la frégate se mit à déverser troupes, canons, matériel. Le devoir de Jack le retenait pourtant à son bord et il ne pouvait que regarder à la lunette.

— Voilà un bien triste moyen de participer à une bataille, dit-il à M. Farquhar ; comme j'envie Keating.

Le colonel Keating, pourvu dès la plage d'un cheval de capture, éperonna sa monture pour escalader la colline jusqu'au poste avancé du colonel Fraser, d'où tous deux étudièrent la scène.

— Vous avez là une attaque d'une exquise régularité, dit Keating avec satisfaction, en balayant de droite à gauche avec sa lunette, et une défense tout à fait judicieuse : les Français ont fort bien disposé leurs forces.

— Oui, monsieur, c'est aussi régulier qu'on pourrait le souhaiter, sauf pour les matelots. Ils se précipitent et s'emparent des ouvrages avancés avant que le moment de leur chute ne soit venu. Je dois dire toutefois qu'ils ont fait merveille pour hisser les obusiers jusqu'ici. Mais dans l'ensemble c'est vraiment fort régulier : à droite, monsieur, au-delà du mât de signaux, Campbell et ses cipayes ont préparé de fort jolies approches. Ils n'attendent que l'ordre de charger : cela nous conduira deux cents yards plus près de leur demi-lune.

— Alors pourquoi ne le donnez-vous pas, mère de Dieu ? Manifestement, ils ont déjà débordé l'ennemi. Où est votre estafette ?

— Juste derrière vous, monsieur, mais si vous me permettez, il y a des pourparlers en train. Le monsieur politique du navire est venu avec un ecclésiastique et un groupe de matelots et nous a dit qu'il devait parler avec le commandant français. Sachant qu'il était le conseiller du gouverneur, nous avons battu la chamade et nous l'avons envoyé sous drapeau de trêve. Cela m'a paru convenable ; et pourtant je le regrette à moitié... Est-il tout à fait bien dans sa tête, monsieur ? Il m'a demandé de lui garder cet os, disant qu'il ne le confierait pas aux Français pour tout l'or du monde.

— Oh, ces politiques, vous savez, Fraser... dit le colonel Keating. Cela ne mènera à rien de toute manière. Ils sont fortement retranchés sur la colline et même si McLeod arrive par l'est, il nous faudra les presser une bonne semaine pour les ramener jusqu'à leurs fortifications.

Ils étudiaient attentivement ces fortifications à la lunette quand un aide de camp leur dit :

— Je vous demande pardon, monsieur, mais le docteur Maturin approche avec un officier français et un couple de civils.

Le colonel Keating avança à leur rencontre. Stephen dit :

— Colonel Keating, voici le colonel Sainte-Susanne, qui commande les forces françaises sur l'île. Ces messieurs représentent l'administration civile.

Les deux soldats se saluèrent ; les civils s'inclinèrent. Stephen poursuivit :

— Désireux d'éviter toute effusion de sang, ils souhaitent connaître les termes selon lesquels vous accorderez une capitulation couvrant l'ensemble de l'île. J'ai pris sur moi de les assurer que ces termes seront honorables.

— Certainement, monsieur, dit le colonel Keating avec un regard glacial à Stephen. Messieurs, si vous voulez bien venir par ici.

Jack et Farquhar, qui dévoraient prosaïquement un en-cas précoce sans cesser de se demander vaguement pourquoi l'on ne tirait plus dans les collines, furent interrompus d'abord par des acclamations à terre puis par un aspirant portant une note manuscrite.

— Pardonnez-moi, monsieur, dit Jack, et il lut : « Mon cher commodore — votre ami nous a déçus — il nous a refaits de notre bataille, la plus élégante bataille que l'on puisse imaginer. Nous avions enfoncé leurs piquets — débordé leur aile droite — et tout à fait hors de propos, voilà qu'on nous offre une capitulation, *pour éviter toute effusion de sang*, ma foi. Ils acceptent les termes habituels — honneurs de la guerre, armes de poing et bagages, effets personnels, etc. — si donc cela vous satisfait, soyez aimable de venir à terre pour signer avec votre très humble et très obligé serviteur, H. Keating, lieutenant colonel ».

Le commodore éclata de rire, se frappa fort la cuisse, tendit la main et dit :

— Gouverneur, je vous présente mes félicitations. Ils ont capitulé et votre royaume vous attend. Ou du moins cette première partie de votre royaume insulaire.

Chapitre 7

Son Excellence le gouverneur de la Réunion présidait la table de son Conseil vêtu d'un uniforme aussi splendide que l'écarlate et or des colonels, à sa gauche, beaucoup plus splendide que le bleu fané des officiers de marine, à sa droite ; et plus question qu'il reste muet. Aucune trace de morgue, pourtant, sur son visage passionné, intelligent, tandis qu'il s'efforçait de guider l'assemblée vers l'approbation unanime du projet révolutionnaire du commodore, son plan d'une attaque immédiate sur Maurice avec débarquement simultané à partir de l'île Plate, au large de Port Louis, et dans le voisinage de Grand Port, à l'autre extrémité de l'île. Le colonel Keating y adhérait depuis le début, mais il restait à surmonter un penchant très net à profiter quelque temps des fruits de la victoire, à « laisser les hommes se reposer un peu » et, plus sérieusement, un désir de préparer la campagne avec mûre réflexion, pour que les mortiers, par exemple, n'arrivent pas sans leurs obus. C'est qu'en cas d'échec, une tentative aussi ambitieuse et risquée que celle-ci ne pourrait être justifiée que par un vote unanime.

— Je me ferai l'écho des paroles du commodore, messieurs, dit M. Farquhar, et je m'écrierai « Il n'y a pas une minute à perdre ! » Nous disposons actuellement d'une supériorité de cinq à trois pour les frégates, nous possédons une flotte de transports, des troupes dans l'ivresse du succès, et des renseignements précis sur les forces et les dispositions de l'ennemi à Maurice, fournis ici même par leurs archives.

— Il a raison, il a raison, dit le colonel Keating.

— Maîtres de la mer, nous pouvons concentrer nos forces où nous voulons. De plus, mon collègue (avec une courbette en direction de Stephen, à l'autre bout de la table) m'assure que dans ces circonstances, ces très favorables circonstances, nos efforts pour saper le moral de l'ennemi seront très probablement couronnés de succès ; et nous connaissons tous les talents du docteur Maturin à cet égard.

Ce n'était pas tout à fait la chose à dire : certains des colonels qui avaient peiné et souffert dans l'espoir de la gloire jetèrent des regards sombres au docteur Maturin. M. Farquhar le sentit et se hâta d'ajouter :

— Plus important encore, peut-être, dans l'instant nous avons les mains libres. Le *Leopard* a emporté nos dépêches au Cap : il ne reviendra pas. Aucun ordre d'une quelconque autorité ignorant l'état exact des conditions locales ne peut retirer la direction des opérations des mains de ceux qui les connaissent — aucun état-major nouveau ne peut pour le moment arriver tout armé d'un plan de campagne mûri à Bombay, Fort William ou Whitehall. C'est une situation qui ne durera pas.

— Il a raison, dirent le colonel Keating, le colonel McLeod et le colonel Fraser.

Et les officiers d'état-major, plus gras et plus prudents, échangèrent des regards embarrassés.

— Loin de moi le désir de dénigrer le patient et laborieux travail des états-majors, dit le gouverneur. Nous en avons vu les excellents résultats sur cette île : mais, messieurs, le temps et la marée n'attendent pas ; et je me dois de vous rappeler que la Fortune est chauve par derrière.

Tout en s'éloignant de la Résidence par les rues placardées de la proclamation du gouverneur, Jack dit à Stephen :

— Que nous chante donc Farquhar à propos de la Fortune ? Aurait-elle la gale ?

— Il me semble qu'il faisait allusion à cette vieille maxime — il voulait dire qu'il faut la saisir aux cheveux quand on la voit de face car une fois passée, on ne peut plus la rattraper. D'après cette métaphore, elle a le crâne nu derrière les oreilles, si vous voyez ce que je veux dire.

— Ah oui, je vois. C'est assez bien dit : mais je doute que ces homards sans finesse aient saisi la plaisanterie. (Il fit une pause, pensif, avant d'ajouter :) Ce n'est pas une formule très élégante, chauve par derrière ; mais évidemment c'est très imagé, très imagé...

Il regardait avec un sourire bénin une femme extrêmement élégante, accompagnée d'une esclave noire encore plus svelte ; il descendit du trottoir pour les laisser passer, hautaines, lointaines, et poursuivit :

— Je suis tout de même heureux qu'ils aient fini par entendre raison. Mais grand Dieu, Stephen, quelle épouvantable perte de temps que ces conseils ! Si cela avait encore traîné une journée, l'escadre aurait été dispersée — le *Sirius* est déjà parti — et j'aurais dû suivre mon propre plan. Mon premier devoir est maritime, je dois m'occuper de Hamelin avant que la *Bellone* et la *Minerve* ne soient revenues. Mais ainsi, je peux combiner les deux. Pullings ! s'exclama-t-il.

Pullings lâcha le bras de la fille qui l'accompagnait et traversa la rue, le visage rouge acajou mais tout souriant.

— Avez-vous trouvé quelque chose à votre goût, Pullings ? demanda Jack. Je veux dire, sous l'angle professionnel.

— Oh oui, monsieur — je lui tenais simplement compagnie une minute pour M... pour un autre officier, monsieur —, mais je ne pense pas que vous voudriez me la confier — elle est bien trop jolie, à part un peu de vermoulure dans les fesses, les allonges de fesses.

Pullings avait été envoyé à Saint-Paul avec le *Sirius*, détaché aussitôt après la capitulation pour s'emparer de toutes les unités présentes dans le port ; on lui avait dit de faire son choix pour remplacer le *Groper*, et il en était fier comme Artaban. Ils regardèrent la jeune femme s'attacher au bras de M. Joyce, du transport *Kite*, puis reprirent leur route et Pullings, plus cohérent à présent qu'il était soulagé d'un sentiment de culpabilité — car, chose étrange, ses officiers considéraient Jack Aubrey comme un modèle de moralité en dépit de toutes les preuves du contraire —, s'étendit sur les mérites de sa capture, une goélette corsaire clouée cuivre et magnifiquement construite.

Ils se séparèrent aux grilles des écuries du gouvernement et tandis que Bonden amenait un puissant cheval noir, autrefois orgueil de la garnison française, Stephen dit :

— Ce n'est pas le moment de vous demander comment vous avez l'intention de combiner les deux plans ; mais j'admets que je suis curieux de le savoir. Bonden, pour votre bien, je vous conseille de ne pas rester derrière cette créature.

— Si vous voulez venir à Saint-Paul avec moi, dit Jack, je vous le dirai.

— Hélas, j'ai une audience avec l'évêque dans une demi-heure et ensuite un rendez-vous à l'imprimerie.

— Cela vaut peut-être mieux. Les choses seront plus claires au matin. Bonden, larguez devant.

Les choses étaient effectivement plus claires au matin : le commodore avait vu tous les officiers concernés ; il avait combiné précisément tous les faits ; et il reçut Stephen dans une pièce remplie de cartes et de plans.

— Ici, voyez-vous, dit-il, montrant du doigt une île située à trois ou quatre milles au large de Grand Port, c'est l'île de la Passe. Elle se trouve sur le récif, juste au bord du seul chenal d'eau profonde conduisant au port : un chenal diabolique, étroit, avec un double coude et toute une série de bancs et de rochers dans son lit. L'île est assez fortement tenue — elle monte une vingtaine de grosses pièces — mais la ville ne l'est pas. Ils nous attendent dans le nord, où nous avons toujours tenu le blocus, et la plupart de leurs forces sont autour de Port Louis : donc, si nous prenons l'île de la Passe — et une couple de frégates devrait y réussir...

— En dépit des difficultés de navigation ? Ces hauts fonds sont très inquiétants, mon frère. Je vois marqué deux et trois brasses sur une couple de milles à l'intérieur du récif ; et ici une vaste zone portant les mots *Passage de pirogue à marée haute*, alors que votre chenal n'est qu'un serpent, un serpent maigre au mieux. Mais ce n'est pas à moi de vous apprendre votre métier.

— Cela peut se faire. Clonfert et son pilote noir connaissent parfaitement ces eaux. Regardez, voici le mouillage de Jacotet où il s'est emparé de l'Américain. Oui, il devrait s'en débrouiller fort bien ; mais évidemment, il faut le faire en chaloupe et de nuit ; aucun navire ne pourrait tenir contre ce feu, sans être désemparé. Une fois l'île prise, les Français ne pourront pas la reprendre facilement : leurs batteries ne portent pas à travers la baie intérieure et comme ils n'ont pas de navire d'une force quelconque à Grand Port, ni même de canonnière, ils n'ont aucun moyen de rapprocher leurs pièces d'artillerie. Ils ne pourront pas non plus affamer l'île, tant qu'elle sera ravitaillée par la mer. Si nous tenons l'île de la Passe, nous privons les Français de leur meilleur port après Port Louis ; nous avons une base pour notre débarquement ; et nous ouvrons toute la région hors de portée des batteries à votre distribution de tracts et vos moissons de simples. En effet, leurs petites garnisons, dans la ville et le long de la côte, n'oseront jamais sortir hors de la protection de leurs canons.

— C'est un plan superbe.

— N'est-ce pas ? Keating a déjà envoyé à bord de la *Néréide* quelques artilleurs de Bombay et des troupes européennes pour la garnison de l'île une fois prise : la *Néréide* est manifestement plus riche en connaissance des lieux que tout le reste de l'escadre.

— Vous ne trouvez pas que la destruction par Clonfert de cette petite unité, à la rivière de Pluies, jette un peu d'ombre sur ses talents ?

— Non, pas du tout. Cela aurait pu arriver à n'importe qui dans les mêmes circonstances, avec les soldats tout prêts à nous taxer de couardise. Je l'aurais tenté moi-même. Mais je ne vais pas lui laisser la bride sur le cou, à l'île de la Passe ; je ne veux pas qu'il se transforme en un nouveau Cochrane : Pym commandera. Pym n'est peut-être pas très malin, mais c'est un homme solide, ferme, régulier comme une horloge ; donc, la *Néréide*, l'*Iphigenia* et peut-être le *Staunch*...

— Qu'est-ce que le *Staunch* ?

— C'est un brick. Arrivé la nuit dernière de Bombay. Un petit brick fort utile et en excellente condition. Narborough le commande, de la vraie graine d'officier : vous vous souvenez de Narborough, Stephen ? (Stephen secoua la tête.) Mais si, bien sûr, s'écria Jack, Lord Narborough, un grand homme tout sombre avec un chien de Terre-Neuve, troisième lieutenant de la *Surprise*.

— Vous voulez dire Garron ?

— Garron, bien sûr, vous avez raison. Il s'appelait Garron mais son père est mort l'année dernière et à présent on l'appelle Narborough. Donc la *Néréide*, l'*Iphigenia* et peut-être le *Staunch*, s'il arrive à faire son eau douce assez vite, iront à Port Louis, où Pym surveille les mouvements de Hamelin. L'*Iphigenia* y restera tandis que le *Sirius* et la *Néréide* iront au sud vers l'île de la Passe.

— La *Néréide* ne reviendra donc pas ici ?

— Pour attendre la nouvelle lune, voulez-vous dire ? Non. Nous n'avons pas le temps.

— Dans ce cas, mieux vaut que je monte à son bord dès à présent. Il y a beaucoup de choses à faire à Maurice et plus tôt j'y serai, mieux cela vaudra. Car je peux vous dire, mon cher, que quoique moins mortelles, les feuilles volantes sont aussi efficaces que vos... que vos boulets.

— Stephen, j'en suis convaincu.

— J'ai failli dire aussi efficaces que vos volées, mais j'ai eu peur que ce mauvais jeu de mots n'offense un baronnet en puissance ; car Farquhar m'a dit que si cette seconde campagne réussit aussi bien que la première, l'heureux commandant des opérations ne saurait échapper à cet honneur. N'aimeriez-vous pas être baronnet, Jack ?

— Eh bien en fait, je ne suis pas sûr que cela me plairait. Le Jack Aubrey du temps du roi James avait payé une énorme amende pour ne pas être baronnet, savez-vous ? Non que j'aie le moins du monde à dire contre les hommes anoblis pour avoir remporté un grand combat naval — c'est tout à fait juste et convenable —, mais quand on regarde la plupart des titrés : marchands, politiciens véreux, prêteurs d'argent... Eh bien, j'aime autant être simplement Jack Aubrey — capitaine Jack Aubrey, car je suis fier comme Nabuchodonosor de mon grade, et si jamais je hisse ma marque, je ferai peindre « Ici vit l'amiral Aubrey » en grandes lettres sur la façade d'Ashgrove Cottage. N'allez pas croire que je sois l'un de ces sauvages jacobins démocratiques, Stephen — ne vous emparez pas de cette idée —, mais chacun regarde ce genre de choses sous un jour différent. (Il fit une pause, puis ajouta dans un sourire :) S'il y a un homme qui donnerait n'importe quoi pour être baronnet, c'est bien l'amiral Bertie. Il met ça sur le dos de Mme Bertie, mais le service tout entier sait combien il a intrigué et travaillé pour obtenir l'ordre du Bain. Grand Dieu, s'exclama-t-il avec un grand rire, quelle vision qu'un homme de plus de soixante ans s'en allant ramper à Saint-James pour un ruban ! Quoique, évidemment, je verrais peut-être les choses différemment si j'avais un fils : mais j'en doute.

Dans l'après-midi du lendemain, précédé de deux ballots de tracts, affiches et proclamations, certains imprimés au Cap, d'autres si récemment sortis des presses de Saint-Denis qu'ils étaient encore tout humides, le docteur Maturin vint accoster la *Néréide* avec six heures de retard. Mais les Néréides n'étaient pas habitués à ses manières ; furieusement pressés d'appareiller à la poursuite de l'*Iphigenia*, partie dès l'aube, ils le laissèrent tomber entre le canot et le flanc du navire. Dans sa chute il se cogna la tête et le dos sur le plat-bord du canot, se brisant deux côtes, avant de couler tout assommé dans l'eau tiède et transparente : la frégate était déjà sous voiles et si elle mit aussitôt en panne, pas un homme à bord ne fit rien de plus utile que courir dans tous les sens en criant pendant plusieurs minutes. Le temps qu'elle ait largué un canot, Stephen serait mort si l'un des Noirs porteurs de ballots n'avait pas plongé pour le tirer de l'eau.

Le choc fut rude. Malgré le temps aimable et le soleil très chaud, une inflammation des poumons le tint plusieurs jours au lit, ou plutôt dans le lit du capitaine, car Lord Clonfert lui avait cédé sa chambre à coucher et s'était fait accrocher un hamac dans le rouffle.

Stephen manqua donc le rapide trajet vers le nord, le rendez-vous des navires devant Port Louis et leur retour vers le sud dans une forte mer pour exécuter le plan d'attaque du commodore sur l'île de la Passe ; il manqua tout sauf les bruits d'une première tentative avortée pour rassembler les canots en vue de l'assaut, par une nuit noire comme l'enfer et un vent proche du coup de chien à huniers risés, où même le pilote de la *Néréide* ne put trouver la passe et où le mauvais temps les força à regagner Port Louis ; en revanche, dans ces circonstances particulièrement intimes, il fit plus étroite connaissance avec Clonfert et McAdam.

Le capitaine passait de nombreuses heures aux côtés de Stephen, en conversations décousues et pour la plupart sans grande importance, mais Clonfert était capable d'une délicatesse presque féminine — il pouvait être silencieux sans contrainte et savait toujours quand Stephen avait envie d'une boisson fraîche ou d'un peu d'air par la claire-voie —, et ils parlaient de romans, des plus récents poèmes romantiques, et de Jack Aubrey, ou plutôt des actions de Jack Aubrey, de manière très agréable. Quelquefois Stephen apercevait parmi les diverses personnalités de son hôte un être doux et vulnérable qui attirait son affection. « Son intuition, toutefois, se disait-il, quoique agréable en tête à tête, ne lui sert de rien quand trois personnes ou plus sont réunies dans la même pièce ou quand il est inquiet. Jack n'a jamais vu ce personnage quasi domestique. Ses femmes le connaissent sans aucun doute et c'est peut-être ce qui justifie son succès remarquable parmi elles. »

Ces réflexions étaient suscitées par la visite de son ancien compagnon de bord, Narborough, devant lequel Clonfert se pavanait, monopolisant la conversation avec des anecdotes de sir Sydney Smith et auprès duquel il se comporta avec une supériorité affectée si agressive que le commandant du *Staunch* regagna vite son bord, profondément mécontent. Pourtant, le même soir, tandis que la *Néréide* et le *Staunch* se rapprochaient une fois de plus de l'île de la Passe par le sud, le *Sirius* étant passé par le nord pour ne pas éveiller les soupçons, Clonfert se montra calme, agréable et bien élevé comme il pouvait l'être : particulièrement conciliant même, comme s'il était conscient de son erreur. Et lorsque à sa demande Stephen eut une fois de plus raconté la prise du *Cacafuego* par Jack, coup par coup, Clonfert dit dans un soupir : « Par ma foi, cet exploit lui fait grand honneur. Je mourrais heureux, avec une telle victoire à mon actif. »

Les relations de Stephen avec McAdam étaient beaucoup moins plaisantes. Comme la plupart des hommes de l'art, Stephen était un mauvais patient ; et comme la plupart des hommes de l'art, McAdam adoptait une attitude autoritaire envers ceux qu'il soignait. Dès que le patient se fut ressaisi, ils se prirent de bec quant à l'opportunité d'un cingulum, d'une purgation et d'une phlébotomie, toutes choses que Stephen rejeta d'une voix faible, rauque mais passionnée, comme « totalement périmées, dignes de Paracelse ou d'un arracheur de dents à la foire de Ballinasloe », avec une tirade sur le goût prononcé de McAdam pour la camisole de force. Mais cet accès, même combiné avec la guérison de Stephen sans autre traitement que de l'écorce de quinquina auto-administrée, n'aurait pas suscité d'animosité réelle si McAdam n'avait éprouvé du ressentiment des attentions de Clonfert pour Stephen, de l'ascendant de Stephen sur Clonfert et du plaisir qu'ils prenaient à leur compagnie mutuelle.

Il entra dans la chambre, à peine à moitié ivre, la veille du jour où la *Néréide* et le *Staunch*, quoique retardés par les brises contraires, espéraient retrouver le *Sirius* au large de l'île de la Passe pour l'assaut. Il prit le pouls de Stephen, déclara : « Il reste encore un petit soupçon de fièvre qu'une saignée aurait certainement soigné depuis longtemps ; mais je vous permettrai de prendre l'air demain sur le pont, si l'action vous laisse un bout de pont pour l'y prendre », tira sa flasque de sa poche, se versa une bonne rasade dans le gobelet à médicaments de Stephen et se pencha pour ramasser un papier qui avait glissé sous la bannette, une feuille imprimée.

— Quelle langue est-ce là ? demanda-t-il en l'approchant de la lampe.

— C'est de l'irlandais, dit Stephen avec calme : il s'en voulait extrêmement de l'avoir laissée traîner, car si ses activités n'avaient plus rien de secret, il était mortifié dans son sentiment de prudence tenace. Mais il ne voulait rien en laisser paraître.

— Ce n'est pas l'alphabet irlandais !

— On ne trouve guère de caractères irlandais dans les colonies françaises, sans doute.

— Je suppose que c'est destiné à ces voyous papistes de Maurice, dit McAdam, faisant allusion aux Irlandais que l'on savait enrôlés dans l'armée française. (Stephen ne répondit pas. Il poursuivit :) Qu'est-ce que ça dit ?

— Ne comprenez-vous pas l'irlandais ?

— Bien sûr que non. Qu'est-ce qu'un homme civilisé peut avoir à faire de l'irlandais ?

— Cela dépend peut-être de ce que vous appelez un homme civilisé.

— Je vais vous donner mon idée d'un homme civilisé : c'est celui qui sait croquer du croquant, qui boit au roi Billy et qui envoie le pape...

Sur ce, McAdam se mit à brailler un chant vengeur contre les rebelles irlandais, « Croppies Lie Down ». Sa voix triomphante, discordante, blessait l'ouïe encore fiévreuse et hypersensible de Stephen. McAdam ignorait qu'il fût catholique, Stephen en était à peu près sûr, et pourtant son irritation, renforcée par la chaleur, le vacarme, l'odeur et son incapacité temporaire de fumer, atteignit de tels sommets que, contre tous ses principes, il déclara :

— C'est vraiment à faire pitié, docteur McAdam, de voir un homme de votre valeur s'abrutir l'esprit avec le jus de la vigne.

McAdam retrouva instantanément ses facultés pour répondre :

— C'est vraiment à faire pitié, docteur Maturin, de voir un homme de votre valeur s'abrutir l'esprit avec le jus du pavot.

Ce soir-là, Stephen écrivit dans son journal :

« ... Et son visage marbré s'éclairant tout à coup, il m'a réprimandé pour mon laudanum. Je suis stupéfait de sa perspicacité. Mais est-ce que vraiment je m'abrutis l'esprit ? Certainement pas : en parcourant les pages antérieures de ce même carnet, je ne détecte aucune diminution d'activité mentale ou physique. Le pamphlet sur la conduite véritable de Buonaparte à l'égard de ce pape et du précédent est le meilleur que j'aie jamais écrit : je souhaite qu'il soit aussi bien traduit. Je prends rarement mille gouttes, un rien comparé aux doses des vrais mangeurs d'opium ou à ce que je prenais à l'époque de Diana. Je peux m'en priver quand je veux, et je ne le prends que lorsque mon dégoût est si grand qu'il menace de me gêner dans mes travaux. Un jour, quand il sera sobre, je demanderai à McAdam si le dégoût de soi-même, de ses semblables et de tout ce qui fait la vie, était courant chez ses patients de Belfast — si cela les frappait d'incapacité. Le mien semble croître ; et peut-être est-il significatif que je ne parvienne pas à éprouver de gratitude envers l'homme qui m'a tiré de l'eau. Je fais les gestes que l'humanité demande, mais je n'éprouve aucune bonté réelle envers lui : ceci n'est-il pas inhumain ? L'humanité chassée par le dégoût ? Il croît ; et si mon aversion pour Buonaparte et son système diabolique est un stimulant efficace, la haine seule ne fournit qu'une base pauvre et stérile. Laudanum ou pas, le dégoût semble persister même dans mon sommeil car bien souvent il est là, prêt à m'envelopper quand je m'éveille. »

Le lendemain matin ne fut pourtant pas de cette sorte. Ayant écouté en vain à différents moments de la nuit pour repérer les sons annonçant un combat ou même un rendez-vous avec les autres navires, Stephen s'éveilla d'une longue somnolence confortable, entièrement détendu, sachant que la fièvre avait disparu et qu'on l'observait par la fente de la porte entrouverte. « Eh, là ! » s'écria-t-il. Un aspirant nerveux, ouvrant plus grand, lui dit :

— Les compliments du capitaine au docteur Maturin, et s'il est réveillé et suffisamment bien, il y a une sirène par tribord avant.

Elle était par le travers quand Stephen atteignit la lisse : vaste créature grisâtre avec un museau rond et d'épaisses lèvres, debout dans l'eau, observant le navire de ses petits yeux en boutons de bottine. Si vraiment elle était du sexe, elle avait dû avoir un compagnon qui n'en était pas, car elle tenait dans sa nageoire gauche un grand bébé tout gris. Elle s'éloignait assez vite vers l'arrière, mais il eut le temps d'observer sa poitrine opulente, son absence de cou, de poils et d'oreilles externes, et d'évaluer son poids à cinq cent soixante livres, avant qu'elle ne plonge, montrant sa large queue au-dessus des vagues. Il exprima toute sa reconnaissance d'une si belle surprise — il avait toujours eu envie d'en voir une — l'avait cherchée dans tous les lagons de Rodrigues et ceux d'une île proche de Sumatra, mais sans succès jusqu'à cet heureux moment — et il constatait à présent que la réalisation de ses souhaits lui apportait encore plus de plaisir qu'il ne l'espérait.

— Je suis heureux de votre plaisir, dit Lord Clonfert, et j'espère que cela amortira quelque peu mes mauvaises nouvelles. Le *Sirius* nous a coupé l'herbe sous le pied : voyez où il se trouve.

Stephen prit ses repères. A quatre ou cinq milles, sur la droite, s'élevait la côte sud-est de Maurice, avec la pointe du Diable s'avançant dans la mer. Toujours du côté droit mais à moins de cent yards, le long récif s'étendait, ici découvert, là enfoui sous les rouleaux blancs, avec quelques îles qui tantôt le couronnaient, tantôt surgissaient de l'eau plus profonde et plus pâle, à l'intérieur ; et vers l'extrémité, ce que montrait Clonfert, c'était le *Sirius* tout proche d'une île fortifiée sur les murs de laquelle, très visible à la lunette, flottait l'Union Jack.

En dépit du plaisir que lui donnait l'enchantement de Stephen, Clonfert était visiblement déçu, et fort marri.

— Ils ont dû nous prendre vingt lieues tandis que nous étions à louvoyer devant le cap, dit-il, mais si Pym avait eu la moindre délicatesse, il aurait attendu jusqu'à ce soir : après tout, je lui ai prêté mon pilote.

Toutefois, en hôte attentif, il retint ses réflexions amères et demanda à Stephen s'il prendrait son petit déjeuner.

— Vous êtes bien bon, mylord, dit Stephen, mais je crois que je vais rester ici dans l'espoir de voir une autre sirène. On les rencontre en général dans l'eau peu profonde à proximité des récifs, me dit-on, et je ne voudrais pas en rater une pour tous les petits déjeuners du monde.

— Clarges vous l'apportera ici, si vous êtes sûr d'être assez solide, mais je dois d'abord envoyer McAdam vous examiner.

McAdam était fort peu ragoûtant au soleil du matin, maussade et grincheux : un peu inquiet aussi, car il avait le vague souvenir d'un échange de mots durs la nuit précédente. Mais après avoir vu sa sirène, Stephen était bien disposé envers le monde entier.

— Vous avez manqué la sirène, mon cher collègue, mais peut-être, si nous restons là bien tranquilles, en verrons-nous une autre.

— Non point, dit McAdam, j'ai vu l'animal par le hublot de la galerie arrière ; et ce n'était qu'un lamantin.

Stephen réfléchit quelques instants.

— Un dugong, probablement. La dentition du dugong est

très différente de celle du lamantin : ce dernier, si je me rappelle bien, n'a pas d'incisives. De plus, toute la largeur de l'Afrique sépare leurs royaumes respectifs.

— Lamantin ou dugong, c'est tout du pareil au même, dit McAdam ; pour ce qui me concerne, l'animal n'est intéressant que par la parfaite illustration qu'il donne de la force irrésistible de la suggestion. Avez-vous écouté leurs papotages dans l'embelle ?

— Non point, dit Stephen.

On parlait effectivement beaucoup parmi les hommes qui travaillaient juste hors de vue, en avant du fronteau du gaillard d'arrière, sur un ton de colère et de mauvaise humeur. Mais la *Néréide* était toujours un navire extrêmement bavard et il n'y avait pas fait attention, attribuant cet éclat à l'humiliation de leur arrivée tardive.

— Ils semblent mécontents, toutefois, ajouta-t-il.

— Bien sûr qu'ils sont mécontents : chacun sait que la sirène apporte la malchance. Mais ce n'est pas la question. Ecoutez-les, voulez-vous ? Celui-ci est John Matthews, un homme solide, sobre et de bon jugement ; et l'autre est le vieux Lemon, un ancien employé d'homme de loi, et qui sait ce qu'est une preuve.

Stephen écouta, différencia les voix, saisit le fil du débat : la discussion entre Matthews et Lemon, porte-parole de deux factions rivales, portait sur ce que la sirène avait en main, un peigne ou un miroir.

— Ils ont vu le reflet de cette nageoire humide, dit McAdam, et l'ont traduit avec une conviction totale et religieuse en l'un ou l'autre de ces objets. Matthews offre le combat à Lemon et deux de ses partisans, n'importe lesquels, pour soutenir sa conviction.

— Des hommes sont allés au bûcher pour moins que cela, dit Stephen. (S'approchant de la lisse, il lança :) Vous vous trompez tout à fait, tous les deux : c'était sa brosse à cheveux.

Silence de mort dans l'embelle. Les matelots se regardèrent, indécis, et s'en furent silencieux entre les canots en drome, non sans jeter des coups d'œil à l'arrière, troublés par cet élément nouveau.

— Signal du *Sirius*, monsieur, s'il vous plaît, dit un aspirant à l'officier de quart qui se curait les dents avec opiniâtreté, ce qui l'avait rendu sourd à la dispute. *Capitaine attendu à bord.*

— Je suis impatient de voir si le *Sirius* a des prisonniers, dit Stephen quand le capitaine apparut, et si vous le permettez, je vous accompagnerai.

Pym ne les accueillit pas avec autant d'entrain que d'habitude. Le petit accrochage avait été sanglant, il y avait perdu un jeune cousin, et si les ponts de la frégate étaient déjà nets comme au mouillage devant Sainte-Hélène, une rangée de hamacs attendaient l'immersion, et les chaloupes étaient encore en désordre, toutes plus ou moins défoncées avec, dans l'une, une caronade basculée dans une mare rouge. L'inquiétude de la nuit avait marqué Pym, et à présent que l'excitation de la victoire s'atténuait, il semblait très fatigué. De plus, l'*Iphigenia* avait envoyé un aviso pour annoncer qu'à Port Louis trois frégates étaient prêtes à prendre la mer, et le *Sirius* s'affairait à préparer son retour. Son capitaine trouva le temps d'être aimable envers Stephen mais sa préoccupation rendit particulièrement secs et officiels les mots qu'il adressa à Clonfert. Quand celui-ci, l'ayant félicité, entreprit de dire que la *Néréide* aurait pu être autorisée à prendre part à l'action, Pym le coupa net :

— Je ne discuterai certainement pas de cela maintenant. Premier venu, premier servi, telle est la règle en la matière. Voici les signaux du commandant français : il n'a pas eu le temps de les détruire. Quant à vos ordres, ils sont très simples : placez sur l'île une garnison suffisante — les Français y avaient une centaine d'hommes et deux officiers — et tenez-la jusqu'à ce que vous receviez d'autres instructions ; entre-temps, effectuez à terre les opérations qui pourront sembler judicieuses après consultation avec le docteur Maturin, dont le conseil doit être suivi pour toutes les questions politiques. Docteur, si vous souhaitez voir le commandant français, ma salle à manger est à votre disposition.

Quand Stephen revint après avoir interrogé le pauvre capitaine Duvallier, il eut l'impression que Clonfert s'était fait réprimander pour son retard ou pour quelque erreur professionnelle liée à la navigation de la *Néréide* ; cette impression se renforça tandis qu'ils retournaient vers la frégate avec le pilote mauricien noir : Clonfert était silencieux, son beau visage enlaidi par le ressentiment.

Mais son humeur tournait aussi vite qu'une girouette et peu après la disparition du *Sirius* et du *Staunch* à l'horizon occidental, Pym se hâtant de retourner faire le blocus des frégates françaises à Port Louis, il s'épanouit, plein d'enjouement. Ils avaient nettoyé le fort des restes sanglants, creusé à l'explosif des tombes dans la roche corallienne pour inhumer les soldats ; ils avaient installé les canonniers de Bombay et cinquante grenadiers du 69e, en déplaçant les lourds canons de manière qu'une batterie commande l'étroit chenal et l'autre la totalité du mouillage intérieur placé à sa portée ; ils avaient conduit la *Néréide* par le chenal jusqu'à un mouillage protégé derrière le fort ; à présent il était libre, il était son maître, et disposait de toute la côte proche pour se distinguer. Sans doute avait-il ordre de prendre le conseil du docteur Maturin ; mais le docteur Maturin, lui ayant demandé de sermonner les hommes sur la nécessité absolue de conserver de bonnes relations avec tous les civils, blancs ou noirs, mâles ou femelles, fut tout à fait d'accord avec ses visées militaires, par exemple un assaut sur la batterie de la pointe du Diable et sur toute autre batterie qui lui semblerait intéressante. Le docteur Maturin montrait à l'égard de ses incursions une attitude si différente de la désapprobation trouble-fête que Clonfert avait crainte, qu'il alla jusqu'à accompagner la flottille dans la traversée nocturne du vaste lagon pour prendre à l'aube la pointe du Diable, de manière élégante et sans perdre un seul homme. Il surveilla la destruction des canons, l'enlèvement d'un superbe mortier en cuivre, et le prodigieux jet de feu provoqué par l'explosion du magasin à poudre avec une satisfaction évidente, avant de s'en aller dans la campagne prendre divers contacts et répandre sa littérature subversive.

Jour après jour, les raids sur les installations militaires se poursuivaient en dépit de l'opposition des troupes régulières françaises et de la milice, bien plus nombreuse ; car les Français n'avaient pas de cavalerie, et des canots guidés par un pilote connaissant les moindres criques et passages pouvaient atteindre leur objectif bien plus vite que l'infanterie. De plus, à mesure que les tracts de Stephen se répandaient, il apparut que la milice était de moins en moins encline à se battre : en fait, après une semaine au cours de laquelle les Néréides avaient arpenté le pays dans toutes les directions, respecté les propriétés privées, payé tout ce dont ils avaient besoin, traité les Mauriciens avec civilité et mis en fuite les maigres troupes que le commandant de la région méridionale pouvait leur opposer, l'attitude de la milice tournait progressivement à la neutralité, et même à une neutralité bienveillante. Jour après jour, soldats, infanterie de marine et matelots débarquaient : la frégate était de plus en plus infestée de singes et de perroquets achetés dans les villages ou capturés dans les bois ; et Stephen, bien qu'affairé à sa propre guerre, eut un entretien avec une vieille et noble dame dont le grand-père avait non seulement vu, pourchassé et dévoré un dodo, peut-être le dernier dodo vivant, mais avait rempli un traversin de ses plumes.

Malgré l'absence de pillage, ce fut un agréable interlude pour tout le monde, avec beaucoup d'animation et un temps délicieux, sans parler des fruits frais, des légumes frais, de la viande fraîche et du pain frais ; pourtant, Clonfert jubilant était un compagnon moins agréable que Clonfert abattu. Stephen trouvait sa tumultueuse énergie fatigante, son appétit de destruction écœurant et ses incursions continuelles dans le pays, souvent en grand uniforme avec son épée endiamantée et son étoile ridicule, aussi fastidieuses que les dîners qu'il donnait pour célébrer les conquêtes, importantes ou négligeables, de sa petite troupe. Stephen n'y décelait aucun plan cohérent : pour lui ce n'était qu'une série de raids déterminés par le caprice du jour. Mais cette absence de logique laissait tout aussi perplexe le commandant français.

Les officiers de Clonfert assistaient à ces festins et Stephen remarqua à nouveau le ton étrangement vulgaire du carré de la *Néréide* et du poste des aspirants, leur flatterie servile à l'égard du capitaine et l'appétit que le capitaine avait de cette flatterie, toute flagrante qu'elle fût. Il ne se passait pas de dîner sans que Webber, le second lieutenant, ne compare Clonfert à Cochrane, à l'avantage de Clonfert. Le mot « hardiesse » était d'usage constant ; un jour, le commis aux vivres, lançant un regard de côté vers Stephen, proposa même la comparaison avec le commodore Aubrey — comparaison que Clonfert, avec une modestie affectée, refusa. Stephen observait aussi que lorsque McAdam était invité, ce qui n'était pas toujours le cas, on l'encourageait à boire avant de le railler ouvertement. Il s'attristait de voir un homme grisonnant ainsi traité par des jeunes qui, quels que fussent leur valeur de marin et leur courage — d'ailleurs irréfutables —, ne pouvaient se prévaloir d'aucune qualité intellectuelle ni de la moindre éducation. Et il trouvait encore plus douloureux de constater que Clonfert ne freinait jamais leur dérision : le capitaine semblait plus soucieux de s'assurer l'approbation — voire l'adoration — de ces jeunes gens que de protéger un vieil ami diminué.

C'est le matin que Stephen trouvait l'entrain de Clonfert particulièrement agaçant ; et sa compagnie lui pesa tout spécialement un matin où, entre deux activités de nature politique, il négociait le traversin avec sa vieille dame. Clonfert parlait assez bien français et voulait lui venir en aide, mais il était parti sur une fausse note. Moqueur et bruyant, il offusquait et troublait la dame. Elle montrait des signes d'incompréhension et d'inquiétude, se mit à répéter : « On ne dort jamais aussi bien que sur un dodo — le sommeil est la plus grande bénédiction que le ciel puisse envoyer aux vieux — ces messieurs étaient jeunes, ils pouvaient très bien se contenter de duvet de fou. » Stephen avait presque abandonné tout espoir quand Clonfert fut appelé ailleurs ; dès son départ elle revint sur sa position, et il était en train de verser le prix convenu quand la porte s'ouvrit brusquement, qu'une voix cria « Courez, courez aux canots. L'ennemi est en vue ! » et que le village fut envahi d'un bruit de course. Stephen déposa la dernière pièce, saisit le traversin à pleins bras et se joignit à la fuite.

Très loin en mer, au vent, cinq navires s'approchaient de l'île de la Passe. Dressé dans la gigue, la lorgnette à l'œil, Clonfert les identifia :

— En tête, le *Victor*, la corvette. Ensuite, c'est la grosse frégate la *Minerve*. Je ne distingue pas le suivant. Et après, par Dieu, la *Bellone*. Je jurerais presque que le dernier est encore une fois le *Windham* de la Compagnie. Arrache, arrache, nagez fort !

L'équipage de la gigue se mit à nager fort, si fort qu'il laissa très loin derrière les deux chaloupes qui avaient quitté le village — trois autres, dans une crique lointaine, n'avaient pas encore rassemblé leurs hommes. Mais il y avait loin à nager, toute la longueur des deux vastes mouillages entre la côte et l'île, quatre milles et plus contre le vent.

— Je vais les attirer dans un piège, dit Clonfert à Stephen. (Après un coup d'œil impatient vers les canots encore lointains, il ajouta :) De toute façon, s'ils s'en vont à Port Louis, le *Sirius* et l'*Iphigenia* ne pourront pas leur résister avec Hamelin qui fera sortir ses trois frégates.

Stephen ne répondit rien.

L'équipage épuisé amena la gigue à couple de la *Néréide*. Clonfert ordonna à son patron de canot de ne pas bouger et monta à bord en courant. Quelques instants plus tard, la frégate envoyait pavillon et marque français et Clonfert se laissa retomber dans le canot en criant

— Au fort, et nagez de toutes vos forces !

Bien vite, le fort aussi envoya les couleurs françaises puis, après une brève pause, un signal s'éleva au mât du pavillon de l'île : *Croisière ennemie au nord de Port Louis.* La frégate de tête répondit par le signal de reconnaissance français ; l'île fit la réponse voulue et les navires hissèrent leur numéro. Clonfert avait raison : *Victor*, *Minerve*, *Bellone* ; les deux autres étaient des vaisseaux de la Compagnie, capturés dans le canal du Mozambique, le *Ceylon* et à nouveau le malheureux *Windham.*

En approchant du récif, l'escadre française réduisit la toile ; elle cherchait l'entrée, mais lentement à présent, et l'on aurait le temps de se préparer à l'accueillir. Stephen choisit un coin tranquille haut placé dans le fort pour surveiller toute la scène et s'installa sur son traversin. Au-dessus de lui les nuages blancs de l'alizé parcouraient sans trêve le ciel pur ; sous le chaud soleil la brise lui rafraîchissait les joues ; un phaéton traçait des courbes parfaites dans le ciel ; mais en bas, derrière les remparts, la confusion était bien pire qu'il ne l'avait prévu. A bord de la *Néréide*, qui s'était rapprochée de l'île à la touline et se trouvait désormais mouillée avec une croupière sur son câble, tout semblait en ordre bien qu'une grande partie de son équipage fût encore dans les chaloupes ; on faisait le branle-bas, les canons étaient en batterie et ses officiers mariniers avaient l'affaire en main. Dans le fort, les hommes couraient de tous côtés en criant ; les canonniers indiens, dont l'officier était quelque part dans une chaloupe ou peut-être encore à terre, discutaient avec passion. Soldats et marins n'étaient pas d'accord et même parmi les matelots il n'y avait rien de cette bonne humeur efficace et tranquille qui marquait les actions auxquelles Stephen avait participé avec Jack Aubrey — rien ne donnait l'impression d'une machine se mettant sagement en place. Les hommes n'avaient pas mangé, non plus : un détail, mais sur lequel Jack insistait toujours. Et les derniers canots, contenant au moins cent cinquante soldats et marins, étaient encore très loin : pour autant qu'il puisse le voir, la chaloupe s'était échouée à la pointe d'un banc et comme la marée descendait, les autres avaient bien du mal à l'en tirer.

Dans le fort et sur le lagon, le temps semblait arrêté en dépit d'une activité fébrile. En mer, il s'écoulait régulièrement, à un rythme peut-être un peu plus rapide que la normale, et Stephen sentit une vaste appréhension mal définie envahir son esprit, comme dans un cauchemar. Déjà l'on distinguait les hommes à bord des navires. Puis leurs visages devinrent visibles, et les ordres clairement audibles avec le vent. Les navires français s'étaient mis en ligne pour entrer dans le chenal, d'abord le *Victor*, puis la *Minerve* et le *Ceylon*. La corvette ralentit, ferla ses voiles basses et poursuivit sous ses huniers seuls, avec un sondeur dans les porte-haubans de chaque côté. Dans le fort, le vacarme avait laissé place à un silence de mort, et l'odeur des mèches lentes brûlant dans les baquets de réserve et les bailles à côté de chaque canon s'élevait doucement sur la brise. La corvette entra dans la passe, de plus en plus proche, sa cloche brillant au soleil ; elle parvint à la hauteur du fort, où les canonniers enturbannés se dissimulaient derrière le parapet, et le dépassa, dans le même silence de mort. L'ordre du maître à l'homme de barre l'amena en une courbe serrée derrière le fort, en eau profonde, à moins de vingt yards de la *Néréide*. Le pavillon français de la *Néréide* fut amené, puis remplacé par les couleurs anglaises dans une acclamation et son flanc disparut dans un nuage de fumée quand elle lança toute sa volée en une énorme explosion prolongée. Une autre, une autre encore, sans que cessent les acclamations : la corvette mouilla son ancre sous la hanche tribord de la *Néréide*, toujours exposée à son feu, et un officier s'élança vers l'arrière sur son pont dévasté, criant qu'elle se rendait.

A ce moment, la puissante *Minerve* était déjà bien engagée dans le chenal, suivie de près par le *Ceylon* : ils étaient sous le feu des gros canons du fort, incapables de faire demi-tour, de laisser porter ou d'accélérer. C'était l'instant crucial, chacun attendait l'ordre. Au mât de pavillon, le drapeau tricolore descendit pour faire place à l'Union Jack ; mais l'imbécile heureux qui l'amena le fit tomber sur un baquet de mèches, tout près du dépôt de munitions. La flamme jaillit et dans un vacarme bien plus violent qu'une volée et plus aveuglant que le soleil, une centaine de gargousses explosèrent ensemble. A la même seconde, les artilleurs de Bombay, sans officier pour les empêcher de trop charger leurs pièces, faisaient feu de leurs canons mal pointés, en faisaient exploser ou en démontaient une demi-douzaine et tuaient un homme à bord de la gigue de la *Néréide* qui allait prendre possession du *Victor*.

Stephen reprit ses esprits dans la fumée qui se dispersait, se rendit compte que des cris transperçaient sa surdité et se précipita vers les morts et les blessés éparpillés autour du mât de pavillon et des canons démontés. L'assistant de McAdam était là, ainsi que son infirmier ; avec l'aide de quelques matelots à l'esprit clair, ils transportaient les blessés à l'abri d'un rempart. Avant qu'ils aient terminé le peu qu'ils pouvaient faire, bandant d'horribles blessures avec des lambeaux de leurs chemises et leurs mouchoirs, la scène avait changé. Le *Victor*, ayant renvoyé son pavillon et coupé son câble, suivait la *Minerve* et le *Ceylon* vers Grand Port. La *Bellone* et le *Windham*, juste assez loin en mer, assez loin de la passe pour pouvoir tourner bride, avaient lofé. Dans le lagon, les navires français faisaient route droit sur l'étroiture où les autres canots de la *Néréide* progressaient en masse confuse, et ils semblaient sur le point de les capturer. La *Minerve* ne montrait aucun dégât apparent.

Clonfert, de la *Néréide*, héla le fort, appelant tous les soldats à embarquer. Il allait attaquer la *Minerve* et avait besoin de tous les hommes pour servir ses canons. Ce n'était pas une tâche impossible en dépit du poids de métal plus faible de la *Néréide* ; la *Minerve* n'avait pas encore battu le branle-bas, elle approchait du second coude de la passe, le long du banc du Fer à cheval où elle ne pouvait virer, tandis que la *Néréide* avait encore assez de place dans le mouillage pour lofer et lui envoyer sa volée ; et ni le *Victor* ni le *Ceylon* ne pourraient lui apporter grande aide. Mais tandis que les soldats embarquaient, la *Bellone* changea d'idée. Bordant ses perroquets, elle mit le cap sur le chenal et l'île. Dès l'instant où elle fut engagée dans la passe, son intention apparut clairement : il ne lui restait qu'à entrer. Elle le fit avec beaucoup de détermination. A son approche — commandée sans doute par un homme qui connaissait à fond le chenal car elle levait une vague d'étrave remarquable pour une navigation aussi périlleuse —, Stephen jeta un regard circulaire pour voir ce que faisait Clonfert et constata avec surprise que la chaloupe et les canots passaient, étaient passés, tout près des navires français sans être touchés. Ils les avaient croisés dans la passe à une portée de biscuit. C'était inexplicable. Mais enfin ils étaient là, leurs hommes se précipitaient à bord de la *Néréide*, au milieu des acclamations. La *Néréide* n'avait pas encore filé ses câbles.

La *Bellone* avançait toujours, sa bordée tribord en batterie, et en approchant de l'île elle tira de ses pièces avant : la fumée, poussée devant elle, couvrit le fort d'un voile à travers lequel elle tira toute sa volée au passage, projetant ses boulets de dix-huit livres et d'innombrables fragments mortels de pierre sur les restes de la petite garnison. Pivotant vers le mouillage de la *Néréide*, elle envoya une autre volée contre la face opposée de la batterie. A tout cela, les canonniers de Bombay, démoralisés, dépourvus du soutien de la mousqueterie, sans officiers, sans habitude des navires, ne répondaient que par un feu dispersé et inefficace. La *Bellone* fonçait sur la *Néréide* comme pour l'aborder, mais juste avant de la toucher elle mit la barre dessous et s'écarta. Un instant les deux frégates se trouvèrent vergue à vergue, presque au contact. Les deux volées se répondirent et quand la fumée se dispersa, la *Bellone* avait largement dépassé la *Néréide* et poursuivait, toujours sous ses perroquets, vers le second coude de la passe, apparemment sans mal. La *Néréide* avait perdu la vergue de sa bonnette d'artimon et une ou deux vergues hautes, mais son changement de route et une brusque risée avaient incliné la *Bellone* de sorte que son feu était passé trop haut pour toucher la coque de la *Néréide* ou tuer son équipage : toutefois un boulet avait tranché la croupière et la frégate avait pivoté si vite et si loin qu'elle n'avait pu tirer dans la poupe du Français.

Le silence était retombé. Les quatre navires français — car le *Windham*, effarouché par l'entrée et par le fort, poursuivait sa route le long de la côte — s'en allèrent tranquillement mouiller dans vingt brasses d'eau devant le banc Olive, à mi-chemin de Grand Port, et Clonfert regagna l'île avec une nombreuse troupe de soldats. Il était d'excellente humeur, affairé avec les officiers de l'armée à mettre le fort en ordre pour qu'il puisse soutenir une attaque de l'escadre. Apercevant Stephen, il lui lança :

— Cela vous a plu, docteur Maturin ? Ils sont dans le sac !

Un peu plus tard, les armuriers ayant remis en place les canons démontés et remplacé par des caronades de rechange celles qui avaient explosé, il déclara :

— Sans ce diabolique coup de malchance avec le pavillon, nous aurions coulé la *Minerve*. Mais c'est tout aussi bien — la *Bellone* aurait tiré au large, alors que là elles sont toutes les deux prises au piège. J'envoie Webber avec la chaloupe dire à Pym que s'il peut m'envoyer une frégate — l'*Iphigenia*, ou la *Magicienne* si elle est arrivée —, je lancerai l'assaut pour détruire toute la bande. Nous les avons bien mis dans le sac ! La sortie est impossible, sauf avec la brise de terre, juste avant le lever du soleil. Comme Cochrane nous envierait !

Stephen l'observa : Clonfert, dans son euphorie ou son

228

excitation délirante, croyait-il vraiment avoir réussi, croyait-il sa position tenable ?

— Vous n'avez pas l'intention de partir vous-même avec la *Néréide* pour chercher des renforts, je suppose ?

— Certainement pas. Pym m'a donné l'ordre de tenir ce fort et je le tiendrai jusqu'au bout. Jusqu'au bout, répéta-t-il en rejetant la tête en arrière avec orgueil. (Aussitôt après, son expression changea.) Avez-vous vu ce chien ! Le *Victor* m'a amené ses couleurs puis les a renvoyées, il a filé comme un moins que rien, un petit rien-du-tout minable et méprisable. Je vais envoyer un parlementaire pour le réclamer. Regardez où il est !

Il s'était placé entre les deux grosses frégates, et du fort on voyait son équipage occupé à réparer les dégâts infligés par la *Néréide* ; le pavillon français flottait à la corne.

— Ils sont beaucoup trop près, dit Clonfert. (Il se retourna vers l'officier artilleur, encore blême et hagard d'avoir été séparé de ses hommes, et d'avoir perdu la plus belle occasion de sa carrière professionnelle, et lui dit :) Capitaine Newnham, le mortier de cuivre pourrait-il les atteindre, à votre avis ?

— Je vais essayer, mylord, dit Newnham.

Il chargea lui-même la pièce d'un obus de treize pouces, visa — opération longue et délicate —, coupa la mèche avec précision et tira. L'obus s'éleva très haut dans l'air clair, boule noire de plus en plus petite qui vint exploser juste au-dessus de la *Bellone*. Des acclamations enthousiastes s'élevèrent : les navires français laissèrent filer leurs câbles et s'en allèrent mouiller plus loin, hors de portée. Le dernier obus, tiré avec le maximum de hausse, tomba court : ce fut le dernier coup de la journée.

Dans les dernières heures du jour, on prit toutes les précautions qui auraient dû être prises la veille. Le lendemain matin, l'île de la Passe était capable de couler n'importe quel navire essayant d'embouquer le chenal. La *Néréide* avait croisé de nouvelles vergues de perroquet, réparé sa corne et jumelé son mât de misaine offensé. Et elle envoya un canot réclamer la reddition de la corvette.

— J'espère, par Dieu, que Webber a trouvé le *Sirius*, dit Clonfert avec un regard ardent vers le large.

Mais la journée passa sans que l'on aperçoive de voiles derrière le cap. La nuit passa aussi, avec des canots montant la garde : avant le soleil, la dangereuse brise de terre se leva — dangereuse, car elle pouvait dans l'obscurité faire traverser le lagon aux puissants navires et à une armée de canots. Mais les Français ne bougèrent pas ; à l'aube, le retour du vent de sud-est les maintint où ils étaient. Deux jours passèrent ainsi sans incident, en dehors du refus du commodore français de livrer le *Victor*. Les soldats à l'entraînement polissaient leur matériel ; les artilleurs s'exerçaient sur leurs pièces ; le maître canonnier remplissait les gargousses et vérifiait ses stocks. Clonfert restait actif et joyeux, et sa bonne humeur atteignit des hauteurs nouvelles le troisième jour, quand on vit les navires français s'enfoncer jusqu'au fond du port, parmi les récifs et sous les batteries de Grand Port, pour mouiller en une ligne incurvée qui s'étendait d'une extrémité du récif immergé protégeant l'entrée du port jusqu'à l'autre ; car cela, dit-il, indiquait que Webber avait trouvé le *Sirius*. Une partie des forces du blocus avait dû s'éloigner de Port Louis et le gouverneur Decaen, craignant une attaque sur la *Minerve* et la *Bellone*, en avait certainement envoyé la nouvelle par voie de terre. Clonfert avait raison. Quelques heures plus tard, le *Sirius* lui-même sortait de derrière le cap sous toute sa voilure.

— Soyez prêts, aux signaux, dit Clonfert après l'échange des numéros.

La drissée préparée s'envola et il rit tout haut.

— Qu'est-ce que cela veut dire ? demanda Stephen.

— *Prêt à l'action* et *Ennemi de force inférieure*, répondit Clonfert d'un air un peu affecté. (Et aussitôt après :) Ne traînez pas avec ce livre, Briggs. Que dit-il ?

Le quartier-maître des signaux marmonna la réponse et l'aspirant la dit tout haut :

— *Envoyez le maître de Néréide à bord*, mylord.

— L'équipage de la gigue, s'écria Clonfert. Monsieur Satterly, faites-le entrer le plus vite possible.

Le *Sirius* entra, et son dernier signal avant de pénétrer dans le chenal disait à la *Néréide* d'appareiller. Le *Sirius* passa le long du fort presque aussi vite que la *Bellone* et, toujours sous basses voiles et huniers, longea la *Néréide*, Pym penché sur la lisse et criant à Clonfert de le suivre. Ils s'en furent tout au long du chenal serpentin, avec plus de prudence à présent, mais le *Sirius* toujours sous ses huniers car il ne restait plus beaucoup d'heures de jour. Sur la *Néréide*, le pilote noir commandait la manœuvre ; il n'avait gardé que les voiles d'étai, et marmonnait tout bas car après le banc du Fer à cheval leur route les mènerait dans une zone mal connue de la baie — une zone qu'ils avaient évitée, car elle était sous le feu des canons de Grand Port.

Le banc du Fou, avec grande activité de la sonde ; le banc des Trois Frères, et un·virage à tribord de quatre quarts. Les appels du sondeur étaient nets, clairs et rapides :

— A la marque, dix brasses ; et dix et demie ; onze brasses ; onze brasses ; à la marque, quinze brasses.

Profondeur suffisante, chenal sans obstacle, on l'aurait juré : mais au dernier appel, le *Sirius*, juste devant, toucha rudement sur la queue d'un banc et s'enfonça très loin dans le corail submergé.

S'il fallait qu'il s'échoue, au moins avait-il choisi un bon endroit. Les batteries à terre ne pouvaient l'atteindre et la brise, soufflant droit vers la côte, bloquait les frégates françaises à leur mouillage. Le *Sirius* et la *Néréide* purent passer leurs toulines sans être dérangés tandis que le soleil se couchait sur Maurice, et on entreprit le déséchouage dans les règles. Mais le navire ne voulut pas bouger au premier coup, ni pendant la première heure, et la marée se mit à redescendre. Toutefois celle du lendemain devait être plus haute ; on espérait beaucoup le voir flotter vers huit heures du matin. Entre-temps, il ne restait rien à faire que s'assurer qu'un coup de main français ne puisse réussir.

— Qu'avez-vous à dire de l'état d'exaltation actuel de notre patient ? demanda Stephen à McAdam. Dans les circonstances, cela passe-t-il les limites du raisonnable ? Cette conduite vous paraît-elle morbide ?

— Je ne sais que dire, dit McAdam. Je ne l'ai absolument jamais vu ainsi. Peut-être sait-il ce qu'il fait, mais peut-être aussi veut-il simplement en remontrer à votre ami, et se moque-t-il de tout le reste. Avez-vous jamais vu un homme aussi beau ?

L'aube vint. Les Français n'avaient pas bougé. Pour une fois, les pierres à briquer restèrent muettes sur le *Sirius* et la *Néréide* ; pas de faubert sur les ponts, encombrés qu'ils étaient de câbles, d'aussières, de lourds palans, toutes les ressources de l'art du bosco. La marée monta, les cabestans virèrent, de plus en plus lentement à mesure que les câbles se raidissaient, et tous les hommes qui purent trouver place sur les barres ramenèrent à grand bruit le *Sirius* en eau profonde où il mouilla près de la *Néréide*, tandis que les charpentiers se rassemblaient autour de son étrave méchamment entamée par les dents du corail. On siffla le petit déjeuner pour l'équipage épuisé, et les hommes commençaient à remettre en état de combattre les ponts encore encombrés quand l'*Iphigenia* et la *Magicienne* apparurent au large.

Clonfert envoya le maître pour les piloter car M. Satterly, honteux et tourmenté, connaissait désormais fort bien le chenal jusqu'à cet endroit ; mais il était devenu très prudent : ce n'est qu'après le dîner qu'elles mouillèrent et que les capitaines se rassemblèrent à bord du *Sirius* pour entendre le plan d'attaque de Pym. Il était clair. Il était raisonnable. La *Néréide* avec son pilote noir prendrait la tête et s'en irait mouiller entre le *Victor* et la *Bellone*, à l'extrémité nord de la ligne française ; le *Sirius* avec ses canons de dix-huit livres mouillerait par le travers de la *Bellone*, la *Magicienne* entre le *Ceylon* et la puissante *Minerve* ; et l'*Iphigenia*, également armée de pièces de dix-huit, par le travers de la *Minerve*, fermerait la ligne au sud.

Les capitaines regagnèrent leur bord. Clonfert, qui en effet avait l'air extraordinairement gai, jeune et badin, comme possédé de quelque esprit heureux, descendit mettre un autre habit et des culottes blanches propres. Revenu sur le pont, il dit à Stephen avec un sourire particulièrement aimable et affectueux :

— Docteur Maturin, je pense que nous allons vous montrer quelque chose de comparable à ce que vous avez connu avec le commodore Aubrey.

Le *Sirius* envoya son signal et la *Néréide*, larguant son câble, prit la tête, sous voile d'étai, son pilote commandant la manœuvre de la vergue de petit hunier. Le *Sirius* la suivait, puis la *Magicienne* et l'*Iphigenia*, en ligne, à intervalles d'une encablure. Les navires embouquèrent le chenal serpentin sous la brise régulière, de plus en plus près de la côte : à chaque virage du chenal, l'intervalle augmentait et le *Sirius*, voulant se rapprocher en une courbe mal jaugée, vint toucher et s'échouer sur un bord rocheux. Au même instant, les frégates françaises et les batteries à terre ouvrirent le feu.

Pym cria aux autres navires de poursuivre. En cinq minutes, la *Néréide* était sortie du passage étroit. La *Magicienne*, puis l'*Iphigenia*, évaluant le chenal d'après la position du *Sirius*, la suivirent, mais à distance un peu plus grande à présent ; et dans les derniers souffles de brise, à quatre cents yards de la ligne française, la *Magicienne* s'échoua. Les volées françaises passaient maintenant loin au-dessus du pont de la *Néréide*, de la proue à la poupe, pour la désemparer tandis qu'elle courait vers l'étrave du *Victor*.

— Chaude affaire, docteur Maturin, dit Clonfert. (Puis, avec un coup d'œil par-dessus le couronnement :) Le *Sirius* n'a pas reculé. Il est au plain. Il nous faut attaquer la *Bellone* pour lui. Monsieur Satterly, amenez-moi en couple de la *Bellone*. Amenez-moi en couple de la *Bellone*, dit-il plus fort pour être entendu par-dessus le vacarme, car à présent les pièces d'avant répondaient aux Français.

— Bien, monsieur, dit le maître.

Il poursuivit sur une encablure à travers le feu français. Cinquante yards encore et le maître, d'un signe de main au bosco attentif, fit mettre la barre au vent. La *Néréide* pivota, mouilla son ancre et resta là, volée contre volée, par le travers de la grosse frégate française. Ses pièces de douze tiraient à bout portant. Elles tiraient vite ; les soldats et l'infanterie de marine entassés sur les gaillards d'avant et d'arrière mitraillaient par-dessus les hamacs avec une belle opiniâtreté ; cordages tranchés et poulies tombaient sur les filets de protection ; la fumée s'accumulait entre les coques, renouvelée à mesure que le vent l'emportait, et dans la fumée les canons de la *Bellone* lançaient des éclairs orange — d'autres venaient du *Victor* aussi, sur le flanc tribord de la *Néréide*.

Stephen traversa la dunette : de l'autre côté, la *Magicienne*, échouée très haut sur un récif aigu, sa figure de proue pointant vers la ligne française, parvenait toutefois à faire porter ses pièces avant et frappait l'ennemi le plus durement possible, tandis que ses canots s'affairaient à la tirer de cette position ; l'*Iphigenia* était toute proche de la *Minerve* ; séparées d'à peine un jet de pierre par le récif étroit, elles se canonnaient avec une férocité stupéfiante. Le volume sonore, supérieur à tout ce que Stephen avait jamais connu, était traversé par un bruit familier — le cri des blessés. Les lourdes pièces de la *Bellone* saccageaient la *Néréide*, arrachant ses hamacs, démontant ses canons : elle allait bientôt tirer à mitraille. Il n'était pas très sûr de ce qu'il devait faire. Dans tous les combats précédents, sa place en tant que chirurgien avait été en bas, dans l'entrepont ; cette fois son devoir était peut-être de rester là, et de se faire tirer dessus, de rester là sans rien à faire, comme les officiers militaires : cela ne le troublait pas spécialement, constata-t-il, malgré le bruit de la mitraille qui commençait à passer au-dessus des têtes. Mais en même temps on

233

emportait des hommes en bas, de plus en plus nombreux, et il savait pouvoir y être utile. « Je vais rester ici pour l'instant, se dit-il, c'est quelque chose, après tout, de voir le combat d'une telle position ». Le sablier tourna, la cloche tinta : encore et encore. « Six coups, se dit-il en comptant, est-il possible que cela ait duré si longtemps ? » Et il lui sembla que la *Bellone* tirait à présent avec beaucoup moins de conviction, beaucoup moins de précision — que ses volées irrégulières étaient plus espacées.

Acclamations confuses à l'avant, et sur l'*Iphigenia*. Une rupture dans le nuage de fumée lui montra le *Ceylon*, mal armé et mal équipé, maltraité par la *Magicienne* échouée et les pièces de poupe de l'*Iphigenia* : il était en train d'amener ses couleurs ; et pendant l'une de ces étranges pauses momentanées dans le bruit des canons, il entendit le capitaine de l'*Iphigenia* héler la *Magicienne* d'une voix de tonnerre et lui demander de prendre possession du navire de la Compagnie. Mais comme la chaloupe de la *Magicienne* approchait, nageant vite sur une eau blanchie par la mitraille et les boulets, le *Ceylon* déferla ses huniers et s'en fut vers la terre derrière la *Bellone*. Le canot continuait sa poursuite à grands cris quand la *Minerve*, soit qu'elle eût coupé son câble, soit que le feu meurtrier et continu de l'*Iphigenia* l'eût tranché pour elle, pivota, borda quelques voiles et fonça vent arrière à la suite du *Ceylon*. Elle manœuvrait mieux que celui-ci qui vint heurter la *Bellone*, l'obligeant à couper aussi son câble. Tous trois partirent en dérive — amoncellement de navires à la côte, avec la *Minerve* juste derrière la *Bellone* et si proche qu'elle ne pouvait tirer. Mais la batterie de la *Bellone* visait encore la *Néréide* et elle recevait à présent une foule d'hommes venus de terre, de la *Minerve* et du *Ceylon*. Son feu, qui avait ralenti, redoubla et se fit plus furieux encore, avec des volées pleines et régulières. L'*Iphigenia*, placée au vent d'un récif et à moins d'une portée de pistolet, ne pouvait bouger. Manifestement, en quelques minutes, la face du combat venait de changer. Plus d'acclamations à bord de la *Néréide*. Les servants des canons, malgré tout leur entrain, étaient très fatigués et le rythme du feu tombait. Le soleil avait presque disparu et les batteries à terre, qui jusque-là tiraient sur l'*Iphigenia* et la *Magicienne*, concentraient à présent leur feu sur la *Néréide*.

« Pourquoi pivoter ainsi ? » se demanda Stephen avant de comprendre qu'un boulet avait tranché la croupière du câble de la *Néréide*, qui la maintenait parallèle à la *Bellone*. Elle pivota encore plus loin, jusqu'à ce que sa poupe touche, heurtant doucement le fond dans la houle et pointée vers l'ennemi qui l'inondait d'un feu mortel d'enfilade. Ses pièces de poupe et de hanche tiraient encore, mais les hommes tombaient en foule. Le premier lieutenant et trois des officiers militaires étaient morts ; sur le gaillard d'arrière le sang coulait, non pas en ruisseaux, mais en nappe. Clonfert donnait ses ordres au maître d'équipage pour remettre une croupière en place quand un messager, petit garçon terrifié, accourut vers lui, en montrant du doigt le docteur Maturin. Clonfert traversa le pont et lui dit :

— Docteur Maturin, puis-je vous demander d'aller prêter la main dans l'entrepont ? McAdam vient d'avoir un accident, je vous en serais infiniment obligé.

L'accident de McAdam était un coma alcoolique et son assistant, qui n'avait jamais vu de combat, était totalement dépassé. Stephen ôta son habit et dans l'obscurité, à peine éclairé par une lanterne, il se mit au travail : tourniquets, scie, bistouri, sutures, pinces, sondes, rétracteurs, cas après cas, avec des opérations parfois d'une dangereuse délicatesse, interrompues sans cesse par l'énorme et constant vacarme des boulets fracassant la coque de la frégate. Et les blessés ne cessaient de descendre, jusqu'à ce qu'il parut que la moitié et même plus de l'équipage de la *Néréide* était passée par ses mains ensanglantées, tandis que la frégate gisait là, sans aucun soutien, son feu réduit à une demi-douzaine de pièces.

« Faites place, faites place pour le capitaine », entendit-il, et Clonfert fut déposé sur le coffre devant lui, sous la lanterne. Un œil arraché pendait ; le maxillaire était brisé, le cou déchiré, la carotide dénudée, palpitant dans la faible lumière, sa paroi amincie et près d'éclater. Blessure par éclat de bois caractéristique. Et le terrible dégât du visage était dû à la mitraille. Il était conscient, l'esprit parfaitement clair, et ne ressentait pour l'instant aucune douleur, phénomène très courant pour les blessures de cet ordre et en un tel moment. Il ne fut même pas conscient du scalpel, de la sonde et de l'aiguille, sauf pour dire qu'ils étaient bien froids ; et pendant que Stephen travaillait, il parla, assez raisonnablement quoique d'une voix changée par ses dents brisées. Il dit à Stephen qu'il avait fait demander à Pym s'il estimait que le navire pourrait être remorqué ou s'il valait mieux que les blessés soient évacués dans les canots de l'escadre et la *Néréide* brûlée ; elle pourrait détruire la *Bellone* en sautant, ajouta-t-il.

On était encore à panser ses plaies quand Webber revint du *Sirius* avec l'un de ses officiers et un message de Pym, un message qu'il fallut crier par-dessus le vacarme des canons de la *Bellone*. Pym suggérait que Clonfert vienne à bord du *Sirius*. L'*Iphigenia* ne pouvait être remorquée de derrière son récif avant le jour et pour l'instant la *Néréide*, placée entre elle et les navires français, l'empêchait de leur tirer dessus ; Lord Clonfert pouvait sans aucun doute venir à bord du *Sirius*.

— Abandonner mes hommes ! s'écria Clonfert de cette étrange voix nouvelle. Je le verrai d'abord en enfer. Dites-lui que je me rends. (Quand l'officier fut parti et le pansement terminé, il dit à Stephen :) Avez-vous fini, docteur ? Je vous en suis fort reconnaissant.

Il voulut se lever.

— Vous n'allez pas remonter ?

— Si. Mes jambes sont intactes. Je vais sur le pont. Je dois faire cela dans les règles, et pas comme une lavette.

Il se dressa.

— Faites attention au bandage de votre cou, lui dit Stephen. N'y touchez pas, ou vous mourrez dans la minute.

Peu après, la plupart des hommes restants descendirent, envoyés par le capitaine. La routine du bord avait disparu — la cloche n'avait pas piqué depuis une heure ou plus —, la frégate mourait. Certains se rassemblèrent dans l'infirmerie ; leurs voix basses, feutrées, les paroles de ceux qui allaient et venaient, racontaient ce qui se passait : un canot était venu de l'*Iphigenia* pour demander pourquoi la *Néréide* ne tirait plus, et si le capitaine voulait venir à son bord — on lui avait dit, on s'est rendu et le capitaine ne veut pas bouger — le capitaine avait envoyé à la *Bellone* pour lui dire de cesser de tirer, mais pourquoi ? Parce qu'il s'était rendu ; mais le canot n'arrivait pas jusque-là, ne pouvait pas se faire entendre. Puis l'on cria au feu sur le pont et plusieurs hommes partirent en courant pour l'éteindre : et peu après le grand mât s'effondra.

Lord Clonfert redescendit et s'assit un moment dans l'infirmerie. Stephen, toujours très occupé, lui jeta un coup d'œil entre deux patients et eut l'impression qu'il était dans un état d'inconscience ambulatoire ; mais après quelques instants, Clonfert se leva et se mit à circuler parmi les blessés, les appelant par leur nom.

Il était bien plus de minuit. Le feu français ralentissait ; le feu anglais avait cessé depuis longtemps ; après quelques derniers coups, le silence se fit. Les hommes dormaient là où ils s'étaient assis ou abattus. Stephen prit Clonfert par le bras, le guida, bien loin sous la flottaison, jusqu'à la couchette du commis aux vivres qui était mort ; il lui indiqua comment poser sa tête pour ne pas endommager sa blessure et revint à ses patients. Ils étaient plus de cent cinquante : vingt-sept étaient déjà morts dans l'entrepont mais il avait quelque espoir pour une centaine du reste ; Dieu seul savait combien avaient été tués sur le pont et jetés par-dessus bord. Au moins soixante-dix, pensa-t-il. Il réveilla M. Fenton, qui dormait la tête sur ses bras, appuyé sur le coffre servant de table d'opération, et ils s'occupèrent ensemble des pansements.

Ils étaient encore occupés quand le soleil se leva et que la *Bellone* se remit à tirer sur la *Néréide*, avec obstination, en dépit des appels répétés. Le canonnier descendit, l'avant-bras éventré par un éclat de bois, et pendant que Stephen appliquait un tourniquet et recousait l'artère, l'homme lui expliqua que les couleurs de la *Néréide* n'avaient pas été amenées. Elles flottaient toujours et on ne pouvait les descendre. Certains disaient qu'on les avait clouées au mât, mais le canonnier n'en savait rien et le bosco, qui avait eu le fin mot de l'affaire, était mort :

— Et il ne reste pas le moindre câble pour grimper jusque-là, dit-il, alors Sa Seigneurie a dit au charpentier de couper l'artimon. Merci beaucoup, monsieur, c'est un beau boulot que vous avez fait. Je vous suis très obligé et, docteur, dit-il dans un murmure derrière sa main, si vous n'avez pas envie d'aller dans une prison française, quelques-uns de nous vont se faire la malle avec le cotre pour rallier le *Sirius*.

Stephen acquiesça, jeta un dernier coup d'œil à ses cas les plus graves et se fraya un chemin à travers les ruines jusqu'à la chambre. Clonfert n'y était pas. Il le trouva sur le gaillard d'arrière, assis sur une baille à mèche retournée, regardant les charpentiers jouer de la hache. Le mât d'artimon tomba, emportant les couleurs et la *Bellone* cessa le feu.

— Voilà. Je l'ai fait dans les règles, dit Clonfert en un murmure à peine audible à travers les pansements de son visage dévasté.

Stephen regarda sa blessure la plus grave, le trouva raisonnable quoique à présent très détaché.

— Je voudrais rejoindre le *Sirius*, mylord, dit-il. Le dernier canot est prêt à partir et je vous demande de donner les ordres nécessaires.

— Faites donc, docteur Maturin, dit Clonfert, je souhaite que vous vous en sortiez. Merci encore.

Ils se serrèrent la main. Stephen prit certains papiers dans sa chambre, en détruisit d'autres et se glissa dans le canot. La descente ne fut pas longue, car la *Néréide* reposait sur le fond.

Si Pym le reçut avec affabilité à bord du *Sirius* toujours échoué, sa conduite ne fit rien pour améliorer l'opinion que Stephen avait de lui, en tant que commandant ou homme de raison. L'*Iphigenia*, ayant enfin réussi à se dégager du long récif qui la séparait de la *Minerve*, envoya demander la permission de reprendre le combat, d'attaquer les navires français immobilisés, de les aborder avec un complément d'équipage pris au *Sirius* et à la *Magicienne*, pour les capturer mais aussi pour sauver la *Néréide*. Non, répondit Pym qui avait besoin de son aide pour tirer son propre navire d'affaire : elle devait continuer à se déhaler vers le *Sirius*. Il fit deux fois cette réponse catégorique, chaque fois sous la forme d'un ordre direct. Pendant que l'*Iphigenia* se déhalait, le feu français se concentra sur la *Magicienne*, bloquée sur son récif, avec un méchant trou dans sa coque, neuf pieds d'eau dans sa cale et à peine quelques canons capables de pointer sur l'objectif. Tout au long de cette effroyable journée sanglante, les boulets français se déversèrent sur elle et parfois sur les autres navires et sur les équipages épuisés, affairés dans les dernières chaloupes. Il était impossible de la déséchouer, il était impossible qu'elle puisse flotter si jamais elle se déséchouait. Son équipage reçut l'ordre de passer sur l'*Iphigenia* et après le coucher du soleil, on l'incendia et elle explosa en triste splendeur vers minuit.

Le lendemain, les Français avaient une nouvelle batterie en place à terre, plus proche, qui se mit à tirer avec les navires sur l'*Iphigenia* et le *Sirius* tandis qu'on s'efforçait de sortir la frégate de Pym de son récif. Enfin, après un labeur incessant mais vain — après quelques scènes féroces avec le capitaine de l'*Iphigenia*, absolument convaincu (comme Stephen, ainsi que bien d'autres observateurs mieux qualifiés) que son plan aurait emporté une victoire totale et qui avait bien du mal à parler d'un ton civil à l'homme qui le lui avait interdit — Pym se rendit compte que le *Sirius* ne pouvait être sauvé. Son équipage fut embarqué sur l'*Iphigenia* et le *Sirius* fut incendié à son tour, Pym abandonnant de ce fait son commandement avec vingt-quatre heures de retard. Et l'*Iphigenia* à présent solitaire reprit ses manœuvres de touline.

Elle était obligée de se déhaler — transporter une ancre à l'extrémité d'un câble, la mouiller et se remonter dessus au cabestan —, car à aucun moment du jour le vent ne cessa de porter directement à terre. Elle ne pouvait progresser d'aucune autre façon : quand la brise de terre se levait, avant l'aube, elle n'osait pas tenter de passer par le sombre chenal invisible, et la brise mourait toujours au lever du soleil. Heure après heure, ses canots, transportant ses énormes ancres de bossoir, exerçaient leur traction sur les aussières de neuf pouces détrempées ; et si les ancres crochaient, si le fond était de bonne tenue, elle avançait un tout petit peu, rarement de plus de cinquante yards en raison du nombre de tours sur le cabestan. Mais souvent le fond tenait mal, parfois les ancres dérapaient, ou se rompaient, ou se perdaient ; et tout ce travail harassant devait être fait sous le soleil cuisant par un équipage démoralisé. Pendant ce temps, à Grand Port, les navires français avaient été remis à flot et l'on apercevait derrière l'île de la Passe un brick français, sans doute l'avant-garde de l'escadre de Hamelin sortie de Port Louis.

Mais il n'y avait rien d'autre à faire. L'*Iphigenia* se déhalait peu à peu vers le fort, cinquante yards à la fois, avec d'interminables pauses pour récupérer les ancres engagées, sur toute la longueur de ces vastes lagons. Il lui fallut deux jours pleins pour atteindre un point à trois quarts de mille de l'île où elle mouilla pour la nuit. Le lendemain, alors que la *Bellone* et la *Minerve* avaient profité de la brise de terre pour s'avancer dans le lagon — dont elles connaissaient si bien les chenaux — et y avaient mouillé, elle se remit au travail. A huit heures, elle était à un millier de pieds du port, de la pleine mer et du bonheur infini de la liberté de naviguer, quand elle vit trois navires rejoindre le brick français devant le récif : la *Vénus*, la *Manche* et l'*Astrée*. Ils échangeaient des signaux avec la *Bellone* et la *Minerve* ; et le vent, toujours parfaitement contraire pour l'*Iphigenia*, les portait très vite vers l'île de la Passe où ils pourraient mettre en panne, juste hors de portée.

L'*Iphigenia* envoya immédiatement les soldats et une

bonne partie des marins au fort et fit le branle-bas. Mais elle n'avait pas beaucoup de munitions : avant même la fin du combat de Grand Port, elle avait dû en demander au *Sirius* et depuis ce moment, elle avait lâché tant de coups qu'une demi-heure de tir viderait sa soute. Le branle-bas était donc surtout symbolique et avait pour objectif, comme son capitaine l'expliqua en privé à Stephen, de faire savoir aux Français qu'il ne se rendrait pas sans conditions, qu'il avait encore quelques forces et qu'il les utiliserait s'il n'obtenait pas des conditions décentes.

— Dans ce cas, dit Stephen, il faut que je vous demande une embarcation et des voiles avant que la *Vénus* et ses conserves ne ferment l'entrée du chenal.

— Pour aller à la Réunion ? Oui, certainement. Vous prendrez la chaloupe et mon propre patron de canot, un vieux pêcheur de baleines, et le jeune Craddock comme navigateur. Mais je ne voudrais pas être le porteur des nouvelles que vous allez donner, non, même pour mille livres.

Il donna ses ordres pour qu'on prépare la chaloupe — vivres, instruments, cartes, eau douce. En revenant, il déclara :

— Vous m'obligeriez extrêmement, docteur Maturin, en emportant une lettre pour ma femme : je doute de la revoir avant la fin de cette guerre.

Dans l'obscurité, la chaloupe se faufila à l'aviron le long de ce maudit chenal, touchant deux fois malgré toute leur prudence, parvint à se dégager largement du récif, envoya sa voile de lougre et mit le cap au sud-ouest. Elle portait dix jours de vivres, mais bien qu'elle eût à bord bon nombre des jeunes messieurs et des mousses affamés de l'*Iphigenia* — leur capitaine n'avait pu se résigner à les voir passer tant d'années en prison —, les provisions étaient presque intactes lorsque, après un voyage parfait, Stephen se hissa laborieusement en haut du flanc de la *Boadicea*, mouillée sur une seule ancre dans la rade de Saint-Paul, tout près du *Windham* et du transport *Bombay*.

— Comment, Stephen, mais c'est vous ! s'écria Jack en jaillissant de derrière une masse de papiers quand Stephen entra dans la chambre. Comme je suis heureux de vous voir — encore deux heures et j'aurais été parti pour l'île Plate avec Keating et ses hommes... Stephen, qu'est-ce qui ne va pas ?

— Je vais vous dire ce qui ne va pas, mon cher, dit Stephen, qui s'assit et fit une pause avant de poursuivre. L'attaque sur Grand Port a échoué. La *Néréide* est prise, le *Sirius* et la *Magicienne* sont brûlés et à l'heure qu'il est, l'*Iphigenia* et l'île de la Passe ont presque certainement capitulé.

— Bon, dit Jack du ton de la réflexion. *Minerve, Bellone, Astrée, Vénus, Manche* ; et puis *Néréide* et *Iphigenia* : cela fait sept contre un. Nous avons déjà connu un rapport de forces plus défavorable, non ?

Chapitre 8

— Tout le monde à déraper l'ancre, dit Jack.

Le sifflet du bosco gazouilla ses trilles ; les Boadiceas coururent à leur poste ; le fifre entama sa mélodie perçante ; les quartiers-maîtres scandèrent la manœuvre du cabestan ; au milieu du vacarme familier de l'appareillage, Stephen se détourna de la lisse et du navire mouillé près de la frégate, qu'il observait en s'abritant les yeux de la main.

— Je jurerais l'avoir déjà vu quelque part, dit-il.

— Oh, pas plus d'une centaine de fois, répondit Jack ; c'est le *Windham*. Le *Windham*, de la Compagnie. Cette fois, en route vers les Indes, il a été capturé dans le canal du Mozambique. Le *Sirius* a failli le reprendre en revenant de Grand Port. Pym ne vous l'a pas dit ?

— A vrai dire, nous n'avons guère conversé, le capitaine Pym et moi.

— Je veux bien vous croire. Quoi qu'il en soit, c'est Pullings qui l'a récupéré avec sa petite goélette au moment où il allait se mettre sous l'abri des canons de Rivière Noire : un bon officier, Tom Pullings, un bon marin...

— A pic, monsieur, dit le bosco.

— Haute et claire, répondit Jack aussi automatiquement qu'un répons à l'église. Et il l'a ramené à toute vitesse. Jusque-là je ne savais rien de cette affaire. Larguez, là-haut, lança-t-il en direction des vergues.

Les huniers se déployèrent, l'étrave de la frégate s'orienta au nord-est et s'y fixa ; elle prit de la gîte, encore et encore, tandis que les hommes bordaient successivement basses voiles, perroquets et voiles d'étai ; elle accéléra, l'eau glissant de plus en plus rapide sur ses flancs. Elle longea de près le cruel récif au large de Saint-Denis, changea de cap, deux quarts plus à l'est et, envoyant son clinfoc, fit route vers l'île de la Passe, à dix nœuds, quart après quart, son passage marqué par un sillage bien droit de verte phosphorescence dans l'obscurité.

Chaque minute comptait. Stephen était revenu si vite. Peut-être le fort n'avait-il pas encore capitulé et gardait-il l'*Iphigenia* sous sa protection, derrière son récif. Chaque minute comptait, et bien que la toile à voile et les espars fussent rares et précieux, ils fonçaient dans la mer comme s'ils étaient aux trousses d'un galion espagnol — avec plus de zèle encore, un si grand zèle que l'île apparut avant le jour.

Lorsqu'il eut en ligne les deux pics de la montagne du Bambou et qu'il releva la pointe du Diable au N 17 W, Jack réduisit la toile, grimpa dans la hune de misaine avec une lunette de nuit et rapprocha le navire du but, capturant dans ses huniers les restes de la brise de terre. Ses yeux étaient accoutumés à la nuit ; avec l'aide des étoiles et du dernier croissant de lune, il avait repéré la plus grande partie de ce qui se trouvait près de terre et vers le large. Quand l'aurore éclaircit le ciel, avant le soleil, il ne fut pas étonné de voir la *Manche* et la *Vénus* — mais pas l'*Astrée* — sous son vent, deux milles au large du récif, l'*Iphigenia*, juste derrière celui-ci, les silhouettes de la *Bellone*, de la *Minerve*, de la *Néréide* et du *Ceylon* de la Compagnie très loin vers Grand Port, et les épaves carbonisées du *Sirius* et de la *Magicienne* dans le lagon. Mais ce qui lui fit un choc, c'est la vue d'un cinquième vaisseau, juste derrière les restes de la *Néréide*. Il dut poser sa lunette sur le bord de la hune et mettre au point avec beaucoup de soin pour découvrir qu'il s'agissait du *Ranger*, de Bombay. Ce n'était qu'un transport, mais avec une cargaison plus précieuse qu'un trésor pour son escadre. Il apportait vergues et mâts de hune de rechange, sans oublier trois cents tonnes de réserves sans prix, et on l'attendait à Saint-Paul depuis bien des jours — l'*Otter*, incapable de naviguer, se morfondait, abattu en carène ; le *Staunch* manquait pratiquement de tout ; et si la *Boadicea* brisait un espar, elle n'en trouverait aucun de rechange. Et voilà que le *Ranger* approvisionnait l'ennemi. La *Bellone*, qui avait dû souffrir terriblement dans ce long combat, avait déjà croisé ses vergues de perroquet. Son visage se durcit.

Ni le fort ni l'*Iphigenia* ne portaient de pavillon : avaient-ils capitulé ? Sinon, on pouvait envisager de remorquer l'*Iphigenia* avec des chaloupes, sous le couvert de la *Boadi-*

cea et du fort. Assisté d'un autre navire, même endommagé, il pouvait s'attaquer à la *Vénus* et à la *Manche*, car s'il manquait de réserves, il était riche d'hommes et de munitions. Et l'heure n'était plus à la timidité ni à la défensive. Il descendit sur le pont, ordonna que l'on envoie l'enseigne, le signal de reconnaissance et les pavillons précisant ses intentions. La *Boadicea* s'approcha dans le soleil levant, pavillons au vent, un œil sur les frégates françaises, l'autre sur le fort et l'*Iphigenia*, de plus en plus proches. Mais de couleurs, point, alors que le soleil était déjà une main au-dessus de l'horizon. Encore quelques minutes et la *Boadicea* serait à portée de canon.

— Tirez un coup au vent, monsieur Seymour, et faites faseyer le petit hunier.

En réponse, le pavillon britannique monta au mât à présent tout proche : mais la *Boadicea* restait hésitante. Après une pause et de nombreux mouvements de drisses apparemment coincées et de pavillons ferlés, enfin, le signal de reconnaissance.

— Paré à virer, dit Jack, car le signal envoyé par l'île avait dix jours de retard.

Cela ne surprit personne sur la *Boadicea* qui vira dans sa longueur et mit les amures à bâbord aussi proprement qu'une goélette de contrebandier. Les canons du fort arrachèrent des plumets d'eau blanche à la houle, deux cents yards trop court, on entendit quelques cris de dérision et un peu plus tard une file de chaloupes chargées de prisonniers quittait l'île pour rejoindre la *Manche*.

La *Manche* les embarqua et suivit la *Vénus*, qui déjà louvoyait sous voilure réduite comme pour se placer au vent de la *Boadicea*. Dès que la *Manche* eut rejoint, les deux frégates françaises établirent leurs perroquets. On les vit faire le branle-bas et s'approcher, comme décidées à l'action. Jack les observait avec la plus grande attention ; l'œil rivé à la lorgnette, il examinait comment leurs capitaines manœuvraient, jaugeait leurs qualités nautiques, cherchait d'éventuelles ruses pour masquer leur vitesse ; tout cela en maintenant la *Boadicea* juste hors de portée. Quand vint le changement de quart, il se savait plus rapide ; il savait aussi que la *Vénus* marchait mieux que la *Manche* et que s'il parvenait à les séparer... mais tandis que son esprit explorait les conséquences possibles de cette séparation — un combat nocturne — un débarquement de chaloupes sur le récif derrière le fort —, les Français abandonnèrent la chasse.

La *Boadicea* vira lof pour lof et les poursuivit, envoyant ses cacatois pour les amener à portée extrême de sa pièce de chasse en cuivre perchée sur le gaillard d'avant, et tira sur la *Vénus* qui portait le guidon de commodore de Hamelin. La *Vénus* et la *Manche* répondirent mais par des canons situés trop bas pour être efficaces à une telle distance ; les trois navires poursuivirent ainsi, sans se faire grand mal, jusqu'à ce qu'un coup heureux de la *Boadicea*, après trois ricochets sur la mer lisse, atteigne la *Vénus*. L'aspirant perché sur les barres de petit perroquet annonça grand tapage sur le gaillard de la *Vénus*. Aussitôt après, les deux Français viraient, et la *Boadicea* repartit vers le sud et l'ouest.

Tout le jour elle courut, essayant toutes les ruses et jouant les canards boiteux pour entraîner la rapide *Vénus* à se détacher de la *Manche*. Mais rien à faire. Hamelin refusait l'attrait romanesque du combat singulier et ne voulait se battre qu'à son avantage. Les deux Français, toujours à moins d'un demi-mille l'un de l'autre, poursuivirent obstinément la *Boadicea* de Maurice à la Réunion.

— Du moins, nous connaissons à peu près nos ennemis, dit Jack à Seymour et à la dunette en général quand les lumières de Saint-Denis apparurent à deux milles au sud-ouest et que tout espoir fut perdu.

— Oui, monsieur, dit Seymour, nous sommes plus rapides, même sans les perroquets. Fonds sales, sans aucun doute.

— La *Manche* lambine à changer ses amures, dit Trollope, je l'ai remarqué par deux fois.

— Sans doute, monsieur, on ne saurait les qualifier d'audacieux ? dit Johnson.

— Des fainéants, dit une voix non identifiée dans le noir.

Dans la chambre, où ils soupaient tardivement, Jack dit à Stephen :

— Voici la liste de ce qu'il nous faut, établie par Fellowes. Puis-je vous demander d'aller voir Farquhar, de lui dire ce qui se passe, de le prier de rassembler le plus de choses possible et de faire tout porter au bord de l'eau à Saint-Paul, demain matin ? Allez droit au but — j'ai mille choses à faire —, il comprendra.

Avant que Stephen pût répondre, Dick-à-mouches entra.

— Vous m'avez demandé, monsieur ?

— Oui, monsieur Richardson, prenez l'aviso *Pearl* et quatre bons marins, filez à Port Louis, trouvez le *Staunch* et ramenez-le. M. Peter a préparé les ordres pour le brick, vous n'aurez qu'à les emporter.

— Tant de responsabilités pour ce gamin boutonneux, observa Stephen, la bouche pleine de toast au fromage.

— Oui, dit Jack. (Lui-même, il avait ramené à Plymouth un brick hermaphrodite capturé au large du cap Finisterre avant même que sa voix ait mué.) Nous dépendons du menu fretin, à présent, en hommes et en navires. Si nous avions eu l'*Otter* ou même le *Staunch* avec nous aujourd'hui, nous aurions pu faire une tentative contre cette empotée de *Manche*, voyez-vous.

— Vraiment ?

— Grand Dieu, oui. Et je pense que nous le ferons demain. J'ai envoyé Seymour au galop vers Saint-Paul pour prier Tomkinson de laisser l'*Otter* où il est, de faire passer tout son monde sur le *Windham* et de me rejoindre sur rade. Avec cette brise qui force, je suis sûr que Hamelin fera le va-et-vient entre la côte et le large toute la nuit.

Hamelin était plutôt sur le va, au petit matin, quand la *Boadicea* atteignit Saint-Paul : la *Vénus* et la *Manche* ne montraient qu'un éclat de hunier à l'horizon. Mais elles étaient là, et une fois le fait établi sans le moindre doute, Jack Aubrey braqua sa lunette vers les navires mouillés en rade.

— Par le diable, à quoi donc pense le *Windham* ! s'exclama-t-il. Il n'a même pas croisé ses vergues. Monsieur Collins : *Windham appareillage immédiat*, appuyez d'un coup de canon ; et tirez un coup toutes les minutes jusqu'à ce qu'il lève l'ancre. Le diable emporte le...

Il crispa les mâchoires, serra les mains derrière son dos et se mit à faire les cent pas. « Son visage est plus sombre que jamais, se dit Stephen qui le regardait de la dunette. Jusqu'à présent, il a supporté tous les revers avec une singulière équanimité, bien plus grande que je ne m'y attendais. Pas un mot sur la désastreuse folie de Clonfert ; rien que de la sympathie pour ses blessures et l'espoir que l'hôpital français sache le soigner. Pas une réflexion sur la stupidité obstinée de Pym. Mais il n'est pas de grand esprit qui n'ait ses limites : sommes-nous au point de rupture ? »

— Tirez le coup suivant, dit Jack stoppant brutalement et jetant un regard furieux dans la direction de Hamelin.

— Monsieur, dit timidement Trollope, un transport double la pointe. C'est l'*Emma*, je crois. Oui, monsieur, l'*Emma*.

C'était bien l'*Emma*, et en dehors même du signal qu'elle portait, son intention de parler à la *Boadicea* était manifeste ; le lourd transport, qui masquait et faisait porter alternativement ses huniers dans une impatience furieuse, était déjà chargé de toile.

— *Capitaine à bord du guidon*, monsieur Collins, dit Jack.

Le canot de bossoir de l'*Emma* toucha l'eau, s'approcha en hâte, et Pullings jaillit à la coupée.

— Monsieur Pullings, dit Jack, qu'est-ce que cette fantaisie ?

— Je vous demande pardon, monsieur, dit Pullings, pâle d'émotion. J'ai les canons du *Windham* à mon bord : le capitaine Tomkinson a refusé le commandement.

— Descendez et venez vous expliquer, dit Jack. Monsieur Seymour, faites route : cap au nord nord-ouest.

Dans la chambre, on comprit aux explications nerveuses, embarrassées et compliquées de Pullings, que Tomkinson, ayant vu l'état du vaisseau de la Compagnie, avait refusé de le conduire en mer sans qu'il soit réparé, et avait regagné l'*Otter* immobilisé. Témoin de cette affaire, Pullings s'était mis d'accord avec le capitaine de l'*Emma*, qui était malade ; il avait embarqué ses hommes et une vingtaine de volontaires sur cette unité, en meilleur état que l'autre. Tout au long de la nuit, il avait transporté, labeur inhumain, les canons du *Windham* et ses propres caronades, avec l'aide du colonel Keating qui lui avait également attribué des canonniers et des soldats.

— Ce Tomkinson, s'écria Stephen, qui savait pouvoir parler ouvertement devant Pullings, ne devrait-il pas être pendu ou fouetté, ou au moins chassé du service, l'infâme ?

— Non, dit Jack. C'est une pauvre créature, que Dieu lui vienne en aide, mais il est dans son droit. Un capitaine peut refuser un commandement pour ce genre de raison. Tom, dit-il en serrant la main de Pullings, vous êtes un véritable officier de marine. Je vous suis fort obligé. Si vous pouvez tirer huit nœuds de votre *Emma*, nous irons avant peu tâter de ce Français, là-bas.

Les deux navires laissèrent porter de compagnie, suivant un cap qui leur donnerait l'avantage du vent en deux heures, au nord de l'île, là où la brise s'orientait plus à l'est. Mais bien avant cela, il apparut à tout le monde que l'*Emma* ne tenait pas le train. Six nœuds, ou sept au mieux, telle était sa limite, même avec le vent par l'arrière du travers — sous bonnettes hautes et basses et toutes sortes de voilures étranges et sans nom tirant de leur mieux —, et quand il fallut serrer le vent de trois quarts, ces six nœuds passèrent hors de sa portée, en dépit d'un commandant appliquant à sa marche toutes les ressources possibles et d'un équipage capable et plein d'ardeur. La *Boadicea* dut ferler ses perroquets pour garder l'*Emma* en vue ; par ailleurs, Hamelin, indispensable complément de la querelle, gardait une solide avance, sans jamais faire mine de réduire la voilure et moins encore de prendre la cape pour les attendre.

Malgré tout, le Français était à présent si loin dans l'ouest qu'il serait obligé de rejoindre Port Louis plutôt que Grand Port, et c'était une victoire car cela permettrait à Jack de retourner s'occuper de l'île de la Passe : quant à l'*Emma*, elle aurait à remplir une tâche importante que l'*Otter* eût dû assumer.

— Masquez le petit hunier, monsieur Johnson, s'il vous plaît, dit Jack juste avant que l'on n'envoie l'équipage dîner. Quand l'*Emma* l'eut enfin rattrapé, il héla Pullings, lui donnant instruction de se rendre à Rodrigues pour mettre les militaires au courant de la situation, puis de croiser entre cette île et 57°E, pour avertir tous les navires du roi ou de la Compagnie qu'il verrait, et prendre en même temps toutes mesures appropriées.

— Et puis, monsieur Pullings, ajouta-t-il d'une voix forte, je n'ai pas d'objection à vous voir capturer une de leurs frégates, ou même deux : cela m'en laissera bien assez.

La plaisanterie était faible, il faut bien le dire, mais le ton sur lequel elle fut dite ou plutôt lancée fit naître un vaste sourire sur le visage épuisé de Pullings.

La *Boadicea* se rendit à l'île de la Passe qui l'accueillit d'un grondement de grosses pièces : au-delà, par-dessus les volutes de fumée, on apercevait dans Grand Port la *Bellone*, gréée de neuf et prête à prendre la mer. La *Minerve* avait des mâts de hune de fortune et la *Néréide* un semblant de grand-mât et d'artimon ; calfats et charpentiers s'affairaient à bord de l'une et de l'autre. L'*Iphigenia* était déjà partie. On ne pouvait rien faire, et la *Boadicea* repartit vers la Réunion.

— Monsieur Seymour, dit Jack de ce ton impersonnel, étrangement détaché, qu'il avait pris depuis les nouvelles de la défaite, quand avons-nous exercé les canons pour la dernière fois ?

— Il y a plusieurs jours, monsieur, bien plus longtemps que d'habitude, dit Seymour, qui cherchait frénétiquement dans sa tête la date exacte. (Ce nouveau commodore à peu près inhumain, sans être jamais sévère ou chicaneur, terrorisait le gaillard d'arrière.) C'était samedi dernier, je crois.

— Dans ce cas, vous allez appeler tous les hommes à leurs postes avec une demi-heure d'avance et nous ferons un peu d'exercice. Nous pouvons nous permettre deux — non, trois volées par pièce. Et nous ferons du tir à la cible.

Si Hamelin était l'homme que Jack imaginait, il aurait sûrement envoyé l'*Astrée* et une ou deux corvettes croiser entre Maurice et la Réunion, et le bruit du canon pourrait les faire venir : jusque dans l'après-midi le ciel résonna du tonnerre de la *Boadicea*. Les servants des canons, torse nu luisant de sueur, maniaient les lourdes pièces avec une diligence accrue, car eux aussi avaient compris depuis longtemps l'humeur de leur commandant ; il les observait, grave et satisfait : un équipage en parfaite santé, bien nourri de viande et de légumes frais, plein d'ardeur et parfaitement entraîné. Une bonne troupe ; un feu rapide, précis, surpassant de huit bonnes secondes tout ce que la *Boadicea* avait jamais réalisé. Certes, la *Boadicea* n'était et ne serait jamais un voilier exceptionnel, mais Jack pouvait sans crainte affronter n'importe quel navire français présent dans ces eaux ; ou même deux, à condition d'avoir l'appui d'un sloop bien manié et de pouvoir amener l'ennemi à cette situation périlleuse, le combat nocturne, où la discipline et la précision du tir comptent si fort. Mais quand les canons furent à la serre et refroidis, la mer resta vide, vaste disque d'un bleu imperturbable, s'assombrissant très vite en un saphir profond. Il n'y aurait pas de combat ce soir-là.

Le lendemain non plus, sur les vingt milles de mer parcourus avant que la frégate ne mouille à nouveau devant Saint-Paul. Pas de combat en mer, mais une activité énorme à terre. Jack se jeta dans la tâche de remettre l'*Otter* et le *Windham* en état de combattre. Il ne s'occupait guère du capitaine Tomkinson, l'homme le plus malheureux peut-être de la Réunion, mais dirigeait lui-même les travaux. Soutenu à fond par un gouverneur intelligent, il avait la haute main sur les arsenaux de Saint-Paul et Saint-Denis. Travaillant toute la nuit à la lumière des flambeaux, tous les artilleurs de l'île consacrèrent leurs forces à transformer un sloop de seize canons et un navire de la Compagnie, vermoulu et très endommagé, dépourvu de pièces sauf celles que les soldats pouvaient lui concéder, en frégates honoraires, ou du moins en unités pouvant avoir une faible chance de résister au feu de l'ennemi, de le retenir assez longtemps pour que la *Boadicea* le prenne à l'abordage.

Le dimanche matin, l'*Otter* étant au dernier stade de son réarmement mais le *Windham* encore abattu en carène, Jack prenait un petit déjeuner tardif après quatre heures du plus profond sommeil qu'il ait connu, en compagnie de Stephen Maturin, qu'il voyait fort peu depuis quelques jours. Il avait résolument écarté de son esprit tous les problèmes de l'arsenal depuis vingt minutes, quand Stephen les réveilla involontairement en demandant ce que voulait dire une formule qu'il entendait souvent parmi les gens de mer, et en particulier depuis quelque temps : pourquoi fallait-il payer le diable ? S'agissait-il de quelque sacrifice propitiatoire, résidu manichéen, compréhensible quoique erroné face aux éléments déchaînés ?

— Ah, dit Jack, « *the devil to pay* » ? Mais non, voyez-vous, ce *diable*, c'est la couture entre les planches du pont et celles du bordé ; il faut la *brayer*, et elle est diablement difficile à atteindre pour les calfats, surtout lorsqu'ils n'ont pas de poix chaude à leur disposition. Exécuter une tâche aussi délicate sans disposer des moyens nécessaires est une situation diabolique.

— La métaphore est intéressante, d'ailleurs.

— Si vous étiez de caractère faible et superficiel, un peu déprimé, vous trouveriez quelque ressemblance avec notre situation présente, dit Jack, mais vous auriez tort. Avec le *Staunch*, l'*Otter* et le *Windham*, d'ici un jour ou deux... (Il dressa l'oreille et lança :) Killick, qui monte à bord ?

— Ce n'est qu'un officier, monsieur, de l'armée.

Cliquetis d'armes de l'infanterie de marine sur le gaillard d'arrière, un aspirant, demandant si le commodore voulait bien recevoir le colonel Fraser, et puis le colonel lui-même, le visage aussi rouge que sa tunique, d'avoir galopé sous un soleil torride.

— Bonjour, colonel, asseyez-vous et prenez une tasse de café.

— Bonjour, monsieur. Docteur, comment allez-vous ?

— Le colonel Fraser doit immédiatement boire quelque chose de frais et ôter sa cravate, dit Stephen. Serviteur, monsieur.

— Avec plaisir, monsieur, dans une minute. Mais d'abord je dois remettre mon message — verbal, monsieur : pas eu le temps de demander une plume et de l'encre. Les compliments du colonel Keating au commodore Aubrey, et le navire de Sa Majesté l'*Africaine* est à Saint-Denis. Le capitaine Corbett...

— Corbett ? Robert Corbett ?

— Je crois bien, monsieur. Un petit homme, plutôt sombre et furieux quand on le contrarie — celui-là même qui était ici précédemment — remarquable pour la discipline. Le capitaine Corbett, monsieur, en route vers Madras, a appris ce qui s'était passé ici de l'un de vos navires alors qu'il était à Rodrigues pour faire de l'eau douce ; il a fait route sur la Réunion. Il a eu une petite escarmouche avec une goélette sur la côte de Maurice et débarque à présent ses blessés : le colonel Keating lui a donné vingt-cinq hommes et un officier pour les remplacer, monsieur, car deux frégates françaises et un brick sont à ses trousses. Et le capitaine Corbett me charge de vous dire, avec ses devoirs, qu'il a pris la liberté d'envoyer votre guidon, pour les abuser, qu'il fait le branle-bas et prendra la mer dès l'instant où ses blessés seront débarqués.

— Colonel, dit Jack, je vous suis infiniment obligé. Killick, apportez un gobelet de quelque chose de frais pour le colonel Fraser — des sandwiches — des mangues.

Il avait lancé ces derniers mots par-dessus son épaule, tout en courant vers le gaillard.

— Monsieur Trollope, rappelez immédiatement tous les hommes de l'arsenal et soyez prêts à filer le câble dès l'instant où ils seront à bord. Monsieur Collins, signalez à l'*Otter* et au *Staunch : Appareillage immédiat* et *Croisière ennemie est nord-est.* Faites passer pour le canonnier.

Le canonnier vint en courant, car les nouvelles se répandaient vite.

— Monsieur Webber, dit Jack, combien avez-vous de gargousses prêtes ?

— Trente par pièce, monsieur, et vingt-trois pour les caronades : nous y avons passé toute la matinée. (Puis, encouragé par l'ancienneté des relations et l'éclatante transformation du commodore :) Puis-je espérer en remplir quelques-unes, monsieur, pour la meilleure des raisons ?

— Oui, monsieur Webber, et laissez de côté vos poudres médiocres. Je ne veux que de la belle vraie poudre rouge à gros grains.

Doublant la pointe des Galets à midi, la *Boadicea* suivie

de l'*Otter* et du *Staunch* aperçut les navires français au large : deux frégates. Du brick français on ne voyait déjà plus que les huniers loin au nord, sans doute se pressait-il d'aller tout raconter à Hamelin. Il y eut un murmure général de satisfaction, tempérée par le fait que les Français ne faisaient plus route vers la côte mais avaient viré tribord amures, et par la vue, très loin, de longues lignes blanches indiquant que la brise, sud ou sud-est sous le vent de la Réunion, passait à l'est au nord de l'île, de sorte que l'ennemi aurait l'avantage du vent. Ils virent aussi l'*Africaine*, et cette vision réchauffa le cœur de Jack : c'était une frégate portant trente-six canons de dix-huit livres, construite en France, bien entendu, et l'un des meilleurs voiliers de la Royal Navy, particulièrement au près. C'était sans doute la faveur qui avait récompensé Corbett quand il avait apporté les dépêches de la prise de Saint-Paul. « Il la manœuvrera sûrement très bien, se dit Jack. Excellent marin. Espérons qu'il a cette fois appris à ses hommes à pointer leurs canons et qu'il a su se rendre plus aimable. » Une faveur avait parfois cet effet sur un homme déçu, et Corbett avait été souvent déçu.

Quand il l'aperçut, l'*Africaine* était aussi tribord amures sous toute sa toile, à quelque huit milles au sud de l'ennemi. Les deux navires échangèrent leurs numéros, mais pas plus. Jack n'avait pas l'intention de tracasser l'*Africaine* par une foule de signaux : Corbett était un combattant. Il savait ce qu'il avait à faire ; nul ne doutait qu'il le ferait ; et il fallait lui laisser la liberté de se concentrer pour rattraper au moins sept de ces huit milles. Même nécessité, avec plus de force encore, pour la *Boadicea* : quoique plus puissante que l'*Africaine*, elle n'était pas sa rivale en vitesse. L'un des Français était heureusement la vieille *Iphigenia*, redevenue *Iphigénie*, et qui n'avait rien d'un bolide ; l'autre était sans doute l'*Astrée*, dont il ne connaissait pas les qualités.

Mais il les connaîtrait bientôt, dit-il, tout sourire, en emportant sa lunette dans la hune de misaine cependant que les six navires s'installaient pour leur longue chasse. Une heure plus tard, il savait : l'*Astrée* avait un capitaine capable, était plus rapide que l'*Iphigenia* mais pas plus que la *Boadicea*, alors que l'*Africaine* pourrait la surpasser même en lui laissant l'avantage des perroquets. Si le vent tenait bon, l'*Africaine* aurait rattrapé l'ennemi avant le coucher du soleil et la *Boadicea* peu après. Si le vent tenait bon : c'était son principal souci. Car s'il devait refuser vers l'est ou même un peu au nord de l'est, comme il le faisait parfois le soir, la *Boadicea* se trouverait exactement sous le vent des Français, qui pourraient réussir à regagner Port Louis avant que la distance ne soit effacée. La *Boadicea* n'était pas à son meilleur au près serré ; il n'aurait voulu pour rien au monde qu'on le sache, mais sa frégate ne serrait pas le vent aussi bien que d'autres navires, d'un bon demi-quart, en dépit de tous ses soins.

Mais tous ses soins ne réussiraient pas à maintenir le vent au sud de l'est, ni à faire marcher plus vite la *Boadicea* : il descendit, jeta un dernier regard au *Staunch* et à l'*Otter* à présent éloignés, dit à Seymour qu'on l'appelle si la situation changeait et s'endormit aussitôt, dans un hamac accroché dans le grand vide qui remplaçait ses diverses chambres. Il savait que ses officiers feraient admirablement courir le navire et qu'il devait garder l'esprit aussi aigu que possible pour un éventuel combat de nuit, difficile et exigeant des décisions instantanées.

Quand il remonta sur le pont, l'*Otter* et le *Staunch* étaient à peine visibles du haut du mât ; l'*Africaine* avait un peu plus de deux lieues d'avance et gagnait visiblement sur les Français. A son second appel, la vigie répondit après un examen attentif que le *Staunch* et l'*Otter* avaient disparu. Une vibration déplaisante accompagnait sa voix : le vent était venu trop sur l'avant pour les bonnettes qui faseyaient en dépit de leurs boulines tendues comme cordes de violon. On les rentra, la *Boadicea* perdit aussitôt en vitesse et bien vite l'*Africaine* se trouva à huit bons milles, poursuivant les Français, à présent invisibles, vers la nuit montante.

Une sale nuit, quoique tiède, avec des grains brusques et une mer croisée croissante qui repoussait obstinément la *Boadicea* vers le nord. Les meilleurs timoniers étaient à la barre, Jack derrière eux, debout près du maître d'équipage qui avait la gouverne. Pendant quelque temps, après la nuit close, il vit les fusées et les feux bleus indiquant la position de l'*Africaine*. Puis plus rien. Heure après heure, nuages bas, lourdes averses, crêtes brisant sur l'étrave à tribord, sifflement du vent dans sa course obstinée ; mais jamais le son qu'attendaient, que guettaient les hommes silencieux.

Rien jusqu'à sept coups du quart de minuit, où le vent vint en bourrasque avant de tomber à presque rien ; à ce moment, puis encore au changement de quart, on aperçut des éclairs sous les nuages au vent, suivis du bruit de canons lointains.

— Dieu veuille qu'il n'ait pas engagé la mêlée sans moi, murmura Jack, changeant de route vers les éclairs.

Cette crainte lui était venue au cours des heures d'attente, avec bien d'autres tout aussi insensées, mais il l'avait écartée — Corbett n'était pas Clonfert. Corbett connaissait exactement la marche de la *Boadicea*.

La canonnade était plus forte à chaque tour de sablier, mais à chaque tour la brise tombait encore. Enfin, la *Boadicea* eut à peine assez d'erre pour gouverner. Le bref crépuscule précédant l'aube fut voilé d'un dernier rideau de pluie tiède. Il s'évanouit doucement dans l'air immobile, au lever du soleil, et tout à coup la mer entière apparut, brillamment éclairée, et là, à quatre milles, l'*Africaine*, avec un navire français à portée de pistolet sur son étrave, un autre sur sa hanche. Elle tirait un coup de temps à autre, l'ennemi répondait à pleine volée, puis elle se tut.

Quatre milles : à la lunette Jack vit clairement ses couleurs frémir à la corne puis descendre lentement, lentement jusque sur le pont. Mais les Français tiraient toujours. Pendant un quart d'heure, ils pilonnèrent la coque silencieuse.

Jamais il n'avait dû se maîtriser si fort. Cette vision terrible lui aurait brisé le cœur de chagrin et de rage, si la brise n'était pas revenue pendant qu'il regardait. Les cacatois la sentirent d'abord. La *Boadicea* s'inclina doucement dans la houle et l'eau reprit son murmure sous la coque. Jack donna des ordres machinalement, dit : « Monsieur Seymour, faites renouveler les mèches », et mena la *Boadicea* vers les Français qui entouraient leur prise d'un va-et-vient de chaloupes.

— Oh, du mât, lança-t-il, que voyez-vous du *Staunch* et de l'*Otter* ?

— Rien, monsieur, fut la réponse. Rien au vent, rien sous le vent.

Jack hocha la tête. La brise fraîchissait ; il la sentait sur sa joue, douce mais si bien orientée au sud-est et même un peu plus au sud — la brise qui aurait dû l'amener à temps. La *Boadicea* s'approchait et sous leurs yeux les mâts de l'*Africaine* basculèrent : misaine d'abord, puis l'artimon et enfin le grand mât. L'*Astrée* et l'*Iphigenia* ne semblaient pas avoir souffert le moins du monde.

Quoi qu'il lui en coûtât, il devait résister à la tentation de se précipiter au combat : ce serait folie criminelle. Mais l'envie d'engager la *Boadicea* entre les deux Français, en tirant des deux bords, était terrible. Et avec le temps qu'il faisait, il pourrait peut-être même se laisser aller en partie sans négliger son devoir — frapper fort et vite puis repartir était admissible, et même nécessaire.

— Monsieur Seymour, dit-il, je vais aller jusqu'à portée de mousquet du navire au vent. Quand je donnerai l'ordre, faites tirer les canons tribord, à partir de l'avant : un tir d'enfilade délibéré sur sa poupe, en laissant la fumée se dégager entre chaque coup. Quand la dernière pièce aura tiré, virement de bord, et ensuite toute la volée bâbord en passant, aussi près du vent que possible. Monsieur Buchan, faites route sur l'*Iphigenia*.

Le vent venait avec la *Boadicea*. Les Français pouvaient gouverner, mais tout juste, alors qu'elle approchait à trois nœuds. Et l'*Astrée*, derrière l'*Africaine*, n'était pas encore dégagée quand Jack dit : « Feu ! » Les canons tirèrent en une suite calme et régulière, ignorant les volées désordonnées de l'*Iphigenia*, les deux premières perdues, la troisième meurtrière. Le feu de la *Boadicea*, délibéré, pointé avec haine, arrachait à l'arrière de l'*Iphigenia* hamacs et débris de bois. Un boulet bien lancé par la pièce numéro douze la frappa à la flottaison, tout près du gouvernail, et déclencha des acclamations. Puis le cri « La barre dessous ! » et la *Boadicea* vint dans le vent. Elle était masquée partout quand l'*Astrée*, enfin dégagée de l'*Iphigenia* et de l'*Africaine*, tira. Sa volée frappa très dur la *Boadicea*, détruisant le canot de poupe dans ses bossoirs et lui donnant un tel à-coup qu'un instant Jack crut qu'elle allait manquer à virer — qu'il avait pris un risque trop grand, d'un cheveu.

— Bordez à contre devant, cria-t-il. Il sentit l'équilibre instable basculer et, avec un soulagement infini, lança :

— Changez derrière. Elle vira et remplit ses voiles, sans perdre son élan ; elle vira, vira jusqu'à ce que sa bordée bâbord soit face à l'*Iphigenia*. Dans un énorme vacarme, elle cracha sa volée complète puis sortit de la fumée. Au même instant, un boulet de l'*Astrée* frappa le maître dans le dos, le coupant en deux à côté de Jack qui vit sa tête indignée, stupéfaite, jaillir et faire tomber le timonier tribord. Il prit un moment la place de l'homme, poussant la frégate dans son mouvement jusqu'à ce que les voiles d'avant faseyent et qu'un quartier-maître reprenne la roue. Puis, enjambant le corps, il s'approcha du couronnement. La poupe de l'*Iphigenia* avait souffert mais son gouvernail subsistait, et son artimon. Elle avait déployé sa misaine et se trouvait vent arrière, en route vers l'*Astrée* dont elle masquait à nouveau le feu (il entendit le corps du maître tomber à l'eau pendant qu'il observait) : un équipage disparate sans doute, avec peu de bon sens et encore moins d'appétit pour un combat rapproché avec la *Boadicea*. Comme la *Boadicea* s'écartait au plus près et que la distance augmentait, il vit l'*Iphigenia* mettre la barre au vent et heurter l'*Astrée*, au moment où celle-ci tentait de se glisser dans l'espace qui la séparait de l'*Africaine* pour tirer sur la *Boadicea* à portée extrême.

Il fit remonter la frégate un peu plus loin dans le vent et mit en panne. Le soleil étincelant détaillait à la perfection les navires français, les hommes sur leur pont et même l'état de leur gréement. Assis sur l'affût de la caronade arrière, il contemplait la scène, car le temps se prêtait à la contemplation. Aucune décision rapide à prendre pour l'instant, ni pendant encore un temps considérable. L'*Astrée*, navire redoutable, n'avait subi aucun dommage ; elle s'était libérée de l'*Iphigenia* et dégagée, enfin ; entre elle et la *Boadicea*, la mer était libre. Pourtant elle n'approchait pas. Le faseyement — délibéré — de son petit hunier lui en disait beaucoup sur son commandant, et une foule de détails moins évidents lui en disaient plus encore : un marin compétent sans aucun doute, mais qui n'avait pas l'intention de combattre. Il n'avait pas plus l'intention de combattre que Hamelin, avec plus d'avantages encore, ne l'avait eue. Ni cet homme ni son commodore n'entendaient risquer le tout pour le tout. Cette conviction, renforcée par ses observations, le remplit d'une joie grave.

D'autre part, lui disait sa raison en obligeant son cœur à se calmer, l'*Astrée* pouvait lancer une volée d'un poids considérable, ses canonniers pointaient juste, et si elle n'était pas plus rapide que la *Boadicea*, elle serrait mieux le vent. Par ailleurs, attaque et défense sont deux choses différentes : en combat rapproché, l'*Astrée* serait périlleuse et même si l'*Iphigenia* était menée par un abruti, s'en prendre aux deux ensemble en plein jour serait inexcusable dans la situation actuelle. Et pourtant il devait absolument reprendre l'*Africaine*...

— Ho, du pont ! lança la vigie. Deux voiles en plein dans le vent, monsieur. Je crois que c'est le *Staunch* et l'*Otter*. (Quelques minutes plus tard :) Oui, monsieur, le *Staunch* et l'*Otter*.

Avec cette brise, il leur faudrait deux ou trois heures pour l'atteindre : parfait. Il se redressa en souriant et regarda sous le vent où son premier lieutenant, le charpentier et le bosco attendaient pour faire leur rapport.

— Trois blessés, monsieur, dit Seymour, et bien sûr le pauvre M. Buchan.

Le charpentier n'avait à signaler que quatre trous de boulets et huit pouces d'eau dans la sentine ; Fellowes parlait de nombreux dégâts aux voiles et au gréement avant :

— Je pense qu'en une heure nous aurons tout réparé, monsieur.

— Faites le plus vite possible, monsieur Fellowes, dit Jack. Monsieur Seymour, envoyez les hommes au petit déjeuner et que le quart en bas prenne quelque repos.

Il descendit dans l'entrepont, où Stephen lisait un petit livre sous une lanterne.

— Etes-vous blessé ?

— Non, pas du tout, merci : je suis descendu pour voir les blessés. Comment vont-ils ?

— Pour Colley, la fracture du crâne avec enfoncement, je ne réponds de rien. Il est comateux, comme vous voyez. Nous devons opérer dès que nous aurons la paix, le silence et la lumière — le plus tôt sera le mieux. Les deux blessures par éclat de bois s'en tireront très bien. Vos culottes sont couvertes de sang.

— C'est celui du maître. Il a filé son câble par le bout tout près de moi, le pauvre homme.

Jack alla voir les patients, leur demanda comment ils se sentaient, leur dit que tout allait bien sur le pont, que le *Staunch* et l'*Otter* approchaient main sur main et que bientôt les Français recevraient les intérêts de ce qu'ils avaient fait à l'*Africaine*. Il revint vers Stephen et lui dit :

— Killick a gréé un réchaud à alcool, si vous voulez petit déjeuner.

Debout devant les fenêtres de poupe, buvant des pintes de café, il expliqua la situation en exposant où les Français se trouvaient à présent et où ils avaient été aux différentes étapes du combat.

— Je sais que vous trouverez cela illogique, dit-il, ses doigts agrippés au cadre de bois, et même peut-être superstitieux, mais j'ai le sentiment que la marée s'est inversée. Je n'ai pas l'intention de tenter le sort, Dieu m'en garde, mais je pense que lorsque le *Staunch* et l'*Otter* nous auront rejoints, nous reprendrons l'*Africaine*. Nous pourrions même capturer l'*Iphigenia* : elle est couarde. Nous l'avons peut-être durement touchée — regardez ses gens dans les canots ; et le capitaine de l'*Astrée* ne lui fait pas confiance. Mais je n'irai pas jusque-là : l'*Africaine* me suffira.

Retour sur le pont, un pont étonnamment normal : épissures et nœuds presque terminés dans le gréement, les hommes du gaillard d'arrière effaçant au faubert les dernières taches pâles autour de la roue, les bossoirs remis en place, un petit hunier neuf envergué. Là-bas, les canots français continuaient à évacuer les prisonniers de l'*Africaine*, les pompes de l'*Iphigenia* fonctionnaient dur, et d'après l'activité fiévreuse de tous les hommes travaillant à bord et autour d'elle, elle ne pourrait pas remettre à la voile avant un certain temps. L'*Astrée* s'était placée en meilleure position pour la couvrir, ainsi que l'*Africaine* : son capitaine n'était pas un grand batailleur mais il avait l'intention manifeste de conserver sa prise, dans toute la mesure du possible. Mais à présent on apercevait du pont la coque du *Staunch* et de l'*Otter*, et la brise fraîchissait.

Dîner précoce, froid, et demi-ration de tafia, mais pas la moindre plainte. L'air de plaisir contenu du commodore, son assurance, la transformation indéfinissable qu'il avait subie communiquaient à tout le navire une confiance totale. L'équipage mangeait son bon biscuit et son exécrable fromage, arrosé de plus de jus de citron et d'eau que de rhum, et le regardait : on regardait les Français massés sous le vent, les deux navires qui se rapprochaient de minute en minute, on bavardait à voix basse et joyeuse ; les rires assourdis fusaient un peu partout dans l'embelle et sur le gaillard d'avant.

Armé d'un morceau de craie, le commodore dessina son plan d'attaque sur le pont : les capitaines du sloop et du brick l'observaient attentivement. Tous trois devaient foncer de front, la *Boadicea* au milieu, en s'efforçant de séparer les deux frégates françaises ; les possibilités étaient multiples, selon les mouvements de l'*Astrée*, et Jack les expliqua clairement.

— Mais de toute manière, messieurs, en cas d'imprévu, vous ne risquez guère de vous tromper en accrochant l'*Iphigenia*, par l'avant et l'arrière, et en me laissant l'*Astrée*.

Avec le vent par trois quarts arrière, et sous hunier seul pour mieux manœuvrer, ils foncèrent, le brick minuscule à tribord de la *Boadicea*, le sloop comme une miniature à bâbord. Jack leur avait laissé tout le temps de nourrir et reposer leurs équipages ; il savait qu'ils étaient parfaitement préparés, bien armés, et que leurs commandants comprenaient ses intentions sans qu'aucun doute fût possible.

Il avait envisagé toutes sortes de possibilités, et s'approchait avec une confiance qu'il avait rarement éprouvée à ce point, un entrain croissant ; mais il n'avait pas prévu ce qui se déroula. Ils étaient encore à un mille et demi quand l'*Astrée* passa une remorque à l'*Iphigenia* et que les deux frégates mirent à la voile. Abandonnant l'*Africaine*, elles s'éloignèrent, forçant de voiles, serrant le vent, cap à l'est, le plus vite possible, l'*Astrée* exploitant ses qualités nautiques pour maintenir l'étrave de l'*Iphigenia* tout près du lit du vent, bien plus près que la *Boadicea* ne pouvait espérer le faire.

On pouvait imaginer qu'en virant aussitôt, la *Boadicea*, placée un peu au vent, pourrait les obliger au combat à la fin d'une très longue chasse en routes convergentes, malgré la supériorité de l'*Astrée* au plus près ; mais ni l'*Otter* ni le *Staunch* ne pourraient tenir ce train, et il était probable qu'entre-temps les renforts de Hamelin, ramenés par le brick français, retomberaient sur l'*Africaine*. Non, hélas, le temps était à la prudence et la *Boadicea* se dirigea calmement vers l'épave démâtée, ballottée par la houle sans autre espar qu'un mât de pavillon portant les couleurs françaises.

La *Boadicea* vint à couple : l'*Africaine* tira deux coups sous le vent et le pavillon français descendit, accompagné d'un hourra immense des prisonniers qui restaient à son bord.

— Monsieur Seymour, dit Jack, avec un sentiment de déception, mais qui recouvrait une chaude et profonde satisfaction, ayez la bonté de prendre possession. Que diable se passe-t-il ?

Il se passait qu'une vingtaine d'hommes de l'*Africaine* avaient plongé, nagé, et se hissaient au flanc de la *Boadicea*. Ils étaient habités d'un fol enthousiasme, fait de joie et de rage étrangement mêlées : leur sens de la discipline presque entièrement disparu, ils s'entassaient, dégoulinants, sur le gaillard d'arrière, suppliant le commodore de reprendre le combat — ils serviraient ses canons — ils seraient heureux de se battre sous les ordres du capitaine Aubrey — pas comme avec d'autres brutes — on le connaissait — et il saurait rendre à ces salauds de Français la monnaie de leur pièce — il en prendrait deux à la fois, n'importe quand, facile comme bonsoir Madame.

— Je sais que vous pouvez le faire, monsieur, cria l'un d'eux, un pansement ensanglanté autour du bras, j'étais avec vous à bord de la *Sophie* quand on a baisé le grand Espingouin. Ne dites pas non, monsieur.

— Je suis heureux de vous voir, Herold, dit Jack, et je voudrais pouvoir dire oui, de tout mon cœur. Mais vous êtes un marin — regardez où ils sont. Trois heures de chasse ardente, et cinq frégates françaises au nord prêtes à retomber sur l'*Africaine*. Je vous comprends, les gars, mais c'est impossible. Donnez la main pour passer la remorque et on va emmener votre barque à Saint-Paul pour la réparer : après ça vous vous occuperez vous-mêmes des Français.

Ils regardèrent avec regret l'*Astrée* et l'*Iphigenia*, en soupirant. Mais en tant que marins, ils n'avaient rien à dire.

— Comment va le capitaine Corbett ? demanda Jack. Est-ce que les Français l'ont emmené ?

Silence. Puis : « Sais pas, monsieur. » Il les regarda, étonné. Devant lui, un mur de visages fermés : le contact d'homme à homme, immédiat et rare, avait disparu. C'était le mur de pierre du mutisme du premier pont, la solidarité aveugle qu'il connaissait si bien, souvent stupide, généralement transparente, mais toujours indéfectible. « Sais pas, monsieur. » Il n'obtiendrait jamais d'autre réponse.

Chapitre 9

La *Boadicea* remorquait lentement l'*Africaine* vers le sud dans la houle de plus en plus forte ; lourde comme une énorme grume imbibée d'eau, tantôt elle se laissait traîner de si mauvaise grâce que les mâts de la *Boadicea* geignaient et que le murmure rauque de Seymour — tout ce qui lui restait de voix — enjoignait aux hommes de « choquer cette... écoute avant que tout soit arraché », tantôt elle s'élançait, imprévisible, vers la poupe de la *Boadicea* puis embardait brusquement, de sorte que la remorque jaillissait de la mer, rigide, tendue à se rompre, crachant l'eau de tous ses torons ; mais surtout elle roulait, bord sur bord, d'un mouvement pesant, amorphe, qui rendait le travail du chirurgien encore plus dangereux et délicat que d'habitude.

Stephen aidait le pauvre M. Cotton, infirme et âgé, à peine remis d'une crise de dysenterie et qui avait été débordé dès les premières minutes du combat. Il restait encore, après un nombre effroyable de décès, soixante ou soixante-dix cas, tous couchés par terre : au moins, il y avait de la place, car les Français avaient tué quarante-neuf hommes et emmené cinquante prisonniers. Les Africaines restants, avec l'aide d'une équipe de la *Boadicea*, s'affairaient à amarrer aux tronçons des mâts les quelques espars dont ils disposaient, et vers la tombée de la nuit ils purent envoyer trois voiles d'étai qui rendirent aussitôt un peu de vie à la frégate, laquelle retrouva un mouvement d'être vivant et un roulis raisonnable.

— Quel soulagement, dit M. Cotton tout en jouant de la scie. A un moment j'ai eu peur d'avoir à nouveau le mal de mer... le mal de mer, après tant d'années de navigation ! Une ligature, s'il vous plaît. Etes-vous sujet au mal de mer, docteur Maturin ?

— J'en ai souffert dans le golfe de Gascogne.

— Ah, le Golfe, dit Cotton, jetant le pied amputé dans le seau que tenait son infirmier, quel horrible endroit. Vous pouvez le lâcher, dit-il aux camarades du patient, qui le maintenaient. (Et au visage gris et couvert de sueur :) C'est fini à présent, John Bates. Vous allez vous en tirer très bien et ce pied vous vaudra une pension de Greenwich ou un brevet de maître coq.

Une petite voix surgit du visage gris et couvert de sueur pour remercier M. Cotton et demander s'il pouvait garder le pied, comme porte-bonheur.

— Nous en avons terminé des cas les plus urgents, dit M. Cotton avec un coup d'œil autour de lui. Je vous suis infiniment obligé, monsieur, infiniment, et je voudrais avoir mieux à vous offrir qu'un bol de thé. Mais les Français nous ont pillés, pillés comme des sauvages, monsieur. Fort heureusement, ils n'aiment pas le thé.

— Un bol de thé serait fort bienvenu, dit Stephen, et ils se dirigèrent vers l'arrière, vers le poste déserté des aspirants. Un combat sanglant, observa-t-il.

— J'en ai rarement vu de plus sanglants, dit M. Cotton, ni, je crois bien, de gaspillage plus inutile en vies humaines. Mais enfin le capitaine a payé, pour la consolation que cela peut apporter.

— Il a été tué ?

— Tué, ou appelez ça comme vous voudrez. Quoi qu'il en soit, il est mort. On me l'a amené dès le début — les métacarpiens du pied gauche tout éparpillés. J'ai fait ce que j'ai pu et il a insisté pour qu'on le remonte — c'était un homme courageux, voyez-vous, malgré tous ses défauts. Et puis il a reçu un autre coup, mais je ne saurais dire qui a tiré ; je n'affirmerai pas non plus absolument que dans la confusion du combat nocturne ses propres hommes l'aient jeté par-dessus bord, mais en tout cas il a disparu. Je suppose que vous avez déjà connu des cas semblables ?

— J'en ai entendu parler, bien entendu, et dans ce cas particulier, je le pressentais depuis longtemps. La réputation du capitaine Corbett comme amateur du chat à neuf queues était largement répandue.

— Si largement que l'équipage s'est mutiné quand on l'a nommé commandant de ce navire : ils ont refusé de prendre la mer. J'étais en permission, à l'époque, et à mon retour j'ai eu la surprise de constater que des officiers envoyés de Londres les avaient persuadés qu'il n'était pas aussi mauvais qu'on le disait... les avaient persuadés de revenir à leur devoir.

— Pourquoi cela vous a-t-il étonné, monsieur ?

— Parce que ces réputations ne sont jamais usurpées. Il était exactement aussi mauvais qu'on le disait. Il a fait fouetter ces hommes jusqu'à la Ligne, à travers la Ligne, et jusqu'au Cap.

— Par parenthèse — aviez-vous du courrier pour Le Cap, du courrier pour nous ?

— Oui ; et nous devions apporter le vôtre à Rodrigues. Mais comme vous le savez, nous n'avons jamais touché l'île — on a fait demi-tour aussitôt après la rencontre de l'*Emma*, et j'ai le regret de vous dire que le Français a tout pris.

— Bon, bon. Pourtant, les hommes ont combattu avec beaucoup de vaillance, il me semble.

— Avec une très grande vaillance ; parce qu'ils avaient d'excellents officiers. Le capitaine Corbett ne leur adressait pratiquement pas la parole : il n'a pas dîné au carré plus d'une fois, il ne les a jamais invités. Et les hommes se seraient battus encore mieux s'ils avaient su se servir des canons : jamais le moindre exercice, pour ne pas abîmer ce pont sacré. Il doit être dans un bel état, maintenant. Non, les hommes n'avaient rien contre les officiers, des gens très bien, comme je vous l'ai dit, et qui ont tenu le coup jusqu'au bout — Tullidge a pris le commandement après la disparition du capitaine et il a été blessé quatre fois ; Forder, le second lieutenant, a reçu une balle dans les poumons, et la tête de Parker a été emportée par un boulet. De bons officiers. Un jour, au large du cap São Roque, comme Corbett distribuait les coups de fouet par cinquante, ils m'ont demandé s'ils ne pourraient pas l'enfermer, et je leur ai dit non. Je l'ai regretté après, car si le bonhomme était tout à fait sain à terre, en mer il était fou. Fou d'autorité.

— C'est un breuvage bien capiteux, dit Stephen. Pourtant certains lui résistent. Quelle est la source de leur immunité ?

— Quelle est-elle, en vérité ? répondit M. Cotton.

Son épuisement était trop grand pour laisser place à la réflexion, mais non pour la civilité. Quand Stephen le quitta, il lui dit :

— Votre présence fut une bénédiction, docteur Maturin : puis-je à mon tour vous être de quelque utilité ?

— Vous êtes bien bon : il se trouve que j'ai une fracture

du crâne avec enfoncement, particulièrement délicate, qui m'attend pour demain, et si d'ici là vous vous sentez suffisamment remis, je serais extrêmement reconnaissant de votre aide. Mon jeune assistant n'a aucune expérience du trépan et mes mains n'ont plus leur fermeté d'antan — elles ne possèdent pas votre admirable sûreté de prise.

— Je serai à vos ordres, monsieur, à l'heure que vous voudrez me dire.

M. Cotton, habitué de longue date aux manières de la Navy, fut fidèle à sa parole et précis à la minute. Comme la cloche piquait le premier des six coups du quart du matin, il se hissa le long des flancs de la *Boadicea*, à la force de ses bras puissants et traînant sa jambe atrophiée. Parvenu sur le pont, il reprit sa béquille, salua la dunette, repoussa un quartier-maître empressé et clopina vers l'arrière. Tout était prêt : sous un taud qui diffusait la brillante lumière, une chaise au dossier droit était amarrée à des taquets ; Colley, le patient, y était assis, le teint plombé, le souffle ronflant, et si étroitement amarré par ses camarades qu'il était aussi incapable du moindre mouvement que la figure de proue. Le pont et la mâture étaient étrangement encombrés d'hommes, dont beaucoup feignaient l'affairement, car les anciens Sophies avaient raconté à leurs camarades ce jour mémorable de l'an deux où, par une lumière comparable, le docteur Maturin avait scié le haut de la tête du canonnier, lui avait touillé la cervelle, avait refait l'arrimage et vissé par-dessus le tout un couvercle d'argent, de sorte que le canonnier revenu à la vie était mieux que neuf. On le leur avait dit et ils n'avaient pas l'intention de manquer un instant de ce spectacle instructif, voire édifiant. Sous le gaillard on entendait l'armurier marteler à la forge une pièce de trois shillings en une étincelante crêpe plate.

— Je lui ai demandé d'attendre nos instructions pour la forme définitive, dit Stephen, mais il a déjà affûté et retrempé mon meilleur trépan. Il sortit l'instrument tout luisant de son bain et suggéra que M. Cotton pourrait souhaiter faire la première incision. Les civilités médicales qui suivirent, l'insistance et le refus poli impatientèrent l'auditoire ; mais enfin leurs espoirs morbides furent satisfaits. Le cuir bien rasé du patient, proprement fendu d'une oreille à l'autre et replié, pendait par-dessus son visage livide et barbu. A présent, les docteurs parlaient latin au-dessus du crâne dépouillé et défoncé.

— Quand ils se mettent à parler étranger, observa John

Harris, gabier de misaine, bordée tribord, ça veut dire qu'ils sont en arrêt et que tout est comme qui dirait à bloc.

— Tu n'y connais rien, John Harris, dit Davis, l'ancien Sophie. Notre docteur est seulement à faire des politesses au bonhomme qui a qu'une jambe. Attends seulement qu'il commence à jouer de son fer à percer.

— Quelle remarquable épaisseur de l'os, et pourtant la suture métopique n'est pas fermée, dit M. Cotton. Je n'ai jamais rien vu de semblable et vous en suis reconnaissant. Mais comme vous dites, cela nous met face à une situation embarrassante : un dilemme, pourrait-on dire.

— La réponse, telle que je la vois, est une double perforation, dit Stephen, et c'est ici que la force et la fermeté de votre bras gauche seront précieuses. Si vous voulez avoir la bonté de soutenir le pariétal là, tandis que je perce mon premier orifice ici, et qu'ensuite nous changions de main, eh bien, nous aurons, je crois, toutes les chances de réussir à soulever l'ensemble en une seule pièce.

N'eût été la nécessité de préserver les apparences d'infaillibilité professionnelle et de calme olympien, M. Cotton aurait pincé les lèvres et hoché la tête ; mais il se contenta de marmonner « Le Seigneur soit avec nous », et inséra sa sonde plate. Stephen retroussa ses manchettes, cracha dans ses mains, attendit le mouvement de roulis, plaça sa pointe et entama avec détermination l'os blanc qui fuyait sous les dents de l'instrument ; Carol essuyait la sciure. Dans le silence, l'équipage se fit plus attentif encore ; les aspirants, tous amateurs de macabre, tendaient le cou sans que leurs officiers y trouvent à redire. Mais quand l'acier mordit dans le crâne livide, plus d'un pâlit, plus d'un leva les yeux vers le gréement ; et même Jack, qui avait déjà assisté à ce sinistre spectacle, tourna ses regards vers l'horizon où l'*Astrée* et l'*Iphigenia* brillaient au loin, blanches dans le soleil.

Il entendit Stephen crier les mesures à l'armurier quand débuta la deuxième découpe ; il entendit un nouvel envol de coups de marteau sur l'enclume ; mais tandis qu'il écoutait, un mouvement, là-bas, très loin au vent, retint son regard. Les voiles des deux Français se gonflaient ; avaient-ils enfin l'intention de se rapprocher ? Il mit sa lunette à son œil, les vit venir vent arrière et referma l'instrument avec un sourire ; affairés comme ils l'étaient à passer les écoutes, leur seul but était manifestement de virer lof pour lof une fois de plus, comme ils l'avaient fait cinq fois déjà depuis l'aube. Oui, ils avaient lofé. Quoique ayant l'avantage du vent, ils ne souhaitaient pas lui livrer combat, non plus qu'à la pauvre *Africaine* ; et à moins qu'il se trompât lourdement, cette dernière manœuvre leur en avait ôté toute possibilité, à présent que les montagnes de la Réunion se dessinaient par l'avant tribord et que la brise avait toutes les chances d'adonner de deux quarts à proximité de terre. Evidemment, l'*Africaine* avait encore toutes ses dents, et le *Staunch* et l'*Otter* pourraient mordre méchamment dans la mêlée, mais tout de même... Il rit tout haut à l'instant même où M. Cotton s'écriait :

— Oh, joli ! Très joliment fait, monsieur !

Stephen souleva le morceau de crâne pour en observer la face inférieure avec un regard de sobre triomphe — instant qui permit au public de plonger des regards d'horreur fascinée dans le terrible gouffre d'où M. Cotton retirait les éclats de bois avec une paire de pincettes en os de baleine. Tandis qu'il fouillait, et qu'une longue écharde remuait dans les profondeurs, une voix affreuse, profonde, lente, épaisse et comme saoule mais reconnaissable comme la voix de Colley parla derrière le volet de peau : « Jo. Passe-moi ce foutu raban, Jo. » Le public s'était éclairci et beaucoup des derniers amateurs de macabre étaient à présent aussi blêmes que Colley. Mais ils revécurent quand les chirurgiens placèrent le couvercle d'argent sur le trou, le fixèrent, remirent le cuir chevelu à sa place, le recousirent, se lavèrent les mains dans le seau et renvoyèrent le malade à l'infirmerie. Un murmure satisfait parcourut le navire et Jack fit un pas en avant pour dire :

— Je crois pouvoir vous féliciter, messieurs, pour une manœuvre bien délicate.

Ils se récrièrent, dirent que cela n'avait rien de si extraordinaire — n'importe quel chirurgien compétent en aurait fait de même — et de toute manière, ajoutèrent-ils avec une sincérité qui aurait causé un choc affreux à Mme Colley, on ne pouvait parler de félicitations tant que la crise inévitable ne s'était pas déclarée. Et l'on ne pouvait parler d'opération totalement réussie si le patient n'avait pas au moins survécu à la crise. Ensuite, la cause de la mort pourrait être attribuée à une foule d'autres facteurs.

— Comme j'espère qu'il vivra, dit Jack, les yeux toujours sur l'ennemi lointain. Colley est un excellent marin, un homme de valeur, solide, et l'un des meilleurs pointeurs de canon qu'il y ait à ce bord. Il a aussi toute une foule d'enfants, je m'en souviens.

Tout cela était vrai. Tom Colley, en état de sobriété, était un membre valable quoique pugnace de sa division ; élevé à la mer, il savait border, brasser et barrer sans la moindre hésitation, et c'était une joie de le voir danser la matelote : le navire ne serait plus le même sans lui. Mais ce raisonnement solide cachait une raison qu'un observateur indulgent eût apparentée au mysticisme et d'autres, peut-être plus éclairés, à la superstition barbare. Jack n'aurait voulu pour rien au monde qu'on le sache, mais il assimilait la guérison du matelot au succès de sa campagne : à en juger le comportement de l'*Astrée* et de l'*Iphigenia*, là-bas, Colley était en bonne voie de résurrection. Si Hamelin avait été présent, s'il avait hissé son guidon à bord de l'*Astrée* plutôt que de la *Vénus*, les Français se seraient-ils montrés plus décidés ? Ces deux navires auraient-ils risqué le combat, mettant fin à tous ses espoirs, quel qu'en fût le coût pour eux-mêmes ? D'après ce qu'il savait du commodore français, il en doutait.

— Un document impressionnant, dit le gouverneur Farquhar, rendant à Stephen la copie de l'excommunication de Buonaparte par Pie VII, la Grande Excommunication, non encore promulguée mais effective, et personnelle, authentifiée par le sceau de l'évêque. Bien que certaines des expressions ne soient peut-être pas tout à fait cicéroniennes, l'ensemble constitue la plus terrible damnation que j'aie jamais vue. Si j'étais catholique, je me sentirais extrêmement mal à l'aise d'avoir le moins du monde affaire à ce misérable. L'évêque n'a fait aucune difficulté, je suppose ? (Stephen sourit et Farquhar poursuivit :) Comme je regrette vos scrupules. Ceci serait de la plus grande valeur pour le ministère. Ne pourrions-nous en faire une autre copie ?

— Ne vous souciez pas du ministère, mon cher monsieur, dit Stephen, ils en connaissent l'existence. Ils savent, croyez-moi, c'est un secret passablement répandu. Mais de toute manière je ne puis mettre en péril ma source d'information : et j'ai donné ma parole que trois hommes seulement sur l'île Maurice le verraient avant que je le livre aux flammes.

Il enveloppa dans son mouchoir le document chargé de malédictions et le glissa sur sa poitrine ; Farquhar, jetant un regard mélancolique à la bosse révélatrice, dit simplement : « Ah, si vous avez donné votre parole... » Puis tous deux se penchèrent sur les bouts de papier où ils avaient noté les sujets dont ils devaient discuter.

Ceux de Stephen étaient tous barrés ; il en restait un sur la liste de Farquhar, mais il semblait avoir du mal à l'aborder. Il fit une pause, rit, puis dit :

— Présenté comme je l'ai écrit, cela ne peut convenir. Vous risqueriez d'y trouver offense. J'ai noté de ne pas oublier — précaution bien inutile, je dois dire — de vous demander une explication — oh, en aucune manière une explication *officielle*, comprenez-moi bien — de l'incessante et débordante activité du commodore. Il a vraiment l'air de croire que nos projets d'invasion de Maurice peuvent être maintenus en dépit de cet effroyable désastre de l'île de la Passe. Il a totalement contaminé, ou devrais-je dire convaincu, Keating, et tous deux se hâtent d'un point à l'autre, jour et nuit, au mépris de toute évidence. Naturellement je l'appuie de tout mon pouvoir — je n'oserais faire autrement, devant cette stature héroïque et jupitérienne qu'il a prise. Il surgit dans cette pièce, déclare : « Farquhar, mon cher ami, ayez la bonté de faire couper tous les plus grands arbres de l'île et de mettre immédiatement tous les charpentiers à l'œuvre. L'*Africaine* doit être remâtée à l'aube de jeudi, au plus tard —, puis ressort en courant. » Je tremble et j'obéis : mais quand je songe que les Français ont sept frégates, et nous une seule, plus une pitoyable épave, quand je récapitule tous les canons dont ils disposent face aux nôtres, je suis éberlué.

Il regardait par la fenêtre, saisi d'une stupeur rétrospective. Pour meubler le silence, Stephen fit observer que le nombre des canons comptait moins que la précision de leur pointage et le zèle de leurs servants, ajoutant que si l'*Africaine* n'était pas encore prête au combat, ses canons étaient à la disposition des autres unités, quelles qu'elles fussent.

— C'est très vrai, dit le gouverneur, mais je dois confesser qu'une explication assez méprisable de tant d'ardeur m'était venue à l'esprit : j'ai pensé que le commodore disposait peut-être de certains renseignements encourageants, inconnus de moi. Ne prenez pas mes paroles en mal, docteur Maturin, je vous en prie.

— Jamais de la vie, mon cher monsieur. Non : je ne lui ai rien dit que je ne vous aie révélé. La réponse se trouve tout à fait sur un autre plan. D'après ce que je vois, le commodore Aubrey est arrivé à la conviction intime que nous possédons une supériorité morale sur nos adversaires ; que l'initiative a changé de camp ; et que s'ils ne manquent, comme il le dit lui-même, ni de navires, ni de qualités marines, ni de bravoure, ils manquent de vaillance. Ils n'ont pas le désir ardent de combattre, de tout risquer sur un coup de dés ; et il estime aussi que Hamelin n'a pas le sens du moment décisif dans le flux et reflux d'une campagne. De plus, il pense que le commodore Hamelin est plus intéressé à s'emparer des vaisseaux de la Compagnie qu'à cueillir des lauriers au moment même où ils sont à portée de sa main. Il a cité avec beaucoup d'approbation votre remarque sur la Fortune, en déclarant que Hamelin aurait un mal du diable à saisir les cheveux de la dame, à présent qu'elle l'avait dépassé.

— J'ai fait cette remarque dans un contexte bien différent, dit Farquhar.

Mais Stephen, poursuivant le fil de ses pensées, ajouta :

— Je ne suis pas un stratège, mais je connais bien Jack Aubrey : je respecte son jugement pour toutes les choses navales et je trouve sa conviction, son intuition militaire tout à fait persuasives. Peut-être aussi faut-il voir ici l'intervention de certains facteurs illogiques, ajouta-t-il (parfaitement conscient de ce qui provoquait les fréquentes et brèves visites de Jack à l'hôpital et son ravissement immodéré de voir Colley se remettre), présages de marins et choses de cet ordre, qui ne sauraient retenir un esprit rationnel.

— Donc vous êtes convaincu, dit le gouverneur avec hésitation. Eh bien, dans ce cas, je le suis aussi, mais d'un peu plus loin. Mais du moins, il n'y a aucun risque de le voir bouger avant que l'*Africaine* soit prête à prendre la mer ? Aucun risque, dans cette situation extrêmement dangereuse, qu'il s'élance tel un Bayard des mers pour livrer combat à un contre sept ?

— Je ne le pense pas, mais je n'en donnerais pas ma parole. A présent, monsieur, dit Stephen en se levant, je dois vous prier d'excuser mon départ : le canot m'attend sans aucun doute et j'entendrai de dures paroles si je ne me hâte pas.

— Je vous reverrai sous peu ?

— Oui, si Dieu le veut. Ce voyage ne me conduit pas plus loin que l'extrémité sud-ouest de Maurice, le Morne Brabant, où je dois rencontrer deux officiers des troupes irlandaises et une autre personne ; et je pense pouvoir vous promettre que le commodore et le colonel Keating n'auront guère de difficultés avec les membres les plus catholiques de la garnison du général Decaen, quand ils seront face à face.

Tandis qu'ils traversaient la pièce côte à côte, il dit à voix basse en se frappant la poitrine :

— Ceci est beaucoup plus transportable que cent livres d'or et tellement, tellement plus efficace.

La grande porte s'ouvrit ; sur le seuil, ils furent presque renversés par M. Trollope, qui escaladait quatre à quatre les marches de la Résidence. Il se reprit, jeta un regard de reproche à Stephen, retira son chapeau et dit :

— Je vous demande pardon, Votre Excellence, mais je suis chargé des compliments respectueux du commodore et pourrait-il avoir sept cent cinquante nègres avant le canon du soir ? Je dois aussi rappeler au docteur Maturin qu'il a demandé l'aviso pour quatre heures vingt-cinq très exactement.

Stephen regarda sa montre, jeta un hululement assourdi et partit en courant lourdement vers le port où la *Pearl of the Mascarenes*, le plus rapide aviso de l'île, piaffait sur son mouillage.

A l'aube du dimanche, les deux quartiers-maîtres de garde à la station de signaux, au-dessus de Saint-Denis, soupesaient les probabilités d'un pudding : le dimanche précédent, comme tous les Boadiceas et tous les Africaines, les Staunchs et les Otters, ils avaient été privés de pudding en raison du rythme déchaîné des travaux à l'arsenal ; et il semblait bien que cela dût se reproduire aujourd'hui. Comme ils se penchaient pour observer le chantier, là en bas, la forte brise de terre rabattit en avant leurs queues de cheval qui leur bouchèrent la vue. Machinalement, ils les saisirent entre leurs dents pour mieux voir. D'après l'activité fébrile qui régnait à l'arsenal, les groupes de Noirs, de matelots, d'artificiers et de soldats affairés comme des fourmis, le pudding du dimanche était aussi improbable qu'un gâteau de mariage. On n'était même pas certain d'avoir du bœuf.

— Ça sera encore un truc étranger, dit William Jenkins, et puis froid, pas de doute. Boucles d'or est déchaîné. C'est-y pas un meneur d'esclaves : deux semaines sans pudding ; et c'était tout pareil à Simon's Town. Grouille, grouille, grouille et n'essaie pas de truquer l'horloge.

Boucles d'or était le surnom de Jack Aubrey dans le service. L'autre quartier-maître, Henry Trecothick, avait navigué avec lui quand les boucles étaient vraiment dorées, plutôt que de leur couleur actuelle, jaune terne décoloré par le soleil. Trouvant que Jenkins allait un peu fort, il dit d'un ton froid :

— Il a beaucoup de boulot à abattre, pas vrai ? Et il le fait. Mais je dois dire qu'un homme aime mieux son dîner chaud, c'est plus naturel et — Bill, qu'est-ce que tu penses de ce bateau là-bas ?

— Où ça ?

— Nord nord-est : il double la pointe. Derrière les îles. Il a amené sa grand-voile.

— Je n'y vois rien.

— Quel failli bachot bigleux tu fais, pour sûr, Bill Jenkins. Derrière les îles.

— Derrière les îles ? Pourquoi tu le disais pas ? C'est un pêcheur, voilà ce que c'est. Tu vois pas ses avirons ? Qu'est-ce que t'as dans les yeux ?

— Passe-moi la lunette, Bill, dit Trecothick qui ajouta, après avoir regardé fixement : C'est pas un pêcheur. Ils nagent comme si le diable était à leurs trousses ; droit dans le lit du vent, comme en course avec mille livres à l'arrivée. Jamais vu un pêcheur nager comme ça. (Une pause.) Je vais te dire quoi, Bill Jenkins, c'est ce vieux petit aviso, la *Pearl*.

— Toi et tes imaginations, Harry. On n'attend pas la *Pearl* à cette marée, non, ni à la prochaine. C'est le tonnerre, ça ? Une goutte d'eau, ça serait...

— Bon Dieu, il envoie un signal. Tire ton cul de là. *Ennemi en vue* — qu'est-ce que c'est, les carreaux rouge et blanc — *plein nord*. Bill, va donc réveiller le père Canon. Je vais envoyer le signal. La main dessus matelot, la main dessus.

Le signal fut envoyé, le canon tiré : au-dessus de Saint-Paul, la station répéta en quelques secondes et l'aspirant de quart se précipita dans la salle à manger de la *Boadicea* où il trouva le commodore, rose et joyeux, entouré de papiers et dictant déjà à son secrétaire, pas rasé, l'œil vitreux, tout en dévorant son premier petit déjeuner, celui du lever du soleil :

— Les compliments de M. Johnson, monsieur, s'écria-t-il. Saint-Paul répète de Saint-Denis : *Ennemi en vue, plein nord*.

— Merci, monsieur Bates, dit Jack. Je monte immédiatement sur le pont.

Il y trouva le gaillard d'arrière médusé, tous les visages tournés vers le lointain pavillon de signaux :

— Préparez-vous à filer le câble, monsieur Johnson, dit-il, avant de fixer lui aussi ses yeux sur la colline. (Deux minutes pleines se passèrent sans autre pavillon. Il dit à l'aspirant des signaux :) Répétez pour Saint-Denis *Staunch et Otter appareillage immédiat : suivez les mouvements du guidon.* (Puis, se penchant sur le couronnement, il héla l'*Africaine*.) Monsieur Tullidge, j'ai de la place pour cinquante volontaires, pas plus.

Les Africaines étaient moins remarquables pour leur discipline que pour leur ardeur féroce à s'en prendre aux Français, et ce fut le début d'une bousculade sauvage et désordonnée dont les cinquante vainqueurs, menés par un puissant second maître au visage de babouin, embarquèrent sur la *Boadicea* en canots ou à la nage tandis que son câble garni d'une bouée courait en fumant dans l'écubier et qu'elle abattait sous la jolie brise de terre.

On fit force de voiles ; on prit de la vitesse et la brise les porta vers le cap Bernard, la haute pointe de terre dissimulant tout l'océan au nord de Saint-Denis ainsi que la ville même. Avec ses bonnettes des deux bords, la *Boadicea* levait une vague d'étrave qui moussait jusqu'aux porte-haubans de grand mât, et pourtant le cap ne se rapprochait qu'avec une lenteur insupportable. Jack fut presque soulagé de voir son impatience distraite par les esclandres qui se déclenchèrent quand la rumeur eut annoncé que les Africaines serviraient les canons avant tribord. On entendit sur le gaillard d'avant des voix fortes et furieuses, chose rare à bord de la *Boadicea*, troublant le calme sacré d'un navire de guerre bien tenu. Le bosco se hâta vers l'arrière, parla au premier lieutenant, et Seymour, traversant le gaillard jusqu'à la lisse d'où Jack observait la station dans l'espoir d'un signal plus précis, toussota et dit :

— Je vous demande pardon, monsieur, mais les hommes de la section de M. Richardson pensent qu'on va leur prendre leurs canons, et avec le plus grand respect, ils souhaitent exprimer qu'ils trouveraient cela un peu dur.

— Que les hommes viennent à l'arrière, monsieur Seymour, dit Jack, sa lunette toujours braquée sur le mât de pavillon, à présent à l'extrême limite de sa visibilité. Quand il referma l'instrument et se retourna, ils étaient là devant lui, toute l'embelle occupée par l'équipage dont le profond respect (quoique sincère) était pour l'instant à peine visible sous la rage provoquée par l'injustice.

— Quelle satanée bande de vieilles femmes vous faites,

ma parole, dit-il d'un ton maussade. Vous vous accrochez au moindre ragot qui ne repose sur rien du tout, et vous vous jetez à la figure les uns des autres comme des marchandes de poisson. Regardez donc Eames, avec son œil poché, et un dimanche, encore, quelle honte. Et tout ça avant même qu'on sache si l'ennemi est autre chose qu'un sloop égaré ou s'il aura la politesse d'attendre que vous ayez fini de vous sauter à la gorge. Maintenant, laissez-moi vous dire ce qui va se passer : si nous avons la bonne fortune de combattre, chaque équipe servira le canon auquel elle est habituée. Ça, c'est juste. Mais si un Boadicea est blessé, un Africaine prendra sa place : et si on va à l'abordage, les Africaines aborderont en premier. Ça, c'est correct, et pas d'histoire. Monsieur Seymour, ayez la bonté de distribuer coutelas et haches d'abordage aux Africaines.

L'opinion générale fut que c'était correct : et si dans l'immédiat rien ne pouvait obliger les Boadiceas à aimer les Africaines, ils traitèrent du moins leurs hôtes avec une civilité distante — pas de jurons, pas de bagarres, rien qu'un croc-en-jambe ou un petit coup par-ci, par-là, petit accident délibéré.

Le cap Bernard, enfin : la frégate le doubla, rasant le récif de si près qu'un biscuit bien lancé aurait atteint les dangereux brisants. Au moment où elle le doublait, ouvrant un ciel nouveau, son équipage entendit le son du canon, le grondement des lourdes pièces bien loin au nord.

— Grimpez en tête de mât, monsieur Richardson, dit Jack, et dites-moi ce que vous voyez.

Comme l'aspirant disparaissait, Saint-Denis apparut : le *Staunch* était à la sortie du port, l'*Otter* à peine un mille plus loin ; Jack fronça les sourcils ; il allait appeler l'aspirant des signaux quand il vit des voilures fleurir sur l'un comme sur l'autre. Il est vrai que ni l'un ni l'autre n'étaient prêts au combat, prêts à filer leurs câbles dans l'instant comme la *Boadicea* l'était depuis vingt-quatre heures ; il est vrai que la plupart de leurs hommes devaient être à terre ou à l'arsenal. Mais il n'était pas satisfait, et il envisagea une réprimande.

« Deviendrais-je pompeux ? » se demanda-t-il.

La réponse « probablement » prenait désagréablement forme dans son esprit quand Dick-à-mouches, après un examen scrupuleux de l'horizon au nord, le héla.

— Ho, du pont ! Monsieur, je crois distinguer trois navires coque noyée, à deux quarts sur tribord de l'étrave.

Comme pour confirmer ces mots, le tonnerre lointain résonna de nouveau. Tous à bord écoutaient de toutes leurs forces, l'oreille tendue pour sonder le silence sous le chant du gréement et le clapotis des vagues. Et tous à bord entendirent le bruit d'un coup de mousquet, faible, mais beaucoup plus proche que les grands canons.

La vigie à nouveau héla le pont, annonçant, avec peut-être un peu de retard, la présence à deux milles de l'aviso, presque invisible sur le fond du récif. Il continuait à remonter contre le vent à l'aviron, avec ses pavillons annonçant *ennemi en vue* et un coup de mousquet pour souligner le signal.

— Approchez l'aviso, monsieur Seymour, dit Jack.

La *Boadicea* abattit et la *Pearl*, envoyant foc et grand-voile, pivota pour courir vent de travers, se dégageant du récif et des îles ; bientôt les deux navires furent proches, sur des routes presque parallèles. La frégate pouvait, sans perdre une minute, récupérer le docteur Maturin.

Sa gaucherie en matière maritime étant relativement bien connue à bord de la *Boadicea*, aucun ordre n'était nécessaire pour sa réception ; le temps manquait pour gréer une chaise de gabier mais un cartahu apparut au bout de la grand-vergue. Tandis qu'ils fonçaient côte à côte, séparés par tout juste quelques pieds d'une mer écumante et houleuse, Bonden, perché sur la lisse de la *Pearl*, saisit la ligne, amarra Stephen, l'adjura de ne pas s'en faire, lança : « A hisser là-haut, et vivement ! », franchit d'un bond l'abîme et escalada comme un chat le flanc de la frégate pour recevoir le docteur à son arrivée. Il avait parfaitement calculé le roulis et tout se serait passé pour le mieux si Stephen, cherchant sans doute à se stabiliser, n'avait pas agrippé le gréement de la *Pearl*. Une cargue-à-vue mollie s'enroula aussitôt autour de ses jambes et l'attira dans une toile d'araignée de cordages qu'il ne pouvait ni nommer ni débrouiller. La houle était assez forte, et il parut un moment que Stephen n'embarquerait qu'en deux morceaux. Un Pearl agile grimpa pour le libérer, aux frais du gréement de l'aviso, mais il le fit à l'instant même où les Boadiceas, réalisant qu'ils écartelaient leur chirurgien, lâchaient prise. Et Stephen tomba, en une courbe à vous soulever le cœur, pour heurter le flanc de la frégate un peu au-dessous de la flottaison. Encouragés par les cris, ils se remirent à hisser, mais alors Stephen se coinça sous les porte-haubans et le coup de roulis suivant le plongea dans la mer. Malheureusement pour lui, il n'avait que des amis à bord et une forte proportion d'entre eux se précipita à sa rescousse ; des mains puissantes le tiraient dans diverses directions par les bras, les jambes et les cheveux, et seule la violente intervention du commodore le sauva. Il atteignit enfin le pont, plus mort que vif, ensanglanté des écorchures infligées par les bernacles. On lui fit cracher une partie de son eau, on l'emporta en bas, on le déshabilla.

— Là, là, ne vous en faites pas, dit Jack avec un regard anxieux et cette voix protectrice et compatissante qui conduit tant de malades au tombeau.

— Il n'y a pas une minute à perdre, s'écria Stephen dans un sursaut.

Jack le repoussa dans sa bannette avec une force irrésistible, disant de la même voix lénifiante :

— Nous ne perdons pas la moindre minute, mon vieux Stephen, pas la moindre. Ne vous agitez pas. Tout va bien. Vous êtes en sûreté à présent.

— Oh, que le diable vous emporte, Jack Aubrey, dit Stephen et, d'une voix plus forte encore : Killick, Killick, coquin de grincheux, apportez le café, voulez-vous, pour l'amour de Dieu. Et un bol d'huile de table. Jack, écoutez-moi. (Echappant à la pression de sa main, il réussit à s'asseoir.) Vous devez faire courir, pousser, forcer de voiles aussi vite que possible. Il y a là dehors deux frégates qui massacrent une des nôtres. Et l'une des deux, la *Vénus*, a perdu ses mâts, son gréement — Bonden vous dira les détails —, et vous pouvez la capturer si seulement vous vous hâtez, si vous ne restez pas à me regarder comme une taupe frappée de paralysie.

— Faites passer pour mon patron d'embarcation, lança Jack. (Et, à Stephen :) Nous marchons déjà en toute hâte, voyez-vous.

Il lui nomma les voiles qui poussaient la *Boadicea* vers le combat lointain et assura Stephen que dès l'instant où elle serait sortie de la brise de terre pour entrer dans la zone de l'alizé du sud-est, au large, il borderait la grand-voile et enverrait les bonnettes, car alors ils auraient le vent par la hanche plutôt que par l'arrière ; et Stephen devait bien remarquer que la présence du capitaine sur le pont n'était pas essentielle à la marche du navire lorsqu'il avait la chance d'être assisté par des officiers capables. L'apparition de Bonden avec Killick et son bol d'huile coupa court la réponse de Stephen. Il fouilla dans le tas de ses habits mouillés, sortit sa montre et la plongea dans l'huile.

— Elle a survécu à plusieurs immersions sévères, dit-il. Espérons qu'elle survivra à celle-ci. A présent, Barret Bonden, je vais donner au commodore un résumé succinct de la situation et vous lui fournirez les détails techniques. (Rassemblant ses esprits, il poursuivit :) Hier soir, comme vous devez le savoir, je me trouvais sur le point le plus élevé du Morne Brabant, là où il surplombe la mer, conversant avec quelques messieurs qui me disaient entre autres choses, ce que je ne dois pas omettre, que la *Bellone*, la *Minerve* et l'*Iphigenia* sont en grosse réparation, dépouillées de tous leurs canons, et ne pourront reprendre la mer avant quinze jours ou plus ; Bonden se tenait à quelque distance...

— Une encablure, monsieur.

— ...quand j'ai aperçu un navire venant de Port Louis en direction de la Réunion. L'un de ces messieurs, qui a pratiqué la mer pendant des années, affirma que c'était un vaisseau de la Compagnie. Il me montra son aspect généralement mercantile et la présence d'un pont postérieur subsidiaire, ou plate-forme....

— Dunette, murmura Bonden.

— ... la marque infaillible de ces vaisseaux ; et il fit la remarque qu'il serait bien étrange que M. Hamelin, alors à Port Louis, laisse une telle prise lui échapper. En fait, peu après, nous avons vu la *Vénus* et une frégate plus petite...

— Pardonnez-moi, monsieur, dit Bonden, *Wenus* et un sloop.

— Le plus petit avait trois mâts, dit Stephen sèchement. Je les ai comptés.

— Oui, monsieur, mais c'était qu'un sloop. (A l'adresse de Jack :) Le *Victor*, corvette de seize canons, monsieur.

— Bon. Aucune importance. Ils poursuivaient le prétendu vaisseau de la Compagnie, la *Vénus* dépassant son compagnon : c'est alors qu'à notre surprise le vaisseau s'est révélé n'être pas du tout de la Compagnie. Il a rentré ou replié nombre de voiles, laissé la *Vénus* s'approcher, et tiré sur elle nombre de canons, tout en déployant un drapeau indiquant qu'il était un navire de guerre.

Jack regarda Bonden, qui dit :

— Le *Bombay*, monsieur ; vaisseau de la Compagnie construit aux Indes et racheté par le service en l'an cinq. Mon cousin George a fait une campagne à son bord, comme aide-canonnier ; il dit que c'est un bon navire, mais d'une lenteur mortelle. Vingt-quatre pièces de dix-huit livres, deux longs canons de neuf et quatorze caronades de vingt-quatre livres.

— Voyant cela, dit Stephen, la *Vénus* s'est retirée, attendant sa conserve, et le *Bombay* a poursuivi sa route. Le soleil était couché : nous avons descendu la falaise, regagné l'aviso et là, j'ai remis la conduite des opérations entre les mains de Bonden.

— Bon, monsieur, dit Bonden, je savais que vous voudriez savoir le plus vite possible, alors on s'est faufilé par le passage du Hollandais, en touchant à peine, malgré la marée basse, on a rattrapé le sillage du *Victor*, passé derrière sa poupe dans le noir juste avant le lever de la lune, et remonté au vent avec tout ce qu'on pouvait porter et encore plus. On était loin en tête, courant neuf à dix nœuds quand la lune a été haute et on a vu la *Wenus* revenir sur le *Bombay* main sur main, sept nœuds contre ses six peut-être ; au début du quart de minuit, qu'on avait noyé la terre depuis longtemps, elle est venue bord à bord et ils se sont accrochés ferme. Je vous ai pas dit encore, monsieur, que le *Bombay* avait à bord un joli paquet d'habits rouges et qu'il devait y avoir plein de soldats aussi sur la *Wenus*, avec ses ponts tout encombrés. Bon alors, la *Wenus* a pas tellement aimé ça, alors elle s'est mise hors de portée pour refaire sa liure de beaupré, d'après ce que je voyais. De toute façon, en deux tours d'horloge elle avait retrouvé ses esprits, et comme le vent avait refusé de deux quarts, elle a envoyé ses bonnettes et s'est rapprochée. Le combat a recommencé pendant le quart du jour, ils portaient tous les deux toute la toile, y compris cacatois et bonnettes à bâbord. Mais maintenant on était tellement loin devant que je n'ai pas pu tout voir. J'ai bien vu la *Wenus* perdre son petit mât de hune et sa corne, et le *Bombay*, il a perdu son grand mât de hune et celui d'artimon, et ses basses voiles étaient maltraitées comme c'est pas possible ; mais il courait vers Saint-Denis et rendait coup pour coup quand on l'a vu pour la dernière fois, et le sloop était encore au moins une lieue en arrière.

Tandis qu'il parlait, la *Boadicea* prit de la gîte sur bâbord ; sortie de la brise de terre qui venait de l'arrière, elle recevait à présent du suet, brise aimable aujourd'hui, d'une amabilité anormale. En dépit de ce qu'il avait dit des officiers capables, Jack regagna le pont dès que Bonden eut achevé son récit. Il vérifia machinalement la surface de toile par rapport à la force du vent et constata une disproportion :

comme bien d'autres, le jeune Johnson conservait l'illusion que plus de toile égale plus de vitesse et dans son ardeur, il écrasait l'avant de la frégate. Mais Jack ne voulait pas qu'une modification eût l'air d'une réprimande et il commença par héler la vigie.

— Ho, du mât, que voyez-vous ?

— Coques visibles à présent, monsieur. Grosse frégate, vaisseau de la Compagnie et un sloop à gréement carré ou peut-être une « jackass », tous battant les couleurs françaises ; guidon à bord de la frégate. Pas de tir depuis les quatre coups. La frégate a perdu ses mâts de hune, tous les trois. Le vaisseau aussi. Le sloop est intact, je crois.

Jack hocha la tête, fit un ou deux va-et-vient, dit à Johnson que la frégate souffrirait peut-être moins avec le clinfoc rentré, mit sa lunette en bandoulière, posa les mains sur les haubans et se hissa dans le gréement : il grimpa, grimpa à travers la grand-hune, grimpa jusqu'aux barres de hune, plus lentement qu'il ne l'aurait fait vingt ans plus tôt, mais à un rythme encore respectable.

Tout ce que la vigie lui avait dit était vrai ; mais l'homme n'avait pu lui communiquer l'esprit de la scène déployée là-bas tout au nord, si loin que les vibrations de l'air tantôt privaient les navires de leurs mâts, tantôt les leur rendaient ; et c'est ce qu'il voulait déterminer en gagnant ce sommet éventé. Après un coup d'œil vers le *Staunch* et l'*Otter*, tous deux en retard de deux milles et perdant du terrain, il s'installa pour étudier longuement la situation. La *Vénus* et le *Victor* avaient certainement réussi à capturer le *Bombay*, réduit à ses bas mâts ; la *Vénus* avait toutefois payé très cher, qui avait perdu non seulement son petit et son grand mât de hune, mais l'essentiel de son artimon. Le sloop n'avait pas souffert du tout. L'activité régnait à bord de la *Vénus* et il eut l'impression que l'on s'y préparait à guinder un nouveau petit mât de hune : déjà ils avaient jumelé un quelconque grand bel espar au tronçon de l'artimon. Des canots circulaient entre les navires. La distance était trop grande pour acquérir la moindre certitude, mais cela ressemblait à des transports d'hommes dans les deux directions : comme s'il ne s'agissait pas uniquement d'un transfert de prisonniers. Hamelin avait-il l'intention d'amariner sa prise ? Ce n'était nullement impossible : venant de son port d'attache, il pouvait fort bien doubler son équipage de marins pris sur les autres navires, sans même parler de tous les soldats présents à Port Louis. S'il pouvait trouver assez d'hommes pour servir les quarante canons du *Bombay* et s'il en avait l'audace, cela changerait la situation.

Au fond de lui, Jack n'avait pas le moindre doute quant à la victoire mais il n'était pas question d'exprimer cette conviction, même sans en prononcer les mots. Elle devait demeurer ce rayonnement intérieur qui l'habitait depuis la reprise de l'*Africaine* et qui à présent emplissait tout son cœur — un rayonnement qu'il croyait bien avoir gardé au plus secret de lui-même alors qu'il était évident pour tous, de Stephen Maturin au mousse de troisième classe dont le nom figurait à la dernière ligne du rôle d'équipage. Mettant cela de côté, il s'attacha donc à un examen froid, objectif et professionnel de tous les facteurs capables de retarder ou même d'empêcher cette victoire.

D'abord, le vent. La brise de sud-est mollissait ; déjà des zones vitreuses apparaissaient sur la mer par l'avant tribord, annonçant le calme habituel de midi qui risquait de le priver de toute erre ou de le restreindre à une progression très lente, droit sous les volées combinées de la *Vénus* et du *Bombay*, et qui pourrait laisser à Hamelin le temps d'établir un gréement de fortune multipliant au moins par deux ses possibilités de manœuvre.

Ensuite, l'arrivée des renforts. Il n'avait pas très haute opinion de l'esprit d'entreprise du commodore français, mais Hamelin n'était pas un imbécile. Se trouvant à l'aube dans une telle situation, avec la Réunion très haute à l'horizon sud, il avait certainement envoyé son meilleur cotre à toute vitesse vers Maurice pour chercher de l'aide. A la place de Hamelin, il l'aurait fait dès la reddition du *Bombay*.

Pendant qu'il tournait et retournait tout cela dans sa tête, ce qui se passait au nord devint plus clair. Les canots étaient rentrés ; le *Victor*, toutes voiles dessus, avait pris le *Bombay* en remorque ; la *Vénus* était vent arrière, sous sa grand-voile et sa misaine. Et une trinquette apparut sur le *Bombay*. Ils avaient encore une brise assez fraîche là-bas, et se déplaçaient à quelque trois nœuds, tandis que la *Boadicea*, malgré son superbe étalage de toile, n'en faisait guère plus de cinq et demi.

« Toutefois, se dit-il, je ne peux pas y faire grand-chose. »

Le peu qu'il pouvait faire, il le fit. Ayant terminé « Plymouth Point », l'air le plus sûr pour appeler le vent, il sifflotait au hasard quand il s'aperçut que Sophie occupait son esprit, avec une clarté extraordinaire. « Si j'étais superstitieux, dit-il en souriant avec une singulière douceur dans la direction de l'Angleterre, je jurerais qu'elle pense à moi. »

Le sourire flottait encore sur son visage quand il regagna le pont et Seymour en fut encouragé à demander s'il pouvait ordonner le branle-bas.

— Quant à cela, monsieur Seymour, dit Jack, en regardant la table de loch, ce pourrait être prématuré. Il ne faut pas tenter le sort, voyez-vous. Monsieur Bates, ayez la bonté de filer un coup de loch.

— Un coup de loch, bien monsieur, dit l'aspirant en se précipitant sous le vent accompagné d'un mousse et d'un quartier-maître.

Le mousse tenait le touret, le quartier-maître le sablier de trente secondes ; Bates jeta la planchette, attendit le passage de la marque, cria : « Vire ! » et le quartier-maître approcha l'ampoulette de son œil tandis que le mousse tenait le touret, bras tendus, hiératique et solennel. La planchette s'éloigna, les nœuds de la ligne passant sagement entre les doigts de Bates. « Stop ! » cria le quartier-maître. L'aspirant bloqua la ligne puis la remonta, le mousse l'enroula et Bates traversa le pont pour annoncer : « Tout juste cinq, monsieur, s'il vous plaît. »

Jack acquiesça, leva la tête vers les cathédrales de toile que portait la frégate, vers les manches à incendie dans les hunes, crachant l'eau pour mouiller toutes les voiles que leurs jets pouvaient atteindre, vers la chaîne de seaux montant vers les barres de hune pour mouiller aussi les perroquets afin qu'ils ne laissent pas échapper une once de poussée.

— Non, monsieur Seymour, dit-il. A moins que les dieux ne nous soient favorables, nous avons plus de temps devant nous que je ne le souhaiterais. Il serait bien dommage d'éteindre si vite les feux de la cuisine ; envoyez donc les hommes dîner aux six coups, et puisqu'ils n'ont pas eu de pudding dimanche dernier, qu'on leur distribue aujourd'hui une double ration de pruneaux. Par contre, on ne servira qu'une demi-ration de tafia cette fois, et pas de rabiot.

Visage de pierre chez les hommes de barre, le quartier-maître de manœuvre, le quartier-maître des signaux et les membres de l'arrière-garde les plus rapprochés. Quelques pas, puis Jack poursuivit :

— On gardera le reste pour le souper, si le vent et l'ennemi le permettent. Et monsieur Seymour, comme le temps va nous manquer un peu, puisqu'on dîne si tôt, on ne gréera pas la chapelle aujourd'hui. Mais je pense que nous pouvons faire l'inspection des sections. M. Kiernan, ajouta-t-il dans la direction de l'officier à face de babouin, rassemblera ses Africaines sur le gaillard d'avant.

Dès cet instant, le temps fila à bord de la frégate. Prévenu aussi tard et ne s'attendant pas le moins du monde à cet événement solennel (pratique habituelle par tout dimanche de paix mais jamais, au grand jamais, en fonçant vers l'ennemi), chaque homme dut se présenter, une heure plus tôt qu'à l'habitude, lavé, rasé et en chemise propre, pour l'inspection par son aspirant, son officier puis le commodore lui-même. Il régnait de surcroît une détermination collective d'en mettre plein la vue aux Africaines par une présentation sensationnelle. Tout au long du passavant et sur le gaillard d'avant, les matelots, par paires, se peignaient et tressaient les cheveux en silence, tandis que des groupes impatients se rassemblaient autour des baquets du barbier, l'incitant à travailler toujours plus vite quel qu'en fût le coût ; et l'infanterie de marine polissait et blanchissait ses accessoires sous le soleil brûlant.

L'inspection elle-même était une affaire sérieuse, tous les officiers en grand uniforme et l'épée au côté accompagnant le commodore dans sa lente progression le long des files de matelots proprement revêtus de leurs meilleurs habits ; les Africaines barbus et sales en furent pour leur courte honte. Mais une incroyable distraction troublait la cérémonie. Des choses remarquables se produisaient au nord — la remorque du *Bombay* avait cassé, le *Victor* avait un mal du diable à en passer une autre, la *Vénus* s'était d'abord écartée avant de revenir dans le peu de brise restante pour prêter la main, et surtout la vaste étendue d'océan séparant la *Boadicea* des Français avait fort rétréci. Même avec le commodore sur le pont, peu d'hommes en dehors des membres disciplinés de l'infanterie de marine purent résister à la tentation de regarder vers le nord et d'échanger quelques remarques ; et quand il s'en fut explorer la cuisine et l'entrepont avec le premier lieutenant, M. Trollope dut crier plusieurs fois : « Silence, devant et derrière ! » et prendre les noms des plus loquaces, en vue d'une punition ultérieure.

Aussitôt l'inspection achevée, le bosco et ses aides sifflèrent haut et fort le dîner. Chaque homme à bord savait que l'ordre *branle-bas de combat* suivrait dans très peu de temps, car la brise avait nettement fraîchi depuis une demi-heure, et qu'il devait décider sur-le-champ s'il combattrait dans sa meilleure tenue ou manquerait, sinon le bœuf, du moins le dessert agrémenté. La plupart choisirent le pudding, qu'ils mangèrent sur le pont, près des canons, en l'écartant avec soin de leur chemise neigeuse, de leur mouchoir de cou en soie et de leur pantalon aux coutures enrubannées. L'ordre tant attendu suivit de peu la dernière miette. Les ustensiles de table disparurent et les hommes, parfois la bouche encore pleine, entreprirent la tâche familière du branle-bas. L'entrepont était dégagé et ils étaient à leurs postes de combat, les yeux tournés tantôt vers l'ennemi, presque à portée extrême de tir, tantôt en arrière vers le *Staunch* et l'*Otter* encore lointains, quand Stephen apparut sur la dunette avec une assiette de sandwiches.

Le docteur Maturin était une bénédiction pour les Boadiceas : non seulement il osait accoster le commodore avec une liberté impossible à tout autre, mais il posait des questions que lui seul pouvait émettre, et recevait des réponses civiles plutôt qu'une rebuffade sévère. Depuis longtemps, on avait oublié la discrétion bien élevée qui interdit d'écouter une conversation privée, et les bavardages sur le gaillard d'arrière s'interrompirent, pour ne pas laisser échapper le moindre mot du dialogue entre le commodore et le docteur.

Stephen ne les déçut en rien.

— Holà, monsieur, dit-il en jetant un coup d'œil autour de lui, quelle splendeur : dentelles d'or, culottes, bicornes. Laissez-moi vous recommander un de ces sandwiches. Auriez-vous l'intention d'envisager une attaque, ma foi ?

— L'idée m'avait effleuré l'esprit, je l'avoue, dit Jack. Vraiment, j'irai jusqu'à dire que je crois le conflit à peu près inévitable désormais. Avez-vous remarqué que nous avons fait le branle-bas ?

— Certes, certes. Je ne laboure pas l'océan depuis tant d'années sans avoir appris la signification de ce désordre extrême, les chambres disparues, mes papiers, mes spécimens jetés sens dessus dessous dans le recoin le plus proche. C'est pour cela que je suis venu ici, pour trouver un peu de paix. Mon Dieu, comme ils sont proches ! Serait-il indiscret de vous demander ce qui va se produire à présent ?

— Pour dire la vérité, docteur, je suis encore dans l'expectative. La corvette, voyez-vous, a largué sa remorque pour de bon et abattu vers Maurice sous toute sa voilure, certainement sur ordre de son commodore, tandis qu'il se rapproche du *Bombay*. S'il a amariné sa prise, s'il a envoyé à bord du *Bombay* assez d'hommes pour servir ses canons, son projet sera de nous combattre, ses deux navires se soutenant l'un l'autre. Et dans ce cas, il nous faut passer entre les deux, en tirant des deux bords. Mais s'il ne l'a pas amarinée, et si sa manœuvre n'a pour but que de couvrir la retraite du *Victor*, c'est qu'il entend nous attaquer seul, et dans ce cas nous devons courir vers son étrave, ou sa hanche s'il vire lof pour lof, et le prendre à l'abordage afin de ne pas endommager sa coque ni les précieux espars que je vois sur son pont. Encore dix minutes, et nous saurons ses intentions. S'il ne masque pas sa trinquette juste avant d'atteindre le *Bombay*, pour prendre la cape à ses côtés, voyez-vous, cela voudra dire que le *Bombay* n'est pas armé et qu'il doit nous combattre seul. Ho, du mât, cria-t-il, que voyez-vous au nord ?

— Rien, monsieur, que le sloop, répondit la vigie. L'horizon est clair tout autour. Une bonnette vient d'être emportée sur le grand mât du sloop : il en envoie une autre.

Il y eut ensuite un silence prolongé à bord de la *Boadicea*. Les hommes stationnés près des canons regardaient la *Vénus* par-dessus la barricade des hamacs ou par les sabords ouverts ; les filets de protection tendus au-dessus des têtes dessinaient sur le pont un étrange quadrillage rectangulaire et mouvant, et le vent chuchotait et chantait dans le gréement.

Les minutes passaient ; dix minutes passèrent ; puis un murmure général courut le long du navire. La *Vénus* n'avait pas masqué sa trinquette et se trouvait à présent au-delà du *Bombay*. Elle était laide, avec ses tronçons de mâts, mais dangereuse, déterminée, et tous ses sabords ouverts ; elle portait de lourdes pièces et ses ponts étaient couverts d'hommes.

— Monsieur Seymour, dit Jack, huniers et misaine seulement, et mettez en batterie. Rechargez à mitraille. Pas un coup ne doit toucher la coque. Balayez les ponts, mais ne touchez pas la coque. Vous m'entendez, vous autres ? cria-t-il, élevant la voix. L'équipe du canon qui touchera la coque sera fouettée. Monsieur Hall, menez-moi sur son étrave.

Près, plus près. L'estime de Jack pour Hamelin croissait. Le Français jouait tout sur un passage à si courte portée que sa volée devait faire à la *Boadicea* un dégât irréparable avant qu'il ne soit obligé de changer de route. Il jouait tout car, après ce premier passage, la *Vénus*, incapable d'envoyer plus de toile, ne réussirait jamais à rentrer dans le vent, et ne pourrait que recevoir les coups jusqu'à la mort.

Plus près encore, en silence : ils étaient à portée de pistolet. Les pièces avant de la *Vénus* tirèrent ; elle entama son virement et, juste avant que son flanc ne soit pleinement visible, Jack dit : « La barre à bâbord ! » La *Boadicea* bougeait vite, elle gîta brusquement et la volée tonnante de la *Vénus* ne coupa aucun mât. La vergue de petit hunier fut touchée, deux vergues de bonnette arrachées, quelques câbles tranchés ; le bossoir tribord était détruit et la meilleure ancre pendait, libre, mais Hamelin avait perdu son pari.

— Cargue-à-vue, dit Jack, et le petit hunier aussitôt se retroussa, freinant la frégate qui traversait la fumée de l'ennemi.

La *Vénus* tourna, tourna jusqu'à se trouver presque vent arrière, présentant sa poupe à la *Boadicea*.

— La main dessus aux cargue-point, dit Jack. Monsieur Hall, évitez sa hanche tribord et accostez-moi à son étrave.

La *Boadicea* bondit et l'on vit aussitôt qu'elle accosterait la *Vénus* avant que les Français aient pu recharger.

— Les Africaines, parés à l'abordage par l'étrave, cria-t-il. Les Boadiceas à l'arrière : nous prenons son gaillard. Et nous laissons aux Africaines une minute d'avance, écoutez-moi bien. Paré tout le monde, près des canons, dit-il, libérant son épée dans son fourreau. Bonden, où sont mes pistolets ?

Killick était à son côté, une vieille paire de chaussures en main, un habit sur le bras.

— Vous ne pouvez pas y aller avec vos meilleurs souliers à boucles d'argent, Votre Honneur, ni votre uniforme numéro un, répétait-il d'un ton chagrin. Ça ne vous prendra pas une minute.

— Sottises, dit Jack, tout le monde est en grande tenue, pourquoi pas moi ?

Les soldats de la *Vénus* tiraient de sa dunette, mais il était trop tard. La *Boadicea* vint à couple, Jack dit : « Feu ! » et le tir à mitraille de la *Boadicea* balaya le pont de la *Vénus* à hauteur de tête ; dans la fumée, les grappins franchirent le pavois ; les gabiers accrochèrent les vergues du Français ; les étraves s'embrassèrent et Jack hurla : « Africaines à l'abordage ! » Un instant plus tard, les poupes se rapprochèrent et les deux navires s'immobilisèrent côte à côte.

Il se tint une longue minute à la tête de son groupe d'abordage tandis que derrière lui l'infanterie de marine maniait ses mousquets comme à la parade et que les fusiliers, dans les hunes, tiraient un feu nourri sur les canonniers. Une longue minute de vacarme et de cris à l'avant, de crépitements de pistolets et de grondements d'une caronade que les Africaines pointaient sur l'embelle de la *Vénus*. Puis il lança : « Boadiceas avec moi ! », bondit par-dessus les hamacs arrachés, sauta l'épée en main jusqu'aux haubans du grand mât, trancha les filets d'abordage, trancha une tête devant lui et descendit sur le gaillard de la *Vénus* suivi par une masse de matelots hurlants.

Une ligne de soldats se tenait devant lui — les marins étaient dans l'embelle, affrontant l'attaque féroce des Africaines —, et dans la seconde précédant l'assaut des Boadiceas, un petit caporal terrifié lui allongea un coup de baïonnette. Bonden saisit le canon du mousquet qu'il arracha, jeta trois hommes au sol avec la crosse et rompit la ligne. Sur le pont derrière les soldats, plusieurs corps étaient étendus — des officiers —, et dans une pause momentanée Jack crut apercevoir l'uniforme d'un capitaine français. Puis le groupe de l'arrière, devant la coupée bâbord, conduit par un jeune officier, se retourna et se jeta sur les Boadiceas avec tant d'ardeur qu'ils furent repoussés jusqu'à la barre ; les minutes qui suivirent ne furent que violence confuse, feintes et parades, pistolets esquivés, coups de pieds, de poings et de haches.

Mais les Vénus n'étaient pas en état de résister aux abordeurs ; oppressés, encombrés par leur nombre, usés par leur nuit de combat et le labeur qui avait suivi, leur vaillance s'effondra en voyant se rapprocher très vite l'*Otter* et le *Staunch*, et se profiler l'assurance de la défaite. Un groupe de soldats croates, que cette querelle ne regardait pas vraiment, dégringola par le panneau central qui n'était plus gardé ; d'autres les suivirent, cherchant en bas la sécurité. Les derniers Français à la coupée lancèrent une ultime charge désespérée, et un matelot trapu, carré, armé d'un couteau saisit Jack à la taille. Jack lui écrasa le visage du pommeau de son épée, se dégagea, le piétina. Dans l'espace dégagé devant le râtelier de mât, un officier se tenait, tendant son épée et montrant du doigt, à l'arrière, le mousse qui amenait les couleurs.

A travers l'immense hourra passant du gaillard de la *Vénus* à la *Boadicea*, Jack rugit :

— Tiens bon partout ! Tiens bon là-bas devant, Africaines, arrêtez le combat. Il se rend.

Les hommes se dégagèrent, se regardèrent d'un air impersonnel, s'écartèrent lentement. La tension extrême disparut avec une rapidité extraordinaire et en quelques instants de nouveaux rapports s'établirent, une sorte de contact social primitif — on ne pouvait plus se frapper.

Jack accepta l'épée de l'officier avec un mouvement poli de la tête et la passa à Bonden. L'homme qu'il avait piétiné se redressa sans le regarder et partit retrouver ses camarades, debout là où la bataille les avait abandonnés ou réunis en petits groupes sous le vent, silencieux, comme si la capitulation les avait vidés de toute ardeur, les laissant comme paralysés.

La *Boadicea* acclamait encore et le vacarme de jubilation trouvait un écho sur le *Bombay* à un quart de mille de là : il avait renvoyé son pavillon et son équipage sautait, bondissait, gesticulait sur le pont et dans les hunes.

— Le commodore Hamelin ? demanda Jack à l'officier.

Celui-ci désigna un des corps étendus près de la barre.

— Je regrette tout de même pour Hamelin, dit Jack, assis avec Stephen devant un dîner tardif, quoique, à bien réfléchir, un homme ne puisse guère demander mieux.

— Pour ma part, je pourrais demander beaucoup mieux, dit Stephen. Une balle en plein cœur n'est pas mon idée du bonheur et je ferai mon possible pour l'éviter. Mais votre chagrin n'affecte pas votre appétit, me semble-t-il : c'est la huitième côtelette que vous mangez. Je ne vois pas non plus, et cela me frappe tout particulièrement, que ce combat produise en vous la réaction mélancolique que j'ai si souvent remarquée.

— C'est vrai. Un combat vous éclaircit merveilleusement l'esprit pour un moment, mais ensuite revient l'humeur noire. La note du boucher, les funérailles, les veuves des hommes à qui il faut écrire, les dégâts à nettoyer, les nœuds et les épissures, la pompe — on est épuisé, rompu, sans courage. Et pourtant ce n'est pas fini. Mais cette fois c'est différent. Bien sûr, nous nous en tirons à peu près sans mal, mais ce n'est pas l'essentiel. L'essentiel est que cette escarmouche n'est que le début du vrai combat. L'*Africaine* sera prête à prendre la mer mardi : avec les espars qu'on fignole à Saint-Paul et ceux que nous avons capturés aujourd'hui, la *Vénus* et le *Bombay* ne mettront guère plus longtemps, si l'on double les équipes — leurs coques passeraient n'importe quelle inspection, savez-vous. Cela fait quatre frégates superbes, plus le *Windham*, trois bons sloops et tous nos transports armés. De leur côté, ils n'ont que l'*Astrée* et la *Manche* capables de naviguer. La *Bellone* et la *Minerve* sont certainement en carène et l'*Iphigenia* comme la *Néréide* ne serviront plus à grand-chose, même réparées. Ils ont perdu leur commodore, et le capitaine de l'*Astrée*, au moins, n'est qu'un sot. Et où est passée leur vaillance ? Non, je vais vous dire, Stephen, d'ici la fin de la semaine, Keating et moi, nous exécuterons notre plan — voilà qui sera un vrai combat, ce que j'appelle un vrai combat ; et peu importe si la mélancolie m'envahit après cela.

— Eh bien, mon cher, dit Stephen, politiquement, Maurice était prête à tomber comme une poire mûre ou une mangue même avant l'île de la Passe ; et à présent que vous avez réparé le désastre et au-delà, je pense que vous pourrez installer le gouverneur Farquhar à Port Louis moins d'une semaine après avoir débarqué vos troupes.

Chapitre 10

« Vous étiez très présente à mon esprit, tous ces jours, mon cœur, plus encore qu'à l'habitude, écrivait Jack, poursuivant sa lettre feuilleton à Sophie — une lettre qui avait grossi pour atteindre sa dimension actuelle depuis que le *Leopard*, son dernier contact avec l'amiral, avait quitté Saint-Paul pour Le Cap —, et certainement je vous aurais écrit si nous n'avions pas été si terriblement occupés. Depuis lundi matin nous nous affairons, tout l'équipage à l'œuvre, pour mettre l'escadre en état de naviguer ; et jamais vous n'avez entendu travailler à tel point les scies des charpentiers, les marteaux des calfats, les sifflets des boscos. Le pauvre Trollope, officier actif mais de constitution bilieuse, a été foudroyé par une insolation, et un forgeron noir, ayant forgé dix-huit heures d'affilée, a dû être emporté évanoui et tout gris. Mais à présent c'est terminé. A présent, nous sommes en mer, et la terre disparaît à notre vue tandis que le soleil se lève. »

Il se retourna en souriant pour regarder par les fenêtres de poupe de la *Boadicea*, à deux encablures dans son sillage, la *Vénus*, ses voiles nacrées dans la lumière croissante ; derrière elle il distinguait l'*Africaine*, et loin sous le vent les trois derniers transports. La *Boadicea*, portant le guidon du commodore, naviguait au milieu de l'escadre, avec le *Bombay* et le *Windham* devant elle, le *Staunch*, l'*Otter* et le *Grappler* bien au vent, et sous son vent les transports solidement chargés de soldats.

« Et nous constituons une force très respectable. Il est vrai que certains de nos mâts feraient faire les yeux ronds aux hommes de l'arsenal, mais ils joueront leur rôle : ils ne sont peut-être pas très jolis, mais ils joueront leur rôle. Nous avons trouvé une bonne partie de nos espars à bord du *Bombay* et de la *Vénus*, que nous avons eu bien du mal à ramener au port ; j'avais promis aux hommes que l'autre moitié de leur tafia serait distribuée avec la ration du souper, et tout serait allé pour le mieux s'ils n'avaient pas réussi à s'introduire aussi dans la soute à vin de l'ennemi. Grand Dieu, Sophie, nous sommes rentrés cette nuit-là comme un troupeau de vaches ivres, avec sept Boadiceas et sept Africaines aux fers et la plupart des autres incapables de monter dans le gréement. Fort heureusement, l'*Otter* avait le *Bombay* en remorque, sans quoi je doute que nous aurions réussi à les ramener. Et le moindre brick français, avec un peu de jugeote, aurait pu nous capturer tous.

« Le lendemain matin, l'équipage était à peu près sobre et je les ai harangués sur le vice affreux de l'ivrognerie ; mais je crains que l'effet de mes paroles (de bien remarquables paroles, pourtant) n'ait été annihilé par l'accueil que nous avons reçu à terre. Fusées, feux de Bengale, à peine visibles à cause du soleil mais partant d'une bonne intention, salves de toutes les fortifications et trois triples hourras dans le port entier : le gouverneur, un homme remarquablement décidé, avec une tête solide sur les épaules et qui comprend à merveille ce qu'est la coopération, était si réjoui de voir ce que lui ramenaient ces deux frégates qu'il aurait, quoique buveur de thé, replongé aussitôt les hommes dans l'ivresse si je ne lui avais pas représenté qu'il faut rentrer le foin pendant qu'il fait soleil. Le colonel Keating était absolument enchanté et il nous a complimentés de la manière la plus obligeante ; lui aussi était tout à fait d'accord sur la nécessité de battre le fer pendant qu'il est chaud.

« Rien ne saurait excéder le zèle qu'il mit à harceler son état-major et tous les autres lambins, à faire embarquer ses hommes avec tout leur accoutrement et dans le bon ordre : car je peux vous dire, ma chère (puisque aucun œil que le vôtre ne verra cette lettre, et bien après l'événement), que nous avons l'intention d'envahir Maurice après-demain ; et nous avons bon espoir d'une heureuse issue. »

Il jeta un regard furtif vers Stephen Maturin en écrivant ces mots, si opposés à tous les principes de son ami et si contraires à ses injonctions répétées. Stephen saisit son regard.

— Avez-vous besoin de quelque encouragement, cher ?

— S'il vous plaît, dit Jack.

— Alors vous devez savoir que le capitaine du navire *Jefferson B. Lowell*...

— Le trois-mâts barque, Stephen. L'Américain était un trois-mâts barque, très fin voilier d'ailleurs.

— Bah. Qu'il a eu la bonté de me révéler les différents taux de change que ses collègues et lui, commerçant avec Saint-Louis, acceptent pour la monnaie papier de Maurice. Avant notre arrivée, cela s'échangeait à peu près à égalité ; puis le papier est tombé à vingt-deux pour cent en dessous du pair et a subi des fluctuations suivant le sort de la campagne, pour remonter à quatre-vingt-treize après l'île de la Passe. Mais à présent, on ne l'accepte à aucun prix, et l'on exige absolument de l'or. Voilà ce qu'on peut qualifier de témoignage froid et objectif.

— J'en suis ravi, Stephen, merci beaucoup.

Jack retourna à sa lettre, et Stephen à son violoncelle.

« De toute façon, je suis certain que Keating aurait été affairé comme une abeille, tant il a d'enthousiasme pour notre campagne commune (jamais l'armée et la marine n'ont si bien travaillé de concert, je crois, depuis la création du premier navire) ; mais dans ce cas il était affairé comme deux abeilles ou plus, ayant l'esprit troublé par ce que lui avaient dit les militaires libérés de la *Vénus*. Ils parlaient d'un général Abercrombie, qui devait les commander, ainsi qu'une force considérable rassemblée dans différentes régions de l'Inde : il est difficile de comprendre tout ce qu'ils racontent car leur colonel a été tué au combat et les sous-officiers n'ont que des bribes de ragots ; mais l'idée générale est qu'ils devaient retrouver à Rodrigues plusieurs régiments venus de Fort William et des troupes venues du Cap, pour faire ensemble une descente sur la Réunion ; ce qui, lorsqu'on y réfléchit, est absurde. Pourtant, Keating s'inquiétait beaucoup : « Si je vois encore un vieux crétin de général goutteux m'arracher le pain de la bouche à l'instant où il est beurré, s'est-il exclamé avec rage, je vends mon brevet au plus offrant et que le service aille se faire... Etre dépossédé de toute la gloire après avoir fait tout le travail, c'est plus qu'un être humain ne peut en supporter ». Et il m'a raconté une fois de plus le siège de quelque cité indienne dont j'ai oublié le nom, où il avait poussé les approches jusqu'aux murs, repoussé les sorties à la douzaine, préparé la brèche, et était à la veille d'emporter la place quand un général apparut en palanquin, reprit l'affaire, donna l'ordre d'attaquer, écrivit une dépêche s'accordant tout le crédit de la victoire, reçut une promotion et l'ordre du Bain, ainsi qu'un ajout à ses armes. Keating a ajouté quelques réflexions assez sévères sur le Bain, et les vieillards capables de tout faire pour un minable morceau de ruban, que je ne répéterai pas, car elles sont un peu trop brûlantes. »

Jack fit une pause, cherchant un trait d'esprit où brûlant se combinerait avec l'ordre du Bain pour un effet brillant, mais ce n'était pas son fort. Il mâchonna sa plume un moment, et poursuivit :

« Pour ma part, je n'ai pas réussi à tirer grand-chose de plus du pauvre Graham, commandant du *Bombay*. Il rentrait d'une croisière à la poursuite de pirates dans le golfe Persique et à peine arrivé, avec un équipage insuffisant, on lui a immédiatement donné l'ordre d'embarquer une quantité de soldats et d'aller retrouver l'*Illustrious*, soixante-quatorze, au sud du Canal de 8°. Il n'a eu que malchances — une voie d'eau sous le coqueron après dix jours de mer, obligation de rentrer, bord sur bord, le vent dans le nez, sans arrêt à la pompe et les hommes malades — retards interminables au chantier — raté le premier rendez-vous, raté le suivant. Il a laissé porter, lui-même malade d'une petite fièvre, vers Port Louis où il pensait nous trouver en blocus, et s'est fait capturer après une chasse longue et sanglante. Je crains que la chaleur, la fatigue, l'inquiétude et le combat lui aient un peu troublé l'esprit, car le malheureux a baissé pavillon devant un sloop qu'il a pris dans l'obscurité pour une seconde frégate (il est vrai qu'elle était gréée carré : c'est notre vieux *Victor*, seize canons, mais une coque de noix). Stephen est d'accord avec moi quant à son esprit, il l'a rempli jusqu'au bord de potion à l'opium, lui a rasé la tête et posé des ventouses juste avant notre départ. Mais rien n'indique de toute façon qu'il ait jamais eu l'ordre d'aller à Rodrigues ; il y a donc cent chances contre une que Keating entretienne une chimère, comme on dit. Mais comme cela lui communiquait une ardeur remarquable à placer n'importe quel général avide d'honneurs devant le fait accompli, c'est-à-dire une île conquise et le gouverneur de Sa Majesté déjà installé, et comme cette ardeur s'accordait avec mon ardeur à prendre la mer avant que les Français n'aient remis à flot la *Minerve* et la *Bellone* (la rumeur dit que quelqu'un, un royaliste, un papiste ou les deux, les a endommagées avec une machine infernale : mais j'ai du mal à croire que même un étranger puisse être aussi malfaisant) — eh bien, j'ai plus ou moins caressé sa chimère. »

— Stephen, dit-il assez fort pour couvrir le vrombissement du violoncelle, comment écrivez-vous chimère ?

— On commence souvent par « ch », je crois. Lui avez-vous parlé de mon pétrel cul blanc ?

— Est-ce que cul blanc n'est pas une expression affreusement vulgaire pour une lettre, Stephen ?

— Dieu vous bénisse, mon cher, une mère qui élève elle-même ses enfants ne s'offusquera pas d'un cul blanc. Mais vous pouvez mettre thalassidrome, si vous trouvez cela plus élégant.

La plume grattait ; le violoncelle murmurait ; l'aspirant frappa à la porte. Il annonça une voile par la hanche tribord, ajoutant qu'à une pièce de forme étrange dans son petit hunier on pensait avoir reconnu l'*Emma*.

— Ah, aucun doute, dit Jack : elle a remarquablement bien marché. Merci, monsieur Penn.

L'*Emma* avait été rappelée par aviso de sa position au large de Rodrigues, mais il ne l'attendait pas plus tôt que jeudi.

— Tom Pullings ne tardera pas, dit Jack à Stephen. Je dois le garder à dîner. Après tous ces va-et-vient devant Rodrigues, il sera heureux de goûter un peu de mouton frais.

Il appela Killick : la selle du mouton d'hier, prête à cinq coups très exactement, avec une demi-douzaine de bouteilles de vin rouge de Constance et un succulent pudding étuvé. Ils discutèrent Thomas Pullings, ses médiocres chances d'avancement, ses mérites réels, ses appétits probables. L'aspirant revint, haletant et les yeux écarquillés : le *Staunch* venait de signaler quatre voiles, au nord-est.

— Que dit l'*Emma* ? demanda Jack.

— Je ne sais pas, monsieur, dit l'aspirant.

— Alors ayez la bonté de vous en informer, dit le commodore un peu sèchement.

L'*Emma* n'avait apparemment rien à dire. Pas de signal *ennemi en vue* à sa misaine, pas de coup de canon pour attirer l'attention du commodore ; pourtant l'*Emma*, avec un capitaine de qualité, était plus proche des quatre voiles que le *Staunch*. La conclusion allait de soi : ces quatre voiles étaient des vaisseaux de la Compagnie... à moins, se dit-il, le cœur serré dans un étau de glace, qu'il ne s'agisse de navires de guerre anglais.

Pensif, il sortit de la chambre, reprit la gouverne, héla l'*Africaine* pour l'avertir qu'il quittait la ligne et abattit pour se rapprocher de l'*Emma*. La *Boadicea* progressait jusque-là sous voilure modeste, à un rythme accordé à celui des transports, mais soudain les perroquets se déployèrent et avec cette jolie brise plus largue de deux quarts, elle s'envola comme un pur-sang. Sillage blanc bien droit, vague d'étrave montant jusqu'aux écubiers et pluie d'embruns sur le gaillard, traçant des arcs-en-ciel dans le soleil. Pleins d'entrain, les mousses et les jeunes gabiers s'élancèrent en riant pour larguer les cacatois. Mais quelques ordres secs et véhéments issus de la dunette coupèrent court à cette gaieté. L'arrière-garde et les matelots de pont se firent muets, marchant ostensiblement sur la pointe des pieds quand on ne pouvait les voir ; à l'avant on échangea bourrades et clins d'œil ; et là-haut, quelques-uns chuchotèrent : « Veille au grain, matelot » avec un sourire entendu. Bricoles sans gravité sur un navire de guerre ; seule la sentinelle d'infanterie de marine et un ou deux membres du quart de mouillage avaient vu Jack et le colonel Keating rentrer à bord après le dîner d'adieu du gouverneur Farquhar, mais tout l'équipage savait que le commodore « avait du vent dans les voiles », qu'il était « beurré comme le père Noé », qu'il était rentré « dans une brouette, en gueulant qu'on lui amène une femme — une Noire — dans sa couchette » et on souriait avec indulgence, murmurant quelques citations extraites de sa belle homélie sur le vice affreux d'ivrognerie, tandis qu'il demandait à tue-tête s'il faudrait attendre le quart suivant pour border cette amure.

A présent, la *Boadicea* s'en donnait vraiment à cœur joie, repoussant de l'épaule la longue houle d'un plaisant mouvement et filant ses dix nœuds sans effort, de sorte que ceux que ne tourmentaient pas d'affreux pressentiments en éprouvaient grand plaisir.

— Voilà comment j'imaginais la vie en mer, dit M. Peter, qui visitait rarement le gaillard. (Il passait la plupart de ses jours dans un trou sans air doublé de papier, sous la flottaison, partageant son temps entre le mal de mer et le travail.) Ne trouvez-vous pas que c'est grisant, monsieur ?

— Certes, comme un verre de champagne, répondit Stephen.

Et M. Peter sourit, avec un coup d'œil significatif au colonel Keating, jaune grisâtre et clignotant au soleil. C'était en fait le colonel que l'on avait ramené en brouette ; c'est lui qui avait tant crié : « Vive la copulation ! »

La *Boadicea* et l'*Emma* se rapprochaient à la vitesse combinée de seize nœuds et chaque pincée de minutes repoussait l'horizon d'un mille. Bientôt la vigie annonça au pont les quatre voiles signalées par le *Staunch* ; puis vint un autre appel :

— Deux navires à l'est nord-est, et un soupçon de perroquets derrière eux.

Six navires au moins : il était pratiquement impossible que ce soient des vaisseaux de la Compagnie. Jack fit deux ou trois tours, et son visage devint plus sévère ; il ôta son habit, emprunta la lunette de Seymour et se hissa jusqu'en haut du mât de petit perroquet. Il y était presque, les haubans gémissant sous son poids et le vent balayant ses longs cheveux vers le nord-ouest, quand il entendit la vigie marmonner :

— Seize, dix-sept... c'est une bon Dieu d'armada. Une bon Dieu d'invincible armada. Oh, du pont !...

— Ça va, Lee, dit Jack, je les vois, poussez-vous.

Il s'installa sur les barres de hune et pointa sa lunette vers l'est et le nord-est. C'était bien vrai : la plus forte concentration de navires de guerre qu'il ait jamais rencontrée dans l'océan Indien. Et bientôt, détruisant à jamais les dernières lueurs d'espoir, il reconnut l'*Illustrious*, un deux-ponts portant à la misaine le pavillon de vice-amiral.

L'*Emma* était maintenant à portée. Ils avaient depuis longtemps échangé leurs numéros, et l'*Emma* s'approchait sous le vent de la *Boadicea* avec sa lourdeur habituelle, tandis que la frégate masquait son petit hunier et mettait en panne.

Jack jeta un dernier long regard à la flotte des navires et des transports, puis redescendit pesamment, comme un autre homme aurait pu redescendre pesamment les escaliers de sa maison, en pensant moins aux marches qu'à ses problèmes. Il atteignit le pont, remit son habit tandis que Pullings montait à bord ; et le contraste entre le visage épanoui du lieutenant, ses dents blanches éclatantes sur son hâle profond, et l'air sombre du commodore aurait frappé un œil moins observateur que celui de Stephen. Pourtant, la force même du sourire de Pullings, son plaisir évident, suscitèrent un sourire en réponse ; et ce sourire s'amplifia quelque peu à la vue d'un gros sac que l'on débarquait du canot de l'*Emma*, le sac du courrier, vision familière et tant aimée.

— Nul n'est si bien accueilli que le facteur, monsieur Pullings, dit Jack, l'invitant à descendre dans la chambre. D'où venez-vous, Tom ? dit-il aussitôt arrivé.

— De l'amiral, monsieur, dit Pullings, comme si c'était la meilleure nouvelle qu'il pût apporter.

— De M. Bertie ? demanda Jack dont l'esprit rebelle avait brièvement envisagé une force hypothétique en route vers Java, peut-être, sous un autre vice-amiral, sans aucune responsabilité à l'égard du Cap — un amiral qui n'aurait fait que passer.

— Exactement, monsieur, dit Pullings joyeusement, et il m'a donné ceci pour vous.

Il tira de sa poche un numéro écorné de la *Naval Chronicle* et sortit d'entre les pages une lettre officielle tout en marquant la place avec son pouce ; mais tenant bon la lettre, sans la lâcher, il demanda :

— Donc, pas le moindre courrier, monsieur, depuis que je vous ai vu ?

— Pas un mot, Tom, dit Jack. Pas un mot depuis Le Cap ; et ce paquet-là était illisible. Pas un mot depuis près d'un an.

— Alors je suis le premier, s'écria Pullings avec une satisfaction infinie. Laissez-moi vous souhaiter, ainsi qu'à Mme Aubrey, toute la joie du monde.

Il saisit la main de Jack, molle de surprise, la broya et, montrant la page imprimée, lut tout haut : « A Ashgrove Cottage, Chilton Admiral, Hants, l'épouse du capitaine Aubrey, de la *Boadicea*, d'un fils et héritier... » tout en suivant les mots du doigt.

— Donnez-moi ça, dit Jack. Il saisit la revue, mit la page dans la lumière et la scruta attentivement. « A Ashgrove Cottage, Chilton Admiral, Hants, l'épouse du capitaine

Aubrey, de la *Boadicea*, d'un fils... » Le diable m'emporte. Dieu me pardonne. Grand Dieu, grand Dieu... parole d'honneur... que le diable m'emporte et me ramène... j'en suis ébaubi. Killick, Killick, sortez-nous une bouteille de champagne — faites passer pour le docteur — et Killick, voici pour vous — pour l'amour de Dieu — ha, ha, ha !

Killick prit la poignée de pièces, la glissa lentement dans sa poche avec un regard d'extrême méfiance et sortit de la chambre, les lèvres pincées d'un air réprobateur.

Jack bondit de son siège, fit plusieurs tours dans la pièce, gloussant de jubilation, l'esprit baigné d'un mélange d'amour, de bonheur, de satisfaction et d'une nostalgie lancinante.

— Je vous remercie, Pullings, je vous remercie de tout mon cœur pour cette nouvelle.

— J'ai pensé que ça vous ferait plaisir, monsieur. Nous avons toujours su, Mme P. et moi, combien vous souhaitiez un fils. Les filles, c'est très bien, évidemment, mais ce n'est pas tout à fait la même chose ; on ne peut pas les avoir toujours près de soi. Et puis on ne sait jamais ce qu'elles deviendront. Mais un garçon... Notre gamin, monsieur, si jamais j'obtiens un vrai commandement, prendra la mer dès l'instant où il aura quitté ses robes et portera culottes.

— Je suppose que Mme Pullings et le jeune John vont bien, dit Jack.

Mais avant qu'il puisse en apprendre beaucoup sur leur santé, Stephen entra, suivi du sac de courrier.

— Stephen, dit Jack, Sophie a eu un fils.

— Ah bon ? Par ma foi, dit Stephen, la pauvre. Mais ce doit être un grand soulagement pour vous.

— Comment, dit Jack rougissant, mais je n'en ai jamais rien su.

Un rapide calcul lui avait déjà indiqué que la conception de cette lointaine merveille sans nom remontait à la nuit de son départ, et il en était intimidé, troublé, même.

— Eh bien, je vous félicite vivement, dit Stephen, et j'espère de tout mon cœur que notre chère Sophie va bien ? Du moins, observa-t-il en regardant Jack s'occuper du sac de courrier, cela rendra-t-il le titre de baronnet plus agréable : cela le rendra plus utile.

— Grand Dieu, qu'est-ce que je fais ? s'écria Jack, les ordres d'abord. Il lâcha le sac, rompit le sceau de la lettre de l'amiral, y trouva les mots attendus : « requis et sommé de rejoindre avec toute la promptitude possible le navire amiral à Rodrigues ou au large de celle-ci, dès réception de ces ordres ». Il rit.

— S'il y a un titre de baronnet dans l'air, dit-il, il ne fait pas route de ce côté. Je suis supplanté.

Il monta sur le pont, donna un ordre pour envoyer le signal qui lancerait l'escadre sur son nouveau cap, en l'écartant de Maurice, et un autre pour la double à l'équipage.

A l'expression étonnée de Seymour il répondit, d'une voix aussi dégagée que possible, qu'il venait d'apprendre la naissance d'un fils. Il reçut les félicitations du gaillard et nombre de regards sympathiques des matelots proches, invita le colonel Keating à prendre un verre dans la chambre et redescendit. La bouteille fut bientôt là, les lettres distribuées et Jack, donnant à Keating son paquet, lui dit :

— J'espère, colonel, que vos nouvelles seront aussi bonnes que les miennes, pour effacer le reste ; car vous étiez trop bon prophète et je crains qu'un général ne vous attende à Rodrigues tout comme un amiral m'y attend.

Sur ces mots, il se retira avec ses lettres dans les bouteilles, son lieu d'aisance privé, laissant le militaire pétrifié, pâle et même tremblant d'indignation.

Peu avant le dîner, il revint et trouva Stephen seul dans la grande chambre. Pullings avait enfin appris la destination première de l'escadre ; réalisant qu'un peu de tact et de retard de sa part aurait permis au commodore d'exécuter ses plans et d'en tirer honneur et gloire, il s'était retiré au couronnement et, debout près du mât de pavillon, maudissait son zèle intempestif.

— J'espère que vous avez eu aussi de très bonnes nouvelles, Stephen, dit Jack devant la pile de lettres ouvertes à côté de son ami.

— Passables pour certaines, je vous remercie, mais rien qui m'apporte une joie comparable à la vôtre. Vous êtes encore rayonnant, mon frère, tout rose de bonheur. Dites-moi, s'il vous plaît, comment va Sophie.

— Elle dit qu'elle ne s'est jamais sentie aussi bien de sa vie — jure que cela s'est passé comme une lettre à la poste —, que le petit bonhomme lui est d'un grand réconfort et d'excellente compagnie. Je sais bien que vous aimez les enfants à peu près autant que le vieil Hérode, Stephen, mais...

— Non, non. Je ne leur suis pas systématiquement hostile, mais je reconnais volontiers que je trouve la plupart des bébés superflus et inutiles.

— S'il n'y avait pas de bébés, il n'y aurait pas de prochaine génération.

— Et ce serait tant mieux, considérant l'état auquel nous avons réduit le monde dans lequel ils vivront, la race de loups assoiffés de sang dont ils sont issus, et la société inhumaine et méchante qui les formera. Toutefois j'admets certaines exceptions : la reproduction d'une créature telle que Sophie et même, dirais-je, que vous, peut être considérée comme un bien. Mais je crains de vous avoir interrompu.

— J'allais simplement dire que vous aimeriez peut-être entendre la description que Sophie en donne. Il semble que ce soit un enfant très inhabituel, exceptionnel.

Stephen écouta en faisant montre d'une complaisance décente ; un parfum de viande rôtie et d'oignons frits s'insinua ; il entendit le tambour battre « Hearts of oak » pour le dîner du poste des aspirants ; de son côté, son estomac parlait ; mais le récit se poursuivait.

— Vous ne pouvez imaginer, Stephen, combien le fait d'avoir un fils prolonge l'avenir d'un homme, dit Jack. A présent cela vaut la peine de planter un noyer ! J'irai même jusqu'à faire toute une plantation de chênes.

— Les filles auraient ramassé vos noix. Les filles auraient joué sous les chênes ; et leurs petits-enfants les auraient abattus.

— Non, non. Ce n'est pas du tout la même chose. A présent, grâce à Dieu, elles auront des dots ; et un jour elles épouseront quelque gaillard obséquieux du nom de Snooks — il vous faut admettre, Stephen, que ce n'est pas du tout la même chose.

Juste avant les cinq coups, Jack fut interrompu par l'arrivée de Pullings, toujours triste et confus, et du colonel, toujours tremblant de rage ; et au cinquième coup, Killick annonça : « Le dîner est servi » avec un élégant mouvement du pouce, et ils passèrent dans la salle à manger.

Pullings mangeait son mouton en silence, sans grand appétit ; le colonel Keating, quoique autorisé par les conventions à parler librement à la table du commodore, restait presque aussi muet, pour ne pas gâcher une heureuse occasion en laissant échapper les mots qu'il avait envie de prononcer ; Stephen, perdu dans ses réflexions, réagissait parfois aux pauses dans l'aimable bavardage de Jack. Quand le long repas fut terminé, quand on eut porté les toasts au roi, à Mme Aubrey et à la jeune merveille du monde à grandes rasades de porto tiède, et quand les hôtes furent passés au grand air pour dissiper les fumées de leur vin, il dit à Jack :

— Je ne sais pas ce que j'admire le plus, la force de votre instinct philoprogénitif ou votre magnanimité face à une telle déception. Voici quelques années, vous auriez appliqué la lunette sur votre œil aveugle ; vous auriez esquivé ces ordres ; et vous auriez pris Maurice avant que M. Bertie ne sache ce que vous aviez en tête.

— Eh bien, je suis déçu, dit Jack, je dois l'avouer ; et au premier soupçon des intentions de l'amiral, j'ai eu grande envie de faire route droit à l'ouest pendant quelque temps. Mais cela ne se peut pas, voyez-vous, les ordres sont les ordres, sauf une fois sur un million ; et ce n'est pas le cas aujourd'hui. Maurice ne peut que tomber d'ici une semaine ou deux, quel que soit le commandant, ou celui qui en tirera gloire.

— Keating ne le prend pas avec autant de philosophie.

— Keating ne vient pas tout juste d'apprendre qu'il a un fils, ha, ha, ha ! Voilà pour vous, Stephen.

— Keating en a déjà cinq, et qui représentent une lourde dépense en même temps qu'une grave déception. L'annonce d'un sixième n'aurait en rien calmé son indignation, sauf évidemment s'il s'était agi d'une fille, la seule chose qu'il voudrait. Etrange, étrange : c'est une passion à laquelle je ne trouve pas le moindre écho quand j'explore mon cœur.

L'indignation du colonel Keating était entièrement partagée par la *Boadicea* et ses conserves. On considérait universellement le commodore comme frustré de ses droits, spolié de son dû, et traîtreusement lésé voire poignardé dans le dos : il n'y avait pas un seul homme dans l'escadre pour ignorer que deux vaisseaux de la Compagnie se trouvaient à Port Louis, avec un grand nombre d'autres prises à peine moins superbes, et que l'apparition — totalement inutile — d'un soixante-quatorze, de huit frégates, de quatre sloops et de peut-être une douzaine de régiments de homards réduirait la part de tous ceux qui avaient fait le gros du boulot à une demi-pinte de petite bière, et encore !

L'indignation longuement remâchée ne fit que croître. Et comme les deux escadres convergeaient lentement pour se retrouver à Rodrigues, elle atteignit un tel degré que, lorsque gronda le salut de la *Boadicea* à la marque, le canonnier put dire : « Je voudrais qu'il soit chargé à mitraille, espèce de vieux... » sans encourir le moindre reproche des officiers proches. Le dernier coup à peine tiré, avant que le vaisseau amiral ne commence sa réponse, Jack dit : « Amenez le guidon. Mettez à l'eau le canot d'apparat. » Puis, réduit au rang de capitaine de vaisseau, il regagna sa chambre et demanda sa culotte, son bicorne et son uniforme numéro un pour se rendre à bord de l'amiral. Amener son guidon avait été un instant difficile — car un guidon ne saurait battre en présence d'une marque d'amiral sans une invitation directe, compliment inhabituel —, mais il ne trouva guère de réconfort en bas. Le sentiment d'injustice de Killick s'était enflammé à la ration supplémentaire de tafia servie à tous les hommes et débordait à présent sur la principale victime ; il avait retrouvé sa voix acariâtre pour dire :

— Vous n'avez pas d'uniforme numéro un, monsieur. Tout plein de sang et bousillé qu'il est, d'avoir été crâner à bord de la *Vénus*, alors qu'il aurait pas fallu deux minutes pour vous changer. Pour le galure, avec un bon coup ça ira (crachant sur la dentelle du bicorne et la frottant de la manche), mais faudra que vous le portiez en travers à cause des rats. Pour l'habit et les culottes, c'est le mieux que je peux faire — j'ai regréé vos vieilles épaulettes — et si y a un de ces petits crétins de parvenus de fils de pute qui dit quelque chose, il pourra...

— La main dessus, la main dessus, s'écria Jack. Donnez-moi mes bas et ce paquet et ne restez pas là à marmonner toute la journée.

Le même ressentiment maussade régnait chez les matelots qui conduisirent le capitaine Aubrey à bord de l'*Illustrious* ; il se manifesta dans la rigueur de son patron d'embarcation, dans l'agressivité de la gaffe qui crocha dans les porte-haubans du deux-ponts, non sans arracher une bonne main de peinture, et dans la réticence obstinée à répondre aux avances amicales des matelots sortant la tête par les sabords de la batterie basse.

L'amiral Bertie s'y attendait ; il savait parfaitement ce qu'il faisait, et il était cuirassé contre toute réaction sauf la bonne humeur. D'entrée il adopta une attitude de bonhomie joviale, avec de grands rires ; il parla comme s'il était le plus naturel du monde de rencontrer une complaisance aimable et totale, sans trace d'animosité ou de ressentiment ; et à sa grande surprise, il la trouva. Le code de conduite naval établissait clairement qu'il devait la trouver, et que tout ce qui n'était pas abnégation totale, perfection totale de conduite rendait le subordonné passible de punition ; mais une existence entière passée dans la Royal Navy lui avait démontré quel monde de différence sépare l'écrit de la pratique. Alors qu'en théorie un capitaine de vaisseau, même de rang élevé, doit être aussi soumis à l'amiral qu'un aspirant à peine enrôlé, il savait qu'en fait un commodore opprimé, frustré par les abus, pouvait rendre les choses extrêmement difficiles à son oppresseur tout en restant du bon côté de la loi : il avait lui-même fait assez souvent usage de l'obstruction dans tous ses raffinements pour savoir ce qu'elle permettait d'accomplir. Il était préparé à affronter les ruses les plus habiles ou les expressions de désaccord les plus violentes (son secrétaire était là pour noter toute parole de colère) : il n'y en eut pas. Il se trouva pris à contre, mal à l'aise. Il sonda un peu plus profond, demanda si Aubrey n'était pas déconcerté de voir tant de navires venir lui couper l'herbe sous le pied ? Et quand Jack, tout aussi jovial, lui répondit qu'il ne l'était pas, que plus il y aurait de monde, moins il y aurait d'effusion de sang (chose qu'il abhorrait, comme tout homme de bon sens), et que plus on est de fous plus on rit, l'amiral jeta un coup d'œil vers son secrétaire pour voir si M. Shepherd soupçonnait comme lui que le capitaine Aubrey avait trouvé refuge, un joyeux refuge, dans le vin.

Le soupçon ne tint pas. Dès que les capitaines de la flotte furent rassemblés à bord du navire amiral, Jack Aubrey leur fit, à la requête de l'amiral, un compte rendu singulièrement lucide et convaincant de la situation, avec tous les faits et tous les chiffres instantanément disponibles. Aux questions inquiètes sur la difficulté notoire des récifs entourant Maurice, sur l'horrible ressac battant ces récifs et sur la rareté des ports, il répondit avec une carte, petit chef-d'œuvre d'hydrographie, montrant l'île Plate et la grande baie, exactement reconnues par lui, avec des relèvements triples au sextant et des sondages doublement vérifiés, faisant apparaître toute la place nécessaire pour mouiller soixante-dix navires et des plages abritées pour débarquer un grand nombre d'hommes. Il termina son exposé en observant qu'étant donné la saison tardive, il suggérait respectueusement une descente immédiate.

L'amiral n'en était pas si sûr : bien longtemps avant la naissance du capitaine Aubrey, sa vieille nurse lui avait appris que « plus on est pressé moins il faut se presser ». Il allait envisager la question — de manière urgente — et en discuter avec le général Abercrombie et ces messieurs de son état-major.

Quand la réunion s'acheva, il garda Jack un moment, pour le sonder à fond : car, ou bien Aubrey était un modèle de docilité (et ce n'était nullement sa réputation dans le service), ou bien il avait quelque chose dans la manche. Cela embarrassait l'amiral. Il lui semblait que sous tant de correction déférente, Jack le regardait avec un certain détachement et quelque chose d'assez proche d'un mépris secret, amusé ; et l'amiral, qui n'était pas un moins que rien, trouvait cela extrêmement désagréable. Par ailleurs, M. Bertie s'était toujours heurté à l'hostilité de ceux qu'il avait supplantés, une hostilité qui, rétrospectivement, lui apportait quelque justification ; mais ici, il n'y en avait pas — rien qu'une gaieté chaleureuse et même affable. Cela le rendait nerveux, et quand Jack se retira, il lui dit :

— A propos, Aubrey, vous avez eu tout à fait raison d'amener votre guidon, bien entendu, mais je vous demande de l'envoyer à nouveau dès que vous aurez regagné la *Boadicea*.

L'amiral Bertie était encore plus mal à l'aise quand il gagna sa couchette. Dans l'intervalle, la flotte étant à l'ancre devant Rodrigues et les canots circulant avec leurs visiteurs, M. Peter était venu voir son parent M. Shepherd. M. Peter avait beaucoup vu le docteur Maturin, homme plus simple et plus transparent qu'il ne l'avait supposé, surtout depuis l'arrivée de ce dernier flot de lettres et d'informations : à partir des remarques désinvoltes de Maturin, dont certaines d'ailleurs fort peu discrètes, Peter s'était fait la conviction que le général Aubrey, père du commodore et membre du Parlement, jouait probablement un jeu très habile, qu'il était peut-être sur le point de changer de côté, qu'il était, en secret, au mieux avec le ministre, et qu'il n'était pas du tout impossible de le voir apparaître sous peu en des fonctions propres à distribuer honneurs et protections, sinon même au conseil de l'Amirauté. Stephen avait empoisonné trop de sources d'informations pour tirer grande satisfaction de cet exercice élémentaire ; mais en fait, son petit conte sournois était admirablement approprié aux oreilles qui le reçurent quelques minutes après le départ de Peter. Il expliquait la nonchalance déconcertante d'Aubrey : un homme ayant de tels alliés devait être manié avec soin.

Au matin, un conseil rassemblant les capitaines et les plus hauts officiers de l'armée étudia le plan d'attaque tracé par

Jack et le colonel Keating. Le général Abercrombie demanda instamment un délai, avec tout le soutien de son état-major, mais sa demande fut repoussée avec plus de force encore par l'amiral lui-même. Le général parut étonné et même blessé : ce vieux monsieur corpulent regardait à travers la table sans rien fixer de particulier, avec dans ses yeux protubérants un regard de stupidité hostile, comme s'il ne comprenait pas très bien ce qui se passait. Mais après s'être répété pendant près de trois quarts d'heure, il céda à l'insistance de l'amiral ; et le plan, à peine estropié sur ses points les plus importants, fut accepté quoique de fort mauvaise grâce. Une demi-heure plus tard le navire amiral appareillait, perroquets déployés sous une jolie brise, cap sur le nord de Maurice, l'île Plate et les plages bordant la côte jusqu'à Port Louis.

La conquête de Maurice suivit un cours paisible, les régiments faisant marches et contremarches d'une manière scientifique qui plut aux généraux des deux côtés. L'infanterie transpira beaucoup mais saigna peu. Elle avait débarqué en douceur, sans opposition, et présentait au général Decaen un problème insoluble. Sa nombreuse milice ne lui servait à rien : la plupart de ses membres avaient lu les tracts de Stephen, beaucoup connaissaient déjà le projet de proclamation du gouverneur Farquhar, tous étaient plus soucieux de la reprise de leur commerce étranglé que de la prospérité de l'empire de Buonaparte. Ses troupes irlandaises étaient manifestement rebelles ; ses soldats réguliers de l'armée française affrontaient une supériorité numérique écrasante, plus de cinq contre un ; et sa marine était bloquée au port par une escadre irrésistible. Son seul souci était de retarder l'avance du général Abercrombie jusqu'à ce que sa reddition soit conforme à certaines mystérieuses exigences militaires, afin qu'il puisse justifier sa conduite auprès de son gouvernement et obtenir à Port Louis des conditions honorables pour lui-même et ses hommes.

Il réussit de manière admirable et Abercrombie loua tout particulièrement sa retraite en bon ordre le soir du jeudi, où ses bataillons de flanc se replièrent de Terre Rouge et de la Montagne Longue, faisant volte-face au pas de charge de la manière la plus professionnelle. « Voilà du bon militaire », dit le général.

Pendant que la campagne passait par ces épisodes, les émissaires circulaient d'un camp à l'autre, et bien que Port Louis fût encore français en théorie, Stephen Maturin se rendit à l'hôpital militaire sans faire les détours habituels ; sur la véranda il trouva McAdam :

— Comment va notre patient, ce matin ?

— Bah, la nuit a été assez bonne avec votre potion, dit McAdam sans grande satisfaction. Et l'œil montre quelque petite amélioration. C'est le cou qui m'inquiète beaucoup — la cicatrice se transforme en escarre et ce matin elle était plus vilaine que jamais. Il tripote son pansement en dormant. Le docteur Martin suggère de coudre des volets de peau saine sur toute la zone morbide.

— Martin est un imbécile, dit Stephen. Ce qui nous inquiète, c'est la paroi artérielle elle-même et non l'exfoliation. La réponse est dans le repos, des pansements propres, des lénitifs et la paix de l'esprit : il y a toute la force physique nécessaire. Où en est-on de l'agitation ?

— Assez bien ce matin ; et il dort depuis mon premier passage.

— Très bien, très bien. Donc, il ne faut surtout pas le déranger ; rien ne vaut le sommeil, pour guérir. Je reviendrai vers midi, avec le commodore. Il a reçu du Cap une lettre de Lady Clonfert ; il souhaite la lui remettre lui-même et dire à Clonfert combien la flotte apprécie sa noble défense de la *Néréide*.

McAdam sifflota avec une grimace : « Croyez-vous que ce soit imprudent ? » demanda Stephen.

McAdam se gratta : il ne pouvait pas dire — Clonfert était étrange depuis quelques jours, ne lui parlait pas, n'ouvrait plus son esprit, restait silencieux, à écouter heure après heure la canonnade.

— Ce serait peut-être mieux si vous veniez quelques minutes avant. Nous pourrons le sonder, et si nous estimons que l'excitation ne sera pas trop forte, le commodore le verra. Cela lui fera peut-être du bien. Il a été content de vous voir, dit McAdam dans une bouffée de générosité qu'il effaça aussitôt en demandant d'une voix sarcastique :

— Je suppose que votre grand taureau de Jack Aubrey se pavane au bord de l'eau, seigneur de la création ? Comment vont les choses là en bas, voulez-vous me le dire ?

— Tout à fait comme nous l'escomptions. M. Farquhar a débarqué de l'*Otter* et je pense que la capitulation sera signée avant dîner.

Ils bavardèrent de quelques autres Néréides blessés : certains se remettaient, d'autres étaient aux portes de la mort. Le jeune Hobson, un second-maître émasculé dans la bataille, avait trépassé cette nuit, sans regret. Stephen hocha la tête et consacra quelques instants à observer deux geckos sur le mur, tout en écoutant McAdam lui rapporter les paroles du chirurgien français sur l'impossibilité de sauver des patients dont le ressort vital est brisé. Après une longue pause il reprit :

— McAdam, vous en connaissez plus que moi sur cet aspect de la médecine : que diriez-vous à un patient sans blessure physique, sans lésion tangible et qui perd tout intérêt réel pour son existence ? Qui se trouve dégoûté du monde ? Un savant, par exemple, qui a publié Tite-Live, dont Tite-Live est le seul objet d'étude et de délices : il découvre par hasard les livres perdus, les emporte chez lui, et s'aperçoit qu'il n'a pas le courage, la force morale d'ouvrir ne serait-ce que le premier. Il ne s'intéresse plus aux livres perdus de Tite-Live, ni à ceux qui sont connus, ni à tout autre livre ou auteur. Tout cela ne l'intéresse pas. Il n'en touche pas la couverture ; et il constate que bientôt ses propres fonctions animales ne l'intéresseront plus non plus. Me comprenez-vous ? Avez-vous vu dans votre pratique des cas de cette sorte ?

— Bien sûr que j'en ai vu. Et ils ne sont pas si rares d'ailleurs, même parmi les hommes que la vie maintient occupés.

— Quel est le pronostic ? Que pensez-vous de la nature de la maladie ?

— Dois-je comprendre que nous laissons les bonnes manières de côté ?

— Tout à fait.

— Quant à la nature, eh bien, je crois qu'il perçoit le vide qui l'a toujours entouré, et ce faisant, il tombe au fond d'un puits. Parfois sa perception du vide est intermittente ; mais quand elle ne l'est pas, dans mon expérience, la mort spirituelle s'ensuit, précédant la mort physique parfois de dix ans et plus. Il peut à l'occasion être tiré de là par la queue.

— Vous voulez dire qu'il demeure capable d'amour ?

— Entre hommes et femmes, j'utilise le terme concupiscence. Mais appelez cela comme vous voudrez : le désir, le désir brûlant de quelque femelle peut résoudre le problème, à condition qu'il brûle assez fort. Dans les stages précoces, toutefois, dit McAdam en lorgnant les geckos, il peut se tirer d'embarras avec l'opium, un certain temps.

— Je vous donne le bonjour, docteur McAdam.

En redescendant dans la chaleur croissante, Stephen

dépassa deux jeunes infirmes, dont l'un avait la jambe amputée au genou et l'autre une manche vide épinglée sur la poitrine, deux aspirants de la *Néréide*.

— Monsieur Lomax, s'écria-t-il, asseyez-vous immédiatement. C'est de la folie : vos sutures vont céder. Asseyez-vous immédiatement sur cette pierre et soulevez votre jambe.

Le jeune Lomax, pâle comme un spectre, appuyé sur sa béquille et son compagnon, sautilla jusqu'à la pierre servant de montoir devant une maison d'aspect cossu, et s'assit.

— Il ne reste plus que cent yards, monsieur, tous les Néréides sont là. Du coin, là-bas, vous verrez le navire ; et nous devons être à bord à l'instant où il enverra ses couleurs.

— Ridicule, dit Stephen.

Mais après quelques instants de réflexion il cogna à la porte et ressortit peu après avec une chaise, un coussin et deux Noirs, robustes, inquiets et soucieux. Il installa Lomax sur la chaise, avec le coussin, et les Noirs l'emportèrent jusqu'au tournant de la route où le petit groupe des survivants ambulatoires observait leur frégate, étroitement serrée parmi les vaisseaux de la Compagnie, les navires de guerre et les navires marchands qui encombraient Port Louis. Une partie de leur ardeur à vivre l'envahit.

— Monsieur Yeo, dit-il à un lieutenant dont le visage était presque entièrement couvert d'un grand pansement, vous pouvez, si vous voulez en avoir la gentillesse, me rendre un immense service. J'ai dû laisser à bord de votre navire un traversin de grande valeur et je vous serais très reconnaissant d'ordonner, quand vous remonterez à bord, la recherche la plus rigoureuse. Je l'ai déjà mentionné à l'amiral et au commodore...

Il fut interrompu par des hourras loin à droite, hourras qui se propagèrent cependant que les couleurs françaises descendaient au mât de la citadelle, et qui reprirent de plus belle quand le pavillon britannique les remplaça. Les Néréides acclamaient aussi, petites voix grêles, son ridiculement mince, perdu dans les salves d'artillerie puis dans le profond tonnerre des canons de la flotte.

— Je n'oublierai pas, monsieur, dit Yeo en serrant la main de Stephen. Faites passer, là-bas : le traversin du docteur à préserver.

Stephen poursuivit son chemin, traversant à présent toute la ville où les volets fermés donnaient une impression de mort, et où les quelques Blancs présents dans les rues semblaient oppressés, comme s'il y avait la peste ; seuls les Noirs, dont le sort ne pouvait guère empirer, montraient un peu d'allégresse ou de curiosité. Ayant vaqué à diverses affaires, il retrouva Jack à l'endroit prévu :

— La capitulation est signée, je suppose.

— Oui, dit Jack, avec des termes particulièrement favorables d'ailleurs : les troupes sortiront avec leurs drapeaux, mèche allumée, tambour battant, tous les honneurs de la guerre, et nous ne gardons pas de prisonniers. Dites-moi, comment avez-vous trouvé Clonfert ? J'ai la lettre de sa femme dans ma poche.

— Je ne l'ai pas vu ce matin : il dormait. McAdam semble penser que son état général est stationnaire. Il devrait se remettre, je crois, sauf accident : mais évidemment il sera horriblement défiguré. Cela aura une influence sur son état d'esprit et dans ce genre de cas l'esprit du patient est de la plus grande importance. Je propose que vous restiez sous les arbres près de la grille pendant que j'irai refaire ses pansements avec McAdam. Il ne sera peut-être pas en état de vous recevoir.

Ils remontèrent la colline en parlant de la cérémonie :

— Farquhar était stupéfait que vous ne soyez pas invité, dit Jack, il a réprimandé l'amiral si durement que nous avons tous détourné les yeux — il a dit que vos travaux avaient sauvé d'innombrables vies et que l'affront devait être réparé : il fallait vous donner la place d'honneur au dîner officiel. L'amiral a eu l'air soucieux, a présenté ses regrets et dit qu'il ferait immédiatement tout ce qui était en son pouvoir — il vous mentionnerait avec le plus grand respect dans sa dépêche ; et il s'est sauvé comme un gamin pour l'écrire — ça le démangeait depuis l'aurore. Et ce sera un bien beau document, j'en suis sûr, ha, ha, ha ! La même chose que tous les autres, un peu plus seulement ; mais ça méritera sûrement toute une Gazette.

— Qui doit l'emporter ?

— Oh, son neveu, je pense, ou l'un de ses capitaines favoris : ça fait cinq ans et plus qu'il n'y a pas eu de nouvelle aussi retentissante — réception à la cour, bonnes paroles et récompense du roi, dîner à Guidhall, privilège de ceci et faveur de cela : promotion, bien sûr, ou une nomination retentissante. Je donnerai à l'heureux élu mes lettres pour Sophie — il foncera comme le vent, quoi qu'il arrive, le chien, pour rentrer à la maison avec d'aussi bonnes nouvelles.

L'esprit de Jack s'en fut au Hampshire, et y était encore quand Stephen dit d'une voix plus forte :

— Je répète, quelle sera, croyez-vous, notre prochaine destination ?

— Hein ? Oh, Java, sans doute, pour aller s'en prendre aux Hollandais.

— Java : ah oui, bien sûr. Bon, écoutez-moi. Voici vos arbres. Voici le banc. Je reviens dans un moment.

La cour de l'hôpital était dans un désordre étrange : non seulement la confusion d'une défaite, où chacun tire le meilleur parti de la vacance du pouvoir pour emporter tout ce qui est transportable, mais un désordre hors du commun. Stephen accéléra le pas en entendant McAdam crier de sa voix rauque d'homme du Nord, et se fraya un chemin à travers un groupe qui observait la véranda. McAdam était ivre, mais pas au point de ne pouvoir tenir debout, pas au point de ne pas reconnaître Stephen.

— Faites place, cria-t-il, faites place au grand médecin de Dublin. Venez voir votre patient, docteur Maturin, fils de pute.

Dans la pièce à plafond bas aux volets tirés contre le soleil de midi, le sang de Clonfert était presque noir : pas une grande mare, mais tout ce qui restait dans son petit corps épuisé. Il gisait sur le dos, les bras en croix, le côté intact de son visage très beau et parfaitement grave, ou même sévère. Le pansement était arraché de son cou.

Stephen se pencha pour discerner la trace d'un battement de cœur, se redressa, ferma les yeux de Clonfert et tira le drap. McAdam s'assit sur le bord du lit, sanglotant, sa fureur évanouie avec ses cris. Entre deux hoquets, il dit :

— Ce sont les hourras qui l'ont réveillé. Qu'est-ce qu'ils acclament ? a-t-il demandé. Et je lui dis que les Français ont capitulé. Aubrey va venir et on vous rendra votre *Néréide*. Jamais, par Dieu, dit-il, jamais de Jack Aubrey : courez vite, McAdam, allez voir s'ils viennent. Et j'avais à peine franchi la porte qu'il l'a fait, par le Christ, il l'a fait. (Un long silence, puis :) Votre Jack Aubrey l'a détruit. Jack Aubrey l'a détruit.

Stephen retraversa la cour écrasée de soleil. Sous l'arbre, Jack s'était levé, impatient. Son sourire s'évanouit quand Stephen dit : « Il est mort. » Ils redescendirent en silence à travers la ville. L'activité avait repris, les boutiques s'ouvraient, les hommes affichaient la proclamation, beaucoup de gens circulaient, des compagnies de soldats défilaient, ou des groupes de matelots ; des queues se formaient devant les bordels ; quelques officiers français les saluèrent scrupuleusement, faisant aussi bonne figure que possible dans la défaite. Stephen mit un genou en terre au passage des sacrements en route vers un lit de mort, entre les mains d'un prêtre suivi d'un gamin avec une clochette.

— J'espère qu'il est parti sans peine, dit enfin Jack à voix basse.

Stephen acquiesça et regarda Jack de ses yeux pâles sans expression, un regard objectif sur son ami : grand, sanguin, presque grassouillet, plein de santé, riche, et, malgré son souci modéré mais affable, heureux, triomphant même. Il pensa : « On ne peut en vouloir au bœuf si la grenouille éclate : le bœuf ne peut rien comprendre à l'affaire », mais lui dit pourtant :

— Ecoutez-moi, Jack : je n'aime pas beaucoup le goût de cette victoire. Ni d'aucune victoire, d'ailleurs. Je vous verrai au dîner.

Le dîner n'était rien en comparaison de ceux qui se donnaient habituellement au palais du gouvernement sous le règne du général Decaen : bon nombre de ses cuisiniers et toute sa vaisselle d'argent avaient disparu dans le bref interrègne, et un obus de mortier égaré avait en partie détruit le mur. Toutefois, les plats créoles faisaient un plaisant contraste avec la pauvre chère des derniers jours, et surtout la cérémonie offrait une occasion idéale pour les discours.

Quelque chose, pensait Jack, devait s'emparer des officiers atteignant le rang d'amiral ou équivalent, quelque chose qui leur faisait aimer se dresser sur leurs pattes de derrière et produire de longues périodes oratoires, séparées par des pauses plus longues encore. Un certain nombre de ces messieurs s'étaient déjà levés pour émettre de lents compliments à eux-mêmes, leurs camarades et leurs nations, et voilà que le général Abercrombie se dressait non sans peine, une liasse de feuillets en main.

— Votre Excellence, mylords, amiral Bertie, messieurs. Nous sommes ici réunis... (Deux mesures de silence.) En cette heureuse, euh, occasion... (Deux autres mesures.) Pour célébrer ce que l'on me permettra peut-être d'appeler un exploit sans pareil d'opération combinée, de combinaison, valeur, organisation et, dirais-je, de volonté indomptable... (Pause.) Je ne revendique en rien le crédit pour moi-même... (Cris de « Si, si ! » et acclamations.) Non. Tout est dû... (Pause.) à une jeune femme de Madras.

— Monsieur, monsieur, chuchota son aide de camp, vous avez sauté deux pages. Vous êtes arrivé à la plaisanterie.

Il fallut quelque temps pour ramener le général à son éloge de Bertie et de toutes les personnes présentes, et dans l'intervalle Jack jeta un regard inquiet vers son ami, l'un des rares habits noirs présents, assis à la droite du gouverneur. Stephen avait horreur des discours, mais quoique plus pâle que d'habitude, il semblait les supporter et Jack nota avec plaisir qu'en plus du sien, il buvait en secret le vin versé dans le verre du frugal gouverneur.

Le général poursuivit d'une voix tonnante, atteignit la conclusion, une fausse conclusion, se reprit, recommença et enfin s'effondra sur sa chaise, jeta autour de lui un regard de triomphe maussade et se mit à boire comme un chameau avant la traversée du désert.

Traversée du désert ce fut, car l'amiral Bertie, frais et rose, s'embarqua pour une bonne demi-heure : ses premiers mots, avouant son incapacité à rivaliser avec l'éloquence du vaillant général, glacèrent le cœur de Jack.

Son esprit vagabonda pendant les compliments de l'amiral aux différentes armes composant le corps expéditionnaire et il était en train de construire un dôme d'observatoire d'une conception habile au sommet de la colline d'Ashgrove — il avait évidemment acheté la colline et abattu les arbres du sommet —, quand il entendit la voix de M. Bertie prendre un ton nouveau, onctueux.

— Au cours de ma longue carrière, dit l'amiral, j'ai été contraint de donner bien des ordres qui, quoique toujours pour le bien du service, ont parfois répugné à mes sentiments profonds. Car même un amiral conserve des sentiments profonds, messieurs... (Rires respectueux, assez maigres.) Mais à présent, avec la permission de Son Excellence, je vais m'accorder le plaisir d'en donner un qui plaît mieux à l'esprit du simple marin anglais. (Il fit une pause, toussota dans un silence soudain d'attente angoissée et, d'une voix plus forte encore, poursuivit :) Par les présentes je prie et requiers le capitaine Aubrey de se rendre à bord de la *Boadicea* aussitôt qu'il aura terminé son dîner, pour y recevoir mes dépêches destinées aux Lords commissaires de l'Amirauté et les transporter à Whitehall avec tout le zèle en son pouvoir. Et à cela, messieurs (levant son verre), j'ajouterai un toast : remplissons nos verres à ras bord, et buvons à l'Angleterre, à nos foyers, à la beauté, et puisse Jack Aubrey la Chance les atteindre vent sous vergue, tout dessus, sans perdre une minute.

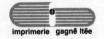

imprimerie gagné ltée